LOKATORKA

JP DELANEY

LOKATORKA

TŁUMACZENIE MARIUSZ GĄDEK

OTWARTE

KRAKÓW 2017

Tytuł oryginału: *The Girl Before*

Opieka redakcyjna: Olga Orzeł-Wargskog

Opracowanie typograficzne książki: Daniel Malak

Adiustacja: Anna Brynkus-Weber / d2d.pl

Korekta: Anna Woś / d2d.pl,
Ewa Polańska / d2d.pl

Łamanie: Robert Oleś / d2d.pl

Projekt okładki: © Andrew Smith / www.asmithcompany.co.uk

Adaptacja okładki na potrzeby polskiego wydania: Eliza Luty

Fotografie na okładce:
wnętrze domu – © James Brittain / Corbis Documentary / Getty Images,
schody – © Nick Rochowski / Corbis Documentary / Getty Images

ISBN 978-83-7515-078-0

OTWARTE

www.otwarte.eu

Dystrybucja: SIW Znak. Zapraszamy na www.znak.com.pl

„Pan Darkwood, który kiedyś był zafascynowany miłością romantyczną i tym, co wszyscy mieli o niej do powiedzenia, teraz miał absolutnie dość tego tematu. Dlaczego zakochani bez przerwy powtarzają to samo? Czy nie zmęczyli się już słuchaniem siebie nawzajem?"

Eve Ottenberg, *The Widow's Opera*

„Seryjni mordercy, jak wszyscy uzależnieni, działają zgodnie ze scenariuszem, obsesyjnie powtarzając te same zachowania".

Robert D. Keppel, William J. Birnes, *Signature Killers*

„Analizowany [pacjent] wcale nie przypomina sobie tego, co zapomniane i wyparte, lecz urzeczywistnia to w formie działania. Nie odtwarza tego w formie wspomnienia, lecz jako czyn, powtarza to, rzecz jasna nie zdając sobie sprawy z tego, że powtarza".

Sigmund Freud, *Przypominanie, powtarzanie, przepracowywanie,* tłum. Robert Reszke

„Moja fascynacja powtarzalnością obrazów – a w przypadku filmów ich »ciągnięciem się« – wypływa z przekonania, że większość życia spędzamy, patrząc, ale niewiele dostrzegając".

Andy Warhol

1. *Zrób listę wszystkich rzeczy, które uważasz za niezbędne w swoim życiu.*

PRZEDTEM: **EMMA**

– To urocze, małe mieszkanie – mówi agent tonem, który można by uznać niemal za autentyczny entuzjazm. – Położone blisko obiektów użyteczności publicznej. No i ma jeszcze własny kawałek dachu, który można przerobić na taras. Oczywiście pod warunkiem że właściciel się zgodzi.

– Ładne – przytakuje mu Simon, starając się unikać mojego wzroku.

Wiedziałam, że to mieszkanie nie nadaje się dla nas, jak tylko tu weszłam i zobaczyłam dwumetrowy kawałek dachu pod jednym z okien. Si też to wie, ale nie chce tego mówić agentowi, przynajmniej na razie, żeby nie być nieuprzejmy. Może nawet liczy, że jeśli jeszcze trochę posłucham tej durnej paplaniny, to sama zacznę się wahać. Agent to facet w stylu Simona: bystry, arogancki, energiczny. Pewnie czytuje pismo, w którego redakcji Simon pracuje. Jeszcze nie zdążyliśmy wejść na schody, a już zaczęli gadać o sporcie.

– A tu macie całkiem sporych rozmiarów sypialnię – oświadcza agent – wraz z przestronną…

– To nie ma sensu – przerywam mu, kończąc tę farsę. – Nie jest dla nas odpowiednie.

Agent unosi brwi.

– Moim zdaniem nie powinniście za bardzo wybrzydzać – mówi. – Do wieczora to mieszkanie zniknie z rynku. Dziś pokazuję je już piąty raz, a nawet nie wrzuciliśmy go jeszcze na stronę internetową.

– Nie jest dość bezpieczne – odpowiadam stanowczym tonem. – Idziemy?

– Na wszystkich oknach są rygle, do tego drzwi są wyposażone w zamek Chubb. Oczywiście możecie zainstalować alarm przeciwwłamaniowy, jeśli kwestia bezpieczeństwa budzi waszą szczególną obawę. Nie sądzę, żeby właściciel miał coś przeciwko.

Zwraca się teraz bezpośrednio do Simona, zupełnie mnie ignorując. „Jeśli kwestia bezpieczeństwa budzi waszą szczególną obawę". Równie dobrze mógłby zapytać: „Czy twoja dziewczyna czasem nie histeryzuje?".

– Poczekam na zewnątrz – oznajmiam i odwracam się do wyjścia.

Zrozumiawszy pewnie, że popełnił gafę, agent szybko dodaje:

– Jeśli problem stanowi lokalizacja, może powinniście poszukać nieco bardziej na zachód.

– Już szukaliśmy – odpowiada Simon. – Żadne z tamtejszych mieszkań nie jest na naszą kieszeń. Z wyjątkiem tych wielkości schowka na miotły.

Simon usiłuje ukryć frustrację w głosie, ale sam fakt, że musi to robić, złości mnie jeszcze bardziej.

– W Queen's Park mamy jednopokojowe mieszkanie – mówi agent. – Trochę obskurne, ale...

– Już je widzieliśmy – wtrąca Simon. – Ostatecznie doszliśmy do wniosku, że jest nieco zbyt blisko naszego dotychczasowego mieszkania. – Jego ton nie pozostawia wątpliwości, że tak naprawdę to ja doszłam do takiego wniosku.

– Dopiero co pojawiło się mieszkanie na trzecim piętrze w Kilburn…

– Też je oglądaliśmy. Tuż przy jednym z okien biegła rynna.

Agent przygląda mu się nierozumiejącym wzrokiem.

– Ktoś mógłby się po niej wspiąć – wyjaśnia Simon.

– No tak. Cóż, sezon na wynajem dopiero się zaczyna. Może jeśli trochę poczekacie…

Agent najwyraźniej doszedł do wniosku, że tylko marnujemy jego czas, i także zaczyna się przesuwać w kierunku drzwi. Wychodzę na zewnątrz i staję na podeście, starając się zachować bezpieczny dystans.

– Wypowiedzieliśmy już wynajem naszego obecnego mieszkania – słyszę Simona. – Kończą nam się opcje. – Teraz ścisza głos. – Słuchaj, stary, mieliśmy włamanie. Pięć tygodni temu. Dwóch facetów wtargnęło do mieszkania i groziło Emmie nożem. Teraz rozumiesz, dlaczego jest taka nerwowa?

– O cholera – kwituje agent. – Nie mam pojęcia, co bym zrobił, gdyby coś takiego przydarzyło się mojej dziewczynie. Posłuchaj, nie wiem, czy to coś dla was, ale… – Nagle urywa.

– Tak? – zachęca go Simon.

– Czy ktoś w naszym biurze wspominał wam o Folgate Street 1?

– Chyba nie. To jakaś nowa oferta?

– Nie, nie do końca.

Agent nie jest pewny, czy ciągnąć ten wątek.

– Ale mieszkanie jest wolne, tak? – dopytuje Simon.

– W zasadzie tak – odpowiada agent. – To fantastyczne miejsce. Absolutnie fantastyczne. Ze znacznie wyższej półki niż to tutaj. Tyle że właściciel… delikatnie mówiąc, jest trochę w y m a g a j ą c y.

– Gdzie jest to mieszkanie? – pyta Simon.

– W Hampstead – mówi agent. – A raczej bardziej w Hendon. Ale to naprawdę spokojna okolica.

– Em! – woła Simon.

Wracam do środka.

– W sumie możemy je obejrzeć. I tak jesteśmy niedaleko.

Agent kiwa potakująco głową.

– Po drodze wpadnę tylko do biura – mówi – i spróbuję znaleźć dokładne informacje na jego temat. Prawdę mówiąc, już dawno nikogo po tym mieszkaniu nie oprowadzałem. To nie jest miejsce dla każdego. Ale wiele osób dałoby się za nie pokroić. Przepraszam, to nie było zamierzone.

TERAZ: **JANE**

– To już ostatnie. – Camilla, agentka nieruchomości, bębni palcami o kierownicę swojego smarta. – Najwyższa pora, żebyśmy w końcu na coś się zdecydowały.

Wzdycham. Mieszkanie, które przed chwilą obejrzałyśmy – w podupadłej kamienicy niedaleko West End Lane – to w zasadzie jedyne, na jakie mnie stać. I gdy już niemal wmówiłam sobie, że jest całkiem w porządku (ignorując łuszczącą się tapetę, lekki zapaszek gotowania sączący się z mieszkania poniżej, a także ciasną sypialnię oraz pleśń panoszącą się w pozbawionej wentylacji łazience), usłyszałam gdzieś w pobliżu dźwięk dzwonka, staroświeckiego ręcznego dzwonka, i z ulicy nagle dobiegły mnie wrzaski dzieci. Podeszłam do okna i naprzeciwko zobaczyłam szkołę. Mogłam nawet zajrzeć do środka klasy, w której znajdowała się grupa najmłodszych dzieci, a na oknach wisiały wycięte z papieru króliczki i gąski. Nagle poczułam w brzuchu ostre szarpnięcie bólu.

– To mieszkanie chyba jednak odpuszczę – zdołałam wydusić z siebie.

– Naprawdę? – Camilla się zdziwiła. – Chodzi o szkołę? Poprzedni lokatorzy mówili, że raczej lubili gwar bawiących się dzieci.

– Ale chyba nie aż tak bardzo, żeby zostać tu na dłużej. – Odwróciłam się do wyjścia. – Idziemy?

Teraz, w drodze powrotnej do biura, Camilla próbuje wywrzeć na mnie presję za pomocą przedłużającego się milczenia. W końcu postanawia je przerwać.

– Jeśli nic z tego, co dziś oglądałyśmy, nie przypadło ci do gustu, może trzeba pomyśleć o czymś z wyższej półki cenowej.

– Niestety mój budżet nie jest z gumy – odpowiadam oschle, patrząc przez okno.

– W takim razie może powinnaś nieco obniżyć swoje wymagania – rzuca cierpko.

– Jeśli chodzi o to ostatnie mieszkanie… Mam pewne… osobiste powody, dla których nie mogę mieszkać obok szkoły. Przynajmniej na razie.

Widzę, że wzrok Camilli wędruje na mój brzuch, wciąż nieco obwisły po ciąży, a jej oczy rozszerzają się pod wpływem nagłego olśnienia.

– Och – mówi.

Nie jest taka tępa, na jaką wygląda, za co jestem jej bardzo wdzięczna. Na szczęście nie muszę nic więcej wyjaśniać.

Tymczasem w jej głowie chyba rodzi się jakiś pomysł.

– Słuchaj, jest jeszcze jedno miejsce. Tak naprawdę nie powinniśmy go pokazywać bez wyraźnej zgody właściciela, ale od czasu do czasu to robimy. Niektórych to mieszkanie trochę przeraża, ale ja uważam, że jest cudowne.

– Cudowne mieszkanie na moją kieszeń? Chyba nie mówimy o łodzi mieszkalnej, prawda?

– Broń Boże. Wprost przeciwnie. To nowoczesny budynek w Hendon. Cały dom z jedną tylko sypialnią, za to z mnóstwem przestrzeni. Właściciel jest architektem. I to naprawdę sławnym. Kupowałaś kiedyś ubrania w Wanderer?

– Wanderer… – W swoim poprzednim życiu, kiedy miałam pieniądze i porządną, dobrze płatną pracę, czasami wybierałam się do Wanderer, obrzydliwie minimalistycznego sklepu przy Bond Street, w którym kilka potwornie drogich sukienek leżało na masywnych kamiennych stołach niczym dziewice na ołtarzach ofiarnych, a wszystkie sprzedawczynie chodziły ubrane w czarne kimona. – Raz na jakiś czas. Czemu pytasz?

– Firma Monkford Partnership zaprojektowała wszystkie ich sklepy. Jej szef jest nazywany technominimalistą czy jakoś tak. Mnóstwo ukrytych gadżetów, a poza tym same gołe ściany. – Camilla posyła mi dziwne spojrzenie. – Powinnam cię ostrzec: niektórzy uważają jego styl za nieco zbyt… surowy.

– Jakoś to zniosę.

– No i…

– Tak? – dopytuję, gdy Camilla zawiesza głos.

– Właściciel wymaga umowy, która nie jest zwykłą umową najmu – odpowiada z wahaniem.

– To znaczy?

– Myślę, że najpierw – mówi, trącając kierunkowskaz w dół i skręcając na lewy pas – powinnyśmy obejrzeć mieszkanie i sprawdzić, czy ci się spodoba. A potem przedstawię ci wszystkie jego wady.

PRZEDTEM: **EMMA**

No dobra, dom jest fantastyczny. Niezwykły, zapierający dech, cudowny. Nie sposób opisać go słowami.

Choć wygląd samej ulicy niczego takiego nie zapowiadał. Po obu stronach ciągnęły się dwa rzędy dużych, nijakich domów w stylu wiktoriańskim, z czerwonej cegły i otwieranymi do góry oknami, jakie można zobaczyć w całym północnym Londynie, gdy idzie się w kierunku Cricklewood. Wyglądały jak łańcuszek identycznych figurek wyciętych z kartonu, różniły się jedynie wyglądem frontowych drzwi oraz znajdującymi się powyżej małymi, kolorowymi okienkami.

U wylotu ulicy biegło ogrodzenie, za którym stał niski, niewielki budynek przypominający kostkę z jasnego kamienia. Jedynie kilka rozmieszczonych jakby zupełnie przypadkowo poziomych, wąskich okien wskazywało, że był to jednak dom, a nie gigantyczny przycisk do papieru.

– Wow – mówi z wahaniem Simon. – To na pewno tutaj?

– Jak najbardziej – oznajmia radośnie agent. – Folgate Street 1.

Prowadzi nas do drzwi, które znajdują się niemal w jednej płaszczyźnie ze ścianą. Nigdzie nie ma jednak dzwonka. Prawdę mówiąc, nie widzę też klamki ani skrzynki na listy, ani żadnej tabliczki z nazwiskiem – niczego, co świadczyłoby o obecności jakiegokolwiek człowieka. Agent popycha drzwi, a one otwierają się na oścież.

– Kto tu teraz mieszka? – pytam.

– Obecnie nikt. – Agent odsuwa się na bok, by przepuścić nas przodem.

– Czemu więc dom nie był zamknięty? – dopytuję nerwowo, nie ruszając się z miejsca.

– Ależ był. – Uśmiecha się z wyższością. – W swoim smartfonie mam cyfrowy klucz. Jedna aplikacja, która wszystko kontroluje. Wystarczyło tylko, żebym zmienił ustawienia z „niezamieszkany" na „zamieszkany". Potem wszystko przebiegło automatycznie: zamontowane w domu czujniki odczytały szyfr i wpuściły mnie do środka. Gdybym nosił cyfrową bransoletkę, nie potrzebowałbym nawet telefonu.

– Chyba *żartujesz* – mówi Simon, wpatrując się w drzwi jak urzeczony.

Niemal wybucham śmiechem, widząc jego zachwyconą minę. Dla rozkochanego we wszelkich gadżetach Simona koncepcja domu, który można kontrolować za pomocą własnego telefonu, brzmi jak opis najwspanialszego prezentu urodzinowego.

Wchodzę do maleńkiego korytarza, niewiele większego od szafki kuchennej. Gdy agent wciska się za mną do środka, robi się tak ciasno, że nie sposób się obrócić, więc bez pytania o pozwolenie ruszam dalej.

Tym razem to ja mówię „wow". Ten dom naprawdę robi wrażenie. Przez ogromne okna, które wychodzą na niewielki ogród i wysoki, kamienny mur, do wnętrza wlewa się mnóstwo światła. Dom nie jest duży, lecz dość przestronny. Ściany i podłogi są zrobione z tego samego jasnego kamienia co elewacja. Przez wgłębienia w ścianach biegnące tuż przy podłodze ma się poczucie, jakby całe wnętrze unosiło się lekko w powietrzu. W dodatku dom jest p u s t y. Nie chodzi o brak mebli – widzę kamienny stół w pokoju obok, bardzo eleganckie designerskie krzesła do jadalni i długą, niską kanapę w kremowym kolorze – ale nie ma nic więcej, nic, na czym można by zawiesić wzrok. Żadnych drzwi ani szafek, żadnych obrazów ani framug okiennych, żadnych gniazdek elektrycznych, żadnych elementów oświetlenia ani nawet – rozglądam się wokół zdumiona – żadnych włączników światła. I choć nie wydaje się, by dom był opuszczony lub niezamieszkany, panuje tu absolutny porządek.

– Wow – powtarzam dziwnie stłumionym głosem.

Nagle uświadamiam sobie, że nie słyszę żadnych odgłosów dobiegających z ulicy. Rozbrzmiewający w tle zgiełk silników samochodowych, nawoływań robotników na rusztowaniach oraz klaksonów, jaki nieustannie słychać w Londynie, zupełnie ucichł.

– Większość ludzi tak reaguje – kwituje agent. – Przepraszam za kłopot, ale właściciel upiera się, by wszyscy zdejmowali obuwie. Jeśli więc nie macie nic przeciwko temu...

Pochyla się, by rozsznurować swoje szpanerskie buty. Idziemy za jego przykładem. I nagle, jakby to surowe, puste wnętrze wyssało z niego całą tę czczą gadaninę, agent zaczyna spacerować cicho w samych skarpetkach, przyglądając się wszystkiemu z nie mniejszym od naszego osłupieniem.

TERAZ: **JANE**

– Piękny – mówię.

W środku dom jest tak elegancki i wymuskany jak galeria sztuki.

– Po prostu p i ę k n y.

– To prawda – przytakuje Camilla. Wyciąga szyję, by przyjrzeć się nagim, wznoszącym się pod sam dach ścianom z jakiegoś drogiego kamienia o kremowej barwie. Na piętro prowadzą najbardziej minimalistyczne schody, jakie widziałam w życiu. Wyglądają, jakby wyciosano je w ścianie klifu: niewypolerowane kamienne stopnie niemal unoszą się w powietrzu, nieograniczone żadną poręczą i pozbawione jakichkolwiek widocznych wsporników.

– Bez względu na to, jak często tu przychodzę, ten widok zawsze zapiera mi dech w piersi. Ostatni raz byłam tu z grupą studentów architektury. Tak przy okazji, to jeden z warunków wynajmu. Co sześć miesięcy trzeba udostępniać dom dla zwiedzających. Ale oni zawsze zachowują się z dużym szacunkiem. To nie banda turystów, którzy wdeptują gumy do żucia w dywany.

– Kto tu teraz mieszka?

– Nikt. Od blisko roku dom stoi pusty.

Spoglądam w stronę sąsiedniego pokoju, o ile słowo „pokój" jest właściwym określeniem na otwartą przestrzeń, która nie ma nawet otworu drzwiowego, a co dopiero samych drzwi. Na długim kamiennym stole stoi wazon z tulipanami, których krwistoczerwone płatki odcinają się drastycznie od wszechobecnego jasnego kamienia.

– To skąd się wzięły te kwiaty? – Podchodzę do stołu i dotykam blatu. Ani śladu kurzu. – I kto utrzymuje dom w takiej czystości?

– Co tydzień przychodzi sprzątaczka ze specjalnie w tym celu wynajętej firmy. To zresztą kolejny warunek. Nie można zrezygnować z jej usług. Firma zajmuje się też ogrodem.

Podchodzę do okna sięgającego aż do samej podłogi. „Ogród" to chyba za dużo powiedziane. Tak naprawdę to raczej zamknięte podwórko o wymiarach mniej więcej cztery metry na sześć metrów, wyłożone płytami z takiego samego kamienia jak podłoga, na której stoję. Pod przeciwległym murem widać mały, podłużny prostokąt trawy tak krótkiej i precyzyjnie przyciętej jak na polu golfowym. Nie rosną tam jednak żadne kwiaty. Zresztą poza tym małym skrawkiem zieleni nie ma tam nic żywego, żadnego kolorowego detalu. Tylko kilka małych kręgów szarego żwiru.

Odwracam się od okna z myślą, że całemu temu miejscu przydałoby się po prostu trochę kolorów i odrobinę ciepła. Trochę dywanów, kilka bardziej osobistych akcentów i dom wyglądałby naprawdę pięknie, niczym z magazynów wnętrzarskich. Po raz pierwszy od dawna czuję lekki dreszcz ekscytacji. Czyżby wreszcie los się do mnie uśmiechnął?

– Cóż, takie rozwiązanie wydaje mi się całkiem sensowne – mówię. – To wszystko?

Camilla uśmiecha się niepewnie.

– Gdy wspominałam, że to jeden z warunków, miałam na myśli, że to jeden z bardziej zrozumiałych warunków. Wiesz, na czym polega klauzula restrykcyjna?

Kręcę przecząco głową.

– To zbiór wymogów prawnych przypisanych do danej nieruchomości na jej wieczyste użytkowanie. To znaczy, że nie można ich znieść nawet w przypadku sprzedaży domu. Zazwyczaj dotyczą one celu użytkowania, na przykład tego, czy w budynku można prowadzić działalność gospodarczą, takich rzeczy. W przypadku tego domu warunki są zawarte w umowie najmu, ale ponieważ należą do klauzuli restrykcyjnej, nie można ich negocjować ani zmieniać. To wyjątkowo rygorystyczna umowa.

– Czego dokładnie dotyczą te warunki?

– To w zasadzie lista nakazów i zakazów. Głównie zakazów. Nie można dokonywać w domu żadnych przeróbek bez wcześniejszego uzgodnienia ich z właścicielem. Żadnych dywanów ani chodników. Żadnych obrazów. Żadnych roślin doniczkowych. Żadnych ozdób ani książek...

– Żadnych *książek*? To jakiś absurd!

– Nie wolno niczego sadzić w ogrodzie ani wieszać zasłon w oknach...

– Jak mam zasłonić się przed światłem, skoro nie mogę powiesić zasłon?

– Szyby w oknach są światłoczułe. W razie potrzeby same się przyciemniają.

– A więc żadnych zasłon. Coś jeszcze?

– O tak – odpowiada Camilla, ignorując mój sarkastyczny ton. – W sumie jest około dwustu warunków. Ale największe problemy sprawia ostatni z nich.

PRZEDTEM: **EMMA**

– … Żadnych dodatkowych świateł poza tymi, które są zainstalowane – wylicza agent. – Żadnych sznurów do bielizny. Żadnych koszy na śmieci. Żadnych papierosów. Żadnych podkładek pod szklanki ani mat na stole. Żadnych poduszek, bibelotów ani mebli do samodzielnego montażu…

– To c h o r e – stwierdza Si. – Jakim prawem może nam tego zabronić?

Zmontowanie mebli z Ikei w naszym obecnym mieszkaniu zajęło mu kilka tygodni, w związku z czym traktuje je z wyraźną dumą, jakby własnoręcznie je skonstruował, a nawet ściął drzewa, z których zostały zrobione.

– Uprzedzałem, że niełatwo będzie spełnić wszystkie warunki – rzuca agent, wzruszając ramionami.

– Skoro mowa o światłach – pytam, patrząc na sufit – to jak się je włącza?

– Nie włącza się – odpowiada agent. – Uruchamiają je ultradźwiękowe czujniki ruchu. Do tego dochodzi detektor, który dopasowuje natężenie oświetlenia do ilości światła na zewnątrz. To ta sama technologia, która w samochodach odpowiada za uruchamianie nocą reflektorów. Następnie wystarczy tylko wybrać za pomocą aplikacji tryb, jaki nam odpowiada: wydajny, relaksacyjny, do zabawy i tak dalej. Zimą oświetlenie emituje dodatkowe promienie UV, aby zapobiec objawom depresji. Działa to na podobnej zasadzie jak lampy antydepresyjne.

Widzę, że Simon jest pod tak ogromnym wrażeniem tego wszystkiego, że zakaz wstawiania mebli z Ikei nagle przestaje być dla niego problemem.

– Ogrzewanie oczywiście podłogowe – kontynuuje agent, wyczuwając, że jest na fali. – Energia cieplna pochodzi z odwiertu znajdującego się dokładnie pod domem. A we wszystkich oknach są trójwarstwowe szyby. Ten dom jest tak wydajny, że oddaje część wyprodukowanej energii do krajowej sieci energetycznej. Już nigdy więcej nie będziecie musieli płacić rachunku za ogrzewanie.

Zupełnie, jakby ktoś streszczał Simonowi film porno.

– A co z kwestiami bezpieczeństwa? – pytam ostro.

– Wszystkie zabezpieczenia stanowią jeden zintegrowany system – wyjaśnia agent. – Nie widać tego, ale na zewnętrznych ścianach jest zainstalowany alarm przeciwwłamaniowy. We wszystkich pokojach są umieszczone czujniki, te same, które odpowiadają za uruchamianie świateł. W dodatku ten system jest inteligentny. Sam uczy się tego, kim jesteście i jak wygląda wasz zwykły plan dnia, a w przypadku pojawienia się innej osoby kontaktuje się z wami, by się upewnić, czy może ona tu przebywać.

– Em! – woła mnie Simon. – Po prostu m u s i s z zobaczyć kuchnię.

Simon spaceruje po znajdującym się z boku pomieszczeniu z kamiennym stołem. Zupełnie nie wiem, jak wpadł na to, że to jest kuchnia. Wzdłuż jednej ze ścian ciągnie się kamienna lada. Na jej końcu znajduje się coś, co wygląda mi na kran: wystająca nad kamienną powierzchnią wąska stalowa rurka. Niewielkie wgłębienie pod nią sugeruje, że może to być zlew. Na przeciwległym końcu lady widać rząd czterech małych otworów. Agent macha ręką nad jednym z nich i z wnętrza otworu natychmiast wybucha gwałtowny syczący płomień.

– Tadam! – woła agent. – Oto kuchenka. A właściciel woli określenie „refektarz" niż „kuchnia". – Uśmiecha się szeroko, jakby chciał podkreślić, że zdaje sobie sprawę, jakie to idiotyczne.

Teraz, gdy przyglądam się uważniej, dostrzegam, że pomiędzy niektórymi panelami ściennymi biegną niewielkie rowki. Naciskam jeden z nich i kamienna płyta otwiera się z delikatnym pneumatycznym syknięciem. Za nią znajduje się bardzo mała szafka kuchenna.

– Pokażę wam teraz górę – mówi agent.

Schody to wbudowane w ścianę i niczym nieograniczone kamienne stopnie.

– Oczywiście nie jest to zbyt bezpieczne miejsce dla dzieci – stwierdza, prowadząc nas na górę. – Lepiej uważajcie.

– Niech zgadnę – mówi Simon. – Poręcze i bramki ochronne na schody też są na liście rzeczy zakazanych?

– No i zwierzęta – dodaje.

Sypialnia wygląda tak samo ascetycznie jak reszta domu. Łóżko – a w zasadzie cokół z jasnego kamienia ze zwiniętym materacem typu futon – jest wbudowane w ścianę, a łazienka wcale nie jest zamknięta, lecz jedynie ukryta za kolejną ścianą. Jednak podczas gdy pustkę panującą na dole można odebrać jako chłodną i przytłaczającą, piętro wydaje się zaciszne, wręcz przytulne.

– To miejsce przypomina luksusową celę więzienną – komentuje Simon.

– Jak już mówiłem, ten dom nie każdemu przypada do gustu – odpowiada agent. – To oferta dla szczególnego typu klienta…

Simon naciska ścianę przy łóżku i otwiera się kolejny panel. Za nim kryje się szafa. Starczy w niej miejsca ledwie na kilkanaście sztuk ubrań.

– Według jednej z reguł nic nigdy nie może leżeć na podłodze – śpieszy z wyjaśnieniem agent. – Wszystko należy odłożyć na miejsce.

– Skąd ten ktoś będzie wiedział, gdzie leżą nasze ubrania? – Simon marszczy brwi.

– W umowie zapisana jest zgoda na regularne inspekcje. Poza tym, jeśli któraś z zasad zostanie złamana, sprzątaczka musi poinformować o tym firmę administrującą budynkiem.

– Bez jaj – mówi Simon. – Jakbym znowu znalazł się w szkole. Nikt mi nie będzie mówił, czy mam zbierać z podłogi swoje brudne koszule czy nie.

Nagle zdaję sobie sprawę, że od kiedy weszłam do tego domu, nie miałam ani jednego ataku paniki i ani razu nie myślałam o tym, co mi się przydarzyło. Wnętrze jest do tego stopnia odcięte od zewnętrznego świata, tak o d- i z o l o w a n e, że czuję się w nim całkowicie bezpieczna. Przypomina mi się cytat z mojego ulubionego filmu: „Tam od razu się uspokajam, to takie ciche i dostojne miejsce. U Tiffany'ego nic ci nie grozi"*.

– Mieszkanie jest niesamowite – ciągnie Simon. – I gdyby nie te wszystkie warunki, pewnie bylibyśmy nim zainteresowani. Ale straszni z nas bałaganiarze. Sypialnia po stronie Em wygląda jak po wybuchu bomby w sklepie odzieżowym French Connection.

– Cóż, w takim razie... – Agent kiwa głową.

– Podoba mi się tu – wchodzę mu w słowo.

---

* T. Capote, *Śniadanie u Tiffany'ego*, tłum. R. Śmietana, Kraków 2004, s. 33 (wszystkie przypisy pochodzą od tłumacza).

– Naprawdę? – Simon wygląda na zaskoczonego.

– Jest tu inaczej, ale… wydaje się, że to ma sens, prawda? Jeśli ktoś buduje tak niesamowity dom, to chyba zrozumiałe, że chce, aby jego mieszkańcy przestrzegali pewnych reguł i by korzystali z niego zgodnie z jego przeznaczeniem. W przeciwnym razie po co byłoby projektować coś takiego? Zresztą dom jest fantastyczny. Nigdy nie widziałam niczego podobnego, nawet w czasopismach. Chyba możemy zadbać o porządek, jeśli taka jest cena zamieszkania tutaj, prawda?

– Cóż… tak – mówi niepewnie Simon.

– Tobie też się tu podoba? – pytam.

– Jeśli tylko tobie się podoba, to mnie też.

– Ale czy naprawdę ci się tu podoba? To będzie dla nas ogromna zmiana. Nie chcę, żebyśmy się w to pakowali, jeśli naprawdę nie zależy ci na tym miejscu.

Agent przysłuchuje się naszej dyskusji z rosnącym rozbawieniem. Ale z nami zawsze tak jest. Najpierw ja rzucam jakiś pomysł, potem Simon się nad nim zastanawia, ale ostatecznie i tak się zgadza.

– Masz rację, Em – mówi powoli. – To miejsce jest o wiele lepsze od każdego innego, na jakie będzie nas stać. A skoro chcemy zacząć wszystko od nowa, to chyba lepiej zrobić to w całkiem nowym otoczeniu, niż przeprowadzać się do kolejnego standardowego mieszkania z jedną sypialnią, tak czy nie?

Odwraca się do agenta.

– Więc jaki jest kolejny krok? – pyta.

– Ach – wzdycha agent. – I tu właśnie zaczynają się schody.

TERAZ: **JANE**

– Przepraszam, jaki jest ostateczny warunek?

– Zdziwiłabyś się, ilu ludzi chce tutaj mieszkać, pomimo tych wszystkich ograniczeń. Ale ostatnia przeszkoda jest taka, że architekt ma prawo weta. W praktyce oznacza to, że musi sam zaakceptować nowego lokatora.

– Znaczy się... osobiście?

– Jeśli w ogóle dotrzesz do tego etapu. – Camilla kiwa głową. – Najpierw trzeba wypełnić długi formularz zgłoszeniowy. I oczywiście musisz podpisać oświadczenie, że zapoznałaś się ze wszystkimi regułami i że je rozumiesz. Jeśli przejdziesz pomyślnie ten etap, zostaniesz zaproszona na rozmowę z właścicielem bez względu na to, w jakim zakątku świata akurat przebywa. W ostatnich kilku latach była to Japonia, budował drapacz chmur w Tokio. Ale teraz wrócił do Londynu. Zazwyczaj jednak nie zaszczyca nikogo rozmową. Dostajemy od niego tylko e-mail z informacją, że podanie zostało odrzucone. Bez słowa wyjaśnienia.

– A podania jakiego rodzaju ludzi zyskują akceptację?

Camilla wzrusza ramionami.

– Nawet u nas w biurze nikt nie potrafi dostrzec wyraźnego schematu. Chociaż zauważyliśmy, że studenci architektury nie mają najmniejszych szans. A już z pewnością nie trzeba wcześniej mieszkać w podobnym miejscu. Powiedziałabym nawet, że to mogłoby działać na twoją niekorzyść. Poza tym wiem nie więcej niż ty.

Rozglądam się dookoła. Zastanawiam się, na jakim lokatorze by mi zależało, gdybym sama wybudowała ten dom. W jaki sposób tylko na podstawie podania wybrałabym konkretną osobę?

– Uczciwość – mówię cicho.

– Słucham? – Camilla przygląda mi się zdziwiona.

– Chodzi o to, że ten dom nie tylko wygląda ładnie. Przede wszystkim widać po nim, jakiego wymagał zaangażowania. To znaczy jest bezkompromisowy, pod pewnymi względami nawet nieco okrutny. Ale widać, że to dzieło kogoś, kto włożył wszystko, całą swoją pasję, w stworzenie czegoś, co wygląda w stu procentach tak, jak sobie to zamierzył. Może to zabrzmi pretensjonalnie, ale ten dom ma w sobie jakąś u c z c i w o ś ć. I wydaje mi się, że właściciel szuka ludzi, którzy są gotowi tak samo uczciwie traktować zasady życia w tym domu.

Camilla znów wzrusza ramionami.

– Może masz rację. – Ton jej głosu sugeruje, że w to wątpi. – To jak, chcesz spróbować?

Z natury należę do ostrożnych osób. Rzadko podejmuję decyzje bez zastanowienia, zwykle rozważam różne możliwości, staram się przewidzieć konsekwencje, analizuję wszystkie za i przeciw. Sama więc jestem nieco zaskoczona, gdy mówię:

– Tak. Zdecydowanie.

– Dobrze. – Camilla wcale nie wygląda na zdziwioną. W końcu kto nie chciałby zamieszkać w takim domu jak ten? – Wróćmy zatem do biura. Znajdę dla ciebie wszystkie potrzebne dokumenty aplikacyjne.

PRZEDTEM: **EMMA**

1. *Zrób listę wszystkich rzeczy, które uważasz za niezbędne w swoim życiu.*

Podnoszę długopis, po czym znów go odkładam. Sporządzenie listy wszystkich rzeczy, które chcę ze sobą zabrać, zajmie mi całą noc. Ale zastanawiam się nad tym chwilę dłużej i mój wzrok przykuwa słowo „niezbędne". Co tak naprawdę jest niezbędne? Moje ubrania? Od włamania chodzę prawie cały czas w dwóch parach dżinsów na zmianę i starym powyciąganym swetrze. Oczywiście chciałabym wziąć ze sobą trochę sukienek i spódnic, kilka ładnych żakietów, trochę butów. Nic więcej poza tym, za czym bym szczególnie tęskniła. Nasze zdjęcia? Wszystkie są zarchiwizowane w postaci cyfrowej. Kilka w miarę przyzwoitych sztuk biżuterii ukradli mi włamywacze. Meble? Nie mamy nic takiego, co w domu przy Folgate Street 1 nie prezentowałoby się tandetnie i nie było zupełnie nie na miejscu.

Dociera do mnie, że to pytanie zostało sformułowane w ten sposób celowo. Gdyby kazano mi zrobić listę rzeczy, bez których mogłabym się obejść, nigdy nie dałabym rady jej przygotować. Ale kiedy w mojej głowie zasiano myśl, że nic z tego, co mam, wcale nie jest ważne, zaczynam się zastanawiać, czy nie mogłabym po prostu pozbyć się wszystkich swoich rzeczy niczym starej skóry.

Może właśnie na tym polega prawdziwy cel „Reguł", jak już zdążyliśmy je nazwać. Może wcale nie chodzi o to, że architekt jest uwielbiającym kontrolować wszystkich świrem, który nie lubi, gdy ktoś bałagani w jego ślicznym domu. Może to jakiś rodzaj eksperymentu. Eksperymentu z życia.

W takim razie ja i Si bylibyśmy jego królikami doświadczalnymi. Ale szczerze mówiąc, nie przeszkadza mi to. Szczerze mówiąc, *chcę* zmienić to, kim jestem – kim jesteśmy – a wiem, że nie zdołam tego zrobić bez odrobiny pomocy.

Zwłaszcza zmienić tego, kim *jesteśmy*.

Jestem razem z Simonem od czternastu miesięcy, od wesela Saula i Amandy. Znałam ich oboje z pracy, ale byli ode mnie trochę starsi i poza nimi nie kojarzyłam tam zbyt wielu osób. Simon tymczasem był drużbą Saula, wesele okazało się piękne i romantyczne, a między nami dwojgiem od razu coś zaiskrzyło. Od wspólnego picia i rozmowy przeszliśmy do fazy wolnych tańców, a w końcu wymieniliśmy się numerami telefonów. A potem odkryliśmy, że obydwoje nocujemy w tym samym pensjonacie, i tak od słowa do słowa... Na drugi dzień pomyślałam sobie: „Co ja najlepszego zrobiłam?". Uznałam to za kolejną jednorazową przygodę i postanowiłam już nigdy więcej się z nim nie spotkać, a w ogóle czułam się jak skończona szmata. Ale stało się zupełnie inaczej, niż zakładałam. Si zadzwonił do mnie zaraz po powrocie do domu, a potem znów kolejnego dnia i pod koniec tygodnia byliśmy już parą, zresztą ku wielkiemu zdumieniu naszych przyjaciół. A zwłaszcza jego przyjaciół. Si pracuje w imprezowym środowisku pełnym macho, w którym posiadanie dziewczyny na stałe jest uważane niemal za skazę na męskim honorze. W czasopiśmie, do którego pisze Si, dziewczyny są nazywane „laseczkami", „towarami" albo „ślicznotkami". A kolejne strony wypełniają zdjęcia modelek ubranych tylko w majtki i biustonosze, choć artykuły dotyczą głównie gadżetów i nowych technologii. Jeśli, dajmy na to, pojawia się recenzja telefonu komórkowego, to ilustruje ją zdjęcie telefonu trzymanego przez dziewczynę w samej bieliźnie. Jeśli tekst dotyczy laptopów, to modelka na zdjęciu w dalszym ciągu ma na sobie jedynie bieliznę, do tego okulary i stuka w klawiaturę. Jeśli zaś tematem artykułu jest bielizna, to modelka prezentuje się całkiem nago, a majtki trzyma w ręce, jakby właśnie je zdjęła. Za każdym razem gdy redakcja urządza imprezę, modelki zjawiają się na niej w takich mniej więcej strojach, jakie miały na zdjęciach w czasopiśmie, a fotki z balangi zazwyczaj trafiają do najnowszego numeru. To w żadnym razie nie są moje klimaty i jak oznajmił mi Simon na samym początku znajomości, jego też nie. Między innymi dlatego mnie polubił, że – jak powiedział – w niczym nie przypominałam mu wszystkich tych dziewczyn, ponieważ byłam „prawdziwa".

Kiedy poznajesz kogoś na weselu, początek waszego związku nabiera ogromnego przyśpieszenia. W ciągu pierwszych kilku tygodni, od kiedy zaczęliśmy się umawiać, Simon poprosił mnie, żebym się do niego wprowadziła. To też było zaskakujące dla wielu osób – zazwyczaj to dziewczyna naciska w tej kwestii na faceta, ponieważ albo chce wyjść za niego za mąż, albo po prostu przenieść związek na nowy poziom. My jednak zawsze wszystko robimy na odwrót. Może dzieje się tak dlatego, że Simon jest ode mnie nieco starszy. Stale powtarza, że gdy tylko mnie zobaczył, wiedział, że jestem tą jedyną. Spodobało mi się w nim to, że wiedział, czego chce, a chciał właśnie mnie. Nigdy jednak nie przyszło mi do głowy, by spytać samą siebie, czy chcę tego samego co on i czy Simon znaczy dla mnie tyle samo, ile ja dla niego. Tymczasem ostatnio, po włamaniu oraz postanowieniu o wyprowadzce z jego starego mieszkania i znalezieniu razem czegoś nowego, zaczęłam zdawać sobie sprawę, że najwyższy czas, abym w końcu podjęła jakąś decyzję. Życie jest zbyt krótkie, by spędzić je w związku z niewłaściwą osobą.

O ile Si rzeczywiście jest niewłaściwą osobą.

Rozmyślam nad tym dłuższą chwilę, nieświadomie gryząc końcówkę długopisu, aż w ustach mam pełno ostrych plastikowych wiórów. Wiem, to zły nawyk, podobnie jak obgryzanie paznokci. Może uda mi się skończyć i z jednym, i z drugim, gdy zamieszkam przy Folgate Street 1. Może ten dom uczyni mnie lepszym człowiekiem. Może zaprowadzi porządek i dyscyplinę w moim pogrążonym w chaosie życiu. I wreszcie stanę się osobą, która wyznacza sobie cele, tworzy listy rzeczy do zrobienia i potrafi doprowadzić wszystko do końca.

Wracam do formularza. Zamierzam odpowiedzieć na to pytanie najkrócej, jak tylko się da, żeby udowodnić właścicielowi domu, że rozumiem, o co mu chodzi i co próbuje w ten sposób osiągnąć.

I nagle zdaję sobie sprawę, jak powinna brzmieć moja odpowiedź.

Przeznaczone na nią pole zostawiam kompletnie puste. Tak doskonale puste jak wnętrze domu przy Folgate Street 1.

Później pokazuję formularz Simonowi i wyjaśniam, dlaczego tak zrobiłam.

– Ale co z m o i m i rzeczami, Em? Co z Kolekcją?

„Kolekcja" to szumne określenie zbieraniny rozmaitych pamiątek z NASA, które Simon skrupulatnie gromadził przez lata i trzymał głównie w pudłach pod łóżkiem.

– Może oddamy ją na przechowanie do magazynu – proponuję, na poły rozbawiona tym, że naprawdę dyskutujemy, czy kilka kupionych na eBayu rupieci z podpisami Buzza Aldrina i Jacka Schmitta powstrzyma nas przed zamieszkaniem w najbardziej niewiarygodnym domu, jaki widzieliśmy, na poły zaś oburzona, że Simon autentycznie uważa, że jego astronauci są ważniejsi od tego, co mi się przydarzyło. – Zawsze powtarzałeś, że chcesz znaleźć dla Kolekcji jakieś odpowiednie miejsce.

– Boks w jakimś magazynie to nie do końca to, o co mi chodziło, kochanie – odpowiada.

– Si, ale to tylko rzeczy – przekonuję go. – A rzeczy tak naprawdę nie mają znaczenia, prawda?

Wyczuwam, że w powietrzu wisi nowa awantura, powoli ogarnia mnie dobrze mi znana wściekłość. „Po raz kolejny – mam ochotę wykrzyczeć – dajesz mi do zrozumienia, że zamierzasz w końcu coś zrobić, a gdy przychodzi co do czego, próbujesz wycofać się rakiem!"

Oczywiście nie mówię tego. Taki wybuch gniewu nie jest w moim stylu.

Carol, terapeutka, do której chodzę od czasu włamania, twierdzi, że gniew to dobry znak. Oznacza, że jestem niezłomna czy coś w tym stylu. Niestety mój gniew jest nakierowany wyłącznie na Simona. Rzekomo to też normalne. Ci, którzy są nam najbliżsi, odczuwają go najmocniej.

– Dobra, dobra – mówi szybko Simon. – Kolekcja trafi do magazynu. Ale mogą być jeszcze inne rzeczy…

Zamierzam jednak strzec tej cudownie pustej przestrzeni, jaką pozostawiłam w miejscu na odpowiedź.

– Zostawmy wszystko – rzucam ze zniecierpliwieniem w głosie. – Zacznijmy od nowa. Wyobraźmy sobie, że lecimy na wakacje i linie lotnicze żądają jakichś kosmicznych dopłat za bagaż, dobrze?

– Dobrze – odpowiada Simon.

Ale czuję, że mówi to tylko po to, żebym nie wpadła w szał. Podchodzi do zlewu i ostentacyjnie zaczyna zmywać brudne kubki i talerze, które tam naskładałam. Wiem, że jego zdaniem nie jestem do tego zdolna, że brakuje mi dyscypliny, by żyć w uporządkowany sposób. Ciągle słyszę, że wytwarzam wokół siebie chaos. Przesadzam w jedną lub w drugą stronę. Ale właśnie dlatego chcę to zrobić. Chcę wymyślić siebie na nowo. A to, że towarzyszy mi w tym ktoś, kto uważa, że mnie zna i że się do tego nie nadaję, potwornie mnie wkurza.

– Poza tym wydaje mi się, że będę tam wreszcie mogła pisać – dodaję. – W takim spokojnym otoczeniu. Od dawna zachęcałeś mnie do napisania książki.

Simon mruczy coś bez przekonania.

– Albo zacznę prowadzić blog – mówię.

Rozważam ten pomysł pod każdym możliwym kątem. Blog to byłoby naprawdę coś fajnego. Mogłabym go nazwać *Minimalistyczna ja* albo *Moja minimalistyczna podróż*. Albo jeszcze prościej: *Mini Miss*.

Na myśl o tym ogarnia mnie lekka ekscytacja. Zastanawiam się, ilu czytelników mógłby mieć blog o minimalistycznym trybie życia. Może nawet zyskam jakichś reklamodawców, rzucę normalną pracę, a na podstawie bloga napiszę bestsellerowy poradnik. Emma Matthews, *Księżniczka z Krainy Nic*.

– Chcesz więc zlikwidować pozostałe blogi, które ci założyłem? – pyta Simon, wyraźnie dając mi do zrozumienia, że według niego nie traktuję tego poważnie. To prawda, że *Londyńska dziewczyna* zyskała tylko osiemdziesięciu czterech czytelników, a *Chick Lit Chick* zaledwie osiemnastu, ale tak naprawdę nigdy nie miałam czasu, by pisać więcej tekstów na te blogi.

Przewracam kolejną stronę formularza. Dopiero pierwsze pytanie, a my już się kłócimy. Zostały jeszcze tylko trzydzieści cztery.

TERAZ: **JANE**

Przeglądam formularz, który mam wypełnić. Niektóre pytania brzmią wyjątkowo dziwnie. Rozumiem, że to, które rzeczy zamierzam ze sobą zabrać albo co chciałabym zmienić w wyposażeniu czy instalacjach mieszkania, nie jest bez znaczenia, ale co z takimi pytaniami jak:

„23. Czy poświęciłabyś swoje życie, aby uratować dziesięciu obcych sobie ludzi?",

„24. A dziesięć tysięcy?",

„25. Czy grubi ludzie wywołują u Ciebie: a) smutek; b) irytację?"?

Miałam rację, gdy użyłam w odniesieniu do tego mieszkania słowa „uczciwość". Te pytania pochodzą z jakiegoś testu psychometrycznego. Jednak słowo „uczciwość" nie należy do codziennego języka agentów nieruchomości. Nic więc dziwnego, że Camilla wyglądała na tak bardzo speszoną.

Przed wypełnianiem dokumentów wpisuję w Google'a „Monkford Partnership". Pierwszy link odsyła do oficjalnej strony internetowej firmy. Klikam w niego i na ekranie pojawia się zdjęcie gołej ściany. To bardzo piękna ściana, z jasnego drobnoziarnistego kamienia, jednak niewiele można się z niej dowiedzieć.

Klikam po raz kolejny i wyświetlają się dwa słowa:

REALIZACJE

KONTAKT

Gdy wybieram „Realizacje", na ekranie rozwija się lista:

DRAPACZ CHMUR, TOKIO

BUDYNEK MONKFORD, LONDYN

WANDERER CAMPUS, SEATTLE

DOMEK NA PLAŻY, MINORKA

KAPLICA, BRUGIA

CZARNY DOM, INVERNESS

FOLGATE STREET 1, LONDYN

Po kliknięciu na każdą z nazw wyświetlają się fotografie - nie ma żadnych opisów, tylko same zdjęcia. Wszystkie budynki są całkowicie minimalistyczne. Każdy jest zbudowany z jednakową troską o detale i z takich samych wysokiej jakości materiałów jak dom przy Folgate Street. Na fotografiach nie widać żadnych osób ani niczego, co wskazywałoby na jakąkolwiek ludzką obecność. Kaplica i domek na plaży wyglądają niemal identycznie: to surowe sześciany z jasnego kamienia i tafli szkła. Różnią się tylko widokami roztaczającymi się z okien.

Wchodzę na Wikipedię.

Edward Monkford (ur. 1980) – brytyjski technoarchitekt kojarzony z estetyką minimalizmu. W 2005 roku wspólnie z technologiem baz danych Davidem Thielem i dwoma innymi osobami założył firmę Monkford Partnership. Są oni pionierami rozwoju domotyki, czyli systemu inteligentnego zarządzania domem, dzięki któremu dom lub budynek staje się zintegrowanym organizmem pozbawionym nadmiernie rozbudowanych i niepotrzebnych elementów[1].

Co rzadko spotykane, firma Monkford Partnership zajmuje się realizacją tylko jednego zlecenia w danym czasie, dlatego jej dorobek jest jak dotąd niewielki. Obecnie pracuje ona nad swym dotychczas najbardziej ambitnym projektem: New Austell, ekomiastem na dziesięć tysięcy domów w Kornwalii Północnej[2].

Przewijam w dół listę nagród. „The Architectural Review" nazwał Monkforda „niesfornym geniuszem", a magazyn „Smithsonian" określił go mianem „najbardziej wpływowej postaci brytyjskiej architektury [...]. Skrytym innowatorem, którego prace są równie powściągliwe, jak głębokie".

Przeskakuję do sekcji „Życie prywatne".

W 2006 roku, kiedy jeszcze był nieznany, Monkford poślubił Elizabeth Mancari, swoją wspólniczkę z Monkford Partnership. Mieli jednego syna Maksa, który przyszedł na świat w 2007 roku. Matka i dziecko zginęli w wypadku podczas budowy domu przy Folgate Street 1 (2008–2011), który miał im służyć jako dom rodzinny, jak również stanowić modelowy przykład umiejętności architektonicznych nowo założonej firmy[3]. Niektórzy komentatorzy[JACY?] wskazywali na to, że ta tragedia oraz późniejszy długi urlop Edwarda Monkforda w Japonii wywarły olbrzymi wpływ na ukształtowanie jego ascetycznego, mocno minimalistycznego stylu, który następnie rozsławił jego firmę na świecie.

Po powrocie z urlopu Monkford porzucił pierwotną koncepcję domu przy Folgate Street 1 – wówczas wciąż jeszcze był tam plac budowy[4] – i zaprojektował go od zera. Powstały budynek uhonorowano kilkoma ważnymi nagrodami, w tym Stirling Prize przyznaną przez Królewski Instytut Architektów Brytyjskich[5].

Czytam te słowa raz jeszcze. A więc historia tego domu zaczęła się od śmierci. A w zasadzie od śmierci dwóch osób. Podwójna strata. Czy to dlatego czuję się w nim jak u siebie? Czy istnieje jakiś rodzaj więzi pomiędzy tymi surowymi wnętrzami a moim poczuciem straty?

Odruchowo zerkam na walizkę stojącą pod oknem. Walizkę pełną dziecięcych ubranek.

Moje dziecko umarło. Moje dziecko umarło, a trzy dni później je urodziłam. Nienaturalność tej sytuacji, okropność, jaka kryje się za odwróceniem zwykłego porządku rzeczy, wciąż jeszcze boli mnie bardziej niż wszystko inne.

Doktor Gifford, niewiele starszy ode mnie ginekolog-położnik, spojrzał mi w oczy i wyjaśnił, że muszę urodzić dziecko w sposób naturalny. Ryzyko infekcji oraz innych komplikacji, a także fakt, że cesarskie cięcie to poważna operacja, wpłynęły na to, iż (zgodnie z polityką szpitala) nie mogli oferować cesarki pacjentkom w przypadku śmierci wewnątrzmacicznej płodu. „Oferować" – użył dokładnie tego słowa, jakby urodzenie dziecka, nawet martwego, przez cesarskie cięcie było czymś w rodzaju darmowego kosza owoców serwowanego na powitanie gościom w hotelu. Lekarz powiedział mi, że wywołają u mnie skurcze porodowe, i zapewnił, że postarają się, by wszystko przebiegło tak szybko i bezboleśnie, jak to tylko możliwe.

„Ale ja wcale nie chcę, żeby było bezboleśnie – pomyślałam. – Chcę, żeby mnie bolało, a skutkiem tego cierpienia ma być żywe dziecko". Zaczęłam się zastanawiać, czy doktor Gifford ma dzieci. Doszłam do wniosku, że musi mieć. Lekarze żenią się młodo, zazwyczaj z lekarkami, a on wydawał się zdecydowanie zbyt miły, by nie mieć rodziny. Pewnie wróci dziś do domu i wieczorem, popijając piwo przed kolacją, opowie swojej żonie, jak upłynął mu dzień, użyje takich określeń jak „śmierć wewnątrzmaciczna", „urodzone w terminie", a może nawet doda, że jest „nieco przygnębiony". A potem jego córeczka pokaże mu rysunek, który zrobiła w szkole, a on pocałuje ją i powie jej, że jest cudowna.

Już pełne napięcia twarze personelu medycznego zdradziły mi, że moja sytuacja należy do naprawdę strasznych i rzadkich. Ale podczas gdy oni mogli szukać pewnej ucieczki w swoich obowiązkach, mnie pozostawało jedynie przytłaczające, otępiające poczucie porażki. Gdy podpięli mnie do kroplówki z hormonami, gdzieś z głębi oddziału położniczego dobiegły mnie krzyki rodzącej. Z tym że ta kobieta wyjdzie stąd z dzieckiem, a nie ze skierowaniem do psychoterapeuty. M a c i e r z y ń s t w o. Kolejne dziwne słowo, jeśli się nad nim zastanowić. Czy ja w ogóle b ę d ę matką, czy też istnieje jakieś inne określenie na to, kim mam się stać? Już słyszałam, jak w odniesieniu do mnie mówili o stanie „popołogowym" zamiast „poporodowym".

Ktoś zapytał mnie o ojca dziecka, a ja pokręciłam głową. Żadnego ojca, którego należałoby powiadomić. Tylko moja przyjaciółka Mia siedząca przy mnie, pobladła ze strachu i niepokoju, gdy wszystkie nasze starannie obmyślane plany porodowe – świece zapachowe, basen i iPod załadowany muzyką Bacha i piosenkami Jacka Johnsona – wzięły w łeb w obliczu gorączkowej krzątaniny lekarzy i pielęgniarek wokół mojego łóżka. Nikt nawet nie wspomniał o tych planach, jakby należały do złudnego przekonania, że wszystko jest w porządku, mnie nic nie grozi, a urodzenie dziecka to proces tylko nieco bardziej wymagający od odnowy w spa lub szczególnie intensywnego masażu, a nie śmiertelnie niebezpieczny, nader często kończący się tak jak w moim przypadku. Jeden przypadek na dwieście, jak powiedział doktor Gifford. W jednej trzeciej takich przypadków nie udaje się określić przyczyn. To, że byłam zdrowa i w dobrej kondycji – przed ciążą codziennie ćwiczyłam pilates i co najmniej raz w tygodniu biegałam – nie ma tu żadnego znaczenia. Ani tym bardziej mój wiek. Niektóre dzieci po prostu umierają. Pozostanę bezdzietna, a mała Isabel Margaret Cavendish nigdy nie będzie mieć matki. Jej życie nigdy nie nastąpi. Gdy pojawiły się skurcze, zaczerpnęłam haust gazu wymieszanego z powietrzem, a mój umysł wypełnił się potwornymi wizjami. Zaroiło się w nim od wynaturzonych istot pływających w wiktoriańskich słojach z formaldehydem. Wrzeszczałam i napinałam mięśnie, choć położna powtarzała mi, że jeszcze nie pora.

Ale po wszystkim, gdy już urodziłam – lub raczej uśmierciłam – swoje dziecko, ogarnął mnie dziwny spokój. Widocznie do głosu doszły hormony, ta sama mieszanka miłości, szczęścia i ulgi, którą odczuwa każda świeżo upieczona matka. Isabel była cudowna, cicha, a ja trzymałam ją w ramionach i przemawiałam do niej pieszczotliwie jak każda inna matka do swojej małej córeczki. Pachniała wydzielinami ciała, płynami ustrojowymi i słodką, świeżą skórą. Jej ciepła, mała piąstka była zawinięta wokół mojego palca jak piąstka każdego innego noworodka. A ja czułam... radość.

Położna zabrała ją, aby zrobić odlewy jej rączek i stóp do mojego pudełka pamięci. Wtedy po raz pierwszy zetknęłam się z tym określeniem, więc musiała mi wyjaśnić, o co chodzi. Otóż miałam dostać pudełko po butach zawierające ścinek włosów Isabel, kawałek tkaniny, którym była owinięta, kilka fotografii oraz gipsowe odlewy. Przypominało to małą trumienkę z pamiątkami po osobie, która nigdy tak naprawdę nie istniała. Gdy położna przyniosła gipsowe odlewy, wyglądały jak jakiś projekt plastyczny dla przedszkolaków. Różowy gips na rączki, niebieski na stopy. Dopiero wtedy w końcu zaczęło do mnie docierać, że nie będzie żadnych projektów plastycznych, żadnych rysunków na ścianach, wybierania szkół, wyrastania ze szkolnych mundurków. Straciłam nie tylko małe dziecko, ale także dziewczynkę, nastolatkę, kobietę.

Jej stópki i całe ciało były teraz zimne. Gdy pod kranem w swoim pokoju zmyłam z jej paluszków resztki gipsu, spytałam położną, czy mogę zabrać ją ze sobą na jakiś czas do domu. Położna popatrzyła na mnie nieufnie i stwierdziła, że to byłoby jednak trochę dziwne. Ale tu, w szpitalu, mogę trzymać ją w ramionach tak długo, jak tylko zechcę. Odparłam, że jestem już gotowa i mogą ją ode mnie zabrać.

Gdy chwilę później wpatrywałam się przez łzy w szare londyńskie niebo, miałam poczucie, jakby coś mi amputowano. Po powrocie do domu dziki gniew ustąpił miejsca odrętwieniu. Gdy przyjaciele rozmawiali ze mną wzruszonymi i pełnymi współczucia głosami o mojej s t r a c i e, miałam wrażenie, jakby mówili o mojej porażce. Niezwykle trafne w swej potworności skojarzenie. Inne kobiety wygrały, wyszły zwycięsko ze starcia z naturą i genetyką. A ja nie. Choć zawsze byłam taka ambitna, skuteczna i osiągałam sukcesy, tym razem poniosłam klęskę. I jak się przekonałam, żałoba wcale nie różni się tak bardzo od poczucia przegranej.

O dziwo jednak, wszystko w zasadzie wróciło do poprzedniego stanu – przynajmniej z pozoru. Do czasu sprzed krótkiego, kulturalnego romansu z moim odpowiednikiem z biura w Genewie, rozgrywającego się w hotelowych pokojach i nijakich restauracjach. Do czasu sprzed poranków wypełnionych wymiotowaniem i początkowo przerażającej świadomości, że może wcale nie byliśmy tak ostrożni, jak nam się wydawało. Do czasu sprzed trudnych rozmów telefonicznych, e-maili i jego delikatnych aluzji dotyczących konieczności „podjęcia decyzji", „załatwienia sprawy", „nieodpowiedniego momentu". Do czasu sprzed stopniowo rosnącego przekonania, że moment jest jak najbardziej odpowiedni i choć romans, w który się wplątałam, nie prowadzi do żadnego długotrwałego związku, cała ta sytuacja stwarza mnie, niezamężnej trzydziestoczterolatce, pewną szansę. Moje zarobki spokojnie wystarczały dla dwojga, a firma PR-owska, w której pracowałam, chlubiła się swoimi udogodnieniami i świadczeniami dla młodych matek. Nie tylko mogłabym wziąć prawie cały rok wolnego, by spędzić go z dzieckiem, ale także po powrocie z urlopu miałam zagwarantowane elastyczne godziny pracy.

Moi zwierzchnicy okazali mi nie mniejsze wsparcie, gdy powiedziałam im o urodzeniu martwego dziecka, i zaproponowali bezterminowe zwolnienie lekarskie. Zresztą i tak już znaleźli kogoś na zastępstwo na czas mojego urlopu macierzyńskiego. Siedziałam więc sama w mieszkaniu starannie przygotowanym na pojawienie się dziecka – stało w nim łóżeczko, najbardziej wypasiony wózek dziecięcy Bugaboo, a na jednej ścianie w sypialni widniał ręcznie malowany wzorek z cyrkowymi motywami. Pierwszy miesiąc spędziłam na wyciskaniu z piersi mleka, które wylewałam do zlewu.

Pracownicy rozmaitych urzędów starali się być mili, ale sama biurokracja była dla mnie bezlitosna. Odkryłam, że prawo nie przewiduje żadnego świadczenia z tytułu urodzenia martwego dziecka. Kobieta w mojej sytuacji musi jednocześnie zgłosić jego zgon i narodziny – wciąż ogarnia mnie złość na myśl o tym urzędniczym okrucieństwie. Odbył się też pogrzeb – to kolejny wymóg prawny, mnie samej również bardzo zależało na pogrzebie. Ciężko było wygłosić mowę pogrzebową nad grobem kogoś, kto nie przeżył na tym świecie ani sekundy, ale się staraliśmy.

Zaoferowano mi pomoc psychologa. Przyjęłam ją, choć w głębi duszy wiedziałam, że to i tak nic nie da. Przede mną wznosiła się ogromna góra cierpienia i żadne gadanie nie było w stanie pomóc mi się na nią wspiąć. Musiałam się zabrać do pracy. Gdy w końcu stało się jasne, że przez najbliższy rok nie mogę wrócić na swoje dawne stanowisko – najwyraźniej nie można zwolnić kogoś zatrudnionego na zastępstwo, takiej osobie przysługują te same prawa co każdemu innemu pracownikowi – odeszłam z firmy i zaczęłam pracować na pół etatu dla organizacji charytatywnej wspierającej badania nad umieralnością płodów. Oznaczało to, że nie było mnie już stać na utrzymanie mieszkania, choć i tak zamierzałam się wyprowadzić. Mogłam się pozbyć łóżeczka i dziecięcej tapety, ale to wciąż był dom, w którym brakowało Isabel.

PRZEDTEM: **EMMA**

Coś mnie budzi.

Od razu wiem, że to nie jacyś pijani pod budką z kebabem ani bójka na ulicy, ani helikopter policyjny, ponieważ do tych odgłosów jestem już tak przyzwyczajona, że prawie nie zwracam na nie uwagi. Podnoszę głowę i nasłuchuję. Stłumiony łoskot, potem kolejny.

Ktoś chodzi po mieszkaniu.

W okolicy doszło ostatnio do kilku włamań i przez chwilę czuję, jak żołądek zaciska mi się w ciasny supeł. Nagle coś sobie przypominam. Simon wyszedł dziś z kumplami na piwo, a ja położyłam się spać, nie czekając na jego powrót. Sądząc po tych hałasach, pewnie za dużo wypił. Mam tylko nadzieję, że weźmie prysznic, zanim przyjdzie do łóżka.

Po dźwiękach dobiegających z ulicy, a raczej po ich braku, domyślam się, jak może być późno. Nie słychać warkotu samochodów ruszających na światłach na skrzyżowaniu. Ani trzasku drzwiczek zamykanych pod budką z kebabem. Odnajduję telefon i zerkam na wyświetlacz. Nie mam szkieł kontaktowych, ale widzę, że zegar wskazuje 2.41.

Si idzie wzdłuż korytarza, ale jest tak pijany, że nie pamięta o skrzypiącej podłodze koło łazienki.

– W porządku! – wołam do niego. – Nie śpię!

Kroki zatrzymują się pod drzwiami sypialni. Aby pokazać mu, że nie jestem na niego zła, dodaję:

– Wiem, że jesteś pijany.

Niewyraźne głosy. Szepty.

To znaczy, że przyprowadził kogoś ze sobą. Jakiegoś zalanego kumpla, który spóźnił się na ostatni pociąg podmiejski. To akurat jest wkurzające. Jutro czeka mnie ciężki dzień – a właściwie to już d z i s i a j – i nie zamierzam robić śniadania jego skacowanym kolegom z pracy. Chociaż wiem, że gdy przyjdzie co do czego, Simon będzie czarujący i zabawny, będzie nazywał mnie ślicznotką i opowiadał, jak to niemal zostałam modelką i że jest najszczęśliwszym facetem na świecie, a ja ostatecznie mu ulegnę i znów spóźnię się do pracy.

– Do zobaczenia rano! – wołam nieco rozzłoszczona.

Pewnie zaraz włączą xboksa.

Ale kroki się nie oddalają.

Poirytowana wstaję z łóżka – jestem dość przyzwoicie ubrana, na wypadek gdyby Simon był z kumplem: mam na sobie stary T-shirt i bokserki – i otwieram drzwi.

Nie jestem jednak tak szybka jak stojąca po drugiej stronie postać w ciemnym ubraniu i kominiarce na głowie. Napastnik mocnym, gwałtownym ruchem uderza w drzwi ramieniem, przewracając mnie do tyłu. Zaczynam krzyczeć, a przynajmniej tak mi się wydaje. To może być tylko jęk, ponieważ strach ściska mi gardło. W kuchni jest włączone światło, więc widzę blask unoszonego noża. Nóż jest bardzo mały, niewiele większy od pióra.

Spod ciemnej wełnianej kominiarki wyzierają oczy napastnika. Przygląda mi się uważnie.

– Spokój! – woła.

Za nim widzę kolejną kominiarkę, kolejną parę oczu, w których dostrzegam jednak większy niepokój.

– Zostaw ją, brachu – mówi ten drugi.

Jeden z intruzów jest biały, drugi czarny, obaj posługują się tym samym ulicznym slangiem.

– Wyluzuj – odpowiada pierwszy. – Jest zajebiście, co nie?

Przysuwa do mnie nóż, aż znajduje się tuż przed moją twarzą.

– Dawaj telefon, ty nadęta dziwko.

Zamieram.

Ale potem jestem dla niego zbyt szybka. Sięgam ręką za siebie. Wydaje mu się, że zamierzam wziąć telefon, tymczasem chwytam nóż: wielki kuchenny nóż do mięsa, który trzymam na nocnym stoliku. Ciężki, gładki trzonek wsuwa się łagodnie w moją dłoń i jednym płynnym ruchem wbijam go w brzuch tego sukinsyna, tuż poniżej żeber. Wchodzi z łatwością. „Nie ma krwi", myślę sobie, gdy wyciągam nóż i zadaję kolejne pchnięcie. Żadnego rozprysku krwi jak w horrorach. To ułatwia mi zadanie. Zadaję mu cios w ramię, następnie w brzuch, a potem jeszcze niżej, gdzieś w okolicy fiuta, i przekręcam bez litości ostrze w jego pachwinie. Gdy mężczyzna pada na ziemię, przechodzę nad jego ciałem w kierunku drugiego napastnika.

– Ty też – zwracam się do niego. – Ty też tam byłeś, nie powstrzymałeś go. Ty mały chujku. – Pakuję mu nóż w usta, to łatwe jak wrzucenie listu do skrzynki pocztowej.

I nagle wszystko znika, a ja budzę się z krzykiem.

– To normalne – stwierdza Carol, kiwając głową. – Zupełnie normalne. Prawdę mówiąc, to dobry znak.

Nawet teraz, siedząc w pokoju, w którym Carol spotyka się z pacjentami na sesjach terapeutycznych, wciąż cała się trzęsę. Niedaleko ktoś kosi trawnik.

– W jakim sensie dobry? – pytam tępo.

Carol znów kiwa głową. Robi to bardzo często, niemal za każdym razem gdy coś powiem, jakby chciała dać do zrozumienia, że zazwyczaj nie odpowiada na pytania swoich pacjentów, ale ten jeden raz zamierza zrobić wyjątek, specjalnie dla mnie. Może zrobić to tylko dla kogoś, kto tak „świetnie się spisuje", kto robi tak „wspaniałe postępy" i kto prawdopodobnie nawet zaczyna „wychodzić z kryzysu", jak powtarza na zakończenie każdej sesji. Carol została mi polecona przez policję, więc musi być dobra, ale jeśli mam być szczera, to wolałabym, żeby policjanci dopadli tych dwóch sukinsynów, a nie napędzali klientów psychoterapeutom.

– Fantazjowanie o tym, że miałaś wtedy nóż, to może być sygnał od twojej podświadomości, że chce przejąć kontrolę nad tym, co się wydarzyło – wyjaśnia Carol.

– Naprawdę? – Podciągam pod siebie nogi. Wprawdzie nie mam butów, ale nie jestem pewna, czy mogę sobie na to pozwolić, patrząc na nieskazitelnie czystą kanapę Carol. Dochodzę jednak do wniosku, że coś mi się w końcu należy za te pięćdziesiąt funtów. – To ta sama podświadomość, która postanowiła wyrzucić z mojej pamięci wszystko, co się stało po tym, jak oddałam im telefon? Może chce mi po prostu powiedzieć, jaką byłam skończoną idiotką, że nie trzymałam przy łóżku noża?

– To jedna z możliwych interpretacji, Emmo – mówi Carol. – Ale moim zdaniem niezbyt pomocna. Ludzie, którzy zostali napadnięci, często obwiniają samych siebie zamiast napastnika. Ale to napastnik złamał prawo, nie ty. Posłuchaj – dodaje – same okoliczności tego, co ci się przytrafiło, interesują mnie w mniejszym stopniu niż twój powrót do zdrowia. Patrząc na to z pewnej perspektywy, można powiedzieć, że ten sen to dla ciebie znaczący krok. W tych ostatnich wyobrażeniach zaczynasz kontratakować, obwiniasz raczej napastników niż siebie. Nie chcesz być postrzegana jako ofiara.

– Tyle że ja jestem ich ofiarą – odpowiadam. – I nic tego nie zmieni.

– Jesteś? – odzywa się cicho Carol. – Czy może raczej byłaś?

Po długiej, wymownej chwili milczenia – „terapeutycznym oddechu", jak czasami nazywa to Carol, co stanowi dość idiotyczne określenie zwykłej chwili ciszy – podpytuje delikatnie:

– A Simon? Jak ci się z nim układa?

– Stara się – odpowiadam. Nie brzmi to zbyt przekonująco, więc zaraz dodaję: – To znaczy stara się najlepiej, jak może. Parzy mi hektolitry herbaty i ma dla mnie nieskończone pokłady współczucia. Jakby czuł się winny, że nie było go wtedy przy mnie. Wyobraża sobie chyba, że byłby w stanie pobić obu napastników i zastosować areszt obywatelski. Choć wtedy pewnie sam zostałby pchnięty nożem. Albo zaczęliby go torturować, żeby zdradził im PIN-y do swoich kart.

– Społeczeństwo ma pewne... wyobrażenie na temat tego, czym jest męskość – mówi łagodnie Carol. – Kiedy to wyobrażenie zostanie naruszone, mężczyzna może się poczuć zagrożony i niepewny.

Tym razem milczenie ciągnie się przez dobrą minutę.

– A jak z jedzeniem? Dobrze się odżywiasz? – odzywa się Carol.

Z jakiegoś powodu przyznałam się jej, że kiedyś cierpiałam na zaburzenia odżywiania. No cóż, „kiedyś" to dość względne pojęcie – każdy, kto miał z tym do czynienia, wie, że takie zaburzenia tak naprawdę nigdy nie zanikają i grożą nawrotem, gdy tylko sprawy w naszym życiu się komplikują i wymykają spod kontroli.

– Si pilnuje, żebym jadła – odpowiadam. – Wszystko w porządku.

Nie mówię jej jednak, że czasami brudzę talerz jedzeniem i wstawiam go do zlewu, żeby Simon myślał, że jadłam, ani o tym, że niekiedy po wspólnym obiedzie w restauracji wywołuję u siebie wymioty. Do niektórych sfer mojego życia nikt nie ma wstępu. Zresztą to jedna z tych rzeczy, które dawniej lubiłam u Simona – to, jak się mną opiekował, gdy byłam chora. Problem w tym, że gdy nie jestem chora, cała ta jego troskliwość doprowadza mnie do szału.

– Nic nie zrobiłam – mówię ni stąd, ni zowąd. – Kiedy się włamali. Tego właśnie nie potrafię zrozumieć. Cała dosłownie dygotałam od adrenaliny. Powinnam walczyć albo uciekać, prawda? A ja nie zrobiłam ani jednego, ani drugiego. Nie zrobiłam n i c.

Bez żadnego wyraźnego powodu nagle zaczynam płakać. Biorę z kanapy poduszkę i przyciskam ją mocno do piersi, jakbym w ten sposób chciała wycisnąć resztki życia z tych dwóch gnojków, którzy mnie napadli.

– Coś jednak zrobiłaś – stwierdza Carol. – Udawałaś, że śpisz. Zadziałałaś instynktownie, to zupełnie zrozumiałe zachowanie. To zupełnie jak z zającami i królikami: w obliczu zagrożenia zające uciekają, a króliki się przyczajają. W takich sytuacjach trudno mówić o dobrej czy złej reakcji. Wszystko może się wydarzyć.

Carol pochyla się nad stolikiem i przesuwa bliżej mnie pudełko chusteczek higienicznych.

– Emmo, chcę czegoś spróbować – oznajmia, gdy kończę wydmuchiwać nos.

– Czego? – pytam słabym głosem. – Byle nie hipnozy. Już mówiłam, że nie poddam się hipnozie.

Carol kręci przecząco głową.

– To terapia odwrażliwiania za pomocą ruchu gałek ocznych, w skrócie EMDR. Z początku może się wydawać nieco dziwna, ale to w zasadzie bardzo prosta metoda. Usiądę przy tobie i zacznę przesuwać palcami z jednej strony na drugą w obrębie twojego pola widzenia, co pomoże ci odtworzyć na nowo wspomnienia traumatycznych przeżyć. Jednocześnie cały czas masz śledzić wzrokiem ruch moich palców.

– I jak ma mi to pomóc? – pytam z powątpiewaniem.

– Szczerze mówiąc, nie wiemy dokładnie, w jaki sposób działa EMDR. Ale pozwoli ci przepracować to, co się stało, nadać tym wydarzeniom pewną perspektywę. Ta metoda jest szczególnie pomocna w przypadku osób, które nie mogą przypomnieć sobie szczegółów tego, co im się przytrafiło. To jak, chcesz spróbować?

– No dobra. – Wzruszam ramionami.

Carol przysuwa krzesło, tak że znajduje się teraz bardzo blisko mnie, i unosi dwa palce.

– Chcę, abyś skoncentrowała się na pierwszym obrazie, jaki pamiętasz z chwili włamania. Niech na razie będzie on nieruchomy. Jakbyś nacisnęła pauzę podczas oglądania filmu.

Carol zaczyna przesuwać palcami z boku na bok. Posłusznie wodzę za nimi wzrokiem.

– Właśnie tak, Emmo – mówi. – A teraz niech zacznie się film. Przypomnij sobie, jak się czułaś.

Początkowo trudno mi się skoncentrować, ale gdy wreszcie przyzwyczajam się do ruchu jej palców, mogę się skupić na tyle, by odtworzyć w pamięci noc napadu.

Głuchy odgłos w salonie.

Kroki.

Szepty.

Wstaję z łóżka.

Drzwi otwierają się z hukiem. Nóż przed moją twarzą.

– Oddychaj głęboko – szepcze Carol. – Tak jak ćwiczyłyśmy.

Dwa–trzy głębokie oddechy. *Wstaję z łóżka...*

Nóż. Włamywacze. Krótka i gwałtowna kłótnia między nimi, czy ze względu na moją obecność powinni natychmiast uciekać, czy jednak obrabować mieszkanie. Starszy z nich, ten z nożem, wskazuje na mnie.

– *Co taka chudzina może nam zrobić?*

– Oddychaj, Emmo. Oddychaj – instruuje mnie Carol.

Dotyk noża na moim gardle.

– *A jeśli czegoś spróbuje, to ją potniemy, no nie?*

– Nie – przerywam ostro w przypływie paniki. – Nie potrafię tego zrobić. Przepraszam.

Carol odchyla się na krześle.

– Znakomicie się spisałaś, Emmo. Naprawdę świetnie.

Oddycham głęboko, powoli odzyskuję równowagę. Z poprzednich sesji wiem, że teraz moja kolej, żeby przerwać milczenie. Ale nie mam już więcej ochoty rozmawiać o włamaniu.

– Chyba znaleźliśmy dla nas nowe mieszkanie – oznajmiam więc.

– Naprawdę? – Głos Carol brzmi tak samo neutralnie jak zawsze.

– Mieszkanie Simona znajduje się w dość podłej okolicy. A teraz ja jeszcze podkręciłam statystyki przestępczości. Założę się, że sąsiedzi mnie nienawidzą. Przeze mnie ich domy straciły pewnie z pięć procent na wartości.

– Na pewno cię nie nienawidzą, Emmo.

Wkładam rękaw swetra do ust i zaczynam go ssać. To stary nawyk, do którego najwyraźniej wróciłam.

– Zdaję sobie sprawę, że wyprowadzka to rodzaj kapitulacji – mówię. – Ale nie mogę tam zostać. Policja twierdzi, że tego typu napastnicy lubią wracać. Najwyraźniej mają silne poczucie *własności*. Zupełnie jakbym teraz należała do nich.

– Ale nie należysz do nich – odzywa się cicho Carol. – Należysz wyłącznie do samej siebie, Emmo. I nie uważam, by wyprowadzka była rodzajem kapitulacji. Wręcz przeciwnie. To znak, że znów zaczynasz podejmować decyzje. Odzyskujesz kontrolę nad swoim życiem. Wiem, że w tym momencie jest ci ciężko. Ale ludzie wychodzą z tego typu traum. Powinnaś tylko pogodzić się z tym, że to wymaga czasu. – Carol zerka na zegar. – Doskonale się spisałaś, Emmo. Zrobiłaś dziś naprawdę duży postęp. Widzimy się za tydzień o tej samej porze?

TERAZ: **JANE**

30. Wybierz opis, który najlepiej charakteryzuje twój ostatni związek uczuciowy:

- ❍ *raczej przyjaciele niż kochankowie*
- ❍ *łatwy i niezobowiązujący*
- ❍ *smutny i bolesny*
- ❍ *burzliwy i wybuchowy*
- ❍ *idealny, lecz krótkotrwały*

Polecenia w formularzu stają się coraz dziwniejsze. Początkowo na każde staram się odpowiadać z głębokim namysłem, ale jest ich tak wiele, że pod koniec prawie w ogóle nie zastanawiam się nad odpowiedziami, tylko zdaję się na instynkt.

Ponadto wymagane są trzy aktualne fotografie. Wybieram jedno zdjęcie ze ślubu przyjaciółki, selfie z Mią podczas wspinaczki na szczyt Snowdon kilka lat temu i oficjalne zdjęcie portretowe, które zrobiłam sobie do pracy. I to już koniec. Piszę jeszcze list przewodni, nic specjalnego, tylko uprzejmą wiadomość, w której podkreślam, jak bardzo podoba mi się dom przy Folgate Street 1 oraz że postaram się traktować go z taką uczciwością, na jaką zasługuje.

Choć list liczy zaledwie parę linijek, poprawiam go kilkakrotnie – aż wreszcie jestem zadowolona z tego, co napisałam. Agentka radzi mi, bym nie robiła sobie zbyt dużych nadziei, ponieważ większość kandydatów nie przechodzi przez ten etap, ale kładę się spać z przekonaniem, że mnie się to uda. To będzie nowy początek. Nowe otwarcie. A gdy pogrążam się we śnie, do głowy przychodzi mi jeszcze jedno określenie. Ponowne narodziny.

2. *Gdy nad czymś pracuję, nie umiem odpuścić, dopóki nie osiągnę w pełni zadowalającego rezultatu.*

Zgadzam się ❍ ❍ ❍ ❍ ❍ *Nie zgadzam się*

PRZEDTEM: **EMMA**

Mija tydzień bez żadnej odpowiedzi na nasze podanie. Potem kolejny. Wysyłam e-mail z pytaniem, czy na pewno wszystko dostarczyliśmy. Nie dostaję na niego żadnej odpowiedzi. Zaczynam się już poważnie irytować – kazali nam wypełniać ten durny kwestionariusz, wybierać zdjęcia, pisać list, więc mogliby nas chociaż poinformować, że nie zakwalifikowaliśmy się do kolejnego etapu – gdy w końcu przychodzi wiadomość z adresu admin@themonkfordpartnership.com. Temat: „Folgate Street 1". Nie zamierzam tkwić w niepewności ani chwili dłużej. Natychmiast go otwieram.

„Proszę przyjść na rozmowę jutro, czyli we wtorek, 16 marca, na godzinę 17.00 do siedziby Monkford Partnership".

Nic więcej. Żadnego adresu, bliższych szczegółów, informacji o tym, czy spotkamy się z samym Edwardem Monkfordem czy z którymś jego podwładnym. Oczywiście adres firmy bez trudu można znaleźć w sieci, a to, z kim się spotkamy, nie ma tak naprawdę większego znaczenia. Zatem została nam do pokonania jeszcze tylko jedna przeszkoda.

Biuro Monkford Partnership zajmuje najwyższe piętro słynnego nowoczesnego budynku w londyńskim City. Budynek ma swój adres, ale większość ludzi mówi o nim po prostu „Ul". Ponieważ tak właśnie wygląda – jak gigantyczny kamienny ul. Znajduje się w pobliżu katedry Świętego Pawła i pomiędzy wszystkimi wieżowcami ze szkła i stali przypomina dziwaczną, bladą poczwarkę porzuconą w City przez przybyszy z kosmosu. W środku prezentuje się jeszcze bardziej osobliwie. W holu nie ma recepcji, ciągnie się tam tylko długa ściana z jasnego kamienia z dwoma szczelinami, które muszą prowadzić do wind, ponieważ w obie strony przepływa przez nie nieprzerwany strumień ludzi. Wszyscy oni, zarówno mężczyźni, jak i kobiety, są ubrani w drogie czarne garnitury i rozpięte pod szyją koszule.

Czuję wibrowanie swojego telefonu. Na jego ekranie wyświetla się wiadomość: „Budynek Monkforda. Chcesz się zalogować?".

Naciskam „akceptuj".

„Witajcie, Emmo i Simonie. Wsiądźcie, proszę, do windy numer trzy i wjedźcie na czternaste piętro".

Nie mam pojęcia, jak budynek nas rozpoznał. Może do e-maila dołączono jakiś plik cookie. Simon zna się na takich technologicznych nowinkach. Pokazuję mu wiadomość, myśląc, że to zrobi na nim wrażenie, ale tylko wzrusza z lekceważeniem ramionami. Miejsca takie jak to – bogate, luksusowe, pełne ludzi emanujących pewnością siebie – to nie jego bajka.

Na windę numer trzy czeka oprócz nas tylko jeden mężczyzna, który wydaje się nie pasować tutaj nawet bardziej niż my. Ma długie, siwe włosy, rozczochrane, choć związane z tyłu w kucyk. Do tego dwudniowy zarost. Nosi przeżarty przez mole sweter zapinany na guziki i wytarte lniane spodnie. Patrzę na jego nogi i widzę, że nie ma butów, jest w samych skarpetkach. Strasznie głośno je jakiś chrupiący czekoladowy batonik. Gdy drzwi się otwierają, mężczyzna, powłócząc nogami, wchodzi do środka windy i zajmuje miejsce z tyłu.

Rozglądam się za przyciskami, ale nigdzie ich nie widzę. Pewnie winda zatrzymuje się tylko na wcześniej zaprogramowanych piętrach.

Gdy wjeżdżamy na górę, tak płynnie, że prawie nie czuć ruchu, mam wrażenie, że wzrok nieznajomego wędruje po moim ciele. W końcu zatrzymuje się na moim brzuchu. Facet wpatruje się w niego, zlizując czekoladowe okruchy ze swych palców. Zakłopotana kładę dłoń w miejscu, na które patrzy, i orientuję się, że podwinęła mi się koszula. Tuż ponad spodniami wystaje wąski skrawek nagiej skóry.

– Co się dzieje, Em? – pyta Si, zauważywszy moje skrępowanie.

– Nic – odpowiadam, odwracając się do niego twarzą, a tyłem do nieznajomego, i dyskretnie wkładam koszulę do spodni.

– Rozmyśliłaś się? – mówi cicho Si.

– Nie wiem – odpowiadam. Prawdę mówiąc, nie rozmyśliłam się, ale nie chcę, by Si doszedł do wniosku, że jestem niechętna do jakiejkolwiek dyskusji o wyborze mieszkania.

Drzwi rozsuwają się i mężczyzna wychodzi, szurając nogami i wciąż jedząc batonik.

– Przedstawienie czas zacząć – mówi Simon, rozglądając się dookoła.

Jesteśmy w kolejnym wielkim, zalanym przez światło, eleganckim pomieszczeniu, które biegnie przez całą długość budynku. Na jednym jego końcu znajduje się zaokrąglona szklana ściana, z której roztacza się widok na City: widać kopułę katedry Świętego Pawła, gmach Lloyd's of

London i wszystkie te charakterystyczne budynki, w oddali wznosi się kompleks Canary Wharf, a Tamiza wije się wokół Isle of Dogs i płynie przez płaską równinę dalej na wschód. Blondynka w luźnym czarnym kostiumie odrywa się od iPada i podnosi ze skórzanego fotela.

– Witam, jesteście pewnie Emma i Simon – mówi. – Usiądźcie, proszę. Edward niebawem was przyjmie.

Na iPadzie musi odbierać chyba wszystkie wiadomości, ponieważ po około dziesięciu minutach przerywa milczenie.

– Zapraszam, chodźcie za mną.

Otwiera drzwi, a po sposobie, w jaki się poruszają, od razu domyślam się, że muszą być ciężkie i dobrze wyważone. W środku, przy długim stole, stoi mężczyzna. Opiera się o blat zwiniętymi w pięści dłońmi i studiuje jakieś plany. Arkusze papieru są tak duże, że zajmują niemal cały stół. Zerkam na nie i dostrzegam, że to nie żadne wydruki, ale odręczne rysunki. W rogu leżą dwa lub trzy ołówki, starannie ułożone według rozmiaru, oraz gumka do mazania.

– Emmo, Simonie – mężczyzna podnosi na nas wzrok – napijecie się kawy?

No dobra, facet jest przystojny. To pierwsza rzecz, która zwraca moją uwagę. I druga. I trzecia. Kręcone włosy w nieokreślonym blond kolorze ma krótko przycięte przy głowie. Nosi czarny pulower i rozpiętą pod szyją koszulę – nic szczególnego, ale wełniany sweter świetnie leży na jego szerokich, choć szczupłych ramionach. Do tego ma przyjemny, nieco autoironiczny uśmiech. Wygląda jak seksowny, wyluzowany nauczyciel, a nie ogarnięty obsesją dziwak, jakiego sobie wyobrażałam.

Simon najwyraźniej też to wszystko dostrzega, a przynajmniej zauważa moją reakcję, bo nagle rusza naprzód i chwyta Edwarda Monkforda za ramię.

– Edward, zgadza się? – zagaduje. – A może Eddy? Ed? Jestem Simon. Miło cię poznać, stary. Masz tu naprawdę wypasione biuro. To moja dziewczyna Emma.

A ja kulę się w sobie, ponieważ na taką sztuczną cockneyowską gadkę Simon sili się tylko przy osobach, przez które czuje się zagrożony.

– Chętnie napiję się kawy – rzucam czym prędzej.

– Poproszę więc dwie kawy, Alisho – zwraca się bardzo uprzejmie do swojej asystentki Monkford. Wskazuje mnie i Simonowi miejsca po drugiej stronie stołu. – A więc powiedzcie mi – mówi, kiedy już wszyscy siedzimy, i patrzy przy tym wyłącznie na mnie, zupełnie ignorując Simona – dlaczego chcecie mieszkać przy Folgate Street 1.

Nie, jednak nie nauczyciel. Raczej dyrektor szkoły albo przewodniczący rady nadzorczej. Nadal ma przyjazne spojrzenie, ale zarazem nieco przerażające, co tylko dodaje mu uroku.

Spodziewaliśmy się pytania w tym rodzaju, więc udaje mi się udzielić przygotowanej zawczasu odpowiedzi. Mówię, jak bardzo doceniamy możliwość mieszkania w takim miejscu i że będziemy się starać traktować dom z szacunkiem, na jaki zasługuje. Siedzący obok Simon cały czas milczy i tylko patrzy spode łba. Gdy kończę, Monkford kiwa uprzejmie głową. Sprawia wrażenie lekko znudzonego.

– Poza tym uważam, że ten dom nas zmieni – odzywam się niespodziewanie dla samej siebie.

Monkford po raz pierwszy okazuje autentyczne zainteresowanie.

– Zmieni was? W jaki sposób?

– Mieliśmy włamanie – odpowiadam powoli. – Dwaj mężczyźni. W zasadzie to jeszcze dzieciaki. Nastolatki. Nie mogę sobie przypomnieć, co dokładnie się wydarzyło. Cierpię na rodzaj stresu pourazowego.

Monkford życzliwie kiwa głową.

Ośmielona tym gestem wyjaśniam dalej:

– Po prostu nie chcę być dłużej tą osobą, która nic nie zrobiła i pozwoliła im uciec. Chcę stać się kimś, kto umie podejmować decyzje. Kto potrafi się bronić. I myślę, że ten dom mi w tym pomoże. Raczej nie należymy do osób, które żyłyby tak na co dzień. To znaczy według wszystkich tych reguł. Ale chcielibyśmy spróbować.

Milczenie znów się przeciąga. W myślach walę się sama po głowie. Jak to, co mi się przytrafiło, może mieć w ogóle jakieś znaczenie? Jakim cudem dom może uczynić ze mnie inną osobę?

Zimna jak lód blondynka przynosi nam kawę. Zrywam się, by wziąć swoją, i w tym pośpiechu i zdenerwowaniu wylewam całą filiżankę na rozłożone na stole rysunki.

– Jezu, Emma – syczy na mnie Simon, również zrywając się z krzesła. – Patrz, co narobiłaś.

– Bardzo przepraszam – mówię zbolałym tonem, podczas gdy brązowy strumień kawy zagarnia kolejne połacie rysunków. – Boże, tak mi przykro.

Asystentka wybiega po jakieś ścierki. Czuję, jak niepowtarzalna okazja zaczyna wymykać mi się z rąk. To rzucające się w oczy puste miejsce, zamiast odpowiedzi na listę niezbędnych rzeczy, wszystkie te sprytne kłamstwa, które umieściłam w kwestionariuszu, pójdą teraz na marne. Ostatnia rzecz, jakiej życzyłby sobie Monkford, to jakaś rozlewająca kawę niezdara robiąca bałagan w jego pięknym domu.

Jednak ku mojemu zdumieniu Monkford tylko się śmieje.

– Te rysunki były okropne – mówi. – Powinienem je wyrzucić już dawno temu. Oszczędziłaś mi tylko kłopotu.

Asystentka wraca z papierowymi ręcznikami i rzuca się wycierać.

– Alisho, tylko pogarszasz sprawę – przerywa jej ostro Monkford. – Pozwól.

Zwija wszystkie rysunki, tak że cała kawa pozostaje w środku niczym w olbrzymiej pielusze.

– Pozbądź się tego – mówi, wręczając Alishy rysunki.

– Stary, strasznie cię za to przepraszam – odzywa się Simon.

Po raz pierwszy Monkford patrzy wprost na niego.

– Nigdy nie przepraszaj za osobę, którą kochasz – odpowiada cicho. – Bo wychodzisz wtedy na skończonego fiuta.

Simon jest w takim szoku, że nie potrafi wydobyć z siebie głosu. Ja, nie mniej zaskoczona, gapię się tylko z rozdziawionymi ustami. Nic w dotychczasowym zachowaniu Edwarda Monkforda nie wskazywało na to, że powie coś tak bezpośredniego. A Simonowi zdarzało się już uderzyć kogoś za łagodniejsze obelgi, i to o wiele łagodniejsze. Ale Monkford odwraca się do mnie i mówi jak gdyby nigdy nic:

– Cóż, odezwę się do ciebie. Dziękuję za przybycie, Emmo.

A po krótkiej pauzie dodaje:

– I tobie też, Simonie.

TERAZ: **JANE**

Czekam w recepcji na czternastym piętrze Ula i obserwuję, jak dwóch mężczyzn kłóci się w przeszklonej sali konferencyjnej. Jestem całkiem pewna, że jeden z nich to Edward Monkford. Nosi taki sam strój jak na zdjęciu, które znalazłam w internecie: czarny pulower z kaszmiru i rozpiętą pod szyją białą koszulę. Jasne włosy okalają szczupłą, ascetyczną twarz. Jest przystojny, może nie w szczególnie przykuwający wzrok sposób, ale roztacza wokół siebie aurę pewności siebie i osobistego czaru, a do tego ma uroczy, lekko przekrzywiony uśmiech. Drugi mężczyzna wydziera się na niego, ale szklane ściany są tak grube, że nie słychać słów – panuje tu cisza niczym w laboratorium. Facet wściekle gestykuluje, potrząsa obiema rękami tuż przy twarzy Monkforda. Nie wiem czemu, ale ten gest oraz całe jego zachowanie podpowiadają mi, że może być Rosjaninem.

Stojąca obok kobieta, która raz na jakiś czas powrzaskuje coś od siebie, może być z kolei żoną oligarchy. Jest znacznie młodsza od męża, ma na sobie krzykliwe wdzianko od Versace i przylizane włosy ufarbowane w nowobogackim odcieniu blond. Gdy mężczyzna w końcu przestaje krzyczeć, Monkford spokojnie wypowiada kilka słów i kręci przecząco głową. Facet znów wybucha, teraz nawet z jeszcze większą furią.

Podchodzi do mnie nienagannie ubrana brunetka, która przywitała mnie wcześniej.

– Obawiam się, że Edward wciąż jest na spotkaniu. Czy mogę coś pani podać? Może wodę?

– Nie trzeba, dziękuję. – Kiwam głową na rozgrywającą się przede mną scenę. – Zakładam, że chodzi o to spotkanie?

Brunetka podąża za moim wzrokiem.

– Tracą tylko czas. I tak niczego nie zmieni.

– O co się tak kłócą?

– Klient zlecił nam budowę domu jeszcze za czasów swego poprzedniego małżeństwa. A teraz jego nowa żona zażyczyła sobie pieca kuchennego. Żeby było bardziej przytulnie.

– A Monkford Partnership nie buduje przytulnych domów?

– Nie w tym rzecz. Jeśli nie zostało to ustalone w ramach pierwotnego zamówienia, Edward nie zgodzi się na żadne przeróbki. Chyba że sam będzie z czegoś niezadowolony. Kiedyś spędził trzy miesiące na przebudowie dachu w altanie, żeby obniżyć go o metr.

– Jak to jest pracować dla takiego perfekcjonisty? – pytam. Widocznie jednak przekroczyłam granicę, bo recepcjonistka posyła mi tylko chłodny uśmiech i odchodzi.

Przyglądam się nadal wymianie zdań lub raczej wściekłej tyradzie, ponieważ Edward Monkford niemal się nie odzywa. Pozwala po prostu, by gniew mężczyzny spływał po nim jak wzburzone fale rozbijające się o skałę, a jego twarz wyraża jedynie uprzejme zainteresowanie, nic ponadto. W końcu drzwi otwierają się szeroko i klient wypada przez nie, wciąż mamrocząc coś pod nosem, a żona drepcze za nim na wysokich obcasach. Monkford wychodzi wolnym krokiem jako ostatni. Podnoszę się i wygładzam sukienkę. Po długim namyśle zdecydowałam się na granatową plisowaną od Prady, tuż za kolano – nic przesadnie wyzywającego.

– Jane Cavendish – przypomina mu recepcjonistka.

Monkford odwraca się, by na mnie spojrzeć. Przez krótką chwilę wydaje się zaskoczony, wręcz zdumiony, jakby spodziewał się ujrzeć kogoś całkiem innego. Ale zaraz odzyskuje rezon i wyciąga do mnie rękę.

– Jane. Oczywiście. Wejdźmy do środka.

„Poszłabym z tym facetem do łóżka". Zdołałam ledwie bąknąć do niego „dzień dobry", jednak zorientowałam się, że zupełnie podświadomie wyrobiłam już sobie opinię na temat swojego gospodarza. Monkford przytrzymuje dla mnie drzwi do sali konferencyjnej, a w jego wykonaniu nawet ten zwykły, codzienny gest uprzejmości wydaje się przepełniony znaczeniem.

Siadamy naprzeciwko siebie przy długim, szklanym stole zajętym w większości przez model architektoniczny małego miasteczka. Spojrzenie Monkforda przesuwa się po mojej twarzy. Uznałam, że jest tylko w miarę przystojny, ale było to, zanim przyjrzałam mu się z bliska. Szczególne wrażenie robią jego jasnoniebieskie oczy. Choć ma dopiero trzydzieści parę lat, kąciki oczu są pokryte zmarszczkami. Zmarszczkami śmiechu, jak nazywała je kiedyś moja babcia. Jednak twarzy Edwarda Monkforda przydają one groźnego, drapieżnego wyglądu.

– I jak, wygrał pan? – pytam w końcu, by przerwać milczenie.

– Co wygrałem? – Monkford wygląda tak, jakby otrząsnął się z zamyślenia.

– Spór.

– Ach, to. – Wzrusza ramionami i uśmiecha się, a jego twarz natychmiast łagodnieje. – Moje budynki stawiają ludziom wymagania, Jane. Nie uważam jednak, by były nieznośne dla swoich lokatorów, a zresztą korzyści z mieszkania w nich znacznie przewyższają ewentualne wyrzeczenia. W pewnym sensie, jak sądzę, właśnie dlatego przyszłaś się ze mną spotkać.

– Naprawdę?

Monkford kiwa głową.

– David, mój partner od kwestii technologicznych, opowiada o UX. To techniczne określenie doświadczenia użytkownika. Jak pewnie zorientowałaś się, czytając warunki najmu, zbieramy informacje na temat mieszkańców Folgate Street 1 i wykorzystujemy je, aby udoskonalić doświadczenie użytkownika z myślą o naszych przyszłych klientach.

Prawdę mówiąc, tylko pobieżnie przejrzałam warunki umowy, które liczyły około dwudziestu stron drobnym drukiem.

– Jakiego rodzaju informacje?

Monkford znów wzrusza ramionami. Przez sweter widać, że są szerokie, lecz zarazem szczupłe.

– Głównie metadane. Z których pomieszczeń korzystasz najczęściej, tego typu rzeczy. A od czasu do czasu prosimy o ponowne wypełnienie kwestionariusza, żeby sprawdzić, jak zmieniają się odpowiedzi.

– Jakoś to przeżyję... – Milknę, bo nagle zdaję sobie sprawę, że mogło to zabrzmieć dość bezczelnie. – To znaczy jeśli oczywiście dostanę taką szansę.

– Dobrze. – Edward Monkford sięga po tacę, na której stoją filiżanki z kawą, dzbanek z mlekiem i miseczka z kostkami cukru zawiniętymi w papierki. Mimowiednie zaczyna przestawiać kostki cukru, poprawia je i wyrównuje, aż w końcu tworzą idealny sześcian, jak kostka Rubika. Potem obraca filiżanki tak, że wszystkie uchwyty są ustawione w tym samym kierunku. – Mogę nawet poprosić cię, byś spotkała się z niektórymi naszymi klientami i pomogła nam ich przekonać, że mieszkanie bez pieca kuchennego Aga i gablotki pełnej sportowych trofeów to jeszcze nie koniec świata. – Znów lekko mruży oczy w uśmiechu, a ja czuję, jak mięknąą mi kolana.

„To zupełnie do mnie niepodobne – myślę sobie. – Czy to zainteresowanie jest wzajemne?" W odpowiedzi posyłam mu delikatny, zachęcający uśmiech.

– A więc, Jane – odzywa się po chwili – czy chciałabyś mnie o coś spytać?

– Zbudowałeś dom przy Folgate Street 1 dla siebie samego?

– Tak – odpowiada zdawkowo.

– To gdzie teraz mieszkasz?

– Głównie w hotelach. W pobliżu projektu, nad którym w danym momencie pracuję. Hotele są całkowicie znośne, pod warunkiem że schowa się te wszystkie poduszki do szafy. – Znowu się uśmiecha, ale odnoszę wrażenie, że wcale nie żartuje.

– Nie przeszkadza ci, że nie masz własnego domu?

Wzrusza ramionami.

– Dzięki temu mogę się skupić na pracy. – Sposób, w jaki to mówi, bynajmniej nie zachęca do zadawania kolejnych pytań.

Do pokoju wchodzi mężczyzna, a raczej wtacza się niezdarnie, uderza drzwiami o ogranicznik w podłodze i od razu zaczyna coś bełkotać.

– Ed, musimy pogadać o przepustowości łącza. Ci idioci próbują oszczędzić na światłowodzie. Nie dociera do nich, że za sto lat przewody miedziane będą tak samo przestarzałe jak dzisiaj ołowiane rury kanalizacyjne...

Facet jest niechlujny, mocno zbudowany, a jego nalane, obwisłe policzki pokrywa tu i ówdzie kilkudniowa szczecina. Włosy, bardziej siwe od zarostu, ma związane w koński ogon. Pomimo działającej klimatyzacji ma na sobie szorty i japonki.

Monkford nie wydaje się jednak zdenerwowany jego wtargnięciem.

– Davidzie, to Jane Cavendish. Ubiega się o możliwość zamieszkania przy Folgate Street 1.

A więc to musi być David Thiel, partner od kwestii technologicznych. Zwraca na mnie spojrzenie, ale jego oczy są tak głęboko osadzone, że nie sposób z nich niczego wyczytać. Po chwili obraca się z powrotem do Monkforda.

– Naprawdę jedyne rozwiązanie jest takie, żeby miasto miało własnego satelitę. Musimy wszystko na nowo przemyśleć...

– Własny satelita? Ciekawa propozycja – mówi w zamyśleniu Monkford. Spogląda na mnie. – Obawiam się, że będę cię musiał przeprosić, Jane.

– Nie ma sprawy.

Gdy wstaję, wzrok Davida Thiela pada na moje gołe nogi. Monkford również to zauważa i przez twarz przebiega mu grymas. Odnoszę wrażenie, że chce coś powiedzieć, jednak się powstrzymuje.

– Dziękuję za spotkanie – dodaję uprzejmie.

– Niebawem się odezwę – odpowiada Monkford.

PRZEDTEM: **EMMA**

A potem, zaraz następnego dnia, przychodzi e-mail: „Twoje podanie zostało zaakceptowane".

Nie mogę w to uwierzyć. Szczególnie dlatego, że e-mail nie zawiera nic więcej: żadnych wskazówek, kiedy możemy się wprowadzić, żadnych informacji o koncie bankowym ani o tym, co powinniśmy teraz zrobić. Dzwonię do Marka, naszego agenta. Od kiedy zajmuję się całą tą papierologią dotyczącą mieszkania, bardzo często się z nim kontaktuję i okazuje się, że facet wcale nie jest taki zły, jak początkowo myślałam.

Gdy przekazuję mu wiadomość, reaguje z autentyczną radością.

– Skoro dom stoi pusty – mówi – możecie wprowadzić się w ten weekend, jeśli tylko chcecie. Trzeba będzie jeszcze podpisać kilka dokumentów i muszę wam pomóc w zainstalowaniu aplikacji w waszych telefonach. I tak naprawdę to wszystko.

„To wszystko". Zaczyna docierać do mnie, co się właśnie stało. Zamieszkamy w jednym z najbardziej niezwykłych domów w Londynie. My. Simon i ja. Od teraz wszystko będzie inaczej.

3. *Z twojej winy doszło do wypadku samochodowego. Jednak osoba kierująca drugim autem jest na tyle zdezorientowana, że uważa, iż to ona spowodowała kraksę. Powiesz policji, że to była:*

❍ *jej wina*
❍ *twoja wina*

TERAZ: **JANE**

Siedzę w surowym, pustym wnętrzu Folgate Street 1 i jestem całkowicie zadowolona.

Przyglądam się nieskazitelnej czystości ogrodu. Już wiem, dlaczego nie rosną w nim żadne kwiaty. Jak dowiedziałam się z internetu, ogród wzorowano na *kare sansui*, czyli medytacyjnych ogrodach ze świątyń buddyjskich. Występujące w nim kształty mają symboliczne znaczenie: góra, woda, niebo. To ogród przeznaczony do kontemplacji, a nie hodowania roślinek.

Po śmierci żony i synka Edward Monkford spędził rok w Japonii. I właśnie to naprowadziło mnie na trop tego ogrodu.

Nawet internet działa tutaj inaczej. Camilla najpierw ściągnęła specjalną aplikację na mój telefon i laptopa, a także wręczyła mi bransoletkę uruchamiającą czujniki domu, następnie połączyła się z Wi-Fi i wpisała hasło. Od tego momentu, gdy włączam laptopa lub telefon, zamiast Google'a czy Safari wita mnie pusta strona, na której widnieje słowo „Gospodarz". Są tam tylko trzy zakładki: „Dom", „Szukaj" i „Chmura". „Dom" pokazuje bieżące ustawienia Folgate Street 1, czyli oświetlenie, ogrzewanie i tak dalej. Do wyboru mam cztery różne typy oświetlenia:

wydajne, relaksacyjne, do zabawy, do pracy. „Szukaj" odsyła mnie do internetu. W „Chmurze" przechowuję swoje pliki i kopie zapasowe.

Co dzień Gospodarz podpowiada mi, w co mam się ubrać, biorąc pod uwagę panującą na zewnątrz pogodę, przypomina o zaplanowanych spotkaniach oraz o tym, które ubrania znajdują się obecnie w praniu. Jeśli chcę coś zjeść, Gospodarz wie, co mam w lodówce, co mogę z tego ugotować i ile taki posiłek zawiera kalorii. Tymczasem funkcja „Szukaj" blokuje wszystkie reklamy, pop-upy reklamujące metody na płaski brzuch, niepokojące wiadomości ze świata, rozmaite zestawienia *top ten*, plotki o celebrytach, spam i ciasteczka. W przeglądarce nie ma zakładki z „ulubionymi" ani historii, ani zapisanych plików. Za każdym razem gdy ją zamykam, wszystko zostaje wymazane do czysta. Niesłychanie wyzwalające uczucie.

Czasami nalewam sobie kieliszek wina i po prostu spaceruję po całym domu, dotykam różnych przedmiotów, przyzwyczajam się do ich chłodnej, eleganckiej faktury, starannie poprawiam ustawienie krzeseł lub wazonu. Oczywiście wcześniej było mi znane powiedzenie Miesa van der Rohego, że mniej znaczy więcej, ale nigdy dotąd nie przypuszczałam, jak zmysłowy potrafi być minimalizm, jak bogaty i sensualny. Tych kilka znajdujących się w domu mebli to prawdziwe klasyki: krzesła z jasnego dębu do jadalni projektu Hansa Wegnera, białe stołki kuchenne Nicolle, elegancka kanapa Lissoni. Poza tym dom zapewnia wiele innych starannie dobranych luksusowych akcesoriów: grube białe ręczniki, prześcieradła z najlepszego lnu, ręcznie robione kieliszki do wina na smukłych nóżkach. Każdy element wyposażenia to mała niespodzianka, subtelny dowód zamiłowania do wysokiej jakości.

Czuję się jak bohaterka jakiegoś filmu. Dom jest urządzony z takim smakiem, że niemal zmusza mnie, bym chodziła bardziej elegancko, przybierała bardziej wystudiowane pozy, starała się w każdym ruchu osiągnąć jak najlepszy efekt. Wprawdzie nikt mnie nie widzi, ale mam wrażenie, że sam dom staje się nieomal moją publicznością, wypełniając puste przestrzenie cichą muzyką filmową z automatycznie odtwarzanej playlisty.

„Twoje podanie zostało zaakceptowane". To wszystko, co napisano w e-mailu. Miałam złe przeczucia, gdy spotkanie zakończyło się tak szybko, ale najwyraźniej Edward Monkford ceni sobie oszczędność w każdym aspekcie życia. Poza tym jestem pewna, że wcale nie wyobraziłam sobie tego podskórnego napięcia, tej maleńkiej iskry, która przeskakuje między ludźmi, gdy pojawia się wzajemne zainteresowanie. „Cóż, dobrze wie, gdzie mnie szukać", myślę. A samo oczekiwanie na jakiś krok z jego strony wydaje mi się niesamowicie podniecające i zmysłowe, jakby to był rodzaj milczącej gry wstępnej.

No i są jeszcze kwiaty. W dniu, w którym się wprowadziłam, leżały na progu – ogromny bukiet lilii owinięty folią. Nie było żadnego liściku, nic, co wskazywałoby, czy Monkford wita tak wszystkich nowych lokatorów, czy zdobył się na taki gest specjalnie dla mnie. Tak czy owak, wysyłam mu uprzejme podziękowanie.

Dwa dni później pojawia się kolejny identyczny bukiet. A po tygodniu trzeci. Takie same lilie ułożone dokładnie w tym samym miejscu pod drzwiami. Każdy kąt Folgate Street 1 wypełnia się ich ciężkim zapachem. Naprawdę tego już za wiele.

Gdy znajduję czwarty taki sam bukiet, dochodzę do wniosku, że co za dużo, to niezdrowo. Na celofanie znajduje się nazwa kwiaciarni. Telefonuję tam i pytam, czy można zmienić zamówienie na jakiś inny rodzaj kwiatów.

– Nie mogę znaleźć żadnego zamówienia na adres Folgate Street 1. – Kobieta z kwiaciarni wydaje się lekko zdziwiona.

– Proszę poszukać pod Edward Monkford. Albo Monkford Partnership.

– Nic takiego nie widzę. W ogóle nie mamy żadnych zamówień w pani okolicy. Jesteśmy z Hammersmith, nie dostarczamy kwiatów tak daleko na północ.

– Rozumiem – mówię skonsternowana.

Następnego dnia pojawiają się kolejne lilie. Podnoszę je, by wyrzucić do kosza.

I wtedy po raz pierwszy zauważam karteczkę, a na niej napisane odręcznie słowa:

„Emmo, zawsze będę cię kochał. Słodkich snów, najdroższa”.

PRZEDTEM: **EMMA**

Jest tak cudownie, jak sobie to wymarzyliśmy. A raczej jak ja sobie to wymarzyłam. Simon we wszystkim się ze mną zgadza, ale widzę, że wciąż ma pewne obiekcje. A może po prostu nie lubi mieć długu wdzięczności wobec Monkforda w związku z tym, że tak łatwo się zgodził, byśmy tu zamieszkali.

Jednak nawet na Simonie duże wrażenie robi prysznic wielkości talerza, który włącza się sam, gdy tylko otworzy się drzwi kabiny, który rozpoznaje domowników na podstawie wodoodpornej bransoletki i który zapamiętuje, jaką temperaturę wody lubi każde z nas. Pierwszego ranka budzi nas rozjaśniające się powoli światło w sypialni – elektroniczny wschód słońca, hałasy ulicy są całkowicie wyciszone dzięki grubym ścianom i szybom – i uświadamiam sobie, że od wieków tak dobrze się nie wyspałam.

Rozpakowanie się nie zajmuje nam wiele czasu. Folgate Street 1 wyposażono w wiele pięknych sprzętów i mebli, więc nasze stare graty lądują w magazynie razem z Kolekcją Simona.

Czasami po prostu siadam na schodach z kubkiem kawy, opieram brodę na kolanach i delektuję się tym, jak tu jest pięknie.

– Tylko nie rozlej kawy, kochanie! – woła Simon na mój widok.

To nasz stały żart. W końcu dostaliśmy to mieszkanie właśnie dlatego, że rozlałam kawę.

Nigdy nie wspominamy jednak o tym, że Monkford nazwał Simona fiutem, ani o tym, że Simon w żaden sposób na to nie zareagował.

– Szczęśliwa? – pyta Simon, siadając obok mnie na schodach.

– Szczęśliwa – potwierdzam. – Aleee...

– Chcesz się wyprowadzić. Masz dość tego miejsca. Wiedziałem.

– W przyszłym tygodniu są moje urodziny.

– Naprawdę? Nie pamiętałem.

Simon oczywiście żartuje. Zawsze stara się przygotować coś wyjątkowego z okazji urodzin lub walentynek.

– Może zaprosimy tu parę osób?

– Chcesz urządzić imprezę?

Kiwam głową.

– W sobotę.

Simon wygląda na nieco zmartwionego.

– Czy w ogóle wolno nam tu urządzać imprezy?

– Obiecuję, że będzie kulturalnie. Nie tak jak ostatnim razem.

Gdy po raz ostatni urządziliśmy imprezę, trzech różnych sąsiadów zadzwoniło po policję.

– Cóż, no dobrze – mówi niepewnie Simon. – W takim razie w sobotę.

W sobotę o dziewiątej wieczorem dom jest pełen ludzi. Ustawiłam świece wzdłuż całych schodów oraz w ogrodzie i ściemniłam oświetlenie. To, że Gospodarz nie ma opcji „impreza" w ustawieniach świateł, z początku trochę mnie niepokoi. Ale sprawdziłam warunki wynajmu i na liście zakazów nie znalazłam pozycji „żadnych imprez". Może zapomnieli tego dopisać, ale hej, w końcu lista to rzecz święta.

Gdy nasi przyjaciele wchodzą do środka, wprost nie mogą uwierzyć własnym oczom, choć pojawia się też mnóstwo dowcipów na temat tego, gdzie podziały się wszystkie meble i dlaczego jeszcze się nie rozpakowaliśmy. Simon jest w swoim żywiole: zawsze lubi być obiektem zazdrości znajomych, mieć najdroższy zegarek albo najnowszą apkę, albo najfajniejszy telefon. A teraz ma najlepszy dom, jaki można sobie wymarzyć. Widzę, jak przystosowuje się do nowej wersji samego siebie, z dumą demonstruje kuchnię, zautomatyzowany system otwierania drzwi, gniazdka elektryczne, które wyglądają po prostu jak trzy małe szczeliny w kamiennej ścianie. Chwali się nawet tym, że szuflady pod łóżkiem różnią się wyglądem z żeńskiej i z męskiej strony.

Zastanawiałam się, czy nie zaprosić też Edwarda Monkforda, ale Simon mi to wyperswadował. A teraz, gdy w pokoju rozlega się *Can't Get You Out of My Head* Kylie Minogue, muszę przyznać, że miał rację – Monkfordowi nie spodobałby się ten hałas, taniec i całe to zamieszanie. Pewnie wymyśliłby na poczekaniu jakąś nową zasadę i wszystkich wyrzucił. Przez krótką chwilę wyobrażam sobie, że rzeczywiście tak się dzieje – Edward Monkford zjawia się niezaproszony, wyłącza muzykę i każe wszystkim się wynosić – i ta perspektywa wydaje mi się nawet dość kusząca. Co za głupota, przecież to w końcu moje przyjęcie urodzinowe.

Simon przechodzi obok z rękami pełnymi butelek i nachyla się, żeby mnie pocałować.

– Wyglądasz cudownie, solenizantko – mówi. – Nowa sukienka?

– Mam ją od wieków – kłamię.

Simon znowu mnie całuje.

– Lepiej znajdźcie sobie pokój! – woła do nas Saul, przekrzykując muzykę, a Amanda wciąga go do grupki tańczących osób.

Jest morze alkoholu, trochę narkotyków, mnóstwo muzyki i pokrzykiwań. Ludzie wychodzą na fajkę do małego ogrodu, gdzie usiłują ich uciszyć sąsiedzi. Około trzeciej nad ranem goście zaczynają się rozchodzić. Saul przez dwadzieścia minut próbuje przekonać mnie i Simona, żebyśmy wybrali się jeszcze do klubu, ale choć wciągnęłam kilka kresek, czuję się padnięta, a Simon tłumaczy, że jest zbyt pijany, i w końcu Amanda zabiera Saula do domu.

– Chodź do łóżka, Em – mówi Simon, gdy zostajemy tylko we dwoje.

– Za chwileczkę – odpowiadam. – Jestem tak zmęczona, że nie mogę się ruszyć.

– Pachniesz tak cudownie. – Muska nosem moją szyję. – Chodź do łóżka.

– Si – odzywam się z wahaniem.

– Co?

– Chyba nie mam dziś ochoty na seks. Przepraszam.

Nie kochaliśmy się od czasu włamania. I nigdy tak naprawdę o tym nie rozmawialiśmy. To jedna z tych rzeczy.

– Powiedziałaś, że tutaj wszystko będzie inaczej – mówi łagodnie.

– Będzie – odpowiadam. – Ale jeszcze nie teraz.

– Jasne. Nie ma pośpiechu, Em. Żadnego.

Gdy leżymy później obok siebie w ciemnościach, Simon odzywa się cicho:

– Pamiętasz, jak uczciliśmy wprowadzenie się do Belfort Gardens?

Rzuciliśmy sobie głupie wyzwanie: przed upływem pierwszego tygodnia mieliśmy się kochać w każdym pomieszczeniu nowego mieszkania.

Simon nie dodaje nic więcej. Cisza przedłuża się, aż w końcu zapadam w sen.

TERAZ: **JANE**

W ramach skromnej parapetówki zapraszam kilkoro przyjaciół na obiad. Mia i Richard przychodzą z dwójką swoich dzieci: Freddiem i Marthą, a Beth i Pete z Samem. Znam Mię od czasów Cambridge – jest moją najstarszą i najbliższą przyjaciółką. Z pewnością wiem o niej rzeczy, o których nie ma pojęcia nawet jej mąż, na przykład to, że niedługo przed ich ślubem przespała się z obcym mężczyzną na Ibizie i niemal zerwała zaręczyny, albo to, że zastanawiała się nad aborcją, gdy zaszła w ciążę z Marthą, z powodu ciężkiej depresji poporodowej, w jaką wpadła po urodzeniu Freddiego.

Choć bardzo ich wszystkich kocham, wiem, że nie powinnam była zapraszać ich razem. Zrobiłam to tylko dlatego, że chyba jeszcze nie przywykłam do posiadania tak dużej przestrzeni. A oni, mimo że starają się być taktowni, prędzej czy później i tak zaczynają gadać o swoich dzieciach. Richard i Pete chodzą krok w krok za swoimi pociechami, jakby łączyły ich z nimi jakieś niewidzialne lejce. Obawiają się kamiennych podłóg, śmiertelnie niebezpiecznych schodów i ciągnących się od podłogi do sufitu okien, których biegnące dziecko może nawet nie zauważyć. W tym czasie dziewczyny nalewają sobie olbrzymie kieliszki białego wina i skarżą się po cichu, choć również z pewnym odcieniem dumy, jak nudne stało się ich życie.

– Boże, w zeszłym tygodniu zasnęłam, oglądając wiadomości o szóstej!

– To jeszcze nic, ja odpłynęłam ostatnio przy CBeebies!

Martha wypluwa jedzenie na kamienny stół, a Sam rozsmarowuje paluchami mus czekoladowy na szybie. Łapię się na myśli, że są jednak jakieś zalety nieposiadania dzieci. Chciałabym, żeby sobie już poszli. Mogłabym wreszcie posprzątać cały ten bałagan.

W pewnym momencie dochodzi do krępującej sytuacji z Mią. Pomaga mi przygotować sałatkę i nagle woła:

– J, gdzie trzymasz afrykańskie łyżki?

– Och, oddałam je do sklepu charytatywnego.

Mia posyła mi dziwne spojrzenie.

– Przecież dostałaś je ode mnie.

– Tak, wiem.

Kiedyś pracowała jako wolontariuszka w afrykańskim sierocińcu i przywiozła mi stamtąd dwie ręcznie zdobione łyżki do sałaty wykonane przez tamtejsze dzieci.

– Uznałam, że nie za bardzo tu pasują. Wybacz. Mam nadzieję, że się nie gniewasz.

– Chyba nie – mówi z lekko nadętą miną. To jasne, że się gniewa.

Ale niebawem obiad jest już gotowy i Mia zapomina o sprawie.

– A więc, J, jak tam twoje życie towarzyskie? – pyta Beth, nalewając sobie drugi kieliszek wina.

– Posucha, jak zwykle – odpowiadam. Od lat odgrywam w naszej grupie rolę dostarczycielki opowieści o seksualnych katastrofach, dzięki którym nie czują się jeszcze tak całkiem do tyłu w tych kwestiach, a jednocześnie utwierdzają się w przekonaniu, że o wiele lepiej jest im tak, jak jest.

– A co z tym twoim architektem? – pyta Mia. – Coś z nim wyszło?

– Uuu, nic nie wiem o żadnym architekcie. – Beth się ekscytuje. – Gadaj.

– Ma ochotę na gościa, który zaprojektował ten dom. Mam rację, J?

Pete zabrał Sama do ogrodu. Maluch kuca przy kawałku trawy i rzuca w nią malutkie garstki żwiru. Zastanawiam się, czy zabrzmiałabym jak stara panna, gdybym poprosiła, żeby przestał.

– Ale nic w tej sprawie nie zrobiłam – odpowiadam.

– Lepiej nie zwlekaj – mówi Beth. – Bierz się za niego, zanim będzie za późno... – Urywa przerażona tym, co powiedziała. – Cholera, nie chciałam...

Żal i cierpienie rozdzierają mi serce, ale mówię spokojnie:

– Nic się nie stało, wiem, co miałaś na myśli. W każdym razie mój zegar biologiczny zdaje się jeszcze znajdować w stanie uśpienia.

– Tak czy owak, przepraszam. To było wyjątkowo niedelikatne z mojej strony.

– Nawet tak się zastanawiałam, czy to właśnie nie jego widziałam na zewnątrz – oznajmia Mia. – Wiesz, tego architekta.

– O czym ty mówisz? – Marszczę czoło.

– Kiedy przed chwilą byłam w samochodzie po pingwinka Marthy, jakiś mężczyzna podszedł z kwiatami do twoich frontowych drzwi.

– Jakie to były kwiaty?

– Lilie. Jane?

Rzucam się biegiem. Tajemnica kwiatów dręczy mnie, od kiedy znalazłam ten dziwny liścik. Gdy otwieram drzwi, bukiet już leży na progu, a mężczyzna, który go przyniósł, znajduje się z powrotem na ulicy.

– Czekaj! – wołam za nim. – Proszę chwilę zaczekać!

Odwraca się. Jest mniej więcej w moim wieku, może kilka lat starszy, ciemne włosy ma przyprószone przedwczesną siwizną. Twarz ma wychudzoną i przygląda mi się z dziwną uwagą.

– Słucham?

– Kim pan jest? Czemu ciągle przynosi mi pan kwiaty? Nie mam na imię Emma.

– Te kwiaty nie są oczywiście dla pani – mówi ze wstrętem. – Przynoszę ciągle nowe, bo pani za każdym razem je zabiera. Dlatego zostawiłem karteczkę, żeby w końcu wbiła sobie pani do głowy, że nie mają one służyć ożywieniu pani designerskiej kuchni. – Przerywa na chwilę. – Jutro są jej urodziny. To znaczy byłyby jej urodziny.

Wreszcie do mnie dociera. Te kwiaty nie są prezentem, ale rodzajem upamiętnienia. Takie kwiaty ludzie zostawiają w miejscach tragicznych wypadków. Chciałabym się walnąć w głowę – byłam tak bardzo zafiksowana na punkcie Edwarda Monkforda, że w ogóle nie wzięłam pod uwagę takiej możliwości.

– Tak mi przykro – mówię. – Czy ona… Czy to zdarzyło się gdzieś w pobliżu?

– W tym domu. – Mężczyzna wskazuje ręką na Folgate Street 1, a ja czuję, jak dreszcz przechodzi mi po plecach. – Właśnie tam umarła.

– W jaki sposób? – pytam. Nie chcę wyjść na wścibską, więc zaraz dodaję: – Przepraszam, to nie moja sprawa…

– Zależy, kogo zapytać – przerywa mi mężczyzna.

– Co pan ma na myśli?

Patrzy prosto na mnie. Ma znużone spojrzenie.

– Została zamordowana. Koroner stwierdził, że zgon nastąpił z niewyjaśnionych przyczyn, ale wszyscy, nawet policja, wiedzą, że została zabita. Najpierw zatruł jej umysł, a potem ją zabił.

Przez chwilę zastanawiam się, czy to wszystko nie jakieś brednie, czy ten facet nie jest zwyczajnie obłąkany. Ale wydaje mi się na to zbyt szczery i zbyt normalny.

– Ale kto? Kto ją zabił?

Mężczyzna jednak tylko potrząsa głową, odwraca się i rusza w kierunku swojego samochodu.

PRZEDTEM: **EMMA**

Rano po imprezie budzi mnie dzwonek mojego telefonu. To nowy telefon, bo poprzedni ukradli mi włamywacze, więc dopiero po jakimś czasie reaguję na dźwięk jeszcze słabo mi znanego sygnału. Wciąż jestem przymulona po wczorajszym, ale i tak dostrzegam, że światła w sypialni rozjaśniają się w idealnej synchronizacji z dźwiękiem telefonu, a okna stopniowo tracą swoją matowość.

– Emma Matthews? – W słuchawce odzywa się kobiecy głos.

– Tak – mówię zachrypnięta.

– Tu sierżant Willan z policji – przedstawia się kobieta. – Stoimy z kolegą pod pani mieszkaniem. Dzwoniliśmy domofonem. Czy możemy wejść?

Zapomniałam powiadomić policję, że się przeprowadziliśmy.

– Nie mieszkamy już pod tamtym adresem – wyjaśniam. – Jesteśmy w Hendon. Folgate Street 1.

– Chwileczkę – mówi sierżant Willan. Musiała przyłożyć telefon do klatki piersiowej, żeby z kimś porozmawiać, ponieważ jej głos dobiega przytłumiony. W końcu znów podnosi słuchawkę do ust. – Będziemy tam za dwadzieścia minut, Emmo. Nastąpił ważny przełom w waszej sprawie.

Do czasu przybycia policji udaje nam się posprzątać większą część pozostałości po imprezie. Na kamiennej podłodze w dalszym ciągu są jakieś nieszczęsne plamy po czerwonym winie, którymi będziemy musieli zająć się później, i Folgate Street 1 nie prezentuje się najlepiej, ale sierżant Willan i tak jest pod sporym wrażeniem.

– Odrobinę się różni od waszego poprzedniego mieszkania – komentuje, rozglądając się dookoła.

Przez całą ubiegłą noc starałam się wyjaśnić naszym znajomym wszystkie obowiązujące tu reguły i nie mam już siły, żeby robić to znowu.

– Wynajmujemy dom po niskich kosztach – odpowiadam – w zamian za to, że będziemy o niego dbać.

– Wspominaliście, że są jakieś nowe informacje – wtrąca niecierpliwie Simon. – Złapaliście ich w końcu?

– Tak nam się wydaje – odzywa się starszy policjant. Przedstawił się jako komisarz Clarke. Mówi niskim, spokojnym głosem, jest mocno zbudowany i ma rumiane policzki przywodzące na myśl farmera. Od razu czuję do niego sympatię. – W piątek w nocy zatrzymano dwóch mężczyzn, którzy dokonali włamania w bardzo podobny sposób, jak w waszym przypadku. W ich kryjówce w Lewisham odkryliśmy mnóstwo przedmiotów, które figurowały w naszej bazie danych jako skradzione.

– To fantastycznie – mówi Simon uszczęśliwiony. Zerka na mnie. – Prawda, Emmo?

– Cudownie – przytakuję.

Zapada milczenie.

– W związku z tym, że prawdopodobnie dojdzie do procesu, musimy zadać ci jeszcze kilka pytań, Emmo – oznajmia sierżant Willan. – Może wolisz zrobić to na osobności?

– Nie ma takiej potrzeby – odzywa się Simon. – Całe szczęście, że dorwaliście tych drani. Zrobimy, co w naszej mocy, żeby wam pomóc, prawda, Em?

Sierżant Willan wciąż patrzy na mnie.

– Emmo? Może jednak chciałabyś porozmawiać bez udziału Simona?

Jak mogę odpowiedzieć twierdząco na postawione w ten sposób pytanie? Zresztą nie ma tu żadnego bardziej ustronnego miejsca. Wszystkie pomieszczenia są otwarte i przechodzą płynnie jedno w drugie, nawet sypialnia i łazienka.

– Może być tutaj – odpowiadam. – Będę musiała iść do sądu, żeby złożyć zeznania?

Dwójka policjantów wymienia między sobą spojrzenia.

– To zależy od tego, czy podejrzani przyznają się do winy – mówi sierżant Willan. – Mamy nadzieję, że dowody przeciwko nim okażą się na tyle mocne, że nie będą próbowali się wykręcać. – Po chwili milczenia dodaje: – W kryjówce włamywaczy znaleźliśmy również mnóstwo telefonów komórkowych, Emmo. W tym jeden, który rozpoznaliśmy jako twój.

Nagle ogarnia mnie bardzo niedobre przeczucie. „Oddychaj", mówię sobie.

– W niektórych telefonach znajdowały się zdjęcia i nagrania – kontynuuje policjantka. – Zdjęcia i nagrania kobiet w sytuacjach seksualnych.

Czekam. Wiem, co się zaraz wydarzy, ale łatwiej w ogóle się nie odzywać, pozwolić, aby słowa spłynęły po mnie, jakby wcale nie były prawdziwe.

– Emmo, w twoim telefonie znaleźliśmy nagranie aktu seksualnego pomiędzy tobą a mężczyzną przypominającym jednego z aresztowanych, wykonane przez niego samego. Możesz nam coś o tym powiedzieć?

Wyczuwam, że Simon obraca do mnie głowę. Nie patrzę w jego kierunku. Cisza rozciąga się niczym nitka roztopionego szkła, która staje się coraz cieńsza i cieńsza, aż w końcu musi się zerwać.

– Tak – odzywam się wreszcie prawie niedosłyszalnie. Ledwo słyszę samą siebie, w uszach rozlega się tylko głuchy stukot. Wiem jednak, że muszę coś powiedzieć, że nie mogę tak po prostu zasłonić się niepamięcią.

Oddycham głęboko.

– Zagroził, że wyśle wszystkim to nagranie – mówię. – Każdej osobie z listy moich kontaktów. Zmusił mnie… żebym mu to zrobiła. To, co widzieliście. I nagrał wszystko moim własnym telefonem.

Przerywam. Mam wrażenie, jakbym zaglądała poza skraj przepaści.

– Groził mi nożem – dodaję.

– Spokojnie, Emmo. Wiem, jakie to musi być dla ciebie trudne – mówi łagodnie sierżant Willan.

Nie śmiem podnieść wzroku na Simona, ale zmuszam się, żeby opowiadać dalej.

– Zagroził, że jeśli komuś powiem, policji lub chłopakowi, dowie się o tym i roześle nagranie. A ten telefon był służbowy, miałam w nim numery do wszystkich. Do swojego szefa. Do ludzi z całej firmy. Do rodziny.

– Obawiam się, że musimy zapytać… o coś jeszcze. – Ton komisarza Clarke'a brzmi przepraszająco. – Czy istnieje możliwość, że ten mężczyzna zostawił gdzieś ślady swojego DNA? Na przykład na łóżku? Albo na ubraniu, które miałaś na sobie?

Potrząsam potakująco głową.

– Rozumiesz nasze pytanie, Emmo? – upewnia się sierżant Willan. – Chodzi nam o to, czy Deon Nelson miał wytrysk.

Kątem oka dostrzegam, że Simon zaciska dłonie w pięści.

– Trzymał mnie za nos – mówię cichym głosem. – Trzymał mnie za nos i zmusił, żebym połknęła. Powiedział, że muszę połknąć wszystko do końca, do ostatniej kropli, żeby policja nie mogła zdobyć jego DNA. Wiedziałam więc, że nie ma sensu. Nie ma sensu mówić wam o tym. Przepraszam.

Wreszcie zdobywam się na odwagę, by spojrzeć na Simona.

– Przepraszam – powtarzam.

Znów zapada długie milczenie.

– Poprzednio zeznałaś, Emmo – mówi łagodnie komisarz Clarke – że nie pamiętasz, co dokładnie wydarzyło się podczas włamania. Żebyśmy mieli jasność, czy możesz wyjaśnić nam własnymi słowami, dlaczego tak zeznałaś?

– Chciałam zapomnieć, że to się w ogóle wydarzyło. Nie chciałam się przyznać przed sobą, że za bardzo się boję, by komukolwiek o tym powiedzieć. Było mi wstyd. – Zaczynam płakać. – Nie chciałam, by Simon się dowiedział – dodaję.

Rozlega się trzask filiżanki rzuconej przez Simona o ścianę. Kawałki białej porcelany i brązowa kawa rozpryskują się na jasnym kamieniu.

– Simon, zaczekaj! – Próbuję go zatrzymać.

Ale jego już nie ma.

Wycierając oczy rękawem, pytam:

– Będziecie mogli to wykorzystać? Żeby go skazać?

Policjanci po raz kolejny wymieniają spojrzenia.

– To trudna sytuacja – odpowiada sierżant Willan. – W obecnych czasach ława przysięgłych oczekuje, że dostanie dowody w postaci badania DNA. Zidentyfikowanie podejrzanego na podstawie samego nagrania wideo wydaje się niemożliwe. Pilnował się, aby nie pokazywać swojej twarzy ani noża. – Policjantka milknie na chwilę. – Poza tym mamy obowiązek ujawnić obronie, że początkowo zeznałaś, że nic nie pamiętasz. Niestety mogą spróbować wykorzystać to przeciwko tobie.

– Powiedzieliście, że były też inne telefony – mówię słabym głosem. – Czy pozostałe kobiety nie mogą złożyć zeznań?

– Podejrzewamy, że wobec nich zastosował podobną metodę – odzywa się komisarz Clarke. – Przestępcy, a zwłaszcza przestępcy seksualni, z czasem opracowują pewien schemat działania. Powtarzają to, co jest skuteczne, a odrzucają to, co nie przynosi rezultatów. Ta powtarzalność sprawia im frajdę, traktują to jako swego rodzaju rytuał. Niestety nie udało nam się jeszcze dotrzeć do pozostałych ofiar człowieka, który cię zaatakował.

– To znaczy, że żadna z nich nie zgłosiła się na policję. – Domyślam się prawdziwego sensu tych słów. – Jego groźby odniosły skutek i wszystkie ofiary milczą.

– Na to wygląda – przyznaje komisarz Clarke. – Emmo, rozumiem, dlaczego nikomu wcześniej o tym nie powiedziałaś, ale to bardzo ważne, żebyś dokładnie zrelacjonowała nam, co się wydarzyło. Dasz radę przyjść na posterunek i uzupełnić swoje poprzednie zeznanie?

Kiwam smutno głową. Komisarz bierze swoją kurtkę.

– Dziękuję, że byłaś wobec nas szczera – mówi z życzliwością. – Zdaję sobie sprawę, jakie to musi być trudne.

Ale zapamiętaj: zgodnie z prawem każdy rodzaj seksu pod przymusem, w tym seks oralny, jest uważany za gwałt. I właśnie o to zamierzamy oskarżyć tego człowieka.

Simona nie ma ponad godzinę. Ten czas upływa mi na zbieraniu kawałków rozbitej filiżanki i szorowaniu ściany. Przypomina mi tablicę, z tym, że tego, co na niej napisano, nie da się już całkowicie wymazać.

Gdy Simon w końcu wraca, przyglądam się uważnie jego twarzy, starając się rozpoznać, w jakim jest nastroju. Ma zaczerwienione oczy i wygląda, jakby płakał.

– Przepraszam – mówię pełnym żałości głosem.

– Dlaczego, Em? – pyta cicho. – Dlaczego mi nie powiedziałaś?

– Myślałam, że będziesz zły.

– To znaczy uznałaś, że nie okażę ci współczucia? – Wydaje się zarazem zasmucony i zdumiony. – Pomyślałaś, że się tym n i e p r z e j m ę?

– Nie wiem. W ogóle nie chciałam o tym myśleć. Byłam... Wstydziłam się. Znacznie łatwiej było udawać, że to w ogóle się nie wydarzyło. A poza tym się bałam.

– Jezu, Em! – wykrzykuje Simon. – Wiem, że czasami potrafię się zachowywać jak idiota, ale czy naprawdę sądziłaś, że w ogóle mnie to n i e o b e j d z i e?

– Nie... Nawaliłam – mówię ze skruchą. – Nie mogłam o tym z tobą rozmawiać. Przepraszam.

– Jest dokładnie tak, jak powiedział Monkford. W gruncie rzeczy uważasz mnie za fiuta.

– A co Monkford ma z tym wspólnego?

Simon wskazuje na podłogę, piękne ściany z kamienia, rozległą przestrzeń.

– Przecież właśnie dlatego tutaj mieszkamy, prawda? Bo nie jestem dla ciebie dostatecznie dobry. Bo nasze stare mieszkanie nie było dla ciebie dość dobre.

– Nie chodzi o ciebie – odpowiadam słabo. – A poza tym wcale tak nie uważam.

Nagle Simon potrząsa głową i widzę, że jego gniew minął tak szybko, jak się pojawił.

– Gdybyś mi tylko powiedziała... – mówi.

– Policja twierdzi, że mogą się z tego wywinąć. – Dochodzę do wniosku, że lepiej od razu przekazać mu złe wieści.

– Jak to?

– Nie powiedzieli tego wprost. Ale ponieważ zmieniłam zeznanie, a żadna inna kobieta nie zgłosiła napaści, obawiają się, że tym facetom może to ujść na sucho. Zdaniem policji może nawet nie ma sensu dalej tego ciągnąć.

– O nie. – Simon zaciska dłonie w pięści i wali nimi w kamienny stół. – Obiecuję ci, Emmo, że jeśli ten bydlak zostanie uniewinniony, to sam go zabiję. Teraz przynajmniej wiem, jak się nazywa. Deon Nelson.

TERAZ: **JANE**

Po wyjściu przyjaciół włączam laptopa i wpisuję w wyszukiwarkę „Folgate Street 1". A potem dodaję „śmierć" i w końcu „Emma".

Zero wyników wyszukiwania. Przekonuję się jednak, że Gospodarz nie działa tak samo jak Google. Podczas gdy Google wyrzuca tysiące, a nawet miliony wyników, Gospodarz wyświetla jeden najlepiej pasujący i nic więcej. Zazwyczaj to duża ulga móc się uwolnić od zalewu rozmaitych możliwości. Ale nie sprawdza się to zbyt dobrze, kiedy nie do końca wiesz, czego szukasz.

Nazajutrz, w poniedziałek, przypada jeden z moich dwóch dni pracy w tygodniu w organizacji charytatywnej Still Hope. Jej siedziba mieści się w King's Cross i składa z trzech zatłoczonych pomieszczeń – kontrast między nią a surowym, ascetycznym pięknem Folgate Street 1 nie może być chyba bardziej wyrazisty. Mam tam biurko, a raczej pół biurka, ponieważ dzielę je z Tessą, która również jest zatrudniona na pół etatu. Do tego mam do dyspozycji stary, rzężący komputer stacjonarny.

Wpisuję w Google'a te same słowa co dzień wcześniej. Większość wyników wyszukiwania dotyczy Edwarda

Monkforda. Jak na złość, pewna dziennikarka zajmująca się architekturą ma na imię Emma i napisała o nim kiedyś artykuł zatytułowany *Śmierć rupieciom*, więc wyskakuje do niego jakieś pięćset linków. Jednak na szóstej stronie w końcu znajduję to, czego szukam. Artykuł z lokalnej gazety.

„Śledztwo w sprawie śmierci w Hendon nie przynosi rozstrzygnięcia.

Dochodzenie w sprawie śmierci dwudziestosześcioletniej Emmy Matthews, którą w lipcu ubiegłego roku znaleziono martwą w wynajmowanym przez nią domu przy Folgate Street w południowym Hendon, nie przyniosło żadnych rezultatów. Policji nie udało się ustalić przyczyn zgonu pomimo wydłużenia śledztwa o kolejne sześć miesięcy w celu zebrania większej ilości informacji.

Jak powiedział komisarz James Clarke: »Mieliśmy liczne tropy w tej sprawie, a jeden z nich doprowadził nawet do aresztowania podejrzanego. Jednakże zdaniem prokuratury nasze dowody były niewystarczające, aby uznać, że śmierć panny Matthews została przez kogokolwiek zawiniona. Będziemy oczywiście nadal prowadzić śledztwo i dołożymy wszelkich starań, aby wyjaśnić tę tragedię«.

Dom, zaprojektowany przez Edwarda Monkforda, wybitnego architekta o międzynarodowej sławie, został określony przez koronera jako »koszmar z punktu widzenia ludzkiego zdrowia i bezpieczeństwa«. Jak udało nam się ustalić, ciało Matthews znaleziono u podnóża niczym niezabezpieczonych, pozbawionych chodnika schodów.

Okoliczni mieszkańcy prowadzili w 2010 roku długą batalię, usiłując zapobiec powstaniu domu, jednak biuro burmistrza ostatecznie wydało zgodę na jego budowę. Mieszkająca w sąsiedztwie Maggie Evans powiedziała wczoraj: »Wielokrotnie ostrzegaliśmy, że prędzej czy później dojdzie do czegoś takiego. Najlepiej, gdyby teraz wszystko wyburzyli i zbudowali na nowo coś bardziej nadającego się do życia«.

Firma Monkford Partnership odmówiła wczoraj komentarza w tej sprawie".

A więc śmierć nie dwóch osób, lecz trzech. Najpierw syn i żona Monkforda, a teraz ta dziewczyna. Dom przy Folgate Street 1 był jeszcze bardziej przepełniony nieszczęściem, niż sądziłam.

Wyobrażam sobie ciało młodej kobiety leżące u stóp tych lśniących kamiennych schodów, roztrzaskaną czaszkę, krew rozbryźniętą na podłodze. Koroner oczywiście miał rację: schody bez poręczy są potwornie niebezpieczne. Ale dlaczego, gdy zostało to już dowiedzione w najbardziej tragiczny sposób, Edward Monkford czegoś z tym nie zrobił, na przykład nie zabudował ich szklanymi taflami albo nie zamontował balustrady?

Przecież znam odpowiedź na to pytanie. „Moje budynki stawiają ludziom wymagania, Jane. Nie uważam jednak, by były nieznośne dla swoich lokatorów". Gdzieś w umowie najmu na pewno znajduje się paragraf, który mówi o tym, że lokatorzy korzystają ze schodów wyłącznie na własną odpowiedzialność.

– Jane? – To Abby, kierowniczka biura.

Podnoszę głowę.

– Masz gościa. – Wydaje się lekko zdenerwowana, ma odrobinę zarumienione policzki. – Mówi, że nazywa się Edward Monkford. Muszę przyznać, że jest b a r d z o przystojny. Czeka na dole.

Stoi w maleńkiej poczekalni, ubrany niemal identycznie jak poprzednio. Czarny kaszmirowy pulower, biała rozpięta pod szyją koszula i czarne spodnie. Jedynym ustępstwem na rzecz chłodnej pogody jest szalik zawiązany we francuskim stylu wokół szyi.

– Cześć – mówię na powitanie, choć tak naprawdę mam ochotę zapytać: „Co ty, u licha, tu robisz?".

Monkford studiuje plakaty Still Hope na ścianie, lecz na dźwięk mojego głosu szybko się odwraca.

– Teraz to ma sens – odzywa się łagodnie.

– Co ma sens?

Wskazuje na jeden z plakatów.

– Ty też straciłaś dziecko.

Wzruszam ramionami.

– Tak, to prawda.

Nie mówi jednak wcale: „Tak mi przykro" ani nie rzuca podobnymi frazesami, którymi posługują się ludzie, gdy nie wiedzą, jak zareagować. Kiwa tylko głową.

– Chciałbym wybrać się z tobą na kawę, Jane. Nie mogę przestać o tobie myśleć. Ale jeśli to dla ciebie za wcześnie, po prostu mi powiedz, to sobie pójdę.

W tych trzech krótkich zdaniach kryje się tyle pytań i podtekstów, że nie jestem w stanie naraz ich wszystkich przyswoić. Ale pierwsza myśl, która przychodzi mi do głowy, brzmi: „A więc się nie myliłam. On też jest mną zainteresowany".

Druga myśl jest pozbawiona cienia wątpliwości: „Świetnie".

– I tak upłynął mi czas w Cambridge. Ale nie ma zbyt wielu ofert pracy dla absolwentów historii sztuki. Prawdę mówiąc, nigdy się nie zastanawiałam, co chcę robić po ukończeniu studiów. Zaliczyłam staż w Sotheby's, który jednak nie zamienił się w stałą pracę, potem pracowałam w kilku galeriach jako tak zwana starsza konsultantka, ale w rzeczywistości byłam po prostu recepcjonistką. W końcu zaczęłam zajmować się PR-em. Początkowo pracowałam na West Endzie, czuwałam nad przekazami medialnymi, ale nigdy nie czułam się zbyt dobrze w klimacie panującym w Soho. O wiele bardziej podobało mi się City, gdzie klienci są dystyngowani. Jeśli mam być szczera, podobały mi się również tamtejsze zarobki. Praca sama w sobie była bardzo interesująca. Do naszych klientów należały duże instytucje finansowe. W ich przypadku działania PR-owe sprowadzały się do tego, by gazety jak najmniej o nich pisały, by panowała wokół nich cisza. Ale chyba za dużo mówię.

Edward Monkford uśmiecha się i potrząsa przecząco głową.

– Lubię cię słuchać.

– A ty? – pytam. – Zawsze chciałeś zostać architektem?

Wzruszenie szczupłych ramion.

– Przez pewien czas pracowałem w należącej do mojej rodziny drukarni. Nienawidziłem tej pracy. Znajomy ojca budował dla siebie domek letniskowy w Szkocji i miał problemy z tamtejszym architektem. Namówiłem go, by pozwolił mi zrobić projekt za taką samą cenę. Nauczyłem się fachu podczas tej budowy. Pójdziemy ze sobą do łóżka?

To pytanie pada tak nieoczekiwanie, że otwieram usta ze zdumienia.

– Ludzkie relacje, podobnie jak całe ludzkie życie, zwykle obrastają mnóstwem niepotrzebnych rzeczy – wyjaśnia łagodnym głosem Edward. – Kartki walentynkowe, romantyczne gesty, ważne rocznice, drobne czułostki... To wszystko składa się na nudę i inercję zwykłych, konwencjonalnych związków, wyznacza ich bieg, zanim jeszcze tak naprawdę się rozpoczną. A może od razu odpuścilibyśmy to sobie? Związek nieskrępowany żadnymi konwencjami ma w sobie pewien rodzaj czystości, prostoty i wolności. Uważam, że to ożywcze, kiedy dwoje ludzi spotyka się ze sobą bez żadnych planów wybiegających poza tu i teraz. Jeśli czegoś pragnę, zwykle do tego dążę. Chcę jednak być wobec ciebie całkiem szczery na temat tego, co ci proponuję.

Ma na myśli seks bez zobowiązań. Jestem pewna, że wielu mężczyzn, którzy spotykali się ze mną w przeszłości, wśród nich ojciec Isabel, oczekiwało ode mnie tego samego. Ale niewielu miało odwagę przyznać się do tego tak otwarcie. I choć ogarnia mnie lekkie rozczarowanie, od czasu do czasu bowiem lubię romantyczne gesty, jednocześnie czuję się zaintrygowana.

– To czyje łóżko miałeś na myśli? – pytam.

Oczywiście łóżko w domu przy Folgate Street 1. O ile moje dotychczasowe kontakty z Edwardem Monkfordem mogły sugerować, że okaże się on niezbyt szczodrym i raczej powściągliwym kochankiem – może architektoniczny minimalista będzie chciał starannie złożyć spodnie przed stosunkiem; może ktoś, kto gardzi miękkimi poduszkami i wzorzystymi tkaninami, będzie się również brzydził wydzielin ludzkiego ciała i innych oznak namiętności – o tyle teraz mile zaskoczona odkrywam, że jest zupełnie inny, niż się spodziewałam. A całe to jego gadanie o związku nieskrępowanym konwencjami nie jest tylko eufemizmem skrywającym dążenie do własnej przyjemności. W łóżku Edward okazuje się czuły, hojny i w żadnym razie nie można mu zarzucić oszczędności środków wyrazu. Dopiero po tym, jak zalewa mnie potężna fala orgazmu, pozwala dojść sobie samemu, jego biodra podskakują rytmicznie, aż w końcu nieruchomieją, a on drży we mnie, powtarzając w kółko na głos moje imię.

Jane. Jane. Jane.

Zupełnie jakby próbował wyryć je sobie w umyśle.

Gdy później leżymy razem, przypominam sobie o artykule.

– Pewien mężczyzna zostawia kwiaty pod drzwiami wejściowymi. Powiedział, że to dla jakiejś Emmy, która tu umarła. Jej śmierć miała coś wspólnego ze schodami, prawda?

Jego ręka, która leniwie głaszcze mnie po plecach, nie zatrzymuje się ani na moment.

– Tak. Czy ten facet ci się naprzykrzał?

– Skądże. Poza tym... jeśli stracił kogoś naprawdę bliskiego...

Edward milczy przez chwilę.

– Obwinia mnie o to. Jest przekonany, że dom w jakimś sensie przyczynił się do jej śmierci. Ale sekcja zwłok wykazała, że Emma była pod wpływem alkoholu. A kiedy ją znaleziono, był włączony prysznic. Musiała mieć mokre stopy i zbiegać po schodach na bosaka.

Marszczę czoło. Bieganie wydaje mi się czymś wyjątkowo osobliwym w tak spokojnym miejscu jak Folgate Street 1.

– Chcesz powiedzieć, że przed kimś uciekała?

Edward wzrusza ramionami.

– Albo biegła otworzyć komuś drzwi.

– Przeczytałam w artykule, że policja aresztowała jakiegoś podejrzanego. Ale nie napisali kogo. W każdym razie musieli puścić go wolno.

– Naprawdę? – Jego jasnoniebieskie oczy wydają się nieprzeniknione. – Nie pamiętam wszystkich szczegółów. Nie było mnie wtedy w mieście, pracowałem nad projektem.

– A ten facet od kwiatów mówił jeszcze o jakimś człowieku, który zatruł jej umysł...

Edward zerka na zegarek i siada na łóżku.

– Przepraszam cię, Jane. Zupełnie wyleciało mi z głowy, że jestem umówiony na inspekcję placu budowy.

– Nie znajdziesz chwili, żeby coś przekąsić? – pytam zawiedziona, że wychodzi tak szybko.

– Niestety. – Kręci głową. – I tak już jestem spóźniony. Zadzwonię do ciebie – mówi, sięgając ręką po ubranie.

4. *Nie mam czasu dla ludzi, którzy nie dążą do samodoskonalenia.*

Zgadzam się ❍ ❍ ❍ ❍ ❍ *Nie zgadzam się*

PRZEDTEM: **EMMA**

– Rzecz w tym – mówi wojowniczym tonem Brian – że nie uda nam się sformułować założeń misji, dopóki nie określimy, jakie są nasze wartości. – Rozgląda się po sali konferencyjnej, jakby szukał kogoś, kto odważy się z nim nie zgodzić.

Siedzimy w pokoju 7b, czyli oszklonym boksie wyglądającym identycznie jak pokoje 7a i 7c. Ktoś zapisał na flipcharcie cel naszego zebrania: „Misja firmy". Na szklanych ścianach wciąż wiszą kartki z zapiskami z poprzedniego zebrania. Na jednej z nich widnieje: „24 godziny na reakcję? Potencjał zapasowego magazynu?". Brzmi to o wiele bardziej ekscytująco niż to, czym my się zajmujemy.

Od ponad roku próbowałam wkręcić się do pracy w marketingu. Podejrzewam, że moja dzisiejsza obecność tutaj ma więcej wspólnego z tym, że przyjaźnię się z Amandą, a co za tym idzie i z Saulem – Saul ma zaś wysokie stanowisko w dziale finansowym – niż z tym, że Brian naprawdę mnie potrzebuje. Za każdym razem gdy patrzy w moją stronę, staram się energicznie kiwać głową. Wydawało mi się, że praca w marketingu okaże się bardziej pasjonująca.

– Czy ktoś będzie pełnił funkcję sekretarza? – pyta Leona, patrząc na mnie.

Chwytam aluzję i zrywam się, by stanąć z markerem w dłoni przy flipcharcie, jak przystało na nową w biurze, pełną werwy dziewczynę. Na górze kartki zapisuję: WARTOŚCI.

– Energia – proponuje ktoś.

Notuję posłusznie.

– Pozytywność – dodaje ktoś inny.

Rozlegają się kolejne głosy. Troska. Dynamizm. Niezawodność.

– Emmo, nie zapisałaś „dynamizm” – odzywa się Charles.

„Dynamizm” to jego propozycja.

– Czy to nie to samo co „energia”? – pytam.

Brian się krzywi. Ostatecznie zapisuję „dynamizm”.

– Powinniśmy chyba zadać sobie pytanie, co jest najważniejszym celem Flow – mówi Leona, wodząc wokół pełnym samouwielbienia wzrokiem. – Na czym polega wyjątkowy wkład, jaki firma Flow wnosi w życie ludzi?

Zapada długie milczenie.

– Na dostarczaniu wody butelkowanej? – rzucam.

Flow zajmuje się przecież zaopatrywaniem biur w wielkie butle do automatów z wodą do picia. Brian znów się krzywi, więc dochodzę do wniosku, że lepiej się więcej nie odzywać.

– Woda jest niezbędna do życia. Woda to *życie* – stwierdza Charles. – Zapisz to, Emmo.

Potulnie wykonuję polecenie.

– Czytałam gdzieś – włącza się do dyskusji Leona – że ludzie niemal w całości składają się z wody. A więc woda zupełnie dosłownie stanowi sporą część każdego z nas.

– Nawadnianie – mówi z namysłem Brian.

Kilka osób potakuje, w tym i ja.

Drzwi otwierają się i Saul wsuwa głowę do środka.

– Ach, widzę, że geniusze marketingu są zajęci ciężką pracą twórczą – rzuca żartem. – Jak wam idzie?

– Ustalanie misji to koszmar – odburkuje Brian.

Saul spogląda na tablicę.

– To chyba dość oczywiste, co robimy, prawda? Chcemy zaoszczędzić ludziom wysiłku odkręcania kranu i zedrzeć z nich za to kupę szmalu.

– Odchrzań się, dobra? – mówi ze śmiechem Brian. – Wcale nie pomagasz.

– Wszystko w porządku, Emmo? – pyta wesoło Saul i puszcza do mnie oko.

Widzę, jak Leona obraca głowę w moją stronę. Pewnie nie miała pojęcia, że mam przyjaciół wśród kierownictwa.

Zapisuję na tablicy: „Składamy się głównie z wody" i „Nawadnianie".

Gdy zebranie wreszcie dobiega końca – najwyraźniej misja i najważniejszy cel firmy Flow polegają na tym, aby „automaty z wodą zagościły na stałe w naszym życiu, wszędzie i każdego dnia", bo wszyscy obecni zgadzają się, że jest to wystarczająco pomysłowe i błyskotliwe motto – wracam do swojego biurka i czekam na przerwę na lunch, podczas której biuro kompletnie się wyludnia. Wtedy wybieram numer telefonu.

– Monkford Partnership – odzywa się uprzejmy kobiecy głos.

– Chciałabym rozmawiać z Edwardem Monkfordem – mówię.

Zapada cisza. Widocznie w Monkford Partnership nie puszczają żadnej muzyczki, gdy czeka się na połączenie.

– Tu Edward, słucham.

– Panie Monkford, tu Emma. Z Folgate Street 1.

– Proszę mówić mi po imieniu.

– Edwardzie, muszę zapytać o jedną rzecz w naszej umowie.

Wiem, że powinnam to załatwić przez naszego agenta Marka, ale mam wrażenie, że wówczas powiedziałby o tym Simonowi.

– Obawiam się, że warunki umowy nie podlegają negocjacjom, Emmo – oznajmia stanowczo Monkford.

– Nie mam żadnych zastrzeżeń co do warunków najmu – zapewniam go. – Wręcz przeciwnie. I wcale nie chcę opuścić Folgate Street.

Chwila milczenia.

– Bo i czemu miałabyś opuszczać taki dom?

– Ta umowa, którą podpisaliśmy z Simonem... Co w przypadku, jeśli jedno z nas się stamtąd wyprowadzi? A drugie będzie chciało zostać?

– Czy ty i Simon nie jesteście już razem? Przykro mi to słyszeć, Emmo.

– W tym momencie to zupełnie teoretyczne pytanie. Zastanawiam się tylko, co się stanie w takiej sytuacji, to wszystko.

W głowie mi łomoce. Na samą myśl, że miałabym odejść od Simona, ogarnia mnie dziwne uczucie, niczym zawrót głowy. Czy to z powodu włamania? Czy też sprawiła to rozmowa z Carol? Czy może to kwestia samego Folgate Street 1, tych pustych, ogromnych przestrzeni, w których nagle wszystko staje się znacznie jaśniejsze?

Edward Monkford się zastanawia.

– Formalnie rzecz biorąc – mówi w końcu – będzie to naruszenie warunków umowy. Ale wyobrażam sobie, że można podpisać aneks do umowy, w którym zgodzisz się wziąć wszystkie zobowiązania na siebie. Każdy prawnik może przygotować taki dokument w dziesięć minut. Czy będzie cię wtedy stać na czynsz?

– Nie wiem – przyznaję szczerze. Folgate Street 1, jak na tak fantastyczne miejsce, kosztuje absurdalnie mało, ale to i tak więcej, niż mogę sobie pozwolić ze swoją skromną pensją.

– Cóż, na pewno uda nam się dojść do porozumienia.

– To bardzo miłe z twojej strony – mówię. I teraz czuję się jeszcze bardziej nielojalna, ponieważ gdyby Simon przysłuchiwał się tej rozmowie, stwierdziłby, że zadzwoniłam bezpośrednio do Edwarda Monkforda, a nie do agenta, bo liczyłam na dokładnie taki obrót spraw.

Simon wraca do domu jakąś godzinę po mnie.

– Co to wszystko znaczy? – pyta.

– Gotuję – odpowiadam, posyłając mu uśmiech. – Twoje ulubione danie. Polędwicę Wellington.

– Rany. – Simon rozgląda się zdumiony po kuchni.

Przyznaję, że panuje tu niezły bałagan, ale przynajmniej widać, ile wysiłku mnie to kosztowało.

– Dawno zaczęłaś?

– Podczas przerwy na lunch zrobiłam zakupy i wyszłam punktualnie z pracy, żeby zdążyć wszystko przyrządzić – oznajmiam z dumą.

Gdy tylko rozłączyłam się z Edwardem Monkfordem, poczułam się okropnie. Co ja sobie myślałam? Przecież Simon tak bardzo się stara, a ja przez ostatnich kilka tygodni zachowywałam się jak potwór. Dlatego postanowiłam, że mu to wynagrodzę, zaczynając od dzisiejszego wieczoru.

– Mam też wino – dodaję.

Simon otwiera szeroko oczy, widząc, że opróżniłam już jedną trzecią butelki, ale tego nie komentuje.

– Do tego oliwki, czipsy i mnóstwo innych przekąsek.

– W takim razie wezmę prysznic.

Gdy przychodzi na dół, umyty i przebrany, wołowina piecze się już w piekarniku, a ja jestem lekko wstawiona. Simon wręcza mi zawinięty w papier pakunek.

– Wiem, że urodziny masz dopiero jutro, ale chcę ci to dać już dzisiaj. Wszystkiego najlepszego, Em.

Po kształcie rozpoznaję, że to dzbanek do herbaty, jednak dopiero gdy zdejmuję papier, widzę, że to nie pierwszy lepszy imbryk, lecz piękny dzbanek art déco z wzorkiem w pawie pióra – taki, jakich pewnie używano na statkach transoceanicznych w latach trzydziestych. Wzdycham głęboko.

– Jest cudowny – mówię.

– Znalazłem go na Etsy – oświadcza Simon, prężąc pierś. – Poznajesz? Takiego samego używała Audrey Hepburn w *Śniadaniu u Tiffany'ego*. W twoim ulubionym filmie. Sprowadziłem go ze sklepu z antykami z Ameryki.

– Jesteś niesamowity. – Odstawiam dzbanek i siadam Simonowi na kolanach. – Kocham cię – szepczę, skubiąc zębami jego ucho.

Zbyt długo tego nie mówiłam. Żadne z nas tego nie mówiło. Wsuwam dłoń między jego uda.

– Co w ciebie wstąpiło? – pyta Simon rozbawiony.

– Nic. Choć może ty powinieneś we mnie wstąpić. Albo przynajmniej jedna część ciebie.

Wiercę się na jego kolanach i czuję, że zaczyna się robić twardy.

– Byłeś taki cierpliwy – mruczę mu do ucha.

Ześlizguję się niżej i klękam pomiędzy jego nogami. Planowałam zrobić to później, po kolacji, ale w sumie czemu nie teraz? Poza tym wino mnie nakręca. Rozpinam mu zamek w spodniach i wyjmuję jego fiuta. Podnoszę wzrok i posyłam mu, jak mi się wydaje, zdzirowaty, pełen zachęty uśmiech, po czym przesuwam ustami po główce jego penisa.

Pozwala mi to robić przez jakąś minutę. Czuję jednak, że zamiast twardnieć, robi się coraz bardziej miękki. Podwajam więc wysiłki, ale to tylko pogarsza sprawę. Gdy znów podnoszę wzrok, widzę, że Simon ma zamknięte oczy i mocno zaciśnięte pięści, jakby rozpaczliwie starał się skupić na erekcji.

– Mmm – mruczę, aby go pobudzić. – Mmmmmm.

Na dźwięk mojego głosu gwałtownie otwiera oczy i odpycha mnie.

– Jezu, Emmo – mówi. Podnosi się i wpycha fiuta z powrotem do spodni. – Jezu – powtarza.

– Co się stało? – pytam zdezorientowana.

Simon patrzy na mnie z góry. Ma dziwny wyraz twarzy.

– Deon Nelson – mówi.

– Co z nim?

– Jak możesz robić mi to samo, co zrobiłaś temu… temu bydlakowi?

Teraz z kolei to ja wpatruję się dziwnie w Simona.

– Nie bądź śmieszny.

– Pozwoliłaś mu dojść we własnych ustach.

Wzdrygam się, jakby mnie ktoś uderzył.

– Nie pozwoliłam mu. Zmusił mnie do tego. Jak w ogóle możesz tak mówić? Jak śmiesz?

Mój nastrój od euforii znów przechodzi do poczucia kompletnej beznadziei.

– Wołowina powinna już być dobra – mówię, podnosząc się z podłogi.

– Poczekaj. – Zatrzymuje mnie. – Muszę ci o czymś powiedzieć.

Wygląda tak żałośnie, że myślę sobie: „A więc to koniec. Chce się ze mną rozstać”.

– Przyszła dziś do mnie policja – ciągnie. – Pytali o... o pewne nieścisłości w moim zeznaniu.

– Jakie nieścisłości?

Simon podchodzi do okna. Na zewnątrz jest ciemno, ale on wpatruje się w mrok, jak gdyby coś tam dostrzegł.

– Po włamaniu złożyłem zeznanie. Powiedziałem policji, że tamtej nocy byłem w pubie.

– Wiem. W Portland, prawda?

– Tylko że nie byłem wtedy w Portland. Sprawdzili to. Portland nie jest otwarty do tak późna. Sprawdzili więc wyciąg z mojej karty kredytowej.

Zadali sobie sporo trudu, żeby się dowiedzieć, w którym barze był Simon.

– Dlaczego?

– Powiedzieli, że gdyby tego nie zrobili, adwokat Nelsona mógłby im zarzucić zaniedbanie obowiązków.

Milknie na chwilę.

– Nie byłem tamtej nocy w pubie, Emmo. Byłem w klubie. W klubie ze striptizem.

– A więc chcesz mi powiedzieć – cedzę słowa – że przez cały czas, gdy byłam... gdy byłam g w a ł c o n a przez tego potwora, ty oglądałeś sobie gołe panienki?

– Poszliśmy całą grupą, Em. Z Saulem i kilkoma chłopakami. To nie był mój pomysł. Nawet mi się nie podobało.

– Ile tam wydałeś?

Simon patrzy na mnie zdziwiony.

– Ale co to w ogóle ma do rzeczy?

– Ile wydałeś!? – wrzeszczę. Mój krzyk odbija się echem od kamiennych ścian. Aż do teraz nie zdawałam sobie sprawy, że Folgate Street 1 ma takie echo. Zupełnie, jakby dom przyłączył się do mnie i też zaczął krzyczeć na Simona.

– Nie wiem. – Simon wzdycha. – Ze trzysta funtów.

– Chryste.

– Policja uważa, że to wszystko wyjdzie na jaw w sądzie.

Nagle dociera do mnie, co to oznacza. Nie tylko to, że Simon jest zdolny do tego, by wydawać pieniądze, których nie ma, żeby gapić się na nagie laski, których nie może zerżnąć, tylko dlatego, że namówili go do tego kumple. Nie tylko to, że uważa, iż jestem w jakimś sensie zbrukana z powodu tego, co zrobił mi tamten facet. Przede wszystkim dociera do mnie, co to może oznaczać w kontekście oskarżenia Deona Nelsona. Obrona będzie twierdzić, że nasz związek z Simonem jest popieprzony i że okłamujemy policję oraz siebie nawzajem.

Będą twierdzić, że tamtej nocy wszystko odbyło się za moją zgodą, dlatego niczego nie zgłosiłam policji.

Próbuję dobiec do zlewu, ale całe czerwone wino, czarne oliwki i przekąski przygotowane na nasz specjalny wieczór wylatują ze mnie palącą, gorzką strugą na podłogę.

– Wynoś się – mówię, gdy torsje ustają. – Po prostu wyjdź. Zabierz swoje rzeczy i wyjdź.

Szłam przez życie jak lunatyczka, pozwalając temu małemu, nędznemu gnojkowi wmawiać mi, że mnie kocha. Czas z tym skończyć.

– Wyjdź – powtarzam.

– Em – odzywa się błagalnym głosem. – Em, posłuchaj siebie. To do ciebie niepodobne. Mówisz tak tylko z powodu tego wszystkiego, co się wydarzyło. Przecież się kochamy. Jakoś się z tym uporamy. Nie mów niczego, czego mogłabyś jutro żałować.

– Nie będę tego żałować – odpowiadam. – Ani jutro, ani nigdy. To koniec, Simon. Już od dawna się nam nie układało. Nie chcę dłużej z tobą być i wreszcie zdobyłam się na odwagę, żeby ci to powiedzieć.

TERAZ: **JANE**

– Co takiego?

– Powiedział, że w nieskrępowanych niczym związkach tkwi ożywcza czystość. To znaczy... może coś lekko przekręciłam, ale taki był sens.

– On tak na serio? – Mia jest zbulwersowana.

– Cóż, tak to zrozumiałam. On tak bardzo... różni się od wszystkich facetów, z którymi się spotykałam.

– Jesteś pewna, że nie masz syndromu sztokholmskiego czy jak to się nazywa? – Mia rozgląda się po jasnych, pustych wnętrzach Folgate Street 1. – Mieszkać tutaj... to trochę tak, jakby zostać uwięzioną w jego głowie. Może zrobił ci pranie mózgu?

– Myślę, że Edward wydawałby mi się pociągający, nawet gdybym nie mieszkała w jednym z jego budynków. – Śmieję się.

– A ty? Co on takiego widzi w tobie, złotko? Oczywiście poza niczym nieskrępowanym rżnięciem czy jak on to określa?

– Nie mam pojęcia. – Wzdycham. – W każdym razie teraz się tego nie dowiemy.

Opowiadam, jak nagle Edward uciekł z mojego łóżka. Mia marszczy czoło.

– Wygląda na to, że gość ma ze sobą jakieś poważne problemy, J. Może lepiej go unikać?

– Każdy ma jakieś problemy – mówię z lekceważeniem. – Nawet ja.

– Dwoje wybrakowanych ludzi nie tworzy jeszcze całości. Trzeba ci teraz kogoś miłego i ustatkowanego. Kogoś, kto się o ciebie zatroszczy.

– Niestety mili i ustatkowani nie są w moim typie.

Mia tego nie komentuje.

– I od tamtej pory w ogóle się nie odzywał?

Kręcę głową.

– Nawet do niego nie dzwoniłam. – Nie wspominam jednak o niedbałym w tonie e-mailu, którego wysłałam do niego na drugi dzień i na który jak dotąd nie otrzymałam odpowiedzi.

– No, to się dopiero nazywa *nieskrępowany* związek. – Mia milknie na chwilę. – A facet od kwiatów? Pojawił się jeszcze?

– Nie. Ale Edward powiedział, że śmierć tej dziewczyny to był wypadek. Biedaczka, najwyraźniej spadła ze schodów. Policja zastanawiała się, czy nie doszło do morderstwa, ale nie potrafili znaleźć żadnych dowodów.

Mia wpatruje się we mnie.

– Masz na myśli *te* schody?

– Tak.

– Ale morderstwo? Cholera, czy to cię nie przeraża? Świadomość, że mieszkasz w miejscu, w którym dokonano zbrodni?

– Niespecjalnie – odpowiadam. – Oczywiście to straszna tragedia. Ale mówiłam ci, że prawdopodobnie nie doszło tu do żadnego przestępstwa. Zresztą w wielu domach ktoś zmarł.

– Tylko nie w taki sposób. A ty w dodatku mieszkasz tu całkiem sama...

– Nie boję się. To bardzo spokojny dom.

„Poza tym trzymałam już w ramionach martwe dziecko”, dodaję w myślach. Śmierć kompletnie obcej osoby, i to przed kilkoma laty, ani trochę mnie nie niepokoi.

– Jak się nazywała? – Mia wyjmuje iPada.

– Emma Matthews. Czemu pytasz?

– Nie jesteś ciekawa? – Stuka w ekran. – O mój Boże.

– Co?

W milczeniu pokazuje mi iPada. Na ekranie zdjęcie dwudziestoparoletniej kobiety. Jest dość ładna, szczupła, z ciemnymi włosami. Wygląda dziwnie znajomo.

– No i? – pytam.

– Nie widzisz tego? – Mia się dziwi.

Przyglądam się uważnie fotografii.

– Ale czego?

– J, ona wygląda identycznie jak ty. Lub raczej to *ty* wyglądasz identycznie jak *ona*.

W pewnym sensie to prawda. Ja i dziewczyna ze zdjęcia jesteśmy podobne, mamy dość niezwykły kolorystycznie typ urody: brązowe włosy, niebieskie oczy i jasną cerę. Jest ode mnie szczuplejsza, młodsza i jeśli mam być szczera, także ładniejsza, a poza tym ma mocniejszy makijaż – w oczy rzucają się dwie intensywne plamy czarnego tuszu do rzęs – ale dostrzegam między nami duże podobieństwo.

– Nie chodzi tylko o twarz – dodaje Mia. – Widzisz, w jaki sposób stoi? Przybiera odpowiednią postawę. Ty stoisz dokładnie tak samo.

– Naprawdę?

– Wiesz, że tak. I nadal uważasz, że ten facet jest normalny?

– To może być zwykły zbieg okoliczności – odżywam się w końcu. – Zresztą nie ma nawet podstaw, by podejrzewać, że Edwarda coś łączyło z tą dziewczyną. Ile milionów kobiet na świecie ma brązowe włosy i niebieskie oczy?

– Czy wiedział, jak wyglądasz, zanim się wprowadziłaś?

– No tak – przyznaję. – Byłam u niego na rozmowie. – A jeszcze wcześniej musiałam dołączyć do podania trzy fotografie. Nie wydało mi się to wówczas dziwne, ale po co właściciel domu miałby żądać fotografii od kandydatów na lokatorów?

– A jego żona? – Mia otwiera szeroko oczy. – Jak ona miała na imię?

– Mia, proszę, nie... – protestuję słabo. Mam wrażenie, że to zaszło za daleko.

Ale Mia już stuka w ekran.

– Elizabeth Monkford, wcześniej Elizabeth Mancari – mówi po chwili. – A teraz poszukajmy zdjęć... – Szybko przewija fotografie. – To nie może być ona... Nie ta narodowość... Mam! – Mia gwiżdże cicho.

– Co takiego?

Odwraca ekran w moją stronę.

– No, gość wcale nie jest niczym skrępowany – stwierdza cicho.

Zdjęcie przedstawia ciemnowłosą młodą kobietę siedzącą na stole kreślarskim i uśmiechającą się do aparatu. Zdjęcie jest trochę ziarniste, ale nawet pomimo tego dostrzegam silne podobieństwo kobiety do Emmy Matthews. A co za tym idzie – również do mnie.

PRZEDTEM: **EMMA**

Przyznanie się Simonowi i policji do kłamstwa o tym, że nie pamiętam gwałtu, było wystarczająco straszne, ale powiedzenie tego Carol jest jeszcze gorsze. Na szczęście terapeutka wykazuje się dużą wyrozumiałością.

– Nie powinnaś się czuć winna – mówi. – Czasami po prostu nie jesteśmy gotowi, by zmierzyć się z prawdą.

Ku mojemu zaskoczeniu podczas sesji skupia się nie na Deonie Nelsonie ani na jego okropnych groźbach, lecz na Simonie. Chce wiedzieć, jak zniósł rozstanie, czy kontaktował się ze mną od tamtego czasu – oczywiście, że tak, nieustannie, ale w ogóle nie odpowiadam na jego wiadomości – i co zamierzam zrobić z tym dalej.

– Więc jaka jest teraz twoja sytuacja, Emmo? – pyta wreszcie. – Co według ciebie powinno się teraz wydarzyć?

– Nie wiem. – Wzruszam ramionami.

– Pozwól, że ujmę to inaczej. Czy to rozstanie jest ostateczne?

– Simon myśli, że nie – przyznaję. – Już wcześniej zrywaliśmy ze sobą, ale on ciągle błagał i błagał, aż w końcu dla świętego spokoju pozwalałam mu do siebie wrócić. Ale tym razem jest inaczej. Pozbyłam się wszystkich swoich starych rzeczy, całej tej rupieciarni. Dzięki temu nabrałam siły, żeby jego też się pozbyć.

– Ale związki z ludźmi to coś kompletnie innego niż stare rzeczy.

Patrzę na nią ostro.

– Uważasz, że postępuję niewłaściwie?

Carol rozmyśla przez chwilę.

– Jeden z ciekawych przejawów tego rodzaju traumatycznych przeżyć – odzywa się w końcu – polega na tym, że czasami skutkują one złagodzeniem istniejących w naszym życiu granic. Niekiedy te zmiany są wyłącznie chwilowe. Ale niekiedy człowiek uznaje, że podoba mu się ten nowy wymiar osobowości i w pełni go akceptuje. Nie mnie jednak osądzać, czy to dobra rzecz, czy zła, Emmo. Sama musisz zdecydować.

Po terapii jestem umówiona z prawnikiem, który sporządził aneks do umowy najmu. Edward Monkford miał rację: poszłam do znajdującej się w sąsiedztwie kancelarii i okazało się, że mogą przygotować taki dokument za pięćdziesiąt funtów. Jedyny haczyk, jak wyjaśnił mi prawnik, był taki, że prawdopodobnie Simon też będzie musiał go podpisać. Za kolejne pięćdziesiąt funtów zgodził się przejrzeć całą umowę i sprawdzić, czy zachodzi taka konieczność.

Dzisiaj ten sam prawnik mówi mi, że jeszcze nigdy nie widział takiej umowy.

– Ten, kto ją przygotował, chciał, aby była absolutnie nie do podważenia – stwierdza. – Na wszelki wypadek powinnaś jednak poprosić Simona, aby również podpisał aneks.

Wątpię, żeby Simon podpisał coś, co w jakikolwiek sposób sformalizuje nasze rozstanie, ale i tak biorę ze sobą dokument.

Szukając dla mnie koperty, prawnik zagaduje jakby mimochodem:

– A tak przy okazji: sprawdziłem w archiwum miejskim pani nieruchomość. To doprawdy fascynująca sprawa.

– Tak? A to dlaczego?

– Wygląda na to, że Folgate Street 1 ma dość tragiczną historię – odpowiada. – Dom stojący tam wcześniej został zniszczony podczas wojny przez niemiecką bombę. Wszyscy mieszkańcy zginęli, cała rodzina. Nie mieli żadnych żyjących krewnych, więc rada miejska wydała nakaz wywłaszczenia, aby zburzyć ruiny domu. Potem działka była opuszczona, aż kupił ją ten architekt. Początkowo planował tam znacznie bardziej konwencjonalny budynek, więc okoliczni mieszkańcy skarżyli się później w pismach do rady miasta, że zostali przez niego oszukani. Zdaje się, że konflikt miał dość gwałtowny przebieg.

– Ale w końcu obecny projekt został zaakceptowany – mówię, niezbyt zainteresowana przeszłością domu.

– Istotnie. A potem, jakby tego było mało, Monkford złożył wniosek o dokonanie tam pochówku zmarłej osoby. A nawet dwóch osób.

– O dokonanie pochówku? – powtarzam zdumiona. – To w ogóle legalne?

Prawnik kiwa głową.

– To zaskakująco prosta procedura. Jeśli tylko Agencja Środowiska nie zgłasza żadnych zastrzeżeń i jeśli na przeszkodzie nie stoją żadne lokalne przepisy, to rada miasta jest w zasadzie zobligowana do wydania pozwolenia. Jedyny warunek jest taki, że z oczywistych powodów na planie działki muszą być zaznaczone miejsce pochówku oraz nazwiska zmarłych. A oto on.

Wyciąga spiętą zszywkami fotokopię i rozkłada mapkę.

– „Miejsce wiecznego spoczynku Elizabeth Domeniki Monkford oraz Maximiliana Monkforda" – odczytuje na głos.

Wsuwa mapkę do koperty wraz z innymi dokumentami i podaje mi ją.

– Proszę. Jeśli pani chce, może ją pani zatrzymać.

TERAZ: **JANE**

Gdy Mia wychodzi, otwieram laptopa i wpisuję „Elizabeth Mancari", by jeszcze raz jej się przyjrzeć, ale bez przyjaciółki wiszącej mi nad ramieniem. Gospodarz nie wyświetla jednak żadnych zdjęć, które przed chwilą udało się znaleźć Mii.

Nie odwołuję tego, co jej powiedziałam: wprawdzie mieszkam tu niedługo, ale przez cały ten czas nigdy nie bałam się Folgate Street 1. Jednak teraz panujące tu cisza i pustka zdają się nabierać znacznie bardziej złowieszczego charakteru. To oczywiście niedorzeczne. Zupełnie jakby obleciał mnie strach po wysłuchaniu opowieści o duchach. Pomimo to wybieram w ustawieniach najjaśniejsze oświetlenie i zaczynam krążyć po mieszkaniu, by sprawdzić... No właśnie, co? Przecież nie ma tu żadnych intruzów. Jednak z jakiegoś powodu nie czuję się już tak bezpiecznie.

Mam wrażenie, jakby ktoś mnie obserwował.

Próbuję się otrząsnąć z tego uczucia. Przypominam sobie, że już w chwili, gdy się tu wprowadziłam, ten dom wyglądał nieco jak dekoracja filmowa. Wtedy mi się to podobało. A jedyne, co się wydarzyło od tamtego czasu, to głupi, nieszczęsny seks z Edwardem Monkfordem i odkrycie, że lubi specyficzny typ urody u kobiet.

„Kobieta leżąca u podnóża schodów z roztrzaskaną czaszką". Nieco wbrew własnej woli idę w kierunku schodów i przyglądam się podłodze. Czy to czasem nie słaby ślad dawno wytartej plamy krwi? Ale przecież nawet nie wiem, czy była jakakolwiek krew.

Spoglądam w górę. Dostrzegam coś na szczycie schodów. Snop światła, którego wcześniej tam nie widziałam.

Ostrożnie wspinam się po schodach, nie spuszczając wzroku ze smugi światła. Gdy wreszcie zbliżam się do niego, przyjmuje kontur niewielkich drzwi mających nie więcej niż półtora metra wysokości. To ukryty w ścianie panel, podobny w konstrukcji do zamaskowanych szafek w kuchni i sypialni. Nie zdawałam sobie sprawy, że się tu znajduje.

– Halo!? – wołam, ale nikt nie odpowiada.

Wyciągam rękę i popycham drzwi. Okazuje się, że prowadzą do głębokiej, wysokiej wnęki pełnej przyborów do sprzątania – są tam mopy, gumowe wycieraczki do okien, odkurzacz, froterka do podłóg, nawet rozsuwana drabina. Nieomal wybucham śmiechem. Mogłam się domyślić, że będzie tu taki schowek. Sprzątaczka – Japonka w średnim wieku, która prawie w ogóle nie mówi po angielsku i podczas swoich cotygodniowych wizyt opiera się wszelkim próbom nawiązania przeze mnie jakiegokolwiek kontaktu – musiała ostatnim razem zostawić niedomknięte drzwi.

Wygląda na to, że wnęka jest tak zaprojektowana, by zapewnić także dostęp do rozmaitych instalacji. Jedną ze ścian pokrywają przewody. Kable internetowe wpełzają do wnętrza domu przez właz w suficie.

Omijam wszystkie urządzenia do sprzątania i wystawiam głowę przez właz. W świetle telefonu widzę biegnący przez całą długość domu niski korytarz, z podłogą zaścielaną plątaniną kabli. Korytarz kończy się nad sypialnią nieco przestronniejszym pomieszczeniem przypominającym strych. Na przeciwległej ścianie dostrzegam zarys rur wodociągowych.

Przychodzi mi na myśl, że może właśnie znalazłam rozwiązanie problemu, który dręczy mnie od pewnego czasu. Nie potrafię się zmusić, żeby oddać potrzebującym nigdy niewykorzystane ubranka Isabel oraz inne kupione dla niej rzeczy, a rozpakowywanie ich i staranne układanie w szafkach w domu przy Folgate Street wydaje mi się niewłaściwe. Walizka ze wszystkimi rzeczami Isabel leży w sypialni od dnia przeprowadzki i czeka, aż podejmę jakąś decyzję. Idę po nią, a potem wpycham ją do niskiego korytarzyka z kablami i ciągnę aż do stryszku. Może tam zostać i nie rzucać mi się w oczy.

Światło z mojego telefonu nie jest zbyt mocne, dlatego dopiero gdy wyczuwam pod stopami coś miękkiego, spoglądam w dół i zauważam upchnięty między dwoma krokwiami śpiwór. Najwyraźniej leży tu od dawna, bo jest cały pokryty kurzem. Gdy go podnoszę, coś z niego wypada. Para dziewczęcych spodni od piżamy z wzorkiem w maleńkie jabłka. Wsuwam rękę do wnętrza śpiwora, ale nie znajduję w nim nic więcej poza zwiniętymi w kulkę skarpetami na samym spodzie. I mocno pogniecioną wizytówkę. „CAROL YOUNSON. LICENCJONOWANA PSYCHOTERAPEUTKA". Zapisano na niej także adres strony internetowej i numer telefonu.

Obracam się i widzę, że wokół leży również kilka innych przedmiotów: puszki po sałatce z tuńczyka, niedopalone resztki świeczek, buteleczka po perfumach, plastikowa butelka napoju energetycznego.

Dziwne. Dziwne i niewytłumaczalne. Nie mam pojęcia, czy śpiwór należał do Emmy Matthews, nawet nie wiem, ilu jeszcze innych lokatorów mieszkało w tym domu. Ale jeśli to rzeczywiście śpiwór Emmy, to chyba nigdy się nie dowiem, jaki nieokreślony lęk sprawił, że zamiast w pięknej, eleganckiej sypialni zdecydowała się spać w takim miejscu.

W ciasnej przestrzeni strychu rozlega się wyjątkowo donośny sygnał mojego telefonu. Odbieram.

– Jane, tu Edward – odzywa się znajomy głos.

PRZEDTEM: **EMMA**

Próbuję się umówić z Simonem w jakimś neutralnym miejscu, na przykład w pubie. Ale choć obiecuje, że podpisze dokumenty, kategorycznie odmawia spotkania się gdziekolwiek poza Folgate Street 1.

– I tak muszę tam wpaść – tłumaczy. – Kiedy się wyprowadzałem, zostawiłem trochę swoich rzeczy.

– No dobrze – zgadzam się niechętnie.

Ustawiam światła na najjaśniejsze, wkładam znoszone dżinsy i starą, najmniej wyjściową koszulę. Właśnie sprzątam kuchnię – to niesamowite, jaki robi się bałagan, nawet przy tak małej liczbie rzeczy – gdy nagle słyszę za sobą jakiś dźwięk. Odwracam się gwałtownie.

– Witaj, Em – mówi Simon.

– Chryste, ale mnie wystraszyłeś – rzucam z furią. – Jak tu wszedłeś?

– Zatrzymałem aplikację do otwierania drzwi, dopóki znajdują się tu moje rzeczy – wyjaśnia. – Bez obaw, potem ją usunę.

– W porządku – mówię z ociąganiem. Muszę pamiętać, żeby zapytać Marka, agenta nieruchomości, jak zablokować od wewnątrz możliwość użycia aplikacji.

– Co u ciebie słychać? – pyta Simon.

– Wszystko dobrze – odpowiadam.

Powinnam zapytać go o to samo, ale sama widzę, że nie jest z nim dobrze. Ma bladą, pokrytą plamami cerę, taką jak wówczas, gdy za dużo pije, a do tego okropną fryzurę.

– Oto umowa. – Wręczam mu dokumenty. – I długopis. Ja już podpisałam.

– Hej! Hej! Nie napijemy się najpierw?

– To nie jest najlepszy pomysł, Si – mówię. Po jego uśmieszku poznaję, że zdążył już wypić co nieco.

– To wszystko nie tak – stwierdza, czytając dokumenty.

– Umowa została przygotowana przez prawnika.

– Mam na myśli to, co robimy. Przecież się kochamy, Em. Mieliśmy swoje problemy, ale w głębi serca naprawdę się kochamy.

– Proszę, nie utrudniaj tego, Simon.

– Ja mam nie utrudniać? A to dobre! To przecież ja zostałem wyrzucony na ulicę i nie mam gdzie mieszkać. Gdybym nie wiedział, że w końcu i tak przyjmiesz mnie z powrotem, naprawdę bym się wkurzył.

– Nie przyjmę cię z powrotem – odpowiadam.

– Pewnie, że przyjmiesz.

– Nie ma mowy.

– Ale przecież już wróciłem, prawda? Oto jestem.

– Tylko po to, żeby zabrać swoje rzeczy.

– Albo żeby wrócić tu, gdzie są moje rzeczy.

– Simon, musisz już iść. – Zaczynam się robić wściekła.

Simon przechyla się nad ladą.

– Dopiero gdy się razem napijemy i normalnie porozmawiamy – oznajmia.

– Do kurwy nędzy! – krzyczę. – Nie potrafisz choć raz zachować się jak dorosły!?

– Em, Em – skamle. – Nie gniewaj się. Chodzi mi tylko o to, że cię kocham i nie chcę cię stracić.

– W ten sposób na pewno nic nie osiągniesz – odwarkuję.

– Ach! – wykrzykuje Simon. – Czyli *jakiś* sposób ma szansę zadziałać?

Jestem w kropce. Jeśli powiem, że istnieje jakaś szansa na to, że kiedyś w przyszłości wrócimy do siebie, może Simon wyjdzie bez gadania. Dawna Emma pewnie powiedziałaby więc „tak". Ale nowa Emma jest znacznie silniejsza.

– Nie – mówię stanowczo. – Nie ma takiej możliwości, żebyśmy kiedykolwiek jeszcze byli parą.

Simon podchodzi do mnie i kładzie mi ręce na ramionach. Czuję w jego oddechu alkohol.

– Kocham cię, Em – powtarza.

– Przestań – przerywam mu.

– Nie mogę przestać cię kochać – ciągnie. W jego oczach czai się obłęd.

Nagle dzwoni telefon. Rozglądam się wokół. Telefon brzęczy, a wibracje przesuwają go powoli w kierunku skraju lady.

– Puść mnie – żądam, napierając rękami na klatkę piersiową Simona.

W końcu rzeczywiście mnie puszcza, a ja chwytam telefon.

– Słucham.

– Emmo, mówi Edward. Dzwonię tylko sprawdzić, czy udało ci się rozwiązać te kwestie prawne, o których rozmawialiśmy. – Głos Edwarda Monkforda brzmi uprzejmie i formalnie.

– Tak, dziękuję. Simon właśnie przyszedł, żeby podpisać dokumenty. – Nie mogę się oprzeć, by nie dodać: – A przynajmniej taką mam nadzieję.

Następuje krótka chwila ciszy.

– Daj go do telefonu, dobrze? – prosi Edward.

Widzę, jak twarz Simona tężeje, gdy słucha Edwarda. Cała rozmowa trwa około minuty i przez ten czas Simon nie odzywa się właściwie ani słowem, tylko sporadycznie potakuje i pomrukuje.

– Proszę – mówi ponuro, oddając mi telefon.

– Simon podpisze teraz dokumenty, Emmo – oznajmia Edward – i zaraz po tym wyjdzie. Zajrzę do ciebie sprawdzić, czy na pewno sobie poszedł, a także dlatego, że chcę cię zaciągnąć do łóżka. Oczywiście nie wspominaj o tym Simonowi.

Edward się rozłącza. Wpatruję się oniemiała w telefon. Czy na pewno dobrze usłyszałam? Przecież wiem, że tak.

– Co ci powiedział? – pytam Simona.

– Nigdy bym cię nie skrzywdził – mówi ze smutkiem, unikając odpowiedzi na moje pytanie. – Nigdy bym cię nie skrzywdził. Na pewno nie świadomie. Nie mogę przestać cię kochać, Em. I jeszcze cię odzyskam. Zobaczysz.

Jak szybko zjawi się tu Edward Monkford? Czy mam czas na prysznic? Rozglądam się po wnętrzu Folgate Street 1 i stwierdzam, że na pierwszy rzut oka widać przynajmniej kilkanaście przypadków naruszenia regulaminu. Ubrania na podłodze, rzeczy na ladzie, egzemplarz „Metra" na kamiennym stole, śmieci wysypujące się z kosza. Nie wspomnę o tym, że sypialnia wygląda jak po wybuchu bomby, a poza tym nie udało mi się wyczyścić plam z wina po imprezie. Biorę błyskawiczny prysznic, potem w pośpiechu sprzątam, wybieram ubranie: prostą spódnicę i bluzkę. Zastanawiam się nad perfumami, ale dochodzę do wniosku, że to byłaby lekka przesada. Może jednak Edward żartował albo po prostu się przesłyszałam?

Chociaż mam nadzieję, że nie.

Mój telefon znowu brzęczy. To Gospodarz daje mi znać, że ktoś stoi pod drzwiami. Włączam podgląd i widzę na ekranie Edwarda. Trzyma kwiaty i butelkę wina.

A więc się nie myliłam. Naciskam „akceptuj", aby wpuścić go do środka.

Gdy staję na górze schodów, on już znajduje się u ich stóp i przygląda mi się pożądliwym wzrokiem. Po tych schodach nie wolno schodzić zbyt szybko – zmuszają do tego, by poruszać się ostrożnie, wręcz dostojnie, powoli stawiać kroki. Przez całą drogę w dół kręci mi się w głowie z ekscytacji.

– Cześć – mówię nerwowo.

Monkford wyciąga rękę i zakłada mi za lewe ucho kosmyk włosów. Są wciąż mokre po kąpieli i czuję na szyi ich chłodny dotyk. Palce Monkforda muskają moje ucho i natychmiast podskakuję.

– Wszystko w porządku – mówi cicho. – Wszystko w porządku.

Jego palce przesuwają się pod moją brodę i delikatnie unoszą głowę.

– Emmo, nie mogę przestać o tobie myśleć. Ale jeśli to dla ciebie za wcześnie, po prostu mi powiedz, to sobie pójdę.

Rozpina dwa górne guziki mojej koszuli. Nie mam pod spodem stanika.

– Ty drżysz – zauważa.

– Zostałam zgwałcona.

Nie miałam zamiaru tak z tym wyskakiwać. Chcę tylko dać mu do zrozumienia, jak wiele dla mnie znaczy, że jest wyjątkowy.

Jego twarz w jednej chwili pochmurnieje.

– Przez Simona? – pyta z gniewem.

– Nie. On nigdy… Przez jednego z włamywaczy. Opowiadałam ci o nich.

– W takim razie *jest* jeszcze za wcześnie – stwierdza.

Wyjmuje rękę spod mojej koszuli i zapina ją z powrotem. Czuję się niczym dziecko ubierane przez rodzica do szkoły.

– Chciałam tylko, żebyś wiedział. Na wypadek gdyby… Nadal możemy iść do łóżka, jeśli chcesz – proponuję nieśmiało.

– Nie, nie możemy – odpowiada. – Nie dzisiaj. Dzisiaj pojedziesz dokądś ze mną.

5.a. *Musisz wybrać między uratowaniem posągu Dawida autorstwa Michała Anioła a ocaleniem życia głodującego, bezdomnego dziecka. Wybierasz:*

❍ *posąg*
❍ *dziecko*

TERAZ: **JANE**

– Proszę się tu zatrzymać – zwraca się Edward do taksówkarza.

Znajdujemy się w środku City. Z każdej strony otaczają nas imponujące nowoczesne budynki ze szkła i stali, ponad nimi zaś widać jedynie wierzchołki wieżowców The Shard i Cheese Grater. Edward, płacąc taksówkarzowi, dostrzega, że się im przyglądam.

– Efekciarstwo – rzuca z lekceważeniem. – My wybieramy się gdzie indziej.

Prowadzi mnie w kierunku kościoła. To mały, zwykły kościół parafialny, trudny do zauważenia pomiędzy tymi wszystkimi przytłaczającymi nowoczesnymi kolosami. Wewnątrz wygląda cudownie: jest zupełnie prosty, zbudowany na planie kwadratu, wypełnia go światło wpadające do środka przez umieszczone wysoko na ścianach olbrzymie okna. Ściany mają ten sam jasnokremowy odcień co wnętrze Folgate Street 1. Listwy w oknach rzucają na podłogę cienie w kształcie krat. Oprócz nas dwojga kościół jest kompletnie pusty.

– To mój ulubiony budynek w Londynie – mówi łagodnie Edward. – Spójrz.

Podążam do góry za jego spojrzeniem i czuję, że zapiera mi dech w piersiach. Nad naszymi głowami wznosi się ogromna kopuła. Jej jasna czeluść, unosząc się na smukłych filarach nad całym prezbiterium, dominuje nad maleńkim wnętrzem. Ołtarz, a przynamniej to, co wygląda mi na ołtarz, znajduje się bezpośrednio pod kopułą – ogromny kamienny krąg o mniej więcej półtorametrowej średnicy, umieszczony dokładnie w samym środku budowli.

– Przed wielkim pożarem Londynu istniały dwa rodzaje kościołów. – Edward, co ciekawe, wcale nie szepcze. – Z jednej strony były ciemne, ponure świątynie gotyckie, budowane w taki sam sposób, odkąd Anglia stała się katolicka, pełne łuków, ornamentów i witraży, a z drugiej proste, pozbawione ozdób domy modlitwy purytanów. Po pożarze ludzie odbudowujący Londyn dostrzegli szansę na stworzenie całkiem nowej architektury: budowli, w których każdy mógłby oddawać cześć Bogu bez względu na swoje wyznanie. I tak oto przyjęli ten ascetyczny, pozbawiony dekoratywności styl. Wiedzieli jednak, że muszą czymś zastąpić gotycki mrok.

Wskazuje na słońce padające na posadzkę, które sprawia wrażenie, jakby kamień był rozświetlony od środka.

– Światło – mówi. – W oświeceniu chodziło w sensie dosłownym o światło.

– Kto zaprojektował ten kościół?

– Christopher Wren. Wszyscy turyści walą tłumnie do katedry Świętego Pawła, ale ten kościół to jego największe arcydzieło.

– Jest piękny – mówię z podziwem.

Gdy Edward zadzwonił do mnie wcześniej, ani słowem nie wspomniał o tym, jak szybko ulotnił się tydzień temu z mojego łóżka, tylko bez żadnego wstępu oznajmił:

– Chciałbym ci pokazać kilka budynków, Jane. Masz ochotę na małą wycieczkę?

– Jasne – odrzekłam bez wahania.

To wcale nie znaczy, że postanowiłam zupełnie zignorować ostrzeżenia Mii. Zresztą sprawiły tylko, że Monkford wydał mi się jeszcze bardziej intrygujący.

A to, że przyprowadził mnie dzisiaj do tego kościoła, działa na mnie uspokajająco. Po co bowiem miałby to robić, gdyby pociągało go we mnie jedynie odległe podobieństwo do jego zmarłej żony? Doszłam do wniosku, że powinnam zaakceptować jego warunki i cieszyć się każdą chwilą, którą ze sobą spędzamy, nie obciążać naszego związku niepotrzebnym analizowaniem i wygórowanymi oczekiwaniami.

Z kościoła Świętego Stefana idziemy do domu Johna Soane'a przy Lincoln's Inn Fields. Zgodnie z informacją na zewnątrz muzeum jest dziś zamknięte dla zwiedzających, ale Edward naciska dzwonek i wita się z kustoszem po imieniu. Po przyjacielskiej pogawędce kustosz zaprasza nas do środka i mówi, byśmy zwiedzali, jak długo nam się podoba. Maleńki dom jest pełen rozmaitych eksponatów, począwszy od fragmentów greckich rzeźb, a na zmumifikowanych kotach skończywszy. Jestem zaskoczona, że Edwardowi się tu podoba, lecz on odpowiada spokojnie:

– To, że projektuję budynki w jednym określonym stylu, nie oznacza, że nie doceniam innych stylów, Jane. Najważniejsza jest doskonałość. Doskonałość i oryginalność.

Ze skrzyni w bibliotece wyjmuje projekt architektoniczny małej neoklasycznej świątyni.

– Piękna rzecz.

– Co to takiego?

– Mauzoleum, które Soane wybudował dla swojej zmarłej żony.

Biorę od Edwarda rysunek i udaję, że bacznie go studiuję, lecz tak naprawdę zastanawiam się nad określeniem „mauzoleum".

Wciąż o tym rozmyślam, gdy wracamy taksówką do Folgate Street 1. Gdy podjeżdżamy pod dom, patrzę na niego w zupełnie nowy sposób, dostrzegając w nim podobieństwa do budynków, które dopiero co widzieliśmy.

Edward zatrzymuje się przy drzwiach.

– Chcesz, żebym wszedł do środka?

– Oczywiście.

– Nie chcę, byś pomyślała, że traktuję to jako coś, co mi się należy. Zresztą mam nadzieję, że rozumiesz, iż ten układ działa w obie strony.

– Miło, że to mówisz. Ale ja naprawdę chcę, żebyś wszedł.

PRZEDTEM: **EMMA**

– Dokąd jedziemy? – pytam, gdy Edward przywołuje taksówkę.

– Walbrook – rzuca zarówno do mnie, jak i do taksówkarza. – Chcę ci pokazać kilka budynków – dodaje.

Pomimo moich licznych pytań, nie zdradza nic więcej, aż w końcu zatrzymujemy się w środku City. Zewsząd otaczają nas spektakularne nowoczesne wieżowce i zastanawiam się, do którego z nich wejdziemy. Ale Edward prowadzi mnie w kierunku kościoła. Wydaje się zupełnie nie pasować do miejsca pełnego tych wszystkich lśniących budowli.

Wnętrze jest przyjemne, choć może odrobinę monotonne w klimacie. Nad głowami rozpościera się ogromna kopuła, pod którą znajduje się ołtarz, czyli wielka okrągła płyta z kamienia umieszczona dokładnie pośrodku świątyni. Przywodzi mi na myśl pogańskie kręgi i ofiary składane z ludzi.

– Przed wielkim pożarem istniały dwa rodzaje kościołów – opowiada Edward. – Mroczne gotyckie kościoły oraz proste domy modlitwy, w których gromadzili się purytanie. Ludzie, którzy odbudowywali Londyn po pożarze, dostrzegli możliwość stworzenia nowego hybrydowego stylu.

Wiedzieli jednak, że muszą zastąpić cały ten gotycki mrok czymś innym.

Wskazuje na posadzkę, na której widać wpadające przez duże okna światło słoneczne pocięte siatką krzyżujących się cieni.

– Światło – mówi Edward. – W oświeceniu chodziło w sensie dosłownym o światło.

Podczas gdy on przechadza się i rozgląda wokół, ja wdrapuję się na kamienny ołtarz. Podwijam nogi pod siebie i odchylam się do tyłu, wyginając plecy w łuk, aż dotykam głową kamienia. Potem przybieram jeszcze kilka innych pozycji: most, wzniesiony łuk, leżący bohater. Przez jakieś sześć miesięcy ćwiczyłam jogę i jeszcze nie wyszłam całkiem z wprawy.

– Co ty wyprawiasz? – odzywa się Edward.

– Składam samą siebie jako rytualną ofiarę.

– Ten ołtarz jest autorstwa Henry'ego Moore'a – mówi z dezaprobatą. – A kamień pochodzi z tego samego kamieniołomu, z którego korzystał Michał Anioł.

– Założę się, że uprawiał na nim seks.

– Chyba powinniśmy już iść – oznajmia Edward. – Nie chciałbym, żeby zabroniono mi wstępu akurat do tego kościoła.

Jedziemy taksówką do British Museum. Edward rozmawia z kimś przy wejściu, po chwili unosi się czerwony sznur i nagle znajdujemy się w części muzeum zarezerwowanej wyłącznie dla pracowników naukowych. Jakiś strażnik otwiera szafkę i zostawia nas przy niej.

– Załóż to. – Edward wręcza mi parę białych bawełnianych rękawiczek i sam zakłada identyczną. Następnie sięga w głąb szafki i wyciąga z niej kamienny przedmiot. – To maska rytualna Olmeków. Pierwszej cywilizacji zamieszkującej Amerykę, która budowała miasta. Olmekowie zniknęli przed trzema tysiącami lat.

Podaje mi maskę. Biorę ją, ale boję się, że mogę ją upuścić. Te oczy są niemal jak żywe.

– To niesamowite – przyznaję. Prawdę mówiąc, ani kościół, ani muzeum to nie moja bajka, ale cieszę się, że tu z nim przyszłam.

Edward kiwa z zadowoleniem głową.

– Mam taką zasadę, by podczas wizyty w muzeum oglądać tylko jedną rzecz – oświadcza, gdy wracamy do wyjścia. – W przeciwnym razie przestajesz doceniać to, co widzisz.

– A więc dlatego nie lubię muzeów. Po prostu zwiedzałam je w niewłaściwy sposób.

Edward wybucha śmiechem.

Tymczasem zaczynam się robić głodna, więc zabiera mnie do restauracji japońskiej.

– Zamówię dla nas obojga – oznajmia. – Coś prostego, na przykład katsu. Anglicy zwykle boją się prawdziwie japońskich potraw.

– Ale nie ja – zarzekam się. – Mogę zjeść wszystko.

– Rzuca mi pani wyzwanie, panno Matthews? – Edward unosi brwi.

– Jeśli chcesz.

Na początek zamawia dla mnie sushi z ośmiornicą, jeżowcem, różnymi rodzajami krewetek.

– To dla mnie nic niezwykłego – oznajmiam.

– Hmm – mruczy Edward.

Następnie płynnym japońskim wydaje serię poleceń szefowi kuchni, najwyraźniej objaśniając mu sytuację, ponieważ Japończyk uśmiecha się szeroko na myśl, że zaraz zaserwuje biednej Brytyjce coś, czego ona nie będzie w stanie przełknąć. Chwilę później ląduje przede mną talerz ze stertą białych chrząstek.

– Spróbuj odrobinę – zachęca Edward.

– Co to takiego?

– Nazywa się shirako.

Na próbę biorę do ust kilka kawałków. Pękają mi między zębami i wypływa z nich słonawa kremowa maź.

– Niezłe – mówię, przełykając, choć prawdę mówiąc, smakuje to dość obrzydliwie.

– To rybie genitalia wypełnione nasieniem. W Japonii są uważane za prawdziwy przysmak.

– Super. Ale chyba wolę ludzkie. Co teraz?

– Specjalność szefa kuchni.

Kelnerka przynosi półmisek z całą rybą. Ze zdumieniem odkrywam, że wciąż jest żywa. Wprawdzie ledwo co, ale jednak. Leży na boku, unosząc słabo ogon i otwierając pysk, jakby chciała coś powiedzieć. Prawie cały jej bok pocięto na cienkie plasterki. W pierwszym odruchu mam ochotę zrezygnować. W końcu jednak zamykam oczy i wkładam kawałek ryby do ust.

Przy drugim kęsie mam już otwarte oczy.

– Jesteś odważnym smakoszem – przyznaje niechętnie Edward.

– Jestem odważna nie tylko w sprawach kulinarnych – rzucam dwuznacznie.

– Powinnaś o czymś wiedzieć, Emmo.

Edward ma poważną minę, więc odkładam pałeczki i skupiam się na tym, co chce mi zakomunikować.

– Nie angażuję się w konwencjonalne związki – mówi. – Podobnie jak nie buduję konwencjonalnych domów.

– Dobra. A w jakie związki się angażujesz?

– Ludzkie relacje, podobnie jak całe ludzkie życie, zwykle obrastają mnóstwem niepotrzebnych rzeczy. Kartki walentynkowe, romantyczne gesty, ważne rocznice, drobne czułostki... A może od razu odpuścilibyśmy to sobie? Związek nieskrępowany żadnymi konwencjami ma w sobie pewien rodzaj czystości, prostoty i wolności. Ale udaje się to tylko wtedy, kiedy obydwie strony w pełni zgadzają się na zaproponowane warunki.

– Muszę zapamiętać, by nie spodziewać się kartki na walentynki – żartuję.

– Gdy przestanie nam być ze sobą idealnie, po prostu się rozstaniemy, bez wzajemnych żalów. Zgoda?

– A kiedy to się stanie?

– Czy to ma znaczenie?

– Nie bardzo.

– Czasami myślę sobie, że wszystkie małżeństwa byłyby znacznie bardziej udane, gdyby po pewnym czasie następował obowiązkowy rozwód. Powiedzmy po trzech latach. Ludzie o wiele bardziej szanowaliby się nawzajem.

– Edwardzie, jeśli zgodzę się na te warunki, czy pójdziemy ze sobą do łóżka?

– W ogóle nie musimy iść ze sobą do łóżka. Oczywiście, jeśli to dla ciebie jakiś problem.

– Nie uważasz, że jestem zhańbiona?

– Co masz na myśli?

– Niektórzy mężczyźni... – Łamie mi się głos. Ale muszę to powiedzieć. Biorę drżący oddech. – Kiedy Simon dowiedział się o gwałcie, przestaliśmy się kochać. Nie mógł dłużej ze mną tego robić.

– Mój Boże. A ty? Jesteś pewna, że nie jest na to za wcześnie?

Pod wpływem impulsu sięgam pod stołem po jego dłoń i wsuwam ją sobie pod spódnicę. Edward ma zaskoczoną minę, ale nie cofa ręki. Nieomal wybucham śmiechem.

Wciągam jego dłoń głębiej między nogi, czuję, jak jego palce prześlizgują się po moich majtkach.

– Zdecydowanie nie jest za wcześnie – mówię do niego.

Trzymam go za nadgarstek, zaczynam się poruszać, ocieram się o niego. Edward odchyla na bok moje majtki i wsuwa we mnie palec. Uderzam kolanami o stolik niczym medium podczas seansu spirytystycznego. Wpatruję się w jego oczy. Edward siedzi jak urzeczony.

– Lepiej już chodźmy – mówi. Ale wcale nie zabiera ręki.

TERAZ: **JANE**

Kiedy kończymy się kochać, czuję się senna i nasycona. Edward podpiera się na jednym łokciu, przygląda mi się badawczo, a drugą ręką powoli gładzi moją skórę. Gdy dociera do rozstępów po Isabel, próbuję się odwrócić, zawstydzona, ale on mnie powstrzymuje.

– Hej, jesteś piękna, Jane. Jesteś piękna w każdym calu.

Jego palce natrafiają na bliznę pod moją lewą piersią.

– Co to takiego?

– Pamiątka po wypadku z dzieciństwa. Spadłam z roweru.

Kiwa głową, jakby to wyjaśnienie go usatysfakcjonowało, i kontynuuje swą wędrówkę w kierunku pępka.

– Wygląda jak zawiązana końcówka balonika – mówi, pociągając za niego. Jego palce podążają w dół miękką ścieżką włosów. – Nie depilujesz się tam – zauważa.

– Nie. A powinnam? Mój ostatni... Vittorio lubił mnie taką. Mówił, że i tak mam ich niewiele.

Edward zastanawia się przez chwilę.

– Powinnaś chociaż przyciąć je symetrycznie.

Nagle wydaje mi się to potwornie zabawne.

– Prosisz mnie, żebym odchwaściła swoje włosy łonowe? – Wybucham śmiechem.

– Tak, chyba tak. – Edward przechyla głowę na bok. – Co w tym śmiesznego?

– Nic. Postaram się zminimalizować dla ciebie owłosienie swojego ciała.

– Dziękuję. – Składa na moim brzuchu delikatny pocałunek. – Idę pod prysznic.

Słyszę szum wody dobiegający zza kamiennej ścianki oddzielającej sypialnię od łazienki. Wyobrażam sobie, jak ciało Edwarda porusza się pod strumieniem wody, jak jego szczupły, mocny tors obraca się to w jedną, to w drugą stronę. Zastanawiam się, w jaki sposób rozpoznają go czujniki: czy ma jakieś specjalne uprawnienia zainstalowane na stałe w systemie, czy też istnieje po prostu uniwersalne, ogólne ustawienie prysznica dla wszystkich gości.

Szum wody cichnie. Gdy po kilku minutach Edward wciąż się nie pojawia, podnoszę się z łóżka. Z łazienki dobiega dźwięk szorowania.

Okrążam ściankę i widzę, jak Edward, owinięty w pasie białym ręcznikiem, kuca pod prysznicem i szmatką czyści kamienne ściany.

– W tej okolicy jest twarda woda, Jane – mówi, nie podnosząc wzroku. – Jeśli nie będziesz uważać, na ścianach zacznie ci się odkładać osad. Zresztą już go widać. Na serio, powinnaś wycierać ściany do sucha po każdym skorzystaniu z prysznica.

– Edward…

– Co?

– Czy to nie odrobinę… bo ja wiem… obsesyjne?

– Skądże. To po prostu całkowite przeciwieństwo lenistwa. – Namyśla się przez chwilę. – Jeśli już, to raczej skrupulatne.

– Czy życie nie jest zbyt krótkie, żeby marnować je na wycieranie prysznica po każdym myciu?

– A może – przekonuje mnie – życie jest po prostu zbyt krótkie, aby przeżyć je w mniej doskonały sposób, niż na to zasługuje. – Podnosi się. – Nie zrobiłaś jeszcze ewaluacji, prawda?

– Ewaluacji?

– Z Gospodarzem. Zgodnie z aktualnymi ustawieniami powinna się chyba odbywać co miesiąc. Zmienię ustawienia tak, żebyś mogła zrobić ją jutro. – Milknie na moment. – Na pewno świetnie sobie radzisz, Jane. Ale gdy poznasz konkretne dane, będziesz mogła się poprawić.

Na drugi dzień budzę się szczęśliwa i lekko zdrętwiała. Edward już wyszedł. Idę na dół, żeby zrobić sobie kawę przed prysznicem, i na ekranie laptopa znajduję wiadomość od Gospodarza:

„Jane, proszę, oceń poniższe stwierdzenia w skali od 1 do 5, gdzie 1 oznacza »całkowicie się zgadzam«, a 5 – »zupełnie się nie zgadzam«.

1. Czasami popełniam błędy.

2. Łatwo mnie rozczarować.

3. Irytuję się z powodu błahych rzeczy".

Takich punktów jest w sumie kilkanaście. Zostawiam to na później, robię sobie kawę i idę z nią na górę. Wchodzę pod prysznic i czekam, aż popłynie rozkoszny strumień ciepłej wody. Nic się jednak nie dzieje.

Macham ręką, na której noszę cyfrową bransoletkę, ale wciąż bez rezultatu. Może nie ma prądu? Próbuję sobie przypomnieć, czy w schowku na rzeczy do sprzątania jest skrzynka z bezpiecznikami. Jednak musi chodzić o coś innego – na dole na pewno był prąd, w przeciwnym razie Gospodarz by nie działał.

Nagle dociera do mnie, co jest grane.

– Niech cię szlag, Edward – mówię na głos. – Chciałam tylko wziąć cholerny prysznic.

Oczywiście, gdy schodzę na parter i uważniej przyglądam się wiadomości od Gospodarza, widzę komunikat: „Dostęp do niektórych funkcji domu zostanie ograniczony do czasu ukończenia ewaluacji".

Przynajmniej pozwolił mi zrobić sobie kawę. Siadam i zabieram się do wypełniania formularza z pytaniami.

PRZEDTEM: **EMMA**

Seks jest dobry.

Dobry, ale nie rewelacyjny.

Mam wrażenie, że Edward się hamuje, stara się być dżentelmenem. Tymczasem dżentelmen to ostatnia osoba, jaką mam ochotę wpuścić do swojego łóżka. Chcę, żeby zachowywał się jak egoistyczny samiec alfa, do czego zresztą doskonale się nadaje.

No cóż, jest to całkiem niezły punkt wyjścia.

Po wszystkim siadam w szlafroku na kamiennym stole i przyglądam się, jak Edward przyrządza mięso duszone z warzywami. Zakłada fartuch, co wydaje mi się dość zniewieściałe jak na tak męskiego faceta. Kiedy składniki są już przygotowane, Edward zabiera się do pracy z ogromną koncentracją, zapałem i energią, podrzuca w powietrze całą zawartość patelni, po czym łapie wszystko, jakby to był ogromny naleśnik. Po kilku minutach obiad jest gotowy. Umieram z głodu.

– Twoje związki zawsze były takie? – pytam, gdy jemy.

– Czyli jakie?

– Bo ja wiem? Nieskrępowane. Luźne.

– Tak, od dłuższego czasu. Co wcale nie znaczy, że mam coś przeciwko konwencjonalnym związkom, chyba rozumiesz? Chodzi tylko o to, że ze względu na swój styl życia niespecjalnie mogę sobie na nie pozwolić. Podjąłem więc świadomą decyzję, aby angażować się w krótkotrwałe relacje. Odkryłem, że gdy zdecydujesz się na coś takiego, twoje związki stają się lepsze, bardziej intensywne, przypominają raczej sprint niż maraton. Wiedząc, że to nie potrwa zbyt długo, zaczynasz bardziej doceniać drugą osobę.

– A jak długo one zwykle trwają?

– Aż jedno z nas postanowi to zakończyć – odpowiada bez cienia uśmiechu. – To sprawdza się tylko wówczas, gdy obie strony chcą tego samego. Nie myśl, że gdy mówię o braku obciążeń, chodzi mi o związek bez zaangażowania czy wysiłku. To po prostu inny rodzaj zaangażowania i inny rodzaj wysiłku. Moje najbardziej udane związki trwały niekiedy nie dłużej niż tydzień, niekiedy zaś kilka lat. Czas trwania tak naprawdę nie ma znaczenia. Liczy się tylko jakość.

– Opowiedz mi o takim związku, który trwał kilka lat – proszę.

– Nigdy nie opowiadam o swoich poprzednich kochankach – oznajmia stanowczo. – O tobie też nigdy nie opowiem następnym. Zresztą teraz moja kolej. Według jakiego klucza ustawiasz przyprawy?

– Przyprawy?

– Tak. Dręczy mnie to, odkąd próbowałem znaleźć kumin. Najwyraźniej nie są ustawione alfabetycznie ani według daty przydatności. Może według smaku? Albo kontynentów?

– Żartujesz, prawda?

Edward patrzy na mnie.

– Chcesz powiedzieć, że są ustawione p r z y p a d k o w o?

– Zupełnie przypadkowo.

– No, no – rzuca pod nosem.

Wydaje mi się, że to ironia. Choć z Edwardem nigdy nic nie wiadomo.

Wychodząc, mówi, że spędził ze mną cudowny wieczór.

5.b. *Musisz wybrać między przekazaniem małej sumy na rzecz lokalnego muzeum, które zbiera pieniądze na zakup ważnego dzieła sztuki, a ofiarowaniem jej na rzecz walki z głodem w Afryce. Wybierasz:*

❍ *muzeum*
❍ *walkę z głodem*

TERAZ: **JANE**

– Zachwycające, z jaką dyscypliną rozwija się ta konstrukcja, otwierając się zarazem na całe bogactwo rozmaitych typologii – tokuje mężczyzna w sztruksowej marynarce, wymachując trzymanym w ręku kieliszkiem szampana w kierunku dachu ze szkła i stali.

– Połączenie nonkartezjańskiej infrastruktury ze społeczną funkcjonalnością – mówi z przejęciem jakaś kobieta.

– Pełne pożądania linie sugerują, a chwilę później zaprzeczają…

Dochodzę do wniosku, że pomijając specyficzny żargon, imprezy z okazji otwarcia budynku nie różnią się aż tak bardzo od wernisaży, na które chadzałam, gdy jeszcze pracowałam w galerii: mnóstwo ludzi ubranych na czarno, mnóstwo szampana, mnóstwo hipsterskich bród i okularów w drogich skandynawskich oprawkach. Dzisiejsza okazja to otwarcie nowej sali koncertowej autorstwa Davida Chipperfielda. Stopniowo coraz lepiej orientuję się w nazwiskach najsłynniejszych brytyjskich architektów: Norman Foster, zmarła niedawno Zaha Hadid, John Pawson, Richard Rogers. Jak powiedział mi Edward, wielu z nich zjawi się dziś wieczorem na przyjęciu. Później zaś odbędzie się pokaz fajerwerków i laserów, który będziemy oglądać przez przeszklony dach. Podobno będzie go widać aż w Kent.

Z kieliszkiem szampana w dłoni przechadzam się w tłumie i przysłuchuję rozmowom. Kręcę się bez celu, bo chociaż Edward zaprosił mnie jako osobę towarzyszącą, nie chcę być dla niego obciążeniem. Zresztą gdybym tylko chciała nawiązać z kimś rozmowę, nie miałabym z tym najmniejszych problemów. Wśród gości przeważają mężczyźni, zwykle bardzo pewni siebie i lekko wstawieni. Niektórzy zatrzymują mnie i pytają: „Skąd my się znamy?" albo „Gdzie pracujesz?", albo rzucają po prostu „Cześć".

Widząc, że Edward wodzi za mną spojrzeniem, idę w jego kierunku. Odwraca się od grupki osób, z którą rozmawiał.

– Dzięki Bogu – mówi cicho. – Gdybym musiał wysłuchać jeszcze jednej przemowy na temat znaczenia wymagań technicznych, chybabym oszalał. – Przygląda mi się z zachwytem. – Czy ktoś ci już mówił, że jesteś najpiękniejszą kobietą na tym przyjęciu?

– Nawet kilka osób. – Założyłam sukienkę z odkrytymi plecami od Helmuta Langa. Sięga do połowy uda, z tyłu jest luźna i powiewa swobodnie przy każdym ruchu. Na nogach mam proste balerinki Chloé. – Choć znacznie bardziej dosadnie.

Edward się śmieje.

– Chodź tutaj.

Idę razem z nim za niską ściankę. Edward odstawia na jej szczyt kieliszek z szampanem, po czym przesuwa dłonią po moim biodrze.

– Masz na sobie majtki – zauważa.

– Zgadza się.

– Myślę, że powinnaś je zdjąć. Psują linię twoich bioder. Nie martw się, nikt nie zobaczy.

Na chwilę zamieram. Potem rozglądam się wokół. Nikt nie patrzy w naszą stronę. Tak dyskretnie, jak tylko mogę, zsuwam z siebie majtki. Gdy schylam się, by zdjąć je z nóg, Edward kładzie mi rękę na ramieniu.

– Zaczekaj.

Prawą dłonią unosi brzeg mojej sukienki.

– Nikt nie zobaczy – powtarza.

Sunie ręką w górę mojego uda, po czym wkłada mi ją między nogi.

– Edward, ja... – odzywam się zszokowana.

– Nie ruszaj się – mówi łagodnie.

Jego palce przesuwają się w przód i w tył, ledwo dotykając mojego ciała. Czuję, że zaczynam na niego napierać, szukam mocniejszego nacisku. „To do mnie niepodobne – myślę sobie. – Ja się tak nie zachowuję". Edward dwa-trzy razy okrąża palcami moją łechtaczkę, po czym bez żadnego uprzedzenia delikatnie wsuwa we mnie palec.

Przerywa, by wziąć kieliszek z mojej ręki i odstawić go obok swojego, i nagle czuję na sobie obie jego dłonie: dwa palce wsuwają i wysuwają się od tyłu, a jeden palec zatacza kółka i zagłębia się we mnie od przodu. Odgłosy przyjęcia stają się coraz bardziej odległe. Oszołomiona przestaję się przejmować tym, czy ktoś nas może zauważyć. To on tu teraz dowodzi. Pomimo tych niecodziennych okoliczności, zaczynają mnie ogarniać fale rozkoszy.

– Nie chcesz pójść w jakieś bardziej ustronne miejsce? – szepczę.

– Nie – odpowiada po prostu. Z niezachwianą pewnością siebie zwiększa tempo swoich ruchów. Czuję nadciągający orgazm. Uginają się pode mną kolana i opieram się niemal całym ciężarem na rękach Edwarda. I w końcu dochodzę, cała drżę i dygocę. Fajerwerki rozbłyskują i migoczą, ale są to prawdziwe fajerwerki, jak uświadamiam sobie, wracając do rzeczywistości, fajerwerki, które wraz z pokazem laserowym miały być widoczne aż w hrabstwie Kent. Całe szczęście, właśnie to wszyscy oklaskują, a nie mnie.

Wciąż jeszcze trzęsą mi się nogi, gdy Edward wycofuje rękę i mówi:

– Wybacz, Jane, ale widzę kilka osób, z którymi muszę porozmawiać.

Zamaszystym krokiem podchodzi do mężczyzny, który jak mi się wydaje, jest najbardziej uznanym brytyjskim architektem, a do tego członkiem Izby Lordów, i z czarującym uśmiechem wyciąga do niego dłoń na powitanie. Tę samą dłoń, która jeszcze przed kilkoma chwilami znajdowała się we mnie.

Wciąż nieco chwieję się na nogach, gdy tymczasem przyjęcie powoli zmierza do końca. Czy my naprawdę to zrobiliśmy? Czy naprawdę miałam przed chwilą orgazm w sali pełnej ludzi? Czy właśnie taka teraz jestem? Edward zabiera mnie do pobliskiej restauracji japońskiej, takiej z bufetem do podawania sushi pośrodku, za którym stoi kucharz. Pozostali klienci to prawie sami Azjaci, biznesmeni w ciemnych garniturach. Kucharz wita się z Edwardem, jakby dobrze go znał, kłania się i mówi do niego po japońsku. Edward odpowiada mu w tym samym języku.

– Powiedziałem, by sam wybrał, co nam dziś poda – mówi do mnie, gdy siadamy przy stoliku. – Okazanie zaufania wyborowi *itamae* to oznaka szacunku.

– Bardzo płynnie mówisz po japońsku.

– Niedawno budowałem wieżowiec w Tokio.

– Tak, wiem.

Jego tokijski wieżowiec przypomina elegancką, zmysłową helisę albo gigantyczne wiertło przeszywające chmury.

– Nigdy przedtem tam nie byłeś?

Oczywiście wiem, że był. Obserwuję, jak przekłada pałeczki, tak aby leżały równolegle do siebie.

– Wcześniej spędziłem tam rok po śmierci żony i syna – odpowiada cicho, a ja odczuwam dreszcz ekscytacji w związku z tym pierwszym nieśmiałym odsłonięciem się, z tym pierwszym mgnieniem prawdziwej bliskości. – Czuję się tam jak w domu. Odpowiada mi tamtejsza kultura podkreślająca rolę samodyscypliny i powściągliwości. W naszym społeczeństwie prostota jest kojarzona z niedostatkiem i ubóstwem. W Japonii natomiast uważają ją za najwyższą formę piękna, za to, co określają mianem *shibui*.

Kelnerka przynosi dwie miski zupy. Naczynia zrobione z pomalowanego bambusa są tak lekkie i małe, że mieszczą się w dłoni.

– Chociażby te miseczki – ciągnie Edward, podnosząc jedną z nich. – Są stare i nie do końca identyczne. To właśnie *shibui*.

Wkładam do ust łyżkę zupy. Odczuwam dziwne łaskotanie, jakby coś wiło mi się na języku.

– Tak w ogóle: są żywe – dodaje Edward.

– Co takiego? – pytam zdumiona.

– W zupie pływają małe rybki. Shirouo, czyli noworodki. Wrzuca się je do bulionu w ostatniej chwili. Są uważane za wielki przysmak. – Edward wskazuje na bufet, zza którego znów kłania nam się kucharz. – Specjalnością szefa Atary jest ikizukuri, czyli żywe owoce morza. Mam nadzieję, że nie masz nic przeciwko temu.

Kelnerka stawia na stole kolejne danie. Na półmisku leży lucjan czerwony, jego cudowne miedziane łuski błyszczą jaskrawo na tle plastrów białej rzodkwi. Jeden bok ryby został starannie pocięty na plastry sashimi, aż do kręgosłupa. Ale sama ryba wciąż jeszcze żyje, jej ogon wywija się do góry niczym ogon skorpiona i po chwili opada bezwładnie, pysk łyka powietrze, oko obraca się z trwogą.

– O mój Boże – mówię przerażona.

– Spróbuj trochę. Jest przepyszna, zapewniam cię. – Wyciąga rękę i bierze pałeczkami kawałek jasnego mięsa.

– Edwardzie, nie mogę tego zjeść.

– Nie ma sprawy. Zamówię ci coś innego. – Przywołuje kelnerkę, która w kilka sekund staje przy naszym stoliku.

Czuję jednak, że zupa w moim brzuchu zaraz wróci na zewnątrz. N o w o r o d k i. To słowo zaczyna coraz mocniej kołatać w mojej głowie.

– Jane, wszystko w porządku? – Edward patrzy na mnie z niepokojem.

– Ja nie... nie...

Dziwna sprawa z tym żalem po śmierci bliskiej osoby – atakuje cię, kiedy najmniej się tego spodziewasz. Nagle znowu znajduję się w sali porodowej, tulę Isabel, rozpaczliwie owijam jej główkę powijakami niczym szalem, aby zatrzymać ostatnie cenne resztki ciepła – ciepła z m o j e g o ciała – starając się jak najbardziej odwlec ten moment, kiedy jej maleńkie członki staną się zupełnie zimne. Patrzę na jej oczy, jej maleńkie oczy ukryte za słodkimi poduszkowatymi powiekami, i zastanawiam się, jakiego byłyby koloru – czy niebieskie jak moje, czy może ciemne jak jej ojca.

Mrugam i wspomnienie rozmywa się, ale tępy, ołowiany ciężar klęski i rozpaczy po raz kolejny zdzielił mnie niczym pałką po głowie i nagle wybucham szlochem, zasłaniając się ręką.

– O mój Boże! – Edward uderza się dłonią w czoło. – Shirouo. Jak mogłem być tak głupi? – Zwraca się naglącym tonem do kelnerki, wskazuje na mnie i zamawia jakieś inne danie.

Ale jest już na to za późno, jest za późno na cokolwiek. Rzucam się pędem w stronę drzwi.

PRZEDTEM: **EMMA**

– Dziękujemy, że przyszłaś, Emmo – mówi komisarz Clarke. – Jedna kostka cukru?

Biuro komisarza to ciasna klitka pełna teczek z dokumentami. Znajduje się tam również dość stara fotografia, na której komisarz stoi w pierwszym rzędzie drużyny rugbistów, trzymając w rękach absurdalnie olbrzymi puchar. Wręcza mi kubek z kawą rozpuszczalną z wesołym obrazkiem Garfielda, który na posterunku policji wydaje mi się zupełnie nie na miejscu.

– Zgadza się – odpowiadam zdenerwowana. – O co chodzi?

Komisarz Clarke upija łyk kawy i odstawia kubek na biurko. Obok stoi talerz z biszkoptami, który policjant delikatnie popycha w moją stronę.

– Ci dwaj mężczyźni oskarżeni w związku z twoją sprawą nie przyznali się do winy i złożyli wniosek o zwolnienie za kaucją. W przypadku jednego z nich, Granta Lewisa, niewiele jesteśmy w stanie zrobić. Ale z tym, który cię zgwałcił, z Deonem Nelsonem, to zupełnie inna sprawa.

– W porządku – odpowiadam, choć nie do końca rozumiem, dlaczego wzywali mnie aż tutaj, żeby mi to wyjaśnić. To oczywiście zła wiadomość, że zatrzymani nie przyznali się do winy, ale czy nie można było powiadomić mnie o tym przez telefon?

– Jako pokrzywdzona – kontynuuje komisarz Clarke – masz prawo złożyć osobiste oświadczenie. Podczas rozprawy dotyczącej ustalenia kaucji możesz opowiedzieć o tym, jaki wpływ wywarło na ciebie to doświadczenie, jak się czujesz w związku z tym, że Nelson może przebywać na wolności do czasu, aż ruszy jego proces.

Kiwam głową. Jak się czuję? Tak naprawdę to nic nie czuję. Pod warunkiem że ten facet trafi ostatecznie do więzienia. Tylko to się liczy.

– Rzecz w tym, Emmo – mówi delikatnie komisarz Clarke, widząc mój brak entuzjazmu – że Nelson to przebiegły i agresywny człowiek. Osobiście czułbym się o wiele spokojniej, gdyby na razie pozostał za kratkami.

– Ale chyba nie zaryzykuje kolejnego takiego ataku, gdy będzie przebywał na zwolnieniu za kaucją, prawda? – pytam. I nagle dociera do mnie, do czego zmierza Clarke. – Uważacie, że może mi grozić niebezpieczeństwo? – Wpatruję się w niego. – Że Nelson spróbuje powstrzymać mnie przed złożeniem zeznań?

– Nie chcę cię straszyć, Emmo. Na szczęście przypadki zastraszania świadków zdarzają się bardzo rzadko. Ale przy takiej sprawie, w której niemal całe oskarżenie zależy od zeznań jednej osoby, lepiej dmuchać na zimne.

– Co mam zrobić?

– Przygotuj oświadczenie na rozprawę w sprawie kaucji. Możemy dać ci jakieś wskazówki, ale im bardziej osobisty będzie jego ton, tym lepiej. – Milknie na chwilę. – Muszę ci jednak przypomnieć, że kiedy twoje oświadczenie zostanie odczytane przed sądem, zyska status dokumentu prawnego. Obrona będzie miała prawo przesłuchać cię pod tym kątem, gdy dojdzie do procesu.

– Kto je odczyta?

– No cóż, to może być przedstawiciel oskarżenia albo funkcjonariusz policji. Ale takie oświadczenie zawsze ma większą siłę oddziaływania, jeśli wygłasza je sama ofiara. Sędziowie też są tylko ludźmi. A według mnie zrobisz naprawdę mocne wrażenie.

Na krótką chwilę twarz komisarza łagodnieje, a oczy jakby zachodzą łzami. W końcu odchrząkuje.

– Wystąpimy z wnioskiem o zastosowanie specjalnych środków. To znaczy, że podczas przesłuchania będziesz niewidoczna dla Nelsona. Nie będziesz musiała na niego patrzeć podczas odczytywania oświadczenia, a on nie będzie mógł cię widzieć.

– Ale będzie tam obecny – mówię. – I będzie słuchał.

Clarke kiwa potakująco głową.

– A co się stanie, jeśli sędzia nie przychyli się do moich argumentów i wypuści Nelsona za kaucją? Czy jest możliwe, że tylko pogorszę sytuację?

– Dopilnujemy, żebyś była bezpieczna – uspokaja mnie komisarz. – W sumie całe szczęście, że się przeprowadziłaś. Nelson nie wie, gdzie teraz mieszkasz.

Komisarz obserwuje mnie tym swoim uprzejmym, uważnym spojrzeniem.

– To jak, Emmo? Napiszesz to oświadczenie i odczytasz je w sądzie?

Uświadamiam sobie, że właśnie po to mnie tu ściągnął. Wiedział, że gdyby po prostu do mnie zadzwonił, mogłabym odmówić.

– Cóż, jeśli uważacie, że to w czymś pomoże – słyszę własny głos.

– Grzeczna dziewczynka – mówi komisarz.

Gdyby te słowa powiedział ktokolwiek inny, uznałabym to za okropnie protekcjonalne, ale na jego twarzy maluje się taka ulga, że puszczam to mimo uszu.

– Rozprawa odbędzie się w czwartek – dodaje.

– Tak szybko?

– Niestety Nelson ma wyjątkowo nieustępliwego adwokata. Oczywiście na koszt podatników.

Komisarz Clarke się podnosi.

– Poszukam kogoś, żeby znalazł ci wolny pokój przesłuchań. Możesz zacząć pisać już teraz.

TERAZ: **JANE**

Kilka dni po incydencie w restauracji dostaję dwie paczki. Jedna z nich to duże, wąskie pudło z charakterystyczną literą W, logo butiku Wanderer przy Bond Street. Druga paczka jest mniej więcej rozmiaru książki. Podnoszę większą z nich i kładę na kamiennym stole. Pomimo swojej wielkości waży tyle co nic.

W środku owinięta w bibułę leży sukienka. Przerzucam ją sobie przez ramię, czarny lejący się jedwab opada swobodnie z obu stron. Od razu czuję, jak jest zmysłowa i delikatna w dotyku.

Idę na górę, żeby ją przymierzyć. Wystarczy, że unoszę ramiona, a materiał niemal sam opada i otula moje ciało. Gdy się obracam, sukienka wesoło wiruje wraz ze mną. Uważniej przyglądam się tkaninie i dostrzegam, że ma skośny splot.

„Przydałby się jeszcze naszyjnik", przychodzi mi na myśl. I w tej samej chwili odgaduję, co zawiera mniejsze pudełko.

Znajduję liścik napisany pięknym, wręcz kaligraficznym pismem: „Jane, wybacz mi, że byłem takim gruboskórnym durniem. Edward". W aksamitnym wnętrzu kasetki spoczywa naszyjnik z trzech sznurów pereł. Perły nie są duże, ale dość niezwykłe: jasnokremowe i nie idealnie okrągłe, z emanującym głęboko z masy perłowej opalizującym połyskiem.

Perły mają dokładnie ten sam kolor co ściany Folgate Street 1.

Naszyjnik wydaje się mały, nawet zbyt mały, gdy zakładam go po raz pierwszy. Ciasno opina mi szyję i przez chwilę czuję się tak, jakbym się dusiła. Stanowi zupełne przeciwieństwo lejącej się, zmysłowej sukienki. Potem jednak spoglądam na swoje odbicie w lustrze i okazuje się, że połączenie sukienki i naszyjnika jest zachwycające.

Podtrzymuję jedną ręką włosy w górze, żeby sprawdzić, jak wyglądam. Tak, tak lepiej, z włosami opadającymi z jednej strony. Robię selfie, żeby wysłać je Mii.

„Edward też powinien to zobaczyć", myślę. Jemu również wysyłam fotkę i dopisuję: „Nie ma za co przepraszać. Ale dziękuję".

Odpisuje niecałą minutę później: „To dobrze. Bo jestem dwie minuty od twojego domu i zaraz u ciebie będę".

Schodzę na parter i staję obok okna z twarzą zwróconą w stronę drzwi. Staram się ustawić tak, aby wywrzeć na nim jak największe wrażenie. Czekam na swojego kochanka.

Bierze mnie od razu na kamiennym stole, nie ściągnąwszy ze mnie nawet sukienki ani naszyjnika z pereł. Robi to szybko, gwałtownie, bez żadnego wstępu, bez zbędnych słów.

Nigdy wcześniej nie byłam z nikim podobnym. Nigdy dotąd nie uprawiałam seksu poza łóżkiem. Mówiono mi, że jestem pełna rezerwy i wycofana, a jeden mężczyzna stwierdził, że wręcz nudna pod względem seksualnym. A tu proszę. Robię takie rzeczy.

Po wszystkim wydaje się, jakby Edward wyszedł z jakiegoś transu i na powrót stawał się dobrze wychowanym, troskliwym Edwardem. Gotuje dla nas makaron, sos składa się w zasadzie jedynie z oliwy z zielonych oliwek z pozbawionej etykietki butelki, odrobiny świeżego sera koziego oraz mnóstwa zmielonego pieprzu. Oliwa nazywa się *lacrima*. Jak wyjaśnia Edward, pochodzi z pierwszych cennych kropel, które wypływają na powierzchnię, gdy oliwki są myte, jeszcze przed pierwszym tłoczeniem. Ma kilka butelek, które przysyłają mu z Toskanii po każdych zbiorach. Pieprz z kolei pochodzi z miasteczka Tellicherry z Wybrzeża Malabarskiego w Indiach.

– Choć czasami używam ziarenek pieprzu z Kampot w Kambodży. Są łagodniejsze, ale bardziej aromatyczne.

Seks i smaczne proste jedzenie. O dziwo, mam jednak wrażenie, że to szczyt wyrafinowania.

Gdy makaron zostaje już przez nas pochłonięty, Edward opłukuje garnki i pakuje naczynia do zmywarki. Dopiero wówczas wyjmuje ze skórzanej teczki jakiś dokument.

– Przyniosłem twoje wyniki. Pomyślałem, że zechcesz wiedzieć, jak sobie radzisz.

– I co, zdałam?

Edward jednak się nie uśmiecha.

– Cóż, twój łączny wynik to osiemdziesiąt.

– A jaki wynik powinnam uzyskać?

– Nie ma żadnej wyznaczonej normy. Mamy jednak nadzieję, że z czasem uda ci się zejść do pięćdziesięciu, może nawet niżej.

Nie mogę się oprzeć wrażeniu, że jestem krytykowana.

– A więc co robię źle?

Edward przegląda wydruk, który – jak widzę – składa się z rzędów liczb i przypomina arkusz kalkulacyjny.

– Mogłabyś nieco więcej ćwiczyć. Kilka sesji w tygodniu powinno wystarczyć. Odkąd tu zamieszkałaś, odrobinę schudłaś, ale mogłabyś jeszcze zrzucić parę kilogramów. Poziom stresu zasadniczo mieści się w dopuszczalnych granicach. Tempo wypowiadania słów zwykle wzrasta, gdy rozmawiasz przez telefon, ale to normalne. Prawie w ogóle nie pijesz alkoholu, to dobrze. Temperatura ciała, oddychanie i praca nerek są w porządku. Twój sen w fazie REM jest odpowiedni, a ilość czasu spędzonego w łóżku jest dobra dla zdrowia. Co najważniejsze, masz znacznie bardziej pozytywne podejście do życia. Wzrosło twoje poczucie własnej wartości, jesteś bardziej zdyscyplinowana i udało ci się uchronić ściany pod prysznicem przed osadem. – Edward uśmiecha się, by pokazać, że przynajmniej ta ostatnia uwaga to żart, ale ja patrzę na niego osłupiała z oburzenia.

– I ty to wszystko o mnie wiesz!?

– Oczywiście. Gdybyś dokładnie przeczytała warunki umowy, nie byłabyś taka zaskoczona.

Mój gniew ulatnia się, gdy uświadamiam sobie, że przecież właśnie na to się pisałam – tylko dzięki temu stać mnie na wynajmowanie Folgate Street 1.

– To jest przyszłość – dodaje Edward. – Zdrowie i samopoczucie będą monitorowane przez nasze domowe środowisko. Gdyby wystąpiły jakieś poważne problemy, Gospodarz wychwyciłby je o wiele wcześniej, niż pomyślałabyś, że powinnaś się wybrać do lekarza. Te dane pozwalają ci przejąć kontrolę nad swoim życiem.

– A jeśli ludzie nie chcą być szpiegowani?

– Nie będą szpiegowani. Dysponujemy tak konkretnymi informacjami na twój temat tylko dlatego, że wciąż jeszcze znajdujemy się w fazie beta projektu. W przypadku przyszłych użytkowników będziemy widzieć jedynie ogólne tendencje, a nie dane odnoszące się do konkretnych osób. – Edward wstaje. – Popracuj nad tym – mówi z życzliwością. – Zobacz, czy potrafisz się do tego przystosować. Jeśli nie, to też będzie dla nas przydatna informacja: dzięki temu będziemy mogli się zastanowić, jak zmienić system, aby uczynić go bardziej przystępnym. Ale wszystko, czego się dowiedziałem, podpowiada mi, że wkrótce sama się przekonasz, ile przyniesie ci to korzyści.

PRZEDTEM: **EMMA**

Patrzę na swoje notatki i zastanawiam się, od czego zacząć, gdy nagle dzwoni telefon. Zerkam na ekran. To Edward.

– Cześć, Emmo. Dostałaś moją wiadomość? – W jego głosie słychać rozbawienie, wręcz radość.

– Jaką wiadomość?

– Tę, którą zostawiłem dla ciebie w biurze.

– Nie jestem dziś w pracy, tylko na posterunku policji – odpowiadam.

– Wszystko w porządku?

– Nie do końca. – Znów spoglądam na swoje notatki. Komisarz Clarke kazał mi pogrupować najważniejsze zagadnienia pod pewnymi nagłówkami. „CO TEN CZŁOWIEK MI ZROBIŁ?" „JAK SIĘ WÓWCZAS CZUŁAM?" „WPŁYW, JAKI TO MIAŁO NA MÓJ ZWIĄZEK". „JAK SIĘ CZUJĘ TERAZ?" Gapię się na to, co napisałam: „Pełna obrzydzenia. Przerażona. Zawstydzona. Brudna". Ale to tylko słowa. Nigdy nie przypuszczałam, że dojdzie do czegoś takiego.

– Prawdę mówiąc, nic nie jest w porządku – dodaję.

– Na którym posterunku jesteś?

– W West Hampstead.

– Będę tam za dziesięć minut.

W telefonie zapada cisza. I od razu czuję się lepiej, znacznie lepiej, ponieważ w tym momencie najbardziej potrzebuję właśnie kogoś silnego i stanowczego, kogoś takiego jak Edward, kto zjawi się, pozbiera mnie do kupy, uporządkuje na nowo moje życie i sprawi, że wszystko zacznie w nim normalnie funkcjonować.

– Emmo. Och, Emmo – mówi Edward.

Siedzimy w kawiarni przy West End Lane. Płaczę. Od czasu do czasu ludzie rzucają nam podejrzliwe spojrzenia. „Kim jest ta dziewczyna?" „Co zrobił jej ten facet, że tak się rozpłakała?" Ale Edward nie zwraca na nich uwagi. Delikatnie kładzie dłoń na mojej ręce, żeby dodać mi otuchy.

Wiem, jak okropnie może to zabrzmieć, ale czuję się w pewnym sensie wyjątkowa. Troskliwość Edwarda tak kompletnie różni się od podszytej niepewnością furii Simona.

Edward bierze do ręki szkic mojego oświadczenia.

– Mogę? – pyta.

Kiwam głową, a on zaczyna czytać. Co jakiś czas marszczy czoło.

– Co to była za wiadomość? – odzywam się.

– A, to. Taki mały prezent. A w zasadzie dwa prezenty.

Podnosi stojącą obok torbę. Widnieje na niej logo z dużą literą W.

– To dla mnie? – upewniam się zdumiona.

– Miałem cię poprosić, byś towarzyszyła mi podczas pewnej wyjątkowo nudnej imprezy, pomyślałem więc, że przynajmniej mogę kupić ci coś do ubrania na tę okazję. Ale teraz raczej nie będziesz w nastroju.

Sięgam do torby i wyjmuję z niej niewielką kasetkę.

– Jeśli chcesz, możesz otworzyć – proponuje łagodnie.

W środku znajduje się naszyjnik. Ale nie jakiś pierwszy lepszy naszyjnik. Zawsze marzyłam o takich perłach, jakie w *Śniadaniu u Tiffany'ego* nosiła Audrey Hepburn. I proszę bardzo. Wprawdzie nie jest identyczny – tylko trzy sznury zamiast pięciu i bez diamencików z przodu – ale już widzę, jak doskonale będzie przylegał do mojej szyi, opinał ją wysoko niczym kołnierz.

– Jest piękny – mówię.

Sięgam po większe pudełko, ale Edward mnie powstrzymuje.

– Może lepiej nie tutaj.

– Co to za impreza, na którą chciałeś mnie zabrać?

– Uroczystość przyznania jakichś nagród architektonicznych. Potworne nudziarstwo.

– Wygrałeś?

– Tak, tak mi się wydaje.

Uśmiecham się do niego, nagle uszczęśliwiona.

– W takim razie pojadę do domu i się przebiorę.

– Pojadę z tobą. – Edward wstaje od stolika i szepcze mi do ucha: – Bo wiem, że gdy tylko zobaczę cię w tej sukience, od razu będę chciał cię zerżnąć.

TERAZ: **JANE**

Gdy się budzę, Edwarda już nie ma. Pewnie tak musi wyglądać romans z żonatym mężczyzną. Ta myśl przynosi mi pewną ulgę. We Francji na przykład, gdzie ludzie mają bardziej swobodne podejście do tych spraw, nasz związek mógłby zostać uznany za zupełnie normalny.

Mia oczywiście jest przekonana, że to wszystko zakończy się kolejną katastrofą, że Edward nigdy się nie zmieni i że każdy, kto przez tak długi czas był w zasadzie samowystarczalny, na zawsze już taki pozostanie. Gdy próbuję protestować, Mia przerywa mi zniecierpliwiona:

– J, żyjesz jakąś dziewczęcą fantazją, że tobie jako pierwszej uda się stopić jego zimne jak lód serce, podczas gdy w rzeczywistości to on złamie serce tobie.

Ale moje serce już zostało złamane, przez Isabel, a nieregularność spotkań z Edwardem ułatwia mi tylko ukrywanie przed Mią, jak mocno zaangażowałam się w ten związek.

Poza tym okazuje się, że Edward rzeczywiście ma rację: jest coś doskonałego w związku dwojga ludzi, którzy nie mają wobec siebie żadnych żądań ani oczekiwań. Nie muszę wysłuchiwać opowieści o tym, jak minął mu dzień, ani sprzeczać się, które z nas wyniesie śmieci. Nie musimy dopasowywać do siebie swoich grafików ani ustalać podziału domowych obowiązków. Nigdy nie przebywamy razem na tyle długo, by się sobą znudzić.

Wczoraj przyprawił mnie o pierwszy orgazm, zanim w ogóle zdjął z siebie ubranie. Zauważyłam, że właśnie to szczególnie go kręci. Lubi, sam całkiem ubrany, zdzierać ze mnie wszystko z wyjątkiem naszyjnika, po czym – tylko za pomocą palców i języka – doprowadza mnie do stanu drżącego z rozkoszy strzępu ciała. Jakby nie wystarczyło mu, że sprawuje nade mną kontrolę, muszę w dodatku zupełnie stracić panowanie nad sobą. Dopiero wtedy Edward czuje się na tyle swobodnie, by dać się unieść własnemu pożądaniu.

Wciąż się nad tym zastanawiam, gdy schodzę na parter. Na progu leży niewielka sterta mokrych listów. Spytałam Edwarda, dlaczego nie ma tu skrzynki na listy – co wydaje się dziwnym niedopatrzeniem w tak skądinąd dobrze przemyślanym domu – a on odparł, że kiedy budowali Folgate Street 1, jego partner David Thiel zakładał, że w ciągu dekady e-maile całkowicie zastąpią tradycyjne listy.

Przeglądam pocztę. W większości to polityczne ulotki w związku ze zbliżającymi się wyborami samorządowymi. Chyba nawet się nie zarejestrowałam, żeby móc głosować. Dyskusje na temat miejscowej biblioteki oraz częstotliwości wywozu śmieci mają naprawdę niewielkie znaczenie dla mojego życia w tym domu. Kilka listów jest zaadresowanych do panny Emmy Matthews. To pewnie jakieś reklamy, ale odkładam je na bok, żeby przekazać wszystkie Camilli, agentce nieruchomości.

Ostatni list jest do mnie. Wygląda tak niepozornie, że w pierwszym momencie myślę, że to po prostu kolejna reklama. Ale potem dostrzegam logo szpitala i moje serce na chwilę zamiera.

„Droga Panno Cavendish,

przesyłamy wyniki sekcji zwłok Isabel Margaret Cavendish".

Zgodziłam się na sekcję zwłok, ponieważ chciałam poznać jakieś wyjaśnienie. Podczas wizyty kontrolnej doktor Gifford powiedział mi, że sekcja niczego konkretnego nie wykryła, ale że i tak otrzymam pismo z oficjalnymi wynikami. To było miesiąc temu. List musiał utknąć w tym czasie na poczcie.

Siadam, w głowie mi wiruje. Czytam pismo dwukrotnie, próbując się przedrzeć przez medyczny żargon. Zaczyna się od krótkiej historii mojej ciąży. Pojawia się adnotacja na temat sytuacji, która wydarzyła się tydzień przed tym, nim zorientowali się, że coś jest nie w porządku. Zaczęły mnie boleć plecy i zgłosiłam się na oddział położniczy. Przeprowadzili jakieś badania, posłuchali bicia serca dziecka, po czym odesłali mnie do domu, zalecając gorącą kąpiel. Po tej wizycie czułam, że Isabel dość mocno kopie, i to mnie uspokoiło. Pismo jasno stwierdza, że „przy tej okazji zastosowano odpowiednie procedury, włącznie z pomiarem wielkości macicy pomiędzy spojeniem łonowym a dnem macicy przeprowadzonym zgodnie z wytycznymi NICE". Potem następuje opis mojej kolejnej wizyty, kiedy odkryli, że serce Isabel się zatrzymało. I w końcu wyniki samej sekcji zwłok. Mnóstwo liczb, które nic mi nie mówią, poziom płytek krwi i inne wyniki badań, które wieńczy komentarz:

„Wątroba: w normie".

Na samą myśl, że jakiś patolog cierpliwie wyjmuje z drobnego ciała Isabel maleńką wątrobę, ściska mnie w gardle. Ale jest tego jeszcze więcej.

„Nerki: w normie.

Płuca: w normie.

Serce: w normie".

Przechodzę do podsumowania.

„Choć dokładna diagnoza jest niemożliwa na tym etapie, oznaki zakrzepicy w naczyniach łożyska mogą wskazywać na częściowe *ablatio placentae praecox*, które mogło doprowadzić do śmierci w wyniku uduszenia".

Ablatio placentae praecox. To brzmi ja jakieś zaklęcie z *Harry'ego Pottera*, a nie coś, co zabiło moje dziecko. Nazwisko doktora Gifforda na dole strony rozpływa się nagle, oczy zachodzą mi łzami i znów zaczynam płakać, wstrząsa mną niekontrolowany spazmatyczny szloch. Nie potrafię już tego znieść, poza tym i tak nie rozumiem większości słów. Tessa, kobieta, z którą pracuję przy jednym biurku, ma doświadczenie jako położna. Pokażę jej pismo, żeby mi to wszystko wyjaśniła.

Tessa uważnie czyta dokument, rzucając mi co jakiś czas zatroskane spojrzenie. Oczywiście wie, że urodziłam martwe dziecko – wiele kobiet pracujących jako wolontariuszki w Still Hope zgłosiło się tutaj z podobnych pobudek.

– Rozumiesz, co to wszystko znaczy? – pyta w końcu.

Kręcę przecząco głową.

– No więc *ablatio placentae praecox* to odklejenie się łożyska. Oznacza to, że w rezultacie płód przestał otrzymywać pokarm oraz tlen, zanim zgłosiłaś się do szpitala.

– Szkoda, że nie napisali tego jakimś ludzkim językiem – mówię.

– Cóż, może mieli ku temu powód.

Dziwny ton w głosie Tessy wywołuje mój niepokój.

– Co dokładnie się wydarzyło, gdy zgłosiłaś się z bólem pleców? – pyta powoli.

– No więc… – Zastanawiam się chwilę. – Najwyraźniej uznali, że jestem przewrażliwiona. No wiesz, pierworódka i w ogóle. Ale byli bardzo mili. Chociaż nie przypominam sobie, by poddawali mnie tym wszystkim badaniom, o których tutaj piszą…

– Pomiar wielkości miednicy pomiędzy spojeniem łonowym a dnem macicy to po prostu medyczne określenie na zmierzenie brzucha centymetrem – przerywa mi Tessa. – I choć to prawda, że zgodnie z wytycznymi należy przeprowadzać go podczas każdego badania prenatalnego, z pewnością nie pomoże wykryć niewydolności łożyska. Zrobili ci kardiotokograf?

– Monitorowanie akcji serca dziecka? Tak, pielęgniarka to zrobiła.

– Komu pokazała wykres?

Usiłuję sobie przypomnieć.

– Chyba zadzwoniła do doktora Gifforda i przeczytała mu wyniki. W każdym razie powiedziała mu, że wszystko jest w porządku.

– Przeprowadziła jakieś inne badania? Zwykłe USG? USG Dopplera? – Głos Tessy przybiera coraz bardziej ponury ton.

Potrząsam przecząco głową.

– Kazali mi wrócić do domu, wziąć gorącą kąpiel i starać się nie martwić. A później poczułam, jak Isabel kopie, więc uznałam, że mieli rację.

– Jacy oni?

– No, w zasadzie to pielęgniarka.

– Rozmawiała z kimś jeszcze? Ze starszą położną? Z rezydentem?

– Nie przypominam sobie. Tesso, co jest grane?

– Chodzi o to, że pismo brzmi jak starannie sformułowana próba przekonania cię, że śmierć Isabel nie nastąpiła w wyniku lekarskich zaniedbań – oznajmia wprost Tessa.

– Zaniedbań? Ale jakich? – Wpatruję się w nią z otwartymi ustami.

– Jeśli wyjdziemy z założenia, że śmierć zdolnego do życia dziecka to sytuacja niebędąca normą, możemy znaleźć jeden powód lub dwa, które się do niej przyczyniły. Przede wszystkim źle przeprowadzony poród. Oczywiście w twoim przypadku można to wykluczyć. Ale drugą najczęstszą przyczyną śmierci płodu są przepracowane położne albo niedoświadczeni lekarze niepotrafiący właściwie odczytać wykresu KTG. W twoim przypadku pełniący telefoniczny dyżur starszy lekarz powinien osobiście obejrzeć wyniki, a biorąc pod uwagę zgłaszany przez ciebie ból pleców, który mógł wskazywać na problemy z łożyskiem, powinien on również zlecić USG dopplerowskie.

Wiem, czym jest USG dopplerowskie. Jedna z kampanii prowadzonych przez Still Hope ma na celu doprowadzić do tego, by każda kobieta w ciąży została obowiązkowo poddana takiemu badaniu. Koszt jednego badania to około piętnastu funtów, a fakt, że obecnie się go nie wykonuje, o ile lekarz prowadzący wyraźnie tego nie zażąda, stanowi jedną z przyczyn, dla których liczba urodzeń martwych dzieci w Wielkiej Brytanii należy do najwyższych w Europie.

– Obawiam się, że ruchy, które czułaś po powrocie do domu, mogły być oznaką cierpienia dziecka, a nie tego, że wszystko jest z nim w porządku. Mamy niedobre doświadczenia z tym szpitalem. Nieustannie brakuje im personelu, zwłaszcza jeśli chodzi o starszą kadrę lekarską. Nazwisko doktora Gifforda co rusz pojawia się w kolejnych skargach. Jest zdecydowanie za bardzo przeładowany obowiązkami.

Te słowa z trudem do mnie docierają. „Przecież był taki miły", myślę.

– Oczywiście możesz uznać, że to nie jego wina – dodaje Tessa. – Ale dopiero kiedy dobierzemy się do starszego stażem lekarza i udowodnimy mu niedopełnienie obowiązków, zmusimy szpital do zwiększenia liczby personelu.

Pamiętam, jak doktor Gifford, już po tym, jak przekazał mi wiadomość o śmierci Isabel, powiedział, że w większości takich przypadków nie udaje się określić przyczyny zgonu. Czy próbował w ten sposób zatuszować błędy swojego zespołu?

– I co teraz powinnam zrobić?

Tessa oddaje mi pismo.

– Napisz do nich prośbę o kopie wszystkich badań lekarskich. Przekażemy je do oceny ekspertowi, ale jeśli okaże się, że szpital próbuje ukryć własne zaniedbania, trzeba będzie się zastanowić, czy nie wytoczyć im procesu.

PRZEDTEM: **EMMA**

– A tegoroczna nagroda „Architects' Journal" w dziedzinie innowacji trafia do... – Prezenter dramatycznie zawiesza głos i otwiera kopertę. – Monkford Partnership – ogłasza.

Siedzący przy naszym stoliku pracownicy firmy zaczynają wiwatować. Na ekranach pojawiają się zdjęcia budynków. Edward wstaje i idzie w kierunku sceny, uprzejmie dziękując po drodze kilku gratulującym mu osobom.

„To zupełnie nie przypomina imprez, które organizowało czasopismo Simona", myślę sobie.

Gdy Edward trzyma już nagrodę w dłoniach, podchodzi do mikrofonu.

– Chyba będę musiał wstawić ją do jakiejś szafki – mówi, spoglądając z powątpiewaniem na statuetkę z pleksiglasu o nieokreślonym kształcie.

Sala wybucha śmiechem. Radykalny minimalista udowodnił, że potrafi z siebie żartować! Ale zaraz na powrót staje się poważny.

– Ktoś powiedział, że różnica między dobrym architektem a wybitnym architektem polega na tym, że dobry architekt ulega każdej pokusie, a wybitny nie.

Edward milknie. W ogromnej sali panuje absolutna cisza. Wszyscy wydają się szczerze zainteresowani tym, co ma do powiedzenia.

– Jako architekci mamy obsesję na punkcie estetyki, tworzenia budynków, które są przyjemne dla oka. Ale jeśli przyjmiemy, że prawdziwa funkcja architektury polega na tym, by pomagać ludziom w opieraniu się pokusom, wówczas architektura…

Edward przerywa. Zupełnie jakby dopiero zastanawiał się, co chce powiedzieć.

– Może w architekturze wcale nie chodzi o budynki – kontynuuje. – Zgadzamy się co do tego, że urbanistyka to w końcu też architektura. Projektowanie sieci autostrad, lotnisk również można uznać za architekturę. A co z technologią? Co z tym niewidzialnym miastem, po którym wszyscy się przechadzamy, do którego zaglądamy, w którym się bawimy, z internetem? Co z ramami naszego życia, łączącymi nas więziami, naszymi aspiracjami i najbardziej podstawowymi pragnieniami? Czy to też nie są w pewnym sensie konstrukcje?

Tu następuje kolejna pauza, po czym Edward podejmuje swój wywód:

– Rozmawiałem dzisiaj z pewną młodą kobietą, która została napadnięta w swoim domu. Pogwałcono jej przestrzeń życiową. Ona sama została okradziona. Cały jej stosunek do najbliższego otoczenia został ukształtowany, a raczej zniekształcony, przez to jedno straszliwe wydarzenie.

Edward nie patrzy na mnie, ale mam wrażenie, że wszyscy na sali domyślają się, o kogo mu chodzi.

– Czy prawdziwym zadaniem architektury nie jest ochrona ludzi przed takimi wydarzeniami? – pyta. – Czy nie chodzi o to, by ukarać sprawcę, uleczyć ofiarę, zmienić przyszłość? Dlaczego jako architekci mamy się ograniczać tylko do projektowania ścian naszych budynków?

Cisza. Publiczność wydaje się teraz odrobinę skonsternowana.

– Monkford Partnership słynie z tego, że pracuje na małą skalę, dla bogatych klientów – ciągnie Edward. – Ale teraz widzę, że nasza przyszłość leży nie w budowaniu pięknych budowli chroniących nas przed tym, co w społeczeństwie podłe, ale w budowaniu nowego rodzaju społeczeństwa. – Unosi statuetkę. – Dziękuję za ten zaszczyt.

Rozlegają się uprzejme brawa, ale gdy rozglądam się wokół, widzę, że ludzie uśmiechają się z politowaniem i wymieniają znaczące spojrzenia.

I ja też klaszczę, mocniej niż inni, ponieważ wiem, że stojący na scenie mężczyzna, mój kochanek, ma gdzieś to, czy się z niego śmieją czy nie.

Tej nocy pytam go o żonę.

Kiedy się kochamy, zostaję w sukience, ale potem odwieszam ją starannie w szafie ukrytej za panelem ściennym, po czym naga, w samym tylko naszyjniku, wślizguję się do wygrzanego przez Edwarda łóżka.

– Prawnik powiedział mi, że jest tu pochowana twoja rodzina – zaczynam niepewnie.

– Skąd on… Och, plany w wydziale ksiąg wieczystych.

Edward milczy tak długo, że już wydaje mi się, iż będzie to jedyna odpowiedź, jaką od niego otrzymam.

– To był jej pomysł – odzywa się w końcu. – Przeczytała o zwyczaju *hitobashira* i powiedziała, że tego właśnie sobie życzy, jeśli umrze pierwsza. Że chce zostać pochowana pod progiem jednego z naszych budynków. Oczywiście nigdy nie przypuszczaliśmy…

– *Hitobashira*?

– Dosłownie znaczy to „ludzka kolumna”. Uważa się, że przynosi domowi szczęście.

– Nie masz nic przeciwko temu, że o nią pytam?

– Popatrz na mnie – mówi z niespodziewaną powagą.

Odwracam głowę, by spojrzeć mu w oczy.

– Elizabeth była na swój sposób doskonała. I to, co się dzieje teraz między nami, też jest doskonałe. Ty jesteś doskonała, Emmo. Nie musimy więcej o niej rozmawiać.

Na drugi dzień rano po wyjściu Edwarda szukam w internecie informacji o jego żonie. Ale wyszukiwarka Gospodarza nie może niczego znaleźć.

Jak brzmi to japońskie określenie, którego użył Edward? *Hitobashira*. Próbuję je wyszukać.

Dziwne. Według internetu *hitobashira* wcale nie polega na grzebaniu pod budynkami martwych ludzi. Tylko żywych.

„Tradycja składania ofiar z ludzi w ramach wzniesienia nowego domu lub twierdzy jest bardzo stara. Na całym świecie kamienie węgielne i dźwigary były skąpane w ludzkiej krwi, a ten odrażający zwyczaj praktykowano w Europie jeszcze przed kilkoma stuleciami. Według znanej maoryskiej legendy wódz Taraia kazał pogrzebać żywcem własne dziecko pod filarem swego nowego domu”.

Klikam w kolejny artykuł.

„Ta ofiara musi odpowiadać randze mającego powstać budynku. Zwykły namiot lub dom można okupić ofiarą ze zwierzęcia, a bogacz może poświęcić dla nowego domu na przykład niewolnika. Ale święte budowle takie jak świątynia czy most wymagają ofiary o specjalnej wartości i znaczeniu, ofiary, która powinna sprawić poważny ból i cierpienie temu, który ją składa”.

Przez krótką chwilę chodzi mi po głowie szalona myśl: czy Edward rzeczywiście nie złożył ofiary z żony i syna? Ale potem znajduję kolejny artykuł, który brzmi znacznie sensowniej.

„Obecnie ślady tego typu praktyk występują w niezliczonych obyczajach ludowych na całym świecie: w chrzcie statków za pomocą butelki szampana, zakopywaniu srebrnych monet pod progiem domu czy wieńczeniu budowy wieżowca zatknięciem na jego szczycie zielonego wiechcia. W innych częściach świata pod domem zakopuje się zwierzęce serce, a Henry Purcell życzył sobie spocząć »pod organami« w opactwie westminsterskim. W wielu społeczeństwach, w szczególności na Dalekim Wschodzie, zmarli zostają uhonorowani wzniesieniem budynku na ich cześć – praktyka ta nie różni się aż tak bardzo od ochrzczenia na przykład Carnegie Hall czy Rockefeller Plaza nazwiskami sławnych filantropów”.

Uff. Wracam do łóżka i wtulam twarz w poduszkę, szukając śladów Edwarda: jego zapachu, zarysu jego ciała wciąż odciśniętego na prześcieradle. Przypominam sobie jego słowa. „To, co się dzieje teraz między nami, też jest doskonałe”. Z uśmiechem na twarzy na powrót pogrążam się we śnie.

TERAZ: **JANE**

– To, czego doświadczamy, wchodząc przez frontowe drzwi do małego, wręcz klaustrofobicznego korytarza, zanim wkroczymy w rozległą przestrzeń samego domu, to klasyczny w architekturze efekt kompresji i wyzwolenia. To dobra ilustracja tego, w jaki sposób domy Edwarda Monkforda, choć z pozoru rewolucyjne, opierają się na tradycyjnych rozwiązaniach. Co istotniejsze, technika ta wyróżnia Monkforda jako architekta, którego głównym celem jest wpłynięcie na to, w jaki sposób c z u j e s i ę sam użytkownik.

Przewodnik idzie w kierunku kuchni, a kilkuosobowa grupka zwiedzających podąża za nim posłusznie.

– Użytkownicy zgłaszali, że w takiej sali jadalnej jak ta, która w wymiarze wizualnym zwraca uwagę na ascetyczność i powściągliwość, jedli zdecydowanie mniej niż przedtem.

Camilla uprzedzała mnie, że raz na jakiś czas będę zobowiązana udostępniać Folgate Street 1 zwiedzającym. Wówczas nie wydawało mi się to jakimś szczególnym poświęceniem, ale im bliżej było pierwszego otwartego dnia, tym bardziej się go obawiałam. Czułam, że nie tylko dom zostanie wystawiony na pokaz, lecz także ja sama. Całymi dniami więc czyściłam i sprzątałam, uważając, żeby nie naruszyć nawet najdrobniejszej zasady.

– Architekci oraz ich klienci od dawna starają się wznosić budynki, które mają wywoływać określony efekt – kontynuuje przewodnik. – Gmachy banków wyglądają imponująco i solidnie częściowo po to, żeby wzbudzać zaufanie u swoich potencjalnych klientów. Sale sądowe mają wywoływać szacunek dla prawa i porządku. Pałace są zaprojektowane w taki sposób, by wzbudzać podziw i pokorę u tych, którzy do nich wchodzą. Ale w dzisiejszych czasach niektórzy architekci korzystają z nowych odkryć technologicznych oraz psychologicznych, aby pójść jeszcze dalej.

Przewodnik to młody mężczyzna z modną hipsterską brodą, jednak roztacza wokół siebie taki autorytet, że musi chyba być jakimś wykładowcą. Jednak nie wszyscy zwiedzający wyglądają mi na studentów. Niektórzy z nich mogą być ciekawskimi sąsiadami albo turystami.

– Zapewne nie zdajecie sobie z tego sprawy, ale właśnie poruszacie się w skomplikowanym konglomeracie ultradźwięków, czyli fal wpływających na nasze samopoczucie. Ta technologia znajduje się jeszcze w powijakach, ale ma daleko idące konsekwencje. Wyobraźcie sobie szpital, którego sama konstrukcja staje się częścią procesu leczenia, albo dom opieki dla ludzi cierpiących na demencję pomagający im w zapamiętywaniu różnych rzeczy. Taki dom może wyglądać prosto, ale cechują go niezwykle ambitne rozwiązania.

Przewodnik odwraca się i prowadzi grupkę na górę.

– Proszę iść za mną pojedynczo i ze szczególną ostrożnością stawiać kroki.

Zostaję na dole. Dobiega mnie głos przewodnika tłumaczącego, w jaki sposób oświetlenie w sypialni wpływa na rytm dobowy mieszkańców. Dopiero gdy schodzą na parter, przemykam się na górę, by pobyć chwilę w samotności.

Z przerażeniem odkrywam, że jeden ze zwiedzających wciąż znajduje się w sypialni. Stoi przy otwartej szafie i choć jest odwrócony do mnie plecami, mam absolutną pewność, że przegląda moje ubrania.

– Co ty, do diabła, wyprawiasz? – pytam.

Facet się odwraca. To jeden z tych, których wzięłam za turystów. Jego oczy za pozbawionymi oprawek okularami są jasne i spokojne.

– Sprawdzam, jak składasz ubrania. – Mówi z lekkim akcentem. Chyba jest Duńczykiem. Albo Norwegiem. Ma około trzydziestu lat, nosi anorak o lekko wojskowym kroju. Włosy ma jasne, rzednące.

– Co za bezczelność! – wybucham. – To moje prywatne rzeczy!

– Nikt, kto mieszka w tym domu, nie powinien się spodziewać poszanowania swojej prywatności. Przecież sama z tego zrezygnowałaś, pamiętasz?

– Kim jesteś?

Gość sprawia wrażenie zbyt dobrze poinformowanego jak na turystę.

– Ubiegałem się o to, by tutaj zamieszkać – odpowiada. – Siedem razy. Idealnie bym się do tego nadawał. Ale on zamiast mnie wybrał ciebie. – Odwraca się z powrotem do szafy i zaczyna rozkładać i składać moje T-shirty. Robi to tak szybko i sprawnie jak sprzedawca w sklepie odzieżowym. – Co Edward w tobie widzi? Pewnie chodzi o seks. Kobiety to jego słabość.

Jestem tak wściekła, że nie potrafię wydobyć z siebie ani słowa. Świadomość, że stojący w mojej sypialni mężczyzna niemal na pewno jest niepoczytalny, kompletnie mnie paraliżuje.

– Inspirują go klasztory i społeczności religijne, ale zapomina, że kobiety nie bez powodu nie mają wstępu do takich miejsc. – Podnosi spódnicę i składa ją trzema wprawnymi ruchami. – Serio, powinnaś odejść. Byłoby o wiele lepiej dla Edwarda, gdybyś odeszła. Tak jak pozostałe.

– Jakie pozostałe? O czym ty mówisz?

Mężczyzna posyła mi słodki, niemal dziecięcy uśmiech.

– Och, nic ci nie powiedział? Te, które były przed tobą. Bo widzisz, żadna z nich nie wytrwała. I o to właśnie chodzi.

– Był szalony – opowiadam. – Przerażający. A sposób, w jaki mówił... Zupełnie, jakby cię znał.

Edward wzdycha.

– Bo w pewnym sensie mnie zna. A przynajmniej tak mu się wydaje. Ponieważ zna moje prace.

Siedzimy w sali jadalnej. Edward przyniósł wino, jakieś wyszukane, włoskie. Wciąż jednak jestem nieco roztrzęsiona, a poza tym prawie w ogóle nie piję, odkąd wprowadziłam się do Folgate Street 1.

– Kim on jest?

– W biurze nazywają go moim prześladowcą. – Uśmiecha się. – To oczywiście żart. Prawdę mówiąc, facet jest dość nieszkodliwy. Nazywa się Jorgen coś tam. Zrezygnował ze studiowania architektury z powodu problemów psychicznych i ma lekką obsesję na punkcie moich budynków. To nic wyjątkowego. Barragán, Corbusier, Foster. Wszystkich niepokoili zbzikowani osobnicy, którzy wierzyli, że łączy ich z architektami jakaś specjalna więź.

– Powiadomiłeś policję?

– Po co? – Edward wzrusza ramionami.

– Edwardzie, nie rozumiesz, co to może znaczyć? Czy ktoś sprawdzał, czy ten cały Jorgen nie kręcił się w pobliżu domu, gdy zginęła Emma Matthews?

Edward rzuca mi podejrzliwe spojrzenie.

– A ty ciągle do tego wracasz?

– Przecież to wydarzyło się właśnie tutaj. To chyba oczywiste, że o tym myślę.

– Znów rozmawiałaś z tym jej chłopakiem? – Ton, jakim o to pyta, sugeruje, że nie byłby z tego zadowolony.

Potrząsam przecząco głową.

– Nie wrócił tu więcej.

– To dobrze. I uwierz mi, Jorgen nikogo by nie skrzywdził. – Upija kolejny łyk wina i nachyla się, by mnie pocałować. Wargi ma słodkie i krwistoczerwone.

– Edwardzie... – Odsuwam się od niego.

– Tak?

– Czy ty i Emma byliście kochankami?

– A czy to ma jakieś znaczenie?

– Nie – odpowiadam. Choć oczywiście uważam, że ma.

– Mieliśmy przelotny romans – przyznaje w końcu. – To było na długo przed jej śmiercią.

– Czy to...? – Nie wiem, jak o to zapytać. – Czy to wyglądało tak samo?

Edward podchodzi do mnie bardzo blisko, ujmuje moją głowę w dłonie i mierzy mnie spojrzeniem.

– Posłuchaj mnie, Jane. Emma była fascynującą osobą – mówi łagodnie. – Ale należy już do przeszłości. To, co nas teraz łączy, jest doskonałe. Nie musimy więcej o niej rozmawiać.

Pomimo zapewnień Edwarda wciąż jednak dręczy mnie ciekawość.

Wydaje mi się, że jeśli dowiem się więcej o kobietach, które kochał, zacznę go lepiej rozumieć.

Przekopię się pod murami, które wzniósł wokół siebie. Pokonam ten dziwny, niewidzialny labirynt, którym odgrodził się od świata.

Nazajutrz rano, tuż po jego wyjściu, odnajduję wizytówkę, na którą natrafiłam w śpiworze Emmy. „CAROL YOUNSON. LICENCJONOWANA PSYCHOTERAPEUTKA". Widnieją na niej adres strony internetowej i numer telefonu. Już mam wpisać adres strony na laptopie, gdy przypomina mi się, co powiedział tamten mężczyzna w mojej sypialni. „Nikt, kto mieszka w tym domu, nie powinien się spodziewać poszanowania swojej prywatności. Przecież sama z tego zrezygnowałaś, pamiętasz?"

Biorę telefon i idę w najbardziej oddalony kąt salonu, gdzie odbieram słaby sygnał niezabezpieczonego Wi-Fi sąsiada – wystarczy, żeby połączyć się ze stroną Carol Younson. Kobieta ma dyplom z psychoterapii integratywnej – cokolwiek to jest – i specjalizuje się w poradnictwie dotyczącym stresu pourazowego, ofiar gwałtu oraz osób cierpiących po śmierci kogoś bliskiego.

Wystukuję numer na komórce.

– Halo – mówię, gdy w słuchawce rozlega się kobiecy głos. – Ostatnio straciłam bliską osobę. Czy mogłabym się umówić na wizytę?

6. *Bliska osoba wyznaje ci w zaufaniu, że potrąciła kogoś samochodem, prowadząc pod wpływem alkoholu. W rezultacie zupełnie skończyła z piciem. Czy czujesz, że powinnaś zgłosić to na policję?*

❍ *Tak*
❍ *Nie*

PRZEDTEM: **EMMA**

Obserwowanie Edwarda szykującego się do gotowania jest niczym obserwowanie chirurga przymierzającego się do operacji – wszystko starannie układa, zanim w ogóle zabierze się do działania. Dzisiaj przyniósł dwa homary, jeszcze żywe, a ich wielkie, przypominające rękawice bokserskie szczypce związał plastikowymi opaskami zaciskowymi. Pytam, czy mam mu w czymś pomóc, i dostaję za zadanie zetrzeć daikon, grubą rzodkiew japońską.

Edward jest w radosnym nastroju. Mam nadzieję, że to z mojego powodu, ale potem mówi, że otrzymał dziś dobre nowiny.

– Ta przemowa, którą wygłosiłem podczas odbierania nagrody… Jedna z osób, która ją słyszała, poprosiła nas, byśmy złożyli projekt w pewnym konkursie.

– To coś dużego?

– I to bardzo. Jeśli wygramy, wybudujemy całkiem nowe miasto. Mamy szansę, by zrobić to, o czym opowiadałem, by projektować coś więcej niż tylko budynki. Może nawet nowy rodzaj społeczeństwa.

– Całe miasto utrzymane w tym stylu? – pytam, rozglądając się po surowym, minimalistycznym wnętrzu.

– A czemu nie?

– Po prostu nie chce mi się wierzyć, by większość ludzi chciała żyć w ten sposób.

Nie mówię mu, że gdy tylko ma mnie odwiedzić, gorączkowo biegam po całym domu, upychając brudne ubrania do szaf, zeskrobując resztki jedzenia z talerzy do kosza na śmieci i chowając gazety pod poduszkami na kanapie.

– Stanowisz dowód na to, że to się sprawdza – stwierdza Edward. – Jesteś zwykłą osobą, którą odmieniła architektura.

– To *ty* mnie odmieniłeś – odpowiadam. – Ale przecież nawet ty nie jesteś w stanie uprawiać seksu z całym miastem.

Do homarów Edward przyniósł japońską herbatę. Liście są zawinięte w cienki papier przypominający kształtem origami.

– Pochodzi z regionu Uji – wyjaśnia. – Nazywa się *gyokuro*, co znaczy „jadeitowa rosa".

Próbuję poprawnie wymówić jej nazwę, a Edward kilkakrotnie mnie poprawia, aż w końcu daje sobie spokój z udawanym oburzeniem.

Za to, kiedy wyciągam swój imbryk art déco, jego reakcja jest całkowicie szczera.

– Co to jest, u licha? – Krzywi się z niesmakiem.

– Mój prezent urodzinowy od Simona. Nie podoba ci się?

– Ostatecznie chyba się nada.

Odstawia herbatę, by się zaparzyła, i zabiera się do oporządzenia homarów. Bierze nóż i wsuwa ostrze pod opancerzony hełm skorupiaka. Chwilę później z chrupnięciem przekręca im głowy. Odnóża wciąż jeszcze podrygują, gdy Edward rozcina odwłoki. Mięso wyglądające jak biała delikatna kolumna łatwo wychodzi na zewnątrz. Jeszcze tylko kilka ruchów i udaje mu się usunąć brązową skórę, po czym płucze oba odwłoki pod zimną wodą i tnie je na sashimi. Dip robi z soku z cytryny, sosu sojowego i odrobiny octu ryżowego. Przygotowanie wszystkiego trwa zaledwie kilka minut.

Jemy pałeczkami, a potem od słowa do słowa lądujemy w łóżku. Niemal zawsze dochodzę z nim pierwsza i dzisiejszy wieczór nie należy do wyjątków – nasz seks jest tak starannie zaplanowany, wręcz zaprojektowany, jak wszystko, co robi Edward.

Ciekawe, co by się stało, gdybym sprawiła, żeby stracił panowanie nad sobą, jakie to emocje kryją się za tą sztywną, pełną rezerwy maską. Któregoś dnia się tego dowiem.

Potem, gdy już przysypiam, słyszę, jak szepcze:

– Jesteś teraz moja, Emmo. Wiesz o tym, prawda? Moja.

– Mmmm – mruczę przez sen. – Twoja.

Gdy się budzę, Edwarda nie ma w łóżku. Podchodzę cicho do szczytu schodów i widzę, że jest w sali jadalnej i sprząta.

Głodna ruszam, by do niego dołączyć. Jestem w połowie schodów, gdy Edward podnosi imbryk od Simona i ostrożnie wylewa resztki herbaty do zlewu. Potem rozlega się trzask i imbryk rozbija się na kawałki o podłogę.

Musiał mnie zdradzić jakiś dźwięk, ponieważ Edward podnosi na mnie wzrok.

– Okropnie cię przepraszam, Emmo – mówi spokojnie, unosząc ręce. – Powinienem go najpierw wytrzeć do sucha.

Chcę mu pomóc, ale mnie powstrzymuje.

– Nie bosymi stopami. Jeszcze się skaleczysz. Oczywiście wynagrodzę ci to – dodaje. – Widziałem ładny imbryk Marimekko Hennika. Bauhaus też jest bardzo dobry.

Wbrew jego protestom schodzę do kuchni, kucam i zaczynam zbierać rozbite kawałki.

– Nie trzeba – mówię. – To tylko imbryk.

– Dokładnie – przytakuje. – To tylko imbryk.

A mnie przechodzi dziwny dreszcz zadowolenia na myśl o tym, że należę tylko do niego. „Jesteś moja".

TERAZ: **JANE**

Gabinet Carol Younson znajduje się na cichej, zielonej ulicy w Queen's Park. Gdy terapeutka otwiera drzwi, obdarza mnie dziwnym, wręcz pełnym zdumienia spojrzeniem, po czym szybko odzyskuje równowagę i prowadzi mnie do środka. Wskazując mi miejsce na kanapie, wyjaśnia, że to będzie tylko sesja zapoznawcza, podczas której oceni, czy jest w stanie mi pomóc. Jeśli zdecydujemy się na dalszą współpracę, będziemy się spotykać co tydzień o tej samej porze.

– A więc – mówi terapeutka, gdy mamy za sobą już wstępne ustalenia – co cię sprowadza na terapię, Jane?

– No cóż, kilka rzeczy – odpowiadam. – Przede wszystkim utrata dziecka, o czym już wspominałam przez telefon.

Carol kiwa głową.

– Opowiadanie o swoim cierpieniu po śmierci kogoś bliskiego pomaga nam uporządkować swoje uczucia i rozpocząć proces oddzielania tych, które są nam potrzebne, od tych destrukcyjnych. Coś jeszcze?

– Tak... Wydaje mi się, że mogłaś leczyć kogoś, z kim coś mnie łączy. Chciałabym się dowiedzieć, co ją dręczyło.

Carol Younson stanowczo potrząsa przecząco głową.

– Nie mogę rozmawiać o innych pacjentach.

– W tym przypadku może być inaczej. Ponieważ ta osoba nie żyje. Nazywała się Emma Matthews.

Na pewno się nie mylę: w oczach Carol Younson pojawia się kompletne zaskoczenie. Szybko jednak odzyskuje panowanie nad sobą.

– Wciąż nie mogę powiedzieć ci, o czym rozmawiałyśmy z Emmą. Prawo pacjenta do ochrony prywatności nie ustaje wraz z jego śmiercią.

– Czy to prawda, że trochę przypominam ją z wyglądu?

Carol waha się przez chwilę.

– Tak – kiwa głową. – Zauważyłam to, gdy tylko otworzyłam ci drzwi. Jak rozumiem, jesteś jej krewną, tak? Siostrą? Wybacz.

Kręcę głową.

– Nigdy się nie spotkałyśmy.

Carol wygląda na skonsternowaną.

– W takim razie co cię z nią łączy, jeśli mogę spytać?

– Mieszkam w tym samym domu co ona, w tym samym domu, w którym zginęła. – Teraz to ja waham się przez chwilę. – I jestem związana z tym samym mężczyzną co ona.

– Z Simonem Wakefieldem? – pyta wolno Carol. – Z jej chłopakiem?

– Nie, chociaż poznałam go, gdy przyszedł zostawić bukiet kwiatów. Mam na myśli architekta, który wybudował ten dom.

Carol wpatruje się we mnie.

– Przepraszam, chcę się tylko upewnić, czy wszystko dobrze rozumiem. Mieszkasz przy Folgate Street 1 tak samo jak Emma. I jesteś kochanką Edwarda Monkforda. Tak samo jak Emma.

– Zgadza się.

Edward przedstawiał swój związek z Emmą jako zaledwie przelotny romans, ale nie wspominam o tym.

– W takim razie zdradzę ci, o czym rozmawiałam z Emmą podczas terapii – mówi cicho Carol.

– Pomimo tego, co przed chwilą powiedziałaś? – pytam nieco zaskoczona, że tak łatwo mi poszło.

– Tak. Istnieje bowiem jedna wyjątkowa sytuacja, ze względu na którą możemy złamać obowiązującą nas tajemnicę zawodową. – Carol milczy przez chwilę. – Kiedy nie może to już zaszkodzić naszemu pacjentowi, natomiast może zapobiec krzywdzie, która mogłaby spotkać kogoś innego.

– Nie rozumiem. Jaka krzywda? I kogo miałaby spotkać?

– Mówię o tobie, Jane. Uważam, że może ci grozić niebezpieczeństwo.

PRZEDTEM: **EMMA**

– Deon Nelson okradł mnie ze szczęścia. Zniszczył mi życie i sprawił, że zaczęłam się bać każdego mężczyzny, z jakim przyszło mi się zetknąć. Sprawił, że zaczęłam się wstydzić własnego ciała.

Przerywam i upijam łyk wody ze szklanki. W sali sądowej panuje cisza jak makiem zasiał. Dwoje sędziów, kobieta i mężczyzna, w skupieniu obserwuje mnie ze swoich miejsc. W beżowej, pozbawionej okien sali panuje spory upał, adwokaci pocą się pod perukami.

Ustawiono dwa parawany, żeby nie było mnie widać z ławy oskarżonych. Wyczuwam za nimi obecność Deona Nelsona. Nie czuję jednak strachu. Wręcz przeciwnie. Bo wiem, że ten łajdak trafi do więzienia.

Wcześniej płakałam, ale teraz podnoszę głos.

– Musiałam się wyprowadzić, bo bałam się, że może wrócić. Wciąż nękają mnie wspomnienia tamtej nocy, a zarazem cierpię na utratę pamięci i zaczęłam chodzić do psychoterapeuty. Związek z moim chłopakiem się rozpadł.

Adwokat Nelsona, niska, zadbana kobieta ubrana pod czarną togą w elegancki kostium, podnosi wzrok, jakby nagle tknęła ją jakaś myśl, i coś zapisuje.

– Jak czuję się ze świadomością, że Deon Nelson mógłby wyjść na wolność za kaucją? Czuję się oburzona. Ten człowiek trzymał mi nóż na gardle, okradł mnie i zgwałcił w najbardziej poniżający sposób, jaki tylko można sobie wyobrazić, dlatego wiem, do czego jest zdolny. Myśl, że mógłby wyjść na wolność i jak gdyby nigdy nic spacerować po ulicach, napawa mnie przerażeniem. Przerażałaby mnie sama świadomość, że gdzieś tam jest.

Tę ostatnią uwagę zasugerował mi komisarz Clarke. Adwokat Nelsona mogłaby przekonywać, że jej klient nie ma w ogóle zamiaru się do mnie zbliżać. Ale jeśli będę się czuć zagrożona ze względu na sam fakt, iż przebywa na wolności, istnieje ryzyko, że mogę ze strachu o swoje życie wycofać zeznania i sprawa przeciwko niemu zostanie umorzona. W tym momencie jestem najważniejszą osobą na sali sądowej.

Dwoje sędziów obserwuje mnie w milczeniu. Wśród publiczności również panuje cisza. Zanim zaczęłam mówić, bardzo się denerwowałam, ale teraz czuję się silna i opanowana.

– Deon Nelson nie tylko mnie zgwałcił – kontynuuję. – Skazał mnie także na życie w strachu o to, że wyśle to nagranie do wszystkich ludzi, których znam. Groźby i zastraszanie to jego metody działania. Mam nadzieję, że system sprawiedliwości potraktuje ten wniosek o zwolnienie za kaucją stosownie do okoliczności.

„Brawo", rozlega się cichy głos w mojej głowie.

– Dziękujemy, panno Matthews. Z pewnością weźmiemy pod uwagę pani stanowisko – mówi łagodnym głosem sędzia. – Jeśli pani sobie życzy, może pani pozostać jeszcze na chwilę na miejscu dla świadka. A jeśli poczuje się pani na siłach, będzie mogła pani odejść.

W sali sądowej panuje cisza, gdy tymczasem zbieram swoje rzeczy. Tylko prawniczka Nelsona stoi – czeka, by podejść do stołu sędziowskiego.

TERAZ: **JANE**

– Jakie niebezpieczeństwo masz na myśli? – Uśmiecham się z powodu absurdalności jej słów, ale widzę, że Carol Younson jest śmiertelnie poważna. – Chyba nie ze strony Edwarda?

– Emma powiedziała mi... – Carol urywa i marszczy brwi, jakby złamanie tajemnicy wiele ją kosztowało. – Jako terapeutka przez większość czasu zajmuję się rozpoznawaniem nieświadomych wzorców zachowania. Gdy ktoś mnie pyta: „Dlaczego wszyscy mężczyźni są *tacy*?", zwykle odpowiadam: „Dlaczego wszyscy mężczyźni, których *ty* wybierasz, są tacy?". Freud pisze o czymś, co nazywa przymusem powtarzania. To schemat postępowania, zgodnie z którym ktoś odtwarza raz po raz tę samą seksualną psychodramę, zmieniają się jedynie ludzie wcielający się wciąż w te same niezmienne role. Na podświadomym, a nawet na świadomym poziomie osoby te liczą, że uda im się coś odmienić, naprawić to, co wcześniej zawiodło. Nieuchronnie jednak te same błędy i wady, które wnoszą do związku, niszczą go dokładnie w taki sam sposób, jak zniszczyły poprzedni.

– Co to ma wspólnego ze mną i z Emmą? – pytam, choć powoli zaczynam się domyślać.

– W każdym związku działają dwa przymusy powtarzania: jego i jej. Wzajemne relacje mogą mieć łagodny charakter. Ale mogą też być destrukcyjne, potwornie destrukcyjne. Emma miała niską samoocenę, która jeszcze się obniżyła po tym, jak została napadnięta. Podobnie jak wiele ofiar gwałtu obwiniała o to siebie, oczywiście zupełnie niesłusznie. A w Edwardzie Monkfordzie odnalazła kogoś, kto zaspokoił odczuwane przez nią na pewnym poziomie pragnienie bycia wykorzystywaną.

– Chwileczkę – odzywam się lekko zszokowana. – Edward miałby kogoś wykorzystywać? Poznałaś go?

Carol kręci głową.

– Mówię tylko to, co udało mi się wydobyć od Emmy. Co, swoją drogą, wcale nie było łatwe. Niechętnie się przede mną otwierała. Klasyczny objaw niskiej samooceny.

– To po prostu niemożliwe – stwierdzam stanowczo. – Znam Edwarda. Nigdy nikogo by nie uderzył.

– Wykorzystywanie nie zawsze ma charakter fizyczny – mówi cicho Carol. – Pragnienie absolutnej kontroli nad kimś to również rodzaj złego traktowania.

„Absolutna kontrola". Słysząc te słowa, czuję się, jakby ktoś wymierzył mi policzek. Ponieważ nagle dostrzegam, że w pewnym sensie doskonale pasują do tej sytuacji.

– Zachowanie Edwarda wydawało się Emmie całkiem rozsądne, dopóki się z nim zgadzała, to znaczy dopóki pozwalała mu sprawować nad sobą kontrolę – kontynuuje Carol. – Pojawiały się pewne sygnały ostrzegawcze: dziwna umowa najmu, to, że Edward podejmował za nią nawet najdrobniejsze decyzje albo że odseparował ją od przyjaciół i rodziny. To wszystko zachowania typowe dla narcystycznego socjopaty. Ale prawdziwe problemy zaczęły się wówczas, gdy Emma próbowała z nim zerwać.

Socjopata. Wiem, że profesjonaliści używają tego terminu nie dokładnie tak samo jak reszta ludzi, ale nawet pomimo to nie mogę przestać myśleć o tym, co poprzedni chłopak Emmy – Simon Wakefield, jak nazwała go Carol – powiedział o Edwardzie tamtego dnia pod domem. „Najpierw zatruł jej umysł. A potem ją zabił...”

– Czy to, co opisuję, brzmi dla ciebie znajomo, Jane? – dopytuje Carol.

Wymiguję się od odpowiedzi.

– Co się po tym wszystkim stało z Emmą?

– W końcu, z moją pomocą, uświadomiła sobie, jak destrukcyjny charakter przybrał jej związek z Edwardem Monkfordem. Rozstała się z nim, ale to sprawiło, że zamknęła się w sobie i popadła w depresję, a nawet paranoję. – Carol milknie na chwilę. – I właśnie wtedy zerwała ze mną wszelkie kontakty.

– Sekundę – wtrącam zaskoczona. – W takim razie skąd wiesz, że to on ją zabił?

Carol marszczy brwi.

– Nie powiedziałam, że on ją *zabił*, Jane.

– Och – wzdycham z ulgą. – Więc co masz na myśli?

– Depresja, paranoja, negatywne uczucia i niska samoocena wywołane u niej przez związek z Monkfordem... To według mnie przyczyniło się do jej śmierci.

– Myślisz, że popełniła *samobójstwo*?

– Tak, taka jest moja zawodowa opinia. Uważam, że Emma rzuciła się ze schodów, ponieważ cierpiała na skrajną depresję.

Zastanawiam się nad tym w milczeniu.

– Opowiedz mi o swoim związku z Edwardem – proponuje Carol.

– Cóż, dziwna sprawa. Bo z tego, co opowiadasz, wnioskuję, że między mną a Emmą nie ma zbyt wielu podobieństw. Zaczęło się niedługo po tym, jak się wprowadziłam. Bardzo jasno dał mi do zrozumienia, że mnie pragnie. Ale nie proponował mi konwencjonalnego związku. Powiedział, że...

– Zaczekaj – przerywa mi Carol. – Tylko coś przyniosę.

Wychodzi z gabinetu i po krótkim czasie wraca z czerwonym notatnikiem.

– To moje zapiski z sesji z Emmą – wyjaśnia, kartkując go. – Co mówiłaś?

– Edward powiedział, że istnieje rodzaj czystości...

– W związkach nieskrępowanych konwencjami – kończy za mnie.

– Właśnie tak. – Wpatruję się w nią. – Użył dokładnie takich samych słów. – Najwyraźniej nie mnie pierwszej to mówił.

– Z tego, co opowiadała Emma, Edward jest ekstremalnym, wręcz obsesyjnym perfekcjonistą. Zgodzisz się z tym?

Niechętnie kiwam głową.

– Ale oczywiście nie jesteśmy w stanie udoskonalić naszych poprzednich związków bez względu na to, ile razy próbowalibyśmy je odtworzyć. Każde kolejne niepowodzenie tylko wzmacnia w nas błędne zachowania. Innymi słowy, z czasem schemat zachowania staje się bardziej wyrazisty. A także przesiąknięty coraz większą desperacją.

– Czy człowiek nie może się zmienić?

– Co ciekawe, Emma zadała mi to samo pytanie. – Carol zastanawia się przez chwilę. – Czasami tak. Ale to trudny i bolesny proces, nawet przy wsparciu dobrego terapeuty. Poza tym wiara w to, że akurat nam uda się odmienić naturę drugiego człowieka, jest dość narcystyczna. Jedyną osobą, którą możesz tak naprawdę zmienić, jesteś ty sama.

– Sugerujesz, że grozi mi, iż skończę tak samo jak Emma. Ale przecież z tego, co mówisz, w niczym jej nie przypominam – protestuję.

– Może. Ale mówiłaś mi, że straciłaś dziecko. To znamienne, że obie znajdowałyście się w psychicznym dołku, kiedy poznałyście Monkforda, prawda? Socjopaci często wybierają takie osoby na swoje ofiary.

– Dlaczego Emma przestała się z tobą widywać?

Przez twarz Carol przemyka grymas żalu.

– Nie wiem. Gdyby tylko została na terapii... może nadal by żyła.

– Miała przy sobie twoją wizytówkę – mówię. – Znalazłam jej śpiwór na strychu domu przy Folgate Street 1 razem z puszkami z jedzeniem. Wyglądało to tak, jakby tam spała. Pewnie zamierzała do ciebie zadzwonić.

Powoli kiwa głową.

– Chociaż tyle. Dziękuję ci.

– Ale moim zdaniem nie masz racji co do całej reszty. Jeśli Emma miała depresję, to dlatego, że skończyła romans z Edwardem, a nie dlatego, że ją kontrolował. A jeśli rzeczywiście się zabiła, cóż... to strasznie smutne, ale też trudno go za to winić. Jak sama powiedziałaś, wszyscy musimy brać odpowiedzialność za własne działania.

Carol tylko uśmiecha się smutno i kręci głową. Odnoszę wrażenie, że słyszała już wcześniej coś podobnego, może nawet od Emmy.

Nagle mam dość tego gabinetu, tych wszystkich ozdobnych tkanin, tych poduszek, chusteczek, tych wszystkich gratów i tego całego psychobełkotu. Wstaję.

– Dziękuję ci za spotkanie. Było bardzo interesujące. Nie mam jednak ochoty rozmawiać z tobą o swojej córce. Ani o Edwardzie. Nie przyjdę tu więcej.

PRZEDTEM: **EMMA**

Po wygłoszeniu oświadczenia nie mogę usiąść wśród publiczności. Kręcę się więc pod salą sądową i czekam. Wkrótce komisarz Clarke i sierżant Willan wypadają na zewnątrz z zaniepokojonymi minami. Towarzyszy im prokurator, pan Broome.

– Emmo, chodź z nami – mówi sierżant Willan.

– Dlaczego? Co się dzieje? – pytam, gdy prowadzą mnie w inną część holu.

Oglądam się za siebie na drzwi do sali sądowej, akurat gdy wyłania się z nich obrończyni Nelsona. Razem z nią idzie ciemnoskóry nastolatek w garniturze. Obraca się w moim kierunku i dostrzegam w jego oczach błysk, jakby mnie rozpoznał. Prawniczka coś do niego mówi i chłopak się odwraca.

– Emmo, sąd wyraził zgodę na zwolnienie za kaucją – oznajmia sierżant Willan. – Przykro mi.

– Słucham? – pytam zdumiona. – Ale dlaczego?

– Sędziowie zgodzili się z panią Fields, czyli adwokatem oskarżonego, że są pewne problemy z naszą sprawą.

– Problemy? Co to znaczy?

Z kolejnych drzwi, które prowadzą na galerię dla publiczności, wychodzi Simon. Zmierza prosto w moją stronę.

– Problemy proceduralne – przyznaje ponuro komisarz Clarke. – Dotyczące zasadniczo kwestii identyfikacji.

– Chodzi o to, że nie ma DNA?

– Ani odcisków palców – dodaje prokurator.

Komisarz Clarke nie patrzy na niego.

– W tamtym czasie nie było oczywiście podejrzenia gwałtu. Sprawa została zaklasyfikowana jako zwykłe włamanie. Oficer dyżurny podjął decyzję, by nie szukać odcisków palców.

Clarke wzdycha.

– A potem powinniśmy przeprowadzić okazanie z udziałem Nelsona. Ale gdy powiedziałaś nam, że napastnik miał na głowie kominiarkę, uznaliśmy, że nie ma sensu tego robić. Niestety sprytny prawnik potrafi wykorzystać takie rzeczy, by zasugerować, że policja wyciągnęła pochopne wnioski.

– Ale jeśli to stanowi problem, dlaczego teraz nie można przeprowadzić okazania? – pytam.

Clarke i prokurator wymieniają się spojrzeniami.

– To może być pomocne, w razie gdyby doszło do procesu – stwierdza z namysłem Broome.

– To bardzo ważne, Emmo – mówi Clarke. – Czy podczas dzisiejszego przesłuchania widziałaś w którymś momencie twarz oskarżonego?

Kręcę przecząco głową. Przecież nie mam pewności, że chłopak, którego przed chwilą widziałam, to Nelson. A nawet jeśli, nie rozumiem, dlaczego miałby zostać zwolniony tylko z powodu niekompetencji policji.

– Myślę, że powinniśmy się nad tym zastanowić. – Prokurator kiwa głową.

– Emmo? – Simon rozpaczliwie próbuje się włączyć do rozmowy. – Emmo, wiem, że mówiłaś serio.

– Co takiego?

– Że rozstaliśmy się tylko przez tego gnojka.

– Słucham? Nie. – Zaprzeczam ruchem głowy. – To było jedynie na potrzeby sądu, Si. Ja nie… Nie chcę do ciebie wrócić.

– Emmo… – Za nami rozbrzmiewa spokojny i władczy głos Edwarda.

Odwracam się do niego z wdzięcznością.

– Świetnie się spisałaś. Byłaś znakomita. – Obejmuje mnie ramionami i widzę przerażenie malujące się na twarzy Simona, gdy dociera do niego, co to oznacza.

– Jezu – szepcze. – Jezu, Emmo. Ty chyba nie…

– Chyba nie co, Simon? – rzucam zaczepnie. – Nie mogę decydować o tym, z kim się spotykam?

Dwójka policjantów i prokurator wbijają wzrok w ziemię, nie chcąc się mieszać do naszych prywatnych spraw. Edward jak zwykle przejmuje inicjatywę.

– Chodź ze mną – mówi. Obejmuje mnie ramieniem i prowadzi ze sobą.

Jeszcze raz zerkam za siebie i widzę, jak Simon patrzy za nami, oniemiały z wściekłości i rozpaczy.

TERAZ: **JANE**

W weekend Edward zabiera mnie do British Museum. Pracownik muzeum otwiera dla nas gablotę i zostawia nas samych, abyśmy mogli obejrzeć niewielką prehistoryczną rzeźbę. Upływ czasu odrobinę zatarł jej kształty, lecz pomimo to można rozpoznać parę splecionych w uścisku kochanków.

– Ma jedenaście tysięcy lat, to najstarsze przedstawienie seksu na świecie – wyjaśnia Edward. – Pochodzi z kultury natufijskiej, pierwszego ludu, który tworzył społeczności.

Nie mogę się skoncentrować. Wciąż myślę o tym, że Edward użył w rozmowie ze mną dokładnie tych samych słów co w rozmowie z Emmą. Pozostałymi komentarzami Carol nie muszę się przejmować, zwłaszcza że nigdy nie spotkała Edwarda, ale trudno mi zignorować tak konkretne dowody jak zapiski w jej notatniku.

Ale przecież każdemu z nas zdarza się powtarzać te same dobrze znane zwroty, stosować te same skróty myślowe. Wszyscy opowiadamy te same anegdotki różnym ludziom, a niekiedy nawet tym samym ludziom, często używając identycznych słów. Kto z nas czasami się nie powtarza? Czy „przymus powtarzania" i „odtwarzanie"

nie są tylko wydumanymi określeniami tego, że ludzie są z natury niewolnikami przyzwyczajeń?

Nagle Edward podaje mi rzeźbę do potrzymania i w jednej chwili cała moja uwaga skupia się na niej. Rozmyślam o tym, jakie to niesamowite, że ludzie kochają się ze sobą od tylu tysiącleci, choć w sumie nic dziwnego, że to jeden z nielicznych stałych elementów w dziejach człowieka. Ten sam akt powtarzany przez kolejne pokolenia.

Pytam, czy możemy pójść zobaczyć marmury Elgina, ale Edward nie ma ochoty.

– W salach dostępnych dla publiczności będą tłumy turystów. Poza tym wyznaję zasadę, że podczas wizyty w muzeum należy oglądać tylko jedną rzecz. W przeciwnym razie można sobie przegrzać mózg. – Zaczyna wracać trasą, którą tu przyszliśmy.

Przypominają mi się słowa Carol Younson. „Zachowanie Edwarda wydawało się Emmie całkiem rozsądne, dopóki się z nim zgadzała, to znaczy dopóki pozwalała mu sprawować nad sobą kontrolę...”

Zatrzymuję się w miejscu.

– Edwardzie, naprawdę chciałabym je obejrzeć.

Przygląda mi się zaskoczony.

– Dobrze. Ale nie teraz. Umówię się z dyrektorem w jakimś innym terminie, przyjdziemy tu, gdy muzeum będzie zamknięte...

– Teraz – przerywam mu. – To musi być teraz. – Zdaję sobie sprawę, że zachowuję się nieco dziecinnie.

Pracownik muzeum podnosi wzrok znad swojego biurka i marszczy brwi.

– W porządku. – Edward wzrusza ramionami.

Prowadzi mnie innymi drzwiami do publicznej części muzeum. Zwiedzający gromadzą się wokół eksponatów niczym ryby żerujące na koralowcach. Edward przebija się między nimi, nawet nie rozglądając się na boki.

– Tutaj – mówi.

W tej sali panuje jeszcze większy tłok, kręci się tu mnóstwo rozmawiających po francusku uczniów z notatnikami. Są tam też kulturowi zombie zasłuchani w swoje audioprzewodniki, trzymające się za ręce pary, które snują się po sali bez wyraźnego celu, rodzice z wózkami oraz turyści z plecakami i kijkami do selfie. A poza tymi wszystkimi ludźmi, za metalową barierką, znajduje się cokół z kilkoma uszkodzonymi rzeźbami i słynnym fryzem.

Co za beznadzieja. Próbuję dokładnie przyjrzeć się marmurom, ale próżno szukać tu tej magii, którą czułam, trzymając w dłoniach liczącą ponad dziesięć tysięcy lat rzeźbę.

– Miałeś rację – przyznaję rozczarowana. – To okropne.

Edward się uśmiecha.

– Raczej nie robią zbyt dużego wrażenia. Gdyby nie zamieszanie wokół prawa do ich własności, nikt nie poświęcałby im aż tak dużej uwagi. Nawet Partenon, z którego pochodzą, jest nudny jak flaki z olejem. Został wybudowany jako symbol potęgi imperium starożytnej Grecji. Cóż za ironia historii, że inne chciwe imperium przywłaszczyło sobie fragment tej budowli. Może już pójdziemy?

Wpadamy do biura Edwarda zabrać skórzaną torbę podróżną, a potem jedziemy do sklepu rybnego, w którym zamówił ryby na dzisiejszy obiad. Sprzedawca przeprasza, ponieważ w zamówieniu znajdował się między innymi morszczuk, ale musieli zastąpić go żabnicą.

– Oczywiście cena pozostaje ta sama, choć normalnie za żabnice liczymy więcej.

– Według przepisu powinien być morszczuk – mówi Edward, kręcąc głową.

– Co ja mogę na to poradzić, proszę pana? – Sprzedawca rozkłada ręce. – Jeśli rybacy go nie złowią, my nie możemy go sprzedać.

– Chcesz mi powiedzieć – Edward powoli cedzi słowa – że dziś rano na całym targu Billingsgate nie było ani jednego morszczuka?

– Był, ale za absurdalne pieniądze.

– Więc dlaczego go nie kupiłeś?

Mężczyzna stopniowo przestaje się uśmiechać.

– Ale żabnica jest lepsza, proszę pana.

– Zamawiałem morszczuka – upiera się Edward. – Zawiodłem się na tobie. Nie przyjdę tu więcej. – Odwraca się na pięcie i wychodzi.

Sprzedawca wzrusza ramionami i wraca do filetowania ryby, ale rzuca mi jeszcze zdziwione spojrzenie. Czuję, że płoną mi policzki.

Edward czeka na ulicy.

– Chodźmy – mówi, podnosząc ramię, żeby przywołać taksówkę.

Jedna natychmiast zawraca i zatrzymuje się przy nas. Zauważyłam, że Edward ma niezwykły dar: działa jak magnes na wszystkich taksówkarzy.

Nigdy wcześniej nie widziałam go w takim stanie i nie wiem, kiedy minie mu wściekłość. Jednak już po chwili spokojnie zaczyna rozmawiać o czymś innym, jakby ta kłótnia w ogóle się nie wydarzyła.

Gdyby Carol miała rację i Edward był socjopatą, czy nie powinien teraz raczej pieklić się i wymyślać sprzedawcy? To po prostu kolejny dowód na to, że myliła się co do niego.

Edward zerka w moją stronę.

– Mam wrażenie, że wcale mnie nie słuchasz, Jane. Czy wszystko w porządku?

– Och, przepraszam. Zamyśliłam się. – Nie mogę pozwolić, by komentarze terapeutki mąciły mi w głowie. – Wybierasz się dokądś? – Wskazuję na torbę podróżną.

– Pomyślałem, że może się do ciebie wprowadzę.

Przez chwilę wydaje mi się, że się przesłyszałam.

– Wprowadzisz?

– Oczywiście jeśli mnie przyjmiesz.

– Edwardzie… – Nie mogę nic więcej z siebie wydusić.

– Za wcześnie?

– Nigdy dotąd z nikim nie mieszkałam.

– Bo nigdy nie spotkałaś właściwej osoby. Rozumiem to, Jane, ponieważ uważam, że pod pewnymi względami jesteśmy dość podobni. Jesteś zamknięta w sobie, pełna rezerwy i nieco wycofana. To jedna z wielu rzeczy, które w tobie kocham.

– Naprawdę? – pytam. Choć w rzeczywistości myślę: „Jestem wycofana? I czy Edward rzeczywiście użył słowa »kocham«?".

– Nie widzisz tego? Jesteśmy dla siebie stworzeni. – Dotyka mojej dłoni. – Uszczęśliwiasz mnie. I myślę, że ja ciebie też potrafię uszczęśliwić.

– Jestem szczęśliwa – odpowiadam. – Edwardzie, ty już mnie uszczęśliwiłeś. – I uśmiecham się do niego, ponieważ to prawda.

PRZEDTEM: **EMMA**

Następnym razem Edward przynosi ze sobą skórzaną torbę podróżną i ryby na obiad.

– Sekret tkwi w sosie prowansalskim – wyjaśnia, wykładając wszystkie składniki na ladę. – Tak wielu ludzi skąpi na szafranie.

Nie mam bladego pojęcia, czym są sos prowansalski i szafran.

– Wyjeżdżasz dokądś? – pytam, patrząc na torbę.

– W pewnym sensie. Lub raczej już przyjechałem. Oczywiście jeśli mnie przyjmiesz.

– Chcesz zostawić tutaj trochę swoich rzeczy? – pytam zdziwiona.

– Nie – odpowiada rozbawiony. – To wszystko, co mam.

Torba jest piękna tak jak wszystko, co ma Edward, jej skóra wydaje się tak miękka i błyszcząca jak końskie siodło. Pod rączką znajduję dyskretnie umieszczone logo z wytłoczonym napisem: „SWAINE ADENEY, PRODUCENT I DOSTAWCA BAGAŻY DLA KRÓLEWSKIEGO DWORU". Otwieram ją. W środku wszystko jest idealnie uporządkowane niczym w silniku samochodu. Wyciągam po kolei całą zawartość i opisuję każdą rzecz z osobna.

– Pół tuzina koszul Commes des Garçons, wszystkie białe, idealnie wyprasowane i złożone. Dwa jedwabne krawaty z Maison Charvet. MacBook Air. Oprawiony w skórę notatnik Fiorentina. Stalowy ołówek automatyczny. Aparat cyfrowy Hasselblad. Zwinięty bawełniany futerał zawierający, zobaczmy, trzy japońskie noże.

– Nie dotykaj ich – ostrzega mnie Edward. – Są ostre jak brzytwa.

Zawijam noże z powrotem i odkładam je na bok.

– Kosmetyczka. Dwa czarne kaszmirowe pulowery. Dwie pary czarnych spodni. Osiem par czarnych skarpet. Osiem par czarnych bokserek. To naprawdę wszystko?

– Cóż, mam jeszcze kilka rzeczy w biurze. Garnitur i takie tam.

– Jak sobie radzisz, mając tak niewiele rzeczy?

– A czego jeszcze mi trzeba? Poza tym nie odpowiedziałaś na moje pytanie, Emmo.

– To wszystko dzieje się tak nagle – mówię, choć w środku niemal podskakuję z radości.

– Możesz mnie wyrzucić w każdej chwili.

– Dlaczego miałabym cię wyrzucać? Prędzej to ty zmęczysz się mną.

– Nigdy się tobą nie zmęczę, Emmo – oznajmia poważnie. – Myślę, że w tobie znalazłem wreszcie kobietę idealną.

– Ale dlaczego ja? – pytam zdziwiona.

Nie mogę tego zrozumieć. Przecież dopiero co łączył nas tylko nieskrępowany romans, czy jak on to nazwał.

– Ponieważ nigdy nie zadajesz pytań – odpowiada Edward i odwraca się z powrotem do ryb. – Podaj mi te noże, proszę.

– Edwardzie!

Wzdycha teatralnie.

– No dobrze. Ponieważ jest w tobie coś, jakaś energia, radość życia, która sprawia, że ja też czuję się pełen życia. Ponieważ jesteś spontaniczna i impulsywna, a ja nie potrafię taki być. Ponieważ jesteś całkiem inna od wszystkich kobiet, jakie kiedykolwiek znałem. Ponieważ rozbudziłaś we mnie na nowo pragnienie życia. Ponieważ jesteś wszystkim, czego potrzebuję. Czy takie wytłumaczenie ci wystarczy?

– Na razie – odpowiadam, nie mogąc opanować uśmiechu cisnącego mi się na usta.

7. *Przyjaciółka pokazuje ci namalowany przez siebie obraz. Jest z niego wyraźnie dumna, ale obraz nie jest dobry. W tej sytuacji:*

- ❍ *dzielisz się z nią szczerą krytyczną opinią*
- ❍ *sugerujesz drobną poprawkę, by się przekonać, czy się na nią zgodzi*
- ❍ *zmieniasz temat*
- ❍ *wydajesz z siebie ogólnikowe, entuzjastyczne odgłosy*
- ❍ *mówisz, że jesteś zachwycona*

TERAZ: **JANE**

– Odnoszę wrażenie, że tak naprawdę pragniesz przeprosin – mówi mediatorka, kobieta w średnim wieku, ubrana w szary wełniany kardigan i odznaczająca się pełnym życzliwości sposobem bycia. – Zgadza się, Jane? Czy przyznanie się przez kierownictwo szpitala do tego wszystkiego, przez co przeszłaś, pomoże ci osiągnąć ukojenie w związku z utratą dziecka?

Po przeciwnej stronie stołu siedzi mizernie wyglądający doktor Gifford, któremu towarzyszą dyrektor szpitala i prawnik. Linda, mediatorka, zajęła miejsce u szczytu stołu, jakby dla zaakcentowania swojej bezstronności. U mojego boku siedzi Tessa.

Z trudem udaje mi się wychwycić, że w zaledwie jednym zdaniu Linda zamieniła propozycję przeprosin na formalne przyznanie ze strony szpitala, że spotkało mnie nieszczęście. To zupełnie jak te sprytne przeprosiny polityków, kiedy mówią, że jest im przykro, o ile ktoś poczuł się urażony.

Tessa kładzie dłoń na moim ramieniu, chcąc dać mi do zrozumienia, że ona się tym zajmie.

– P r z y z n a n i e s i ę ze strony szpitala – oznajmia, podkreślając każde słowo – że dopuszczono się błędów, których można było uniknąć, a które w rezultacie przyczyniły się do śmierci Isabel, będzie oczywiście mile widziane. Jako pierwszy krok.

Linda wzdycha, ale nie jestem pewna, czy ze względu na zawodową empatię, czy dlatego, że właśnie dotarło do niej, że trafiła jej się niełatwa sprawa.

– Popraw mnie, Derek, jeśli się mylę: stanowisko dyrekcji szpitala jest takie, że o wiele bardziej wolałaby wydawać cenne środki publiczne na leczenie pacjentów niż na procesy sądowe i honoraria dla prawników. – Linda odwraca się do dyrektora, który kiwa głową.

– Cóż, zgoda – przyznaje jej rację Tessa. – Zacznijmy jednak od tego, że gdybyście wykonywali USG dopplerowskie każdej kobiecie w ciąży, nie siedzielibyśmy dziś tutaj. Zamiast tego ktoś spojrzał na cyferki i obliczył, że taniej wyjdzie wynająć prawników i wypłacić odszkodowania w niewielkiej, lecz statystycznie istotnej liczbie przypadków, kiedy to badanie mogłoby coś zmienić. I ta sytuacja będzie trwać nadal, dopóki takie organizacje jak Still Hope nie sprawią, że ta bezduszna, nieludzka praktyka stanie się tak droga i czasochłonna, że cyferki w końcu przestaną wam się zgadzać.

Pierwsza runda dla Tessy.

– Jeśli będziemy zmuszeni zawiesić doktora Gifforda – odzywa się dyrektor szpitala – a taka konieczność nastąpi, jeżeli ta sytuacja zostanie oficjalnie uznana za błąd w sztuce lekarskiej, trzeba będzie znaleźć zastępstwo na jego miejsce i w rezultacie kolejne pacjentki stracą dostęp do opieki doświadczonego, szanowanego specjalisty.

Powoli i z trudem zaznajamiam się z tym medycznym żargonem. Błąd w sztuce lekarskiej. Okresowa auskultacja. Monitorowanie KTG. Partogram. Różnice w liczebności personelu między porodówką, na której wylądowałam, a wymaganą liczbą zatrudnionych na tego rodzaju oddziale położniczym.

Spotkanie zostało zaaranżowane przez władze szpitala zaraz po tym, jak Tessa złożyła oficjalną prośbę o udostępnienie wyników moich badań. Najwyraźniej chcieli się przekonać, czy ich suchy, mający mnie uspokoić list odniósł skutek. Już sama świadomość, że próbowali mnie spławić i gdyby nie Tessa, pewnie by im się to udało, wywołuje u mnie podobną wściekłość, jak utrata Isabel.

– Rzecz w tym – tłumaczyła mi Tessa w drodze na spotkanie – że jeśli dojdzie do wypłaty odszkodowania, ta sprawa może się okazać dla szpitala bardzo kosztowna.

– Dlaczego? – Wiem, ile wynoszą wypłaty w przypadku zawinionej śmierci noworodków: są śmiesznie małe.

– Samo odszkodowanie za śmierć dziecka nie musi być wysokie, ale do tego dochodzi jeszcze utrata zarobków. Miałaś przecież dobrze płatną pracę. Gdyby Isabel nie umarła, poszłabyś najpierw na urlop macierzyński, a potem byś do niej wróciła, prawda?

– Chyba tak. Ale...

– A teraz pracujesz za minimalne wynagrodzenie dla organizacji charytatywnej. Jeśli więc dodamy do tego jeszcze pensję, którą straciłaś, wyjdzie pokaźna suma.

– Ale to był mój wybór.

– Nie dokonałabyś jednak takiego wyboru, gdyby nie zmusiły cię do tego okoliczności. Nie traktuj władz szpitala ulgowo, Jane. Im więcej będziesz ich kosztować, tym większa szansa na to, że zmienią panujące u nich procedury.

Tessa jest wspaniała. Dziwne, wydaje ci się, że kogoś znasz, a tymczasem zupełnie nic o nim nie wiesz. W biurze Still Hope, gdy dzieliłyśmy biurko, widziałam w niej zabawną, pełną życia kobietę, która lubi się śmiać i ma słabość do biurowych plotek. Ale tutaj, w tej ponurej sali zebrań, widzę zaprawioną w bojach wojowniczkę z łatwością parującą ciosy dyrektora szpitala.

– Brzmi to tak – mówi teraz Tessa – jakbyście próbowali szantażować moralnie pannę Cavendish, mówiąc jej, że jeśli zechce dochodzić swoich praw, będą umierać kolejne dzieci. Oczywiście należy się z tym liczyć. Ale o wiele bardziej odpowiedzialne byłoby po prostu zwiększenie liczby personelu, a nie redukowanie go, przynajmniej do czasu zakończenia postępowania wyjaśniającego.

Przedstawiciele szpitala przyglądają się nam z kamiennymi twarzami.

W końcu odzywa się doktor Gifford:

– Panno Cavendish... Jane. Po pierwsze chcę powiedzieć, że jest mi naprawdę przykro z powodu twojej straty. A po drugie pragnę przeprosić za popełnione błędy. Nie zainterweniowaliśmy w porę. Trudno powiedzieć, czy Isabel żyłaby dzisiaj, gdybyśmy wcześniej wykryli problemy. Ale z pewnością miałaby na to większe szanse. – Przemawia, starannie dobierając słowa, ze wzrokiem wbitym w blat stołu, nagle jednak podnosi głowę i napotyka moje spojrzenie. Oczy ma przekrwione ze zmęczenia. – Byłem wtedy lekarzem dyżurnym i biorę na siebie pełną odpowiedzialność za to, co się stało.

Zapada długie milczenie. Derek, dyrektor szpitala, wykrzywia twarz w grymasie i wyrzuca ręce do góry, jakby chciał powiedzieć: „Teraz to mamy przesrane". Linda odzywa się ostrożnie:

– Cóż, chyba wszyscy potrzebujemy trochę czasu, żeby przemyśleć to oświadczenie. Podobnie jak wszystkie inne pozytywne wnioski, do których udało nam się dzisiaj dojść.

– To było okropne – relacjonuję potem Edwardowi. – Ale nie w takim sensie, w jakim się tego spodziewałam. Nagle zdałam sobie sprawę, że jeśli zdecyduję się na proces, zniszczę temu lekarzowi karierę. Podczas gdy to, co się stało, nie było ani trochę jego winą. Uważam, że jest naprawdę miłym człowiekiem.

– Może gdyby nie był taki miły, a jego personel bardziej by się go bał, położna dokładniej sprawdziłaby wyniki tego badania.

– Chyba nie sądzisz, że zniszczę go za to, że jest miłym szefem.

– Dlaczego nie? Jeśli jest miernotą, w pełni na to zasługuje.

Oczywiście wiem, że tworzenie tak perfekcyjnych budynków jak te, które wznosi Edward, wymaga pewnej dozy bezwzględności. Opowiadał mi, jak kiedyś przez sześć miesięcy toczył boje z miejskim urzędem architektonicznym, ponieważ nie chciał umieścić czujnika dymu na suficie w kuchni. Jeden z urzędników przeżył załamanie nerwowe, ale Edward dopiął swego i na suficie nie było czujnika. Chyba jednak nigdy nie lubiłam poświęcać zbyt dużej uwagi tej stronie jego osobowości.

Mimo woli słyszę w głowie głos Carol Younson: „zachowania typowe dla narcystycznego socjopaty”...

– Opowiedz mi o Tessie – prosi Edward, nalewając sobie wina.

Zwróciłam uwagę, że nigdy nie nalewa więcej niż pół kieliszka. Pyta, czy też mam ochotę na odrobinę, ale potrząsam przecząco głową.

– Sprawia wrażenie mocno zaangażowanej – stwierdza, gdy kończę swoją charakterystykę Tessy.

– To prawda. Nie pozwala sobie wciskać żadnego kitu. Ale ma też poczucie humoru.

– A co ona myśli o tym twoim doktorze Giffordzie?

– Uważa, że jego wystąpienie zostało wcześniej przygotowane – przyznaję.

„Na tym polega różnica między jednostkowym obowiązkiem a instytucjonalną odpowiedzialnością, Jane – przekonywała mnie po spotkaniu, gdy siedziałyśmy w Starbucksie przy latte i herbatnikach. – Pomiędzy pomyłką jednego lekarza a niedomaganiami całej organizacji. Zrobią wszystko, co tylko w ich mocy, by nie mieszać do tego kierownictwa szpitala".

– A więc teraz musisz zdecydować, czy chcesz, żeby twoja nieżywa córka stała się częścią osobistej krucjaty tej kobiety – mówi w zamyśleniu Edward.

Patrzę na niego zaskoczona.

– Myślisz, że powinnam odpuścić?

– No cóż, oczywiście decyzja należy do ciebie. Ale twoja przyjaciółka wydaje się zdeterminowana, by prowadzić tę walkę za wszelką cenę.

Zastanawiam się nad jego słowami. To prawda, Tessa i ja się zaprzyjaźniłyśmy. Lubię jej towarzystwo, ale przede wszystkim podziwiam jej twardy charakter. Chciałabym, żeby ona też mnie lubiła, ale jeśli wycofam się z tej sprawy, mogę stracić jej sympatię.

„Odseparowanie Emmy od jej przyjaciół i rodziny..."

– Chyba nie masz nic przeciwko temu, co? – pytam.

– Skądże znowu – odpowiada swobodnie Edward. – Chcę tylko, abyś była szczęśliwa, to wszystko. A tak przy okazji, zamierzam wymienić tę kanapę.

– Czemu?

Kanapa jest piękna: długa, niska, szeroka, z ciemnokremowym obiciem.

– Odkąd tu mieszkam, dostrzegam, że kilka rzeczy można by poprawić, to wszystko. Na przykład sztućce. Nie wiem, co mi strzeliło do głowy, żeby wybrać Jeana Nouvela. Poza tym uważam, że kanapa nas rozleniwia. Naprawdę dwa fotele byłyby znacznie lepsze. Może LC3 Le Corbusiera. Albo krzesło duch Phillippe'a Starcka. Zastanowię się jeszcze nad tym.

Choć od wprowadzenia się Edwarda nie minęło dużo czasu, zdążyłam już odczuć pewną zmianę, nie tyle jednak w relacjach między nami dwojgiem, ile w moich relacjach z samym domem. Towarzyszące mi wcześniej wrażenie, że występuję przed jakąś niewidzialną publicznością, zostało zastąpione świadomością czyjejś nieustannej obecności oraz surowego spojrzenia Edwarda. Jakbyśmy razem z Folgate Street 1 tworzyli dwie nierozerwalne części jakiegoś przedstawienia. Odkąd wiem, że podlegam ciągłej ocenie Edwarda, moje życie stało się bardziej przemyślane, w pewnym sensie p i ę k n i e j s z e. Ale właśnie z tego samego powodu z coraz większym trudem przychodzi mi uczestniczyć w życiu rozgrywającym się poza murami domu, w świecie, w którym królują brzydota i chaos. Skoro wybór sztućców okazuje się tak trudny, jak zdołam kiedykolwiek zdecydować, czy wytoczyć proces szpitalowi?

– Coś jeszcze? – pytam.

Edward myśli.

– Powinniśmy też wykazać się większą dyscypliną przy odkładaniu naszych przyborów toaletowych. Dziś rano na przykład zauważyłem, że zostawiłaś pod prysznicem szampon.

– Wiem. Zapomniałam go schować.

– Nie musisz się zadręczać z tego powodu. Życie w taki sposób wymaga sporej dyscypliny. Ale chyba sama już odkryłaś, że jest to warte wysiłku.

PRZEDTEM: **EMMA**

Bardzo się bałam tej konfrontacji. Wyobrażałam sobie, że będę szła powoli wzdłuż szeregu mężczyzn stojących w ciasnym, jasno oświetlonym pomieszczeniu, zupełnie jak na filmach, i nagle staję oko w oko z Deonem Nelsonem. Ale w dzisiejszych czasach wygląda to oczywiście zupełnie inaczej.

– To jest VIPER – informuje mnie komisarz Clarke, stawiając dwa kubki z kawą obok swojego laptopa. – To skrót od wideoidentyfikacji podejrzanego, choć moim zdaniem ktoś w Ministerstwie Spraw Wewnętrznych uznał po prostu, że dzięki takiej chwytliwej nazwie program szybciej się przyjmie. Zasadniczo polega to na tym, że nagrywamy podejrzanego, po czym system za pomocą programu do wyszukiwania twarzy wynajduje w swoich zbiorach osiem podobnie wyglądających osób. Kiedyś trzeba było całych tygodni, aby ustawić okazanie z kilkoma osobami. Zaczynajmy, dobrze?

Clarke wyjmuje dokumenty z koszulki foliowej.

– Jednak zanim zaczniemy – dodaje przepraszającym tonem – musisz podpisać oświadczenie, że wcześniej widziałaś podejrzanego tylko w czasie rzekomo popełnionego przez niego przestępstwa.

– Oczywiście – odpowiadam beztrosko. – Mogę prosić o długopis?

– Sęk w tym, Emmo – komisarz wygląda na lekko zakłopotanego – że powinnaś być absolutnie pewna, że nie zauważyłaś go w trakcie przesłuchania w sądzie.

– Nic mi o tym nie wiadomo – odpowiadam, tłukąc się w myślach po głowie. Jeśli bowiem zapamiętałam Nelsona z nocy włamania na tyle dobrze, żeby go zidentyfikować, powinnam rozpoznać go również w każdej innej sytuacji. Jednak komisarz Clarke najwyraźniej nie dostrzega tej nielogiczności.

– Oczywiście ja ci całkowicie wierzę. Powinnaś jednak wiedzieć, ponieważ to może wyjść podczas procesu, że podejrzany utrzymuje, iż wymieniliście się spojrzeniami na korytarzu przed salą sądową.

– To nonsens – zapewniam Clarke'a.

– Co więcej, jego adwokat twierdzi, że to zauważyła. Mówi, że podniosła głowę i zobaczyła, jak przechodzisz w odległości pięciu metrów od jej klienta.

– Nie wydaje mi się – odpowiadam, marszcząc brwi.

– Tak. Niestety to na tyle wzburzyło prawniczkę Nelsona, że złożyła oficjalną skargę z wnioskiem, by podczas procesu zbadać prawdomówność świadka.

– Prawdomówność świadka? – powtarzam. – To znaczy czy mówię prawdę?

– Tego się obawiam. Spróbuje to zestawić z twoimi zeznaniami o utracie pamięci. Będę z tobą szczery, Emmo. Nie jest to najprzyjemniejsze doświadczenie, gdy jakiś szczwany adwokat próbuje znaleźć luki w twoich zeznaniach. Ale na tym polega jej praca. A przezorny zawsze ubezpieczony, prawda? Trzymaj się dokładnie tego, co się wydarzyło tamtej nocy, a wszystko będzie dobrze.

Podpisuję dokumenty, identyfikuję Nelsona i wracam do domu, gotując się w środku z gniewu. A więc teraz zostanę zaatakowana w sądzie przez prawniczkę zamierzającą podważyć moją wersję wydarzeń. Ogarnia mnie okropne przeczucie, że próbując naprawić zaniedbania policji, tylko pogorszyłam sprawę.

Jestem tak pogrążona w myślach, że początkowo nawet nie zauważam dzieciaka na bmx-ie, który zwalnia i się ze mną zrównuje. Gdy w końcu zwracam na niego uwagę, widzę, że chłopak ma około czternastu–piętnastu lat. Instynktownie odsuwam się od niego i idę jak najbliżej muru.

Chłopak bez większego wysiłku pokonuje rowerem krawężnik i wjeżdża na chodnik. Próbuję zawrócić, ale jest już za mną i odcina mi drogę. Nachyla się do przodu. Czekam w napięciu, że zaraz spadnie na mnie cios, ale chłopak tylko rzuca warkliwie:

– Hej. Ty kłamliwa suko. To wiadomość, cipo. Sama wiesz od kogo.

Zupełnie swobodnie zjeżdża z krawężnika i zawraca. Ale wcześniej pokazuje mi gest przypominający dźgnięcie nożem.

– Suka! – krzyczy raz jeszcze.

Edward znajduje mnie, jak siedzę skulona w sypialni i szlocham. Bez słowa obejmuje mnie ramionami, aż przestaję dygotać i uspokajam się na tyle, by opowiedzieć mu, co się stało.

– Pewnie próbował cię po prostu przestraszyć – mówi w końcu. – Powiadomiłaś policję?

Przytakuję ze łzami w oczach. Zaraz po powrocie do domu zadzwoniłam do Clarke'a i opowiedziałam mu wszystko oprócz tego, że zostałam nazwana kłamliwą suką. Komisarz powiedział, że pokaże mi zdjęcia wspólników

Nelsona, ale niemal na pewno użyli kogoś jeszcze nieznanego policji.

– Tymczasem, Emmo – dodał komisarz – zanotuj sobie mój prywatny numer. Pisz do mnie, jeśli znów poczujesz się zagrożona. Wtedy natychmiast kogoś do ciebie wyślemy.

Edward słucha uważnie, gdy to wszystko relacjonuję.

– A więc policja uważa, że to była tylko próba zastraszenia? Czyli że to się skończy, jeśli wycofasz swoje zeznania?

Wpatruję się w niego.

– Chcesz powiedzieć... jeśli pozwolę, żeby Nelsonowi uszło to na sucho?

– Wcale nie sugeruję, że właśnie tak powinnaś zrobić. Ale to jedna z możliwości. Jeśli chcesz się uwolnić od całego tego stresu. Mogłabyś zostawić to wszystko za sobą i już nigdy więcej nie myśleć o Deonie Nelsonie. – Edward czule głaszcze moje włosy i zakłada mi za ucho zbłąkany kosmyk. – Przygotuję dla nas coś do jedzenia – proponuje.

TERAZ: **JANE**

Siedzę całkowicie nieruchomo, zwrócona w kierunku okna, tak aby na moje ciało padało światło.

W panującej ciszy słychać jedynie delikatne skrzypienie ołówka. Edward rysuje mnie w oprawionym w skórę notatniku, który zawsze nosi przy sobie razem z ciężkim niczym pocisk stalowym ołówkiem automatycznym marki Rotring. Rysowanie pomaga mu się odprężyć. Czasami pokazuje mi swoje rysunki. Częściej jednak wyrywa kartkę z westchnieniem i wyrzuca ją do kosza wbudowanego w kuchenną ladę.

– A z tym co było nie tak? – zapytałam go pewnego razu.

– Nic. Wyrzucanie rzeczy, które nie są nam koniecznie potrzebne, to dobra nauka samodyscypliny. A jakikolwiek obraz wystawiony na widok publiczny staje się w ciągu kilku minut niewidoczny dla oka.

Niegdyś taka uwaga wydałaby mi się dziwna, a nawet nieco komiczna. Ale zaczynam coraz lepiej go rozumieć. I do pewnego stopnia się z nim zgadzam. Wiele rzeczy w moim obecnym stylu życia, które kiedyś jawiły mi się jako uciążliwe, teraz weszły mi w nawyk. Gdy wchodzę do wąskiego korytarza Folgate Street 1, bez chwili zastanowienia ściągam buty. Ustawiłam przyprawy w porządku alfabetycznym, tak jak on lubi, i każdą z nich bez większego trudu odkładam zawsze na właściwe miejsce. Swoje koszule i spodnie składam dokładnie według metody pewnego japońskiego guru, który poświęcił temu tematowi kilka książek. Wiedząc, że Edward nie będzie mógł zasnąć, gdy skorzystam po nim z łazienki – mogłabym bowiem zostawić jakiś ręcznik na podłodze – rozkładam ręczniki po każdym prysznicu, a potem wracam je schować, gdy już wyschną. Kubki i talerze myję, suszę i odkładam do szafki w ciągu kilku minut od ich użycia. Wszystko ma wyznaczone miejsce, a jeśli dla jakiejś rzeczy nie można znaleźć miejsca, oznacza to, że jest ona zbędna i należy się jej pozbyć. Nasze wspólne życie z Edwardem nabrało wydajnego, spokojnego charakteru, przeistoczyło się w serię cichych domowych rytuałów, niosących nam obojgu ukojenie.

Edward też zgadza się na pewne kompromisy. W domu nie ma wprawdzie półek na książki, ale toleruje on stosik książek przy łóżku, o ile tylko ich krawędzie są idealnie równo ułożone, a cała konstrukcja jest prosta. Dopiero gdy kupka zaczyna się lekko przechylać, Edward robi nachmurzoną minę.

– Za dużo?

– Tak, może odrobinę.

Wciąż nie mogę się zmusić do wyrzucania książek, nawet na makulaturę, więc sklep charytatywny przy High Street w Hendon jest mi niezmiernie wdzięczny za to, że oddaję im je w niemal nienaruszonym stanie.

Edward rzadko czyta dla przyjemności. Kiedyś zapytałam go o to i odpowiedział mi, że nie lubi, gdy druk na dwóch sąsiadujących stronach nie układa się symetrycznie.

– To żart? Nigdy nie wiem, kiedy żartujesz.

– Powiedzmy, że to żart w dziesięciu procentach.

Czasami mówi podczas rysowania albo raczej myśli na głos, a chwile te należą do najcenniejszych w naszym wspólnym życiu. Nie lubi być wypytywany o przeszłość, ale też nie unika tego tematu, gdy już wypłynie w rozmowie. Jego matka była zdezorganizowana, chaotyczna, balansowała na granicy uzależnienia od alkoholu czy leków na receptę i pewnie jakieś inne dziecko na miejscu Edwarda mogłoby wyrosnąć na kompletnie normalną osobę, jednak rodzaj cechującej go wrażliwości albo przekory sprawił, że podążył inną drogą. W ramach rewanżu opowiadam mu o swoich rodzicach, o wysokich wymaganiach, jakie mi nieustannie stawiali, o wiecznie ze mnie niezadowolonym ojcu, który ciągle pouczał mnie w wysyłanych z biura e-mailach, bym bardziej się starała, mocniej się przykładała, zdobywała więcej nagród – ta wyuczona sumienność i pracowitość pozostały mi na całe życie. Dochodzimy z Edwardem do wniosku, że uzupełniamy się pod względem charakteru: żadne z nas nie wybrałoby na partnera kogoś, kogo zadowala rola przeciętniaka.

Wreszcie Edward kończy rysunek, przygląda mu się przez chwilę, po czym przewraca kartkę, nie wyrywając poprzedniej.

– Tym razem zatrzymasz mnie na dłużej?

– Na jakiś czas.

– Edwardzie… – mówię.

– Jane?

– Czułam się odrobinę zakłopotana pewnymi rzeczami, które robiliśmy wczoraj w łóżku.

Edward zabiera się do nowego rysunku, spod zmrużonych powiek patrzy ponad czubkiem ołówka na moje nogi.

– Wczoraj sprawiałaś wrażenie, że ci się podobają – odzywa się w końcu.

– Może wtedy, w porywie chwili, tak było. Ale potem... Po prostu nie chcę, żeby tego typu rzeczy weszły na stałe do naszego związku, to wszystko.

Edward zaczyna szkicować, ołówek swobodnie sunie po kartce.

– Czemu masz odmawiać sobie czegoś, co sprawia ci przyjemność?

– Można czegoś nie lubić, nawet kiedy sprawia nam to chwilową rozkosz. Jeśli na przykład uważamy, że to nie w porządku. Zwłaszcza ty, jak nikt inny, powinieneś to rozumieć.

Delikatne ruchy ołówka nie ustają ani na moment, jakby to była igła sejsmografu w spokojny, pozbawiony wstrząsów dzień.

– Co konkretnie masz na myśli, Jane?

– Chodzi mi o te brutalne rzeczy.

– Słucham cię.

– Zasadniczo o to wszystko, co pozostawia sińce. Używanie siły, krępowanie, znaki na skórze, ciągnięcie za włosy, takie sprawy. A skoro jesteśmy już przy tym temacie, powinieneś również wiedzieć, że nie przepadam za smakiem spermy, a anal w ogóle nie wchodzi w grę.

Ołówek się zatrzymuje.

– Sporządzasz dla mnie listę reguł?

– Tak, chyba tak. A w każdym razie granic. Oczywiście to działa w obydwie strony – dodaję. – Jeśli chcesz mi coś powiedzieć, to wal śmiało.

– Tylko to, że jesteś naprawdę wyjątkową kobietą. – Edward wraca do rysunku. – Nawet jeśli jedno z twoich uszu jest nieco większe.

– A ona się na to zgadzała?

– Kto?

– Emma. – Mam świadomość, że to grząski teren, ale nie mogę się powstrzymać.

– Czy się na to „zgadzała”...? Interesujące określenie. Tak czy inaczej, wiesz, że nigdy nie rozmawiam o swoich byłych.

– Uznam to więc za „tak”.

– Myśl sobie, co chcesz. Pod warunkiem że przestaniesz wreszcie tupać tą nogą.

Na studiach z historii sztuki mieliśmy zajęcia dotyczące palimpsestów. Były to średniowieczne zwoje pergaminu, tak kosztowne, że kiedy znajdujący się na nich tekst stawał się już niepotrzebny, po prostu go usuwano, a pergamin wykorzystywano ponownie, jednak stare pismo wciąż przebijało spod nowego tekstu. Artyści renesansowi używali określenia *pentimento*, czyli „żal” lub „skrucha”, do opisu błędów lub poprawek, które zostały pokryte nową warstwą farby, a które po latach lub nawet stuleciach znów zaczynają się wyłaniać, w związku z czym na obrazie widać jednocześnie jego starą i nową wersję.

Niekiedy odnoszę wrażenie, że ten dom – nasz wspólny związek w nim i z nim – przypomina odrobinę palimpsest albo *pentimento* i że bez względu na to, jak bardzo będziemy się starali zamalować portret Emmy Matthews, ona wciąż po cichu będzie wracać i majaczyć gdzieś na skraju obrazu wraz ze swym enigmatycznym uśmiechem i mglistym kształtem.

PRZEDTEM: **EMMA**

O mój Boże.

Kamienna podłoga jest zasłana kawałkami potłuczonego szkła. Moje ubranie jest podarte. Skopana z łóżka pościel leży wciśnięta w kąt. Na udzie mam roztartą smugę krwi, nawet nie wiem skąd. W rogu pokoju leży rozbita butelka i resztki rozdeptanego jedzenia.

Bolą mnie części ciała, o których nawet nie chcę myśleć.

Przyglądamy się sobie jak dwoje ludzi ocalałych z trzęsienia ziemi albo jakiejś eksplozji. Jakbyśmy dopiero co odzyskali przytomność.

Jego oczy taksują moją twarz. Wygląda na przerażonego.

– Emmo, ja… – Głos mu się łamie. – Straciłem nad sobą kontrolę – mówi cicho.

– Już dobrze. Już dobrze. – Powtarzam raz po raz, tak jak się uspokaja spłoszonego konia.

Wyczerpani padamy sobie w ramiona, jakby łóżko było tratwą, a my schroniliśmy się na niej, uciekając z tonącego statku.

– Nie tylko ty straciłeś nad sobą kontrolę – dodaję.

Do tego wszystkiego doprowadził zwykły drobiazg. Odkąd Edward tu zamieszkał, staram się utrzymywać w domu porządek, ale czasami oznacza to, że upycham różne rzeczy po szafkach na kilka minut przed jego powrotem. Dzisiaj Edward wysunął szufladę i znalazł w niej stertę brudnych talerzy czy sama już nie wiem czego. Przekonywałam go, że to nieistotne, próbowałam zaciągnąć do łóżka, żeby nie musieć się z tym użerać.

I wtedy… Bam.

Edward się wściekł.

A ja przeżyłam najlepszy seks w swoim życiu.

Wtulam się w ciepły załom ciała pomiędzy jego ramieniem a klatką piersiową i powtarzam cicho słowa, które jeszcze nie tak dawno krzyczałam mu do ucha:

– O tak, tatuśku. O tak.

8. *Staram się wykonywać dobrze wszystko, co robię, nawet jeśli w pobliżu nie ma nikogo, kto by to docenił.*

Zgadzam się ❍ ❍ ❍ ❍ ❍ *Nie zgadzam się*

TERAZ: **JANE**

– Muszę wyjechać.

– Tak szybko?

Minęło zaledwie kilka tygodni, odkąd Edward się wprowadził. Jesteśmy ze sobą szczęśliwi. Wiem to w głębi serca, ale także na podstawie ewaluacji, którą przeprowadzamy obydwoje. Średnia Edwarda wynosi pięćdziesiąt osiem, moja jest nieco powyżej sześćdziesięciu pięciu, ale to i tak duża poprawa, zważywszy na to, od jakiego wyniku zaczynałam.

– Jestem potrzebny na miejscu. Urzędnicy sprawiają trudności. Nie potrafią zrozumieć, że nie zamierzamy tak po prostu oddać ludziom budynków, by mogli robić z nimi, co im się żywnie podoba. W tym projekcie nigdy nie chodziło tylko o postawienie murów. Chodziło o stworzenie nowego rodzaju społeczeństwa, w którym ludzie będą mieli zarówno prawa, jak i obowiązki.

Ten projekt to ekomiasto, które Monkford Partnership buduje w Kornwalii. Edward rzadko opowiada o swojej pracy, ale na podstawie tego, co od niego usłyszałam, wiem, że New Austell to potworna mordęga. Nie tylko ze względu na ogromne rozmiary inwestycji, lecz także z powodu rozmaitych niedoróbek i rozwiązań na skróty, które deweloperzy próbowali wymusić na Edwardzie. Podejrzewa zresztą, że wybrano go tylko ze względu na sławne nazwisko, które miało dodać wiarygodności kontrowersyjnemu projektowi, a teraz ci sami ludzie prowadzą przeciwko niemu brudną kampanię, by zmusić go do zwiększenia liczby budynków, złagodzenia reguł dla mieszkańców i tym samym uczynienia całego przedsięwzięcia bardziej dochodowym. W prasie koncepcja „Monk-miast", czyli ascetycznych osiedli o wręcz klasztornej prostocie, staje się już stałym tematem żartów.

– Pamiętasz, co mi powiedziałeś podczas naszej pierwszej rozmowy? Że powinnam porozmawiać z innymi twoimi klientami o tym, jak to jest żyć w ten sposób. Z chęcią to zrobię, jeśli to ci jakoś pomoże.

– Dziękuję, ale mam już dane na twój temat. – Podnosi plik wydruków. – A tak przy okazji, Jane, Gospodarz pokazuje, że szukałaś informacji na temat Emmy Matthews.

– Och, może raz lub dwa. – Prawdę mówiąc, zazwyczaj staram się to robić w pracy albo korzystając z Wi-Fi sąsiadów, ale kilka razy późno w nocy nie zachowałam ostrożności i użyłam sieci Folgate Street 1. – To jakiś problem?

– Chodzi tylko o to, że moim zdaniem nie przyniesie to nic dobrego. Przeszłość jest już zamknięta, dlatego właśnie jest przeszłością. Odpuść, dobrze?

– Jeśli tego chcesz.

– Chcę, żebyś mi to obiecała. – Jego głos jest łagodny, ale oczy ma zimne jak stal.

– Obiecuję.

– Dzięki. – Całuje mnie w czoło. – Nie będzie mnie przez parę tygodni, może trochę dłużej. Ale po powrocie ci to wynagrodzę.

PRZEDTEM: **EMMA**

W pracy sprawdzam w internecie „Elizabeth Monkford" i zapisuję jej zdjęcia na pulpicie. Wcale nie jestem zaskoczona odkryciem, że żona Edwarda odrobinę mnie przypomina. Mężczyźni często gustują w jednym typie kobiet. Oczywiście kobiety także mają swój ulubiony typ mężczyzn. Jednak w naszym przypadku chodzi nie tyle o zwykłe fizyczne podobieństwo, ile o osobowość.

Teraz rozumiem, że Simon stanowił w historii moich związków pewną aberrację. Tak naprawdę pociągają mnie właśnie tacy mężczyźni jak Edward. Samce alfa.

Uważnie przyglądam się fotografiom. Elizabeth Monkford miała ode mnie krótsze włosy. To nadawało jej nieco francuski, chłopięcy wygląd.

Idę do damskiej toalety i staję przed lustrem, jedną ręką podnoszę grzywkę, a drugą zbieram włosy z karku i trzymam je tak, by nie było ich widać. Podoba mi się. Trochę w stylu Audrey Hepburn. Poza tym taka fryzura pięknie wyeksponuje naszyjnik.

Na myśl o tym, czy Edwardowi też przypadnie do gustu, odrobinę uginają się pode mną kolana.

Jeśli mu się nie spodoba, jeśli wpadnie w szał, przynajmniej wywołam u niego jakąś reakcję.

„A jeśli *naprawdę* się wścieknie?", słyszę szept w swojej głowie.

„Tak, tatuśku, proszę", odpowiadam.

Obracam głowę to w jedną, to w drugą stronę. Podoba mi się, że w tej fryzurze moja szyja wygląda na bardziej delikatną. Edward mógłby objąć ją jedną ręką. Wciąż widać na niej ślady jego palców po tamtej nocy.

Nadal przeglądam się w lustrze, gdy do środka wchodzi Amanda. Uśmiecha się do mnie, ale sprawia wrażenie zmęczonej i wymizerowanej. Opuszczam włosy.

– Wszystko w porządku? – pytam.

– Nie bardzo – odpowiada i ochlapuje sobie twarz wodą. – Problem z pracą razem z mężem w jednej firmie polega na tym – mówi ze znużeniem – że gdy w domu wszystko się pieprzy, nie ma gdzie od tego uciec.

– Co się stało?

– Och, to co zwykle. Znowu się puszcza.

Amanda zaczyna płakać i wyszarpuje papierowe ręczniki z podajnika, żeby otrzeć oczy.

– Przyznał ci się do tego?

– Nie musiał – odpowiada. – Kiedy po raz pierwszy poszedł ze mną do łóżka, wciąż był żonaty z Paulą. Powinnam była przewidzieć, że nie będzie mi wierny.

Patrzy na swoje odbicie w lustrze i próbuje naprawić szkody wyrządzone w makijażu przez płacz.

– Włóczy się po klubach z Simonem – dodaje. – Ale o tym już pewnie wiesz. Kiedy się rozstaliście, Saul zatęsknił za kawalerską wolnością. To naprawdę zabawne, bo z kolei Simon wciąż nawija tylko o tym, że zamierza cię odzyskać.

Napotyka moje spojrzenie w lustrze.

– Ale nie sądzę, by do tego miało dojść, prawda?

Potrząsam głową.

– Szkoda. On cię uwielbia, wiesz?

– Rzecz w tym – mówię – że mam już dość bycia uwielbianą. Przynajmniej przez kogoś tak żałosnego jak Simon. Co zrobisz z Saulem?

– Chyba nic. – Wzrusza z przygnębieniem ramionami. – Przynajmniej na razie. Przecież z nikim się nie spotyka. Jestem raczej pewna, że to tylko jednorazowe numerki po kilku głębszych. Pewnie chciał udowodnić Simonowi, że on też jeszcze potrafi zaliczyć.

Na myśl o Simonie z inną kobietą czuję nagłe ukłucie zazdrości. Próbuję się z tego otrząsnąć. Simon nie był dla mnie dostatecznie dobry.

– A tak w ogóle: kiedy poznamy Edwarda? – pyta Amanda. – Nie mogę się doczekać, by zobaczyć, czy naprawdę jest taki, jak mówisz.

– Raczej nieprędko. Jutro wyjeżdża. Zaczyna ogromny projekt w Kornwalii. Dziś jest nasza ostatnia noc.

– Zaplanowałaś coś specjalnego?

– W pewnym sensie – odpowiadam. – Zamierzam obciąć sobie włosy.

TERAZ: **JANE**

Bez Edwarda powinnam czuć się tutaj inaczej. Ale ten dom jest do tego stopnia nim przesiąknięty, że wyczuwam jego obecność, nawet kiedy go tu nie ma.

Miło jest jednak móc odłożyć książkę podczas gotowania, a potem po prostu wrócić do jej czytania w trakcie obiadu. Miło jest postawić misę z owocami na ladzie i od czasu do czasu coś z niej podjadać. Miło jest snuć się po domu w samej koszulce, bez stanika i konieczności utrzymywania przez cały czas samej siebie oraz domu w nieskazitelnym stanie.

Edward zostawił mi trzy zestawy sztućców do wypróbowania: Piano 98 zaprojektowany przez Renza Piana, Citterio 98 autorstwa Antonia Citteria oraz Caccia, które stworzyli Luigi Caccia Dominioni i bracia Castiglioni. Schlebia mi, że poprosił mnie o to, ale podejrzewam, że to zarazem rodzaj testu, który ma sprawdzić, czy nasze oceny będą ze sobą zbieżne.

Stopniowo jednak zaczynam sobie uświadamiać, że coś mnie gryzie. Podobnie jak Edward nie może zignorować zostawionej na wierzchu łyżeczki bądź nierówno ułożonego stosu książek, tak mój uporządkowany, skrupulatny umysł nie może pozostawić bez wyjaśnienia tajemnicy śmierci Emmy Matthews.

Opieram się temu ze wszystkich sił, w końcu obiecałam to Edwardowi. Ale ta sprawa wciąż nie daje mi spokoju. Zresztą składając obietnicę pod przymusem, zupełnie nie wzięłam pod uwagę, że zagadka śmierci Emmy stanowi barierę dla naszej bliskości, dla dyskretnej perfekcji naszego wspólnego życia. No serio, jaki sens ma wybieranie właściwego widelca – a w tym momencie skłaniam się ku ciężkim, zmysłowym kształtom sztućców Piano – gdy wisi nad nami ten potężny, niepokojący cień przeszłości?

Dom chce, żebym to wyjaśniła, jestem o tym przekonana. Gdyby ściany potrafiły mówić, na pewno powiedziałyby mi, co się tutaj wydarzyło.

Zaspokoję swoją ciekawość, ale potajemnie. Przyrzekam, że kiedy już uporam się z duchami przeszłości, więcej ich nie obudzę. Nawet Edwardowi nie wyjawię tego, czego zdołam się dowiedzieć.

Carol Younson opisała Edwarda jako narcystycznego socjopatę, więc w pierwszej kolejności postanawiam sprawdzić, co to tak naprawdę znaczy. Według rozmaitych stron poświęconych psychologii socjopatę charakteryzuje:

powierzchowny urok,
poczucie, że powinien być traktowany
na wyjątkowych prawach,
patologiczna skłonność do kłamania.

Socjopata:

łatwo się nudzi,
manipuluje ludźmi,
jest pozbawiony skrupułów,
brakuje mu empatii.

Ludzie z narcystycznym zaburzeniem osobowości:

uważają, że są lepsi od innych,
domagają się wszystkiego, co najlepsze,
są egocentryczni i skłonni do przechwałek,
łatwo się zakochują, stawiają obiekt swych uczuć na piedestale, po czym równie łatwo znajdują w tej osobie wady.

„Nic tu się nie zgadza", myślę. To prawda, Edward różni się od większości ludzi, ale dlatego, że ma poczucie celu w życiu, a nie dlatego, że czuje się od innych lepszy. Jego przekonanie o własnej wartości nie ma nic wspólnego z przechwalaniem się czy chęcią zwrócenia na siebie uwagi. Nie sądzę też, by kiedykolwiek kłamał. Uczciwość jest dla niego bardzo, bardzo ważna.

Pierwsza lista cech pasuje do niego nieco lepiej, ale wciąż nie wydaje się zbyt trafna. Okazywany przez Edwarda dystans i jego niedostępność niewątpliwie mogą służyć jako dowód na oziębłość i brak empatii. Ale wcale nie uważam, by był taki naprawdę. Mieszkając z nim, choć był to krótki czas, przekonałam się, że jest raczej…

Próbuję znaleźć właściwe określenie.

Raczej zamknięty w sobie. Został zraniony w przeszłości i zareagował na to w ten sposób, że wycofał się za wzniesione przez siebie bariery i skrył się w doskonałym, uporządkowanym i zbudowanym według własnego projektu świecie.

Może chodzi o jego dzieciństwo?

Może o śmierć żony i synka?

A może nawet o śmierć Emmy Matthews?

A może o coś zupełnie innego, czego w ogóle się nie domyślam?

Bez względu na to, jaka jest prawdziwa przyczyna postawy Edwarda, wydaje mi się dziwne, że Carol tak błędnie go oceniła. Oczywiście nigdy go nie poznała i opierała się tylko na tym, co opowiedziała jej Emma.

To z kolei sugeruje, że Emma również się co do niego pomyliła. Albo też celowo wprowadziła swoją terapeutkę w błąd. Ale czemu miałaby to robić?

Jest osoba, która może mi to wyjaśnić. Biorę telefon i znajduję odpowiedni numer.

– Hampstead Domy i Nieruchomości – mówi Camilla.

– Camillo, tu Jane Cavendish.

Następuje chwila ciszy, jakby agentka próbowała mnie sobie przypomnieć.

– Jane, oczywiście. Czy wszystko w porządku?

– W jak najlepszym – zapewniam ją. – Dzwonię, ponieważ znalazłam na strychu trochę rzeczy, które mogły należeć do Emmy Matthews. Masz może jakieś namiary na mężczyznę, z którym się tu wprowadziła? Nazywa się chyba Simon Wakefield.

– Ach… – W głosie Camilli słychać rezerwę. – Jak rozumiem, dowiedziałaś się już o… wypadku Emmy. Właśnie wtedy dom znalazł się w naszej ofercie, poprzedni agent stracił kontrakt po zakończeniu dochodzenia. Nie mam więc żadnych danych kontaktowych wcześniejszych lokatorów.

– Jak nazywał się poprzedni agent?

– Mark Howarth z Howarth i Stubbs. Mogę ci wysłać jego numer.

– Dzięki. Camillo… – dodaję pod wpływem nagłego impulsu – wspominałaś, że twoja agencja zaczęła wynajmować Folgate Street 1 przed trzema laty. Ile osób mieszkało tu w tym czasie?

– Oprócz ciebie? Dwie.

– Ale kiedy oprowadzałaś mnie po raz pierwszy po domu, mówiłaś, że od prawie roku stoi pusty.

– Zgadza się. Pierwszą lokatorką była pielęgniarka. Wytrzymała tylko dwa tygodnie. Druga przetrwała w sumie trzy miesiące. Pewnego ranka znalazłam wepchniętą w drzwi naszej agencji kopertę z miesięcznym czynszem oraz list, w którym napisała, że gdyby została tam choćby dzień dłużej, chybaby zwariowała.

– A więc obie te osoby były kobietami? – pytam powoli.

– Tak. A co?

– Nie wydaje ci się to dziwne?

– Niespecjalnie. A przynajmniej nie bardziej niż wszystko inne, co wiąże się z tym domem. Ale cieszę się, że u ciebie wszystko w porządku... – Zawiesza głos, jakby chciała mnie zachęcić do zaprzeczenia tym słowom, jednak nic więcej nie mówię. – Cóż, wobec tego do usłyszenia, Jane.

PRZEDTEM: **EMMA**

Edward ociąga się z wyjazdem. Torba marki Swaine Adeney czeka na kamiennym stole, gdy jemy ostatnie wspólne śniadanie.

– To nie potrwa długo – zapewnia mnie. – Poza tym będę wpadał na noc lub dwie, gdy tylko będę mógł.

Rozgląda się po raz ostatni po jasnych, otwartych przestrzeniach domu.

– Będę o tobie myślał – mówi i wskazuje na mnie. – W takim stroju. Prowadzącą właśnie takie życie, o jakim myślałem, projektując ten dom.

Jem tost, mając na sobie jedną z jego białych koszul oraz jego czarne bokserki. Muszę przyznać, że to rzeczywiście się sprawdza. Minimalistyczny dom, minimalistyczny strój.

– Zaczynam mieć na twoim punkcie niewielką obsesję, Emmo – stwierdza.

– Tylko niewielką?

– Może jednak to rozstanie wyjdzie nam na dobre.

– Dlaczego? Nie chcesz mieć obsesji na moim punkcie?

Wzrok Edwarda przesuwa się na moją szyję, a potem na moje krótsze włosy, zbyt krótkie, by mógł porządnie za nie chwycić, gdy mnie pieprzy.

– Moje obsesje nigdy nie są zdrowe – rzuca cicho.

Po jego wyjściu otwieram swój komputer.

Czas dowiedzieć się czegoś więcej na temat tajemniczego pana Monkforda.

Sposób, w jaki zareagował wczoraj, gdy zobaczył moją nową fryzurę, podsunął mi pewien pomysł. Pomysł tak szalony, że sama nie mogę w niego uwierzyć.

– Pan Ellis!? – wołam. – Tom Ellis?

Mężczyzna odwraca się do mnie z grymasem niezadowolenia. Ma na sobie garnitur, a na głowie żółty kask.

– To plac budowy – mówi. – Nie wolno tu wchodzić.

– Nazywam się Emma Matthews. W biurze powiedzieli, że tu pana znajdę. Chcę tylko o coś zapytać, to wszystko.

– O co chodzi? Barry, zajrzę do ciebie później – zwraca się do mężczyzny, z którym właśnie rozmawiał.

Barry kiwa głową i wraca do środka jednego z nieukończonych budynków.

– O Edwarda Monkforda.

Ellis nieruchomieje.

– Co z nim?

– Próbuję się dowiedzieć, co przydarzyło się jego żonie – wyjaśniam. – Bo widzi pan, myślę, że mnie też może to spotkać.

To natychmiast wzbudza jego zainteresowanie. Prowadzi mnie do znajdującej się w pobliżu staroświeckiej garkuchni, w której robotnicy w odblaskowych kamizelkach zajadają fasolę i smażone jajka.

Odszukanie czwartego członka oryginalnego składu Monkford Partnership wcale nie było łatwe. W końcu natrafiłam w internecie na starą notkę z „Architects' Journal" informującą o powstaniu spółki. Z rozmazanej czarno-białej fotografii śmiało spogląda czwórka świeżo upieczonych absolwentów architektury. Nawet wówczas nie ulegało wątpliwości, że Edward jest ich naturalnym liderem. Stoi z założonymi rękami i beznamiętną miną, z Elizabeth z jednej strony oraz znacznie szczuplejszym, noszącym kucyk Davidem Thielem z drugiej. Tom Ellis stoi po prawej w pewnej odległości od reszty i jako jedyny się uśmiecha.

Ellis przynosi nam z bufetu dwa kubki herbaty i do swojego wsypuje dwie łyżeczki cukru. Zdjęcie z „Architects' Journal" zostało zrobione niecałe dziesięć lat temu i od tamtego czasu Ellis bardzo się zmienił. Jest cięższy, grubszy, ma przerzedzone włosy.

– Normalnie nie rozmawiam o Edwardzie Monkfordzie – oznajmia. – Ani też o reszcie członków Monkford Partnership.

– Wiem – odpowiadam. – Ale w sieci właściwie niczego nie mogłam znaleźć. Dlatego zadzwoniłam do pańskiego biura. Choć muszę przyznać, że nie spodziewałam się, że znajdę pana w takiej firmie jak Town and Vale Construction.

Firma, dla której pracuje Ellis, to ogromne przedsiębiorstwo budujące osiedla niemal identycznych domków dla klasy pracującej.

– Widzę, że Edward dobrze panią przeszkolił – rzuca oschle.

– Co pan chce przez to powiedzieć?

– W Town and Vale budujemy domy w przystępnych cenach dla ludzi, którzy chcą zakładać w nich rodziny. Wznosimy je w pobliżu połączeń komunikacyjnych, szkół, przychodni i pubów. Domy mają ogródki, w których mogą się bawić dzieci, a także są ocieplane, żeby obniżyć rachunki za ogrzewanie. Może i nie zdobywają nagród architektonicznych, ale ludzie są w nich szczęśliwi. Co w tym złego?

– A więc macie z Edwardem różne poglądy na architekturę. To dlatego odszedł pan z Monkford Partnership?

Po dłuższej chwili Tom Ellis potrząsa przecząco głową.

– To on mnie do tego zmusił.

– W jaki sposób?

– Na tysiąc różnych sposobów. Kwestionując wszystko, co proponowałem. Wyśmiewając moje pomysły. Już przed śmiercią Elizabeth zachowywał się dość okropnie, ale potem, po powrocie z urlopu, kiedy już nie miał go kto hamować, zamienił się w potwora.

– Był pogrążony w rozpaczy – protestuję.

– Pogrążony w rozpaczy, jasne. To wielki mit, który Edward Monkford buduje wokół siebie, prawda? Udręczony geniusz, który utracił miłość swego życia i w rezultacie stał się arcyminimalistą.

– A pana zdaniem tak nie było?

– Ja to wiem.

Tom Ellis przygląda mi się bacznie, jakby zastanawiał się, czy powinien kontynuować.

– Edward projektowałby te swoje surowe, małe cele klasztorne od samego początku, gdybyśmy tylko mu na to pozwolili – odzywa się wreszcie. – To Elizabeth powstrzymywała go przed tym, a ja ją popierałem i dzięki temu zawsze mogliśmy go przegłosować. Był oczywiście jeszcze David Thiel, jednak on interesował się wyłącznie stroną techniczną. Ale ja i Elizabeth... byliśmy ze sobą blisko. Wiele rzeczy postrzegaliśmy podobnie. To zresztą widać w pierwszych projektach firmy.

– Jak b l i s k o byliście ze sobą?

– Dość. To znaczy... chyba byłem w niej zakochany.

Tom Ellis zerka na mnie.

– Prawdę mówiąc, trochę ją pani przypomina. Ale pewnie już pani o tym wie.

Przytakuję.

– Nigdy nie przyznałem się Elizabeth, co do niej czuję – ciągnie. – A przynajmniej nie zrobiłem tego w porę. Myślałem, że ze względu na naszą bliską współpracę może to być kłopotliwe, jeśli ona nie odwzajemni moich uczuć. Oczywiście Edward nie miał takich skrupułów.

– Jeśli Edward jej pragnął, musiał jej to powiedzieć.

– Edward wystartował do Elizabeth tylko dlatego, że chciał mi ją odebrać – stwierdza beznamiętnym tonem. – Chodziło mu wyłącznie o władzę i kontrolę. Zresztą tak jak zawsze. Sprawiając, że Elizabeth się w nim zakochała, zyskał sobie jej przychylność w firmie, a mnie pozbawił sojusznika.

– Uważa pan, że chodziło mu tylko o budynki? – pytam, marszcząc brwi. – Że poślubił ją tylko po to, by jego firma budowała takie domy, na jakich mu zależało?

– Wiem, że to brzmi jak kompletne szaleństwo – przyznaje Ellis. – Ale Edward Monkford w pewnym sensie jest szalony.

– Nikt nie jest aż tak bezwzględny.

– To jeszcze nic pani o nim nie wie. – Ellis śmieje się głucho.

– Jednak pierwszy dom, który zbudowała wasza firma, Folgate Street 1, miał pierwotnie wyglądać całkiem inaczej.

– Tak, ale tylko dlatego, że Elizabeth zaszła w ciążę. To w ogóle nie mieściło się w planach Edwarda. Nagle Elizabeth zapragnęła mieć rodzinny dom z dwoma sypialniami i ogrodem. Z drzwiami w pokojach, które zapewniałyby prywatność, zamiast otwartych, rozległych przestrzeni. Sprzeczali się o to, Boże, i to jeszcze jak się sprzeczali! Na pierwszy rzut oka można by pomyśleć, że Elizabeth była uroczą, łagodną osobą, ale w rzeczywistości była nie mniej uparta od niego. Wyjątkowa kobieta.

Ellis waha się przez chwilę.

– Pewnego wieczoru, niedługo przed narodzinami Maksa, znalazłem ją zapłakaną w biurze. Powiedziała mi, że nie jest w stanie wrócić do domu, do Edwarda, że są ze sobą potwornie nieszczęśliwi. Mówiła, że jest niezdolny choćby do najmniejszego kompromisu.

Tom Ellis ucieka wzrokiem.

– Objąłem ją – podejmuje swą opowieść. – Pocałowałem. Ale ona mnie powstrzymała. Była absolutnie uczciwa, nigdy nie zrobiła niczego za plecami Edwarda. Wyznała mi wtedy jednak, że musi podjąć pewną decyzję.

– Chciała od niego odejść?

Ellis wzrusza ramionami.

– Na drugi dzień powiedziała mi, że powinienem zapomnieć o tym, co się wczoraj wydarzyło, i że to wszystko wina szalejących hormonów. Że może Edward bywa trudny, ale jej obowiązkiem jest ratować ich małżeństwo. Pewnie zdołała go zmusić do jakichś ustępstw, ponieważ ostateczne projekty domu były naprawdę całkiem niezłe. A nawet więcej niż niezłe. Projekt był znakomity. Doskonale wykorzystywał dostępną przestrzeń. Raczej nie zdobyłby żadnych nagród. Ani też nie pomógłby naszej firmie zyskać międzynarodowej renomy. Wygodne, dobrze pomyślane projekty architektoniczne nigdy nie przynoszą sławy. Ale cała trójka byłaby w nim szczęśliwa. – Ellis urywa. – Edward jednak miał inną koncepcję.

– W jakim sensie?

– Wie pani, jak Elizabeth zginęła? – pyta cicho.

Zaprzeczam ruchem głowy.

– Elizabeth i Max zginęli, gdy zaparkowana koparka stoczyła się na stertę betonowych pustaków, obok której stali. Podczas dochodzenia zasugerowano, że pustaki zostały źle ułożone i były słabo zabezpieczone. Poza tym koparka, z niezaciągniętym hamulcem ręcznym, mogła być zaparkowana na wzniesieniu. Rozmawiałem z kierownikiem budowy. Powiedział mi, że w piątek po południu, gdy odjeżdżał do domu, pustaki były solidnie ułożone, a koparka zaparkowana właściwie. Do wypadku doszło na drugi dzień.

– Gdzie był wtedy Edward?

– Po drugiej stronie budowy, sprawdzał postępy w pracy. Przynajmniej tak zeznał w czasie śledztwa.

– A kierownik? Powiedział policji to, co panu?

– Złagodził swoje oświadczenie. Zeznał, że na terenie budowy czasami spali jacyś squatterzy i mogli się włamać do koparki. W końcu ciągle pracował dla Edwarda.

– Pamięta pan, jak on się nazywa?

– John Watts, z Watts i Synowie. To rodzinna firma.

– A więc podsumujmy: twierdzi pan, że Edward zamordował swoją rodzinę tylko z tego powodu, że przeszkadzała mu w wybudowaniu domu, który sobie wymarzył?

Mówię to takim tonem, jakbym uważała, że Tom Ellis jest szalony, a sam ten pomysł wydaje się tak niedorzeczny, że nie mieści mi się w głowie. Rzecz w tym, że jestem w stanie to sobie wyobrazić. To znaczy wiem, że Edward jest zdolny zrobić wszystko, co tylko sobie postanowi.

– Powiedziała pani „tylko z tego powodu" – odzywa się Ellis bezbarwnym głosem. – Dla Edwarda Monkforda liczy się jedynie to, by postawić na swoim. Dla niego więc to dostatecznie ważny powód. Oczywiście nie wątpię, że na swój sposób kochał Elizabeth. Ale nie uważam, żeby mu na niej zależało, jeśli rozumie pani, co mam na myśli. Wie pani, że istnieje tak drapieżny gatunek rekina, że jego embriony pożerają się nawzajem w łonie matki? Gdy tylko wyrosną im pierwsze zęby, rzucają się na siebie, aż w końcu pozostaje tylko ten największy i to on przychodzi na świat. Edward jest taki sam. Nie potrafi się opanować. Sprzeciwić mu się to jak wydać na siebie wyrok.

– Opowiedział pan o tym policji?

– Nie – przyznaje z pełnym udręki spojrzeniem.

– Dlaczego?

– Po zamknięciu dochodzenia Edward wyjechał. Później dowiedzieliśmy się, że mieszka w Japonii. Nie pracował nawet jako architekt, utrzymywał się po prostu z prac dorywczych. Myśleliśmy z Davidem, że już go więcej nie zobaczymy.

– Ale wrócił.

– Tak, w końcu wrócił. Pewnego dnia wszedł jak gdyby nigdy nic do biura i oświadczył, że od tej pory firma podąży w nowym kierunku. Sprytnie przedstawił Davidowi swą wizję jako połączenie wizualnej prostoty z nowymi technologiami i przekonał go, że stoję im na drodze w jej realizacji. To była jego zemsta za to, że sprzymierzyłem się z Elizabeth przeciwko niemu.

– Więc kiedy go nie było, nie chciał pan żadnego skandalu, bo wydawało się, że firma należy już do was. Dlatego siedział pan cicho.

Tom Ellis wzrusza ramionami.

– To jedna z możliwych interpretacji.

– Wygląda to tak, jakby próbował pan zrobić karierę, żerując na talencie Edwarda.

– Może pani myśleć, co chce. Ale zgodziłem się na tę rozmowę, ponieważ powiedziała pani, że się boi.

– Nie powiedziałam, że się boję. Chciałam tylko dowiedzieć się czegoś o Edwardzie, nic więcej.

– Chryste. Pani też jest w nim zakochana, mam rację? – rzuca cierpko Ellis, wpatrując się we mnie. – Nie wiem, jak on to robi, w jaki sposób opętuje te wszystkie kobiety. Nawet gdy mówię, że zabił żonę i dziecko, pani w ogóle nie jest tym oburzona. Zupełnie jakby to jeszcze bardziej panią podniecało, jakby było dowodem na to, że Edward rzeczywiście jest jakimś geniuszem. Podczas gdy tak naprawdę jest tylko małym rekinem pożerającym wszystkich dookoła.

TERAZ: **JANE**

Wytropienie Simona Wakefielda wymaga trochę więcej pracy detektywistycznej, niż sądziłam. Udaje mi się porozmawiać z Markiem, agentem nieruchomości, który zajmował się Folgate Street 1 przed Camillą, ale on też nie wie, w jaki sposób skontaktować się z byłym chłopakiem Emmy.

– Jeśli jednak uda się pani do niego dotrzeć, proszę go ode mnie pozdrowić, dobrze? – mówi. – To straszne, co mu się przydarzyło.

– Ma pan na myśli śmierć Emmy?

– To też. Ale także całą tę sprawę z włamaniem do ich poprzedniego mieszkania i tak dalej.

– Ktoś się do nich włamał? Nie wiedziałam o tym.

– Dlatego tak bardzo zależało im na Folgate Street 1. Chcieli tam zamieszkać ze względów bezpieczeństwa. – Mark urywa na chwilę. – Co za ironia, gdy teraz o tym pomyśleć. Ale Simon zrobiłby dla Emmy wszystko. Sam nieszczególnie palił się do zamieszkania w tym domu, ale gdy tylko ona powiedziała, że jej się podoba, klamka zapadła. Policja wypytywała mnie, czy dostrzegłem jakieś oznaki świadczące o tym, że Simon mógł być wobec niej agresywny. Powiedziałem im, że to wykluczone. On uwielbiał Emmę.

Dopiero po chwili dociera do mnie znaczenie jego słów.

– Chwileczkę, policja uważała, że to Simon mógł ją zabić?

– Cóż, nie powiedzieli tego wprost. Musiałem z nimi współpracować, udostępniać ekipom techników dom i tak dalej, więc miałem okazję całkiem dobrze poznać przydzielonego do sprawy detektywa. To właśnie on wypytywał mnie o Simona. Podobno Emma twierdziła, że Simon stosował wobec niej przemoc fizyczną. – Mark obniża głos. – Szczerze mówiąc, Emma od początku mi się nie podobała. Wszystko musiało się kręcić wokół niej, jeśli rozumie pani, co mam na myśli. Wydawała mi się lekką histeryczką. Odniosłem wrażenie, że Simon nie miał za wiele do powiedzenia w tym związku.

Mark nie ma wprawdzie namiarów na niego, ale pamięta, gdzie Simon pracuje, a to mi wystarczy, by znaleźć go na LinkedIn. Czasopismo, do którego pisał, zostało już zamknięte, ale tak jak w przypadku większości wolnych strzelców profil i CV Simona są ogólnie dostępne. Pomimo to waham się przed skontaktowaniem z nim. To prawda, zostawiał kwiaty dla Emmy na progu Folgate Street 1, ale z tego, co właśnie powiedział mi Mark, był również podejrzany o spowodowanie jej śmierci. Czy to naprawdę rozsądne, żebym wypytywała go o to, co się z nią stało?

Postanawiam zachować wszelkie środki ostrożności: nie będę go w żaden sposób naciskała ani wywoływała w nim poczucia zagrożenia. Niech myśli, że po prostu chcę go przeprosić za zabieranie bukietów z progu domu.

Wysyłam do niego neutralny w tonie e-mail z pytaniem, czy moglibyśmy porozmawiać. Kilka minut później nadchodzi odpowiedź z propozycją spotkania w Costa Coffee w Hendon.

Zjawiam się wcześniej, ale on też jest przed czasem. Przychodzi ubrany mniej więcej tak samo jak ostatnim razem do domu przy Folgate Street – koszulka polo, chinosy, modne buty. Elegancki, lecz swobodny strój typowego londyńskiego pracownika mediów. Ma sympatyczną, szczerą twarz, ale gdy siada naprzeciwko mnie, widzę w jego oczach niepokój, jakby wiedział, że ta rozmowa nie będzie łatwa.

– A więc jesteś ciekawa, co się stało – mówi, gdy w końcu przedstawiliśmy się sobie jak należy. – Nie dziwię się.

– Raczej zdezorientowana. Wszyscy, z którymi rozmawiam, zdają się mieć własną wersję śmierci Emmy. Na przykład jej terapeutka uważa, że popełniła samobójstwo, ponieważ była pogrążona w depresji. Słyszałam również, że policja przesłuchiwała ciebie – walę prosto z mostu – w związku z oskarżeniami, które wniosła Emma. O co w tym chodziło?

– Nie wiem. To znaczy nie mam pojęcia, dlaczego Emma tak powiedziała ani czy rzeczywiście to zrobiła. Nigdy, przenigdy bym jej nie uderzył. – Patrzy mi w oczy, akcentując każde słowo. – Czciłem ziemię, po której stąpała.

Przyszłam tu dziś, wiedząc, że muszę zachować ostrożność i nie przyjmować za prawdę wszystkiego, co usłyszę od Simona, lecz pomimo to wierzę w jego słowa.

– Opowiedz mi o niej – proszę go.

Simon powoli wypuszcza powietrze z płuc.

– Cóż można powiedzieć o kimś, kogo się kocha? Miałem szczęście, że dane mi było ją spotkać, zawsze o tym wiedziałem. Chodziła do prywatnej szkoły dla dziewcząt, a potem studiowała na dobrej uczelni. I była piękna, naprawdę piękna. Ciągle nagabywali ją jacyś łowcy talentów z agencji modelek. – Zerka na mnie z lekkim zakłopotaniem. – Jesteś nawet trochę do niej podobna.

– Już to słyszałam.

– Ale brakuje ci jej... – Marszczy się, próbując znaleźć odpowiednie słowo, a zarazem mnie nie urazić. – Jej żywiołowości. Prawdę mówiąc, przysparzała jej masę różnych problemów. Była tak przyjaźnie do wszystkich nastawiona, że mężczyźni czuli, że zawsze mogą do niej podejść i nie zostaną spławieni. Powiedziałem policji, że jedyne przejawy jakiejkolwiek agresji z mojej strony mogła widzieć tylko wtedy, gdy jakiś kretyn nie chciał zostawić jej w spokoju. Wówczas posyłała mi wymowne spojrzenie, dając sygnał, żebym wkroczył do akcji i kazał facetowi się odwalić.

– Czemu więc oskarżyła cię o to, że ją uderzyłeś?

– Naprawdę nie wiem. Początkowo wydawało mi się, że policja zmyśliła to, żeby mnie przycisnąć, by dać mi do zrozumienia, że mają na mnie coś więcej. Muszę im jednak przyznać, że szybko mnie przeprosili i puścili wolno. Mam wrażenie, że musieli po prostu sprawdzić wszystkie typowe dla takich spraw tropy. Większości morderstw dokonują osoby blisko związane z ofiarą, prawda? Więc w pierwszej kolejności, co zupełnie zrozumiałe, zainteresowali się byłym chłopakiem Emmy. – Simon milknie na chwilę. – Tyle że nie tym, co trzeba. Ciągle im powtarzałem, że powinni się zająć Edwardem Monkfordem, a nie mną.

Na sam dźwięk imienia Edwarda włosy jeżą mi się na karku.

– Dlaczego?

– Po śmierci Emmy Monkford, co było mu bardzo na rękę, wyjechał pracować przy jakimś dużym projekcie. Ale zawsze będę uważał, że to on ją zabił.

– Ale dlaczego miałby to zrobić?

– Ponieważ Emma z nim zerwała. – Simon pochyla się do przodu i intensywnie się we mnie wpatruje. – Jakiś tydzień przed śmiercią wyznała mi, że popełniła okropny błąd, zrozumiała, że Monkford to po prostu manipulator i tyran ogarnięty obsesją kontrolowania wszystkich dokoła. Powiedziała mi też, choć to brzmi jak ponury żart, biorąc pod uwagę, że nie chciał, by miała jakiekolwiek swoje rzeczy, że traktował ją jak element wyposażenia, jak kolejny przedmiot, dzięki któremu jego dom będzie lepiej się prezentował. Nie mógł znieść tego, że Emma myślała samodzielnie i była niezależna.

– Przecież nikt nie morduje nikogo tylko za to, że ten ktoś myśli samodzielnie – protestuję.

– Emma mówiła, że z czasem Monkford kompletnie się zmienił. Kiedy z nim zerwała, niemal wpadł w szał.

Próbuję wyobrazić sobie Edwarda w ataku szału. To prawda, czasami wyczuwałam, że pod tym nadnaturalnym spokojem buzują gwałtowne emocje, które jednak Edward trzyma na wodzy. Że wspomnę chociaż jego wściekłość w sklepie rybnym. Ale takie sytuacje zawsze trwały kilka chwil. W obrazie, jaki rysuje Simon, zupełnie nie rozpoznaję Edwarda.

– Jest jeszcze coś – dodaje. – Jeszcze jeden powód, dla którego chciałby się pozbyć Emmy.

Spoglądam na niego ze wzmożoną uwagą.

– Mów.

– Emma dowiedziała się, że Monkford zamordował swoją żonę i ich małego syna.

– Słucham!? – wykrzykuję zszokowana. – Ale jak!?

– Jego żona mu się przeciwstawiła, zmusiła go, żeby zmienił projekt Folgate Street 1. Znów więc poszło o sprzeciw i kwestię niezależności. Nie wiem, z jakiego powodu, ale Edward Monkford jest patologicznie niezdolny do radzenia sobie z takimi sprawami.

– Powiadomiłeś o tym wszystkim policję?

– Oczywiście. Powiedzieli, że nie ma dostatecznych dowodów, by wznowić śledztwo. Ostrzegli mnie także przed powtarzaniem tych oskarżeń podczas dochodzenia w sprawie Emmy, ponieważ może to zostać uznane za zniesławienie. Inaczej mówiąc, postanowili to zignorować. – Przeczesuje dłonią włosy. – Zacząłem więc drążyć tę sprawę na własną rękę, starałem się zebrać jakieś dowody. Ale nawet jako dziennikarzowi trudno mi dokopać się do czegokolwiek bez takich uprawnień, jakimi dysponuje policja.

Na krótką chwilę ogarnia mnie fala współczucia dla Simona. Całkiem miły, porządny, choć może nieco nudny facet, niemogący uwierzyć w swoje szczęście: że udało mu się wyrwać dziewczynę spoza swojej ligi. Po tym następuje seria nieprzewidzianych wypadków i nagle Emma staje przed wyborem pomiędzy nim a Edwardem Monkfordem. Trudno uznać to za równy pojedynek. Nic dziwnego, że Simon nie potrafił się pogodzić z przegraną. Nic też dziwnego, że uwierzył, iż za śmiercią Emmy musi się kryć spisek lub tajemnica.

– Gdyby nie zginęła, wrócilibyśmy do siebie – dodaje. – Jestem o tym całkowicie przekonany. Zgoda, rozstaliśmy się w dość nieprzyjemnych okolicznościach. Chciała, żebym podpisał jakieś dokumenty, więc poszedłem do niej do domu z zamiarem odzyskania jej, ale byłem odrobinę pijany i nie poszło mi najlepiej. Myślę, że byłem po prostu zazdrosny o Monkforda, nawet wtedy. Wiedziałem więc, że muszę bardzo się postarać, żeby wynagrodzić jej swoje zachowanie. Pierwszym krokiem było przekonanie jej, żeby wyprowadziła się z tego okropnego domu. W zasadzie się na to zgodziła, pozostały jedynie do załatwienia jakieś kwestie związane z najmem, jakaś kara za zerwanie umowy. Myślę, że gdyby tylko Emma zdołała się stamtąd wynieść, dziś wciąż by żyła.

– Ten dom wcale nie jest okropny. Przykro mi z powodu śmierci Emmy, ale naprawdę nie możesz winić za to domu.

– Pewnego dnia przekonasz się, że mam rację. – Simon patrzy prosto na mnie. – A do ciebie próbował się już przystawiać?

– O czym ty mówisz? – pytam zdziwiona.

– Monkford. Prędzej czy później spróbuje do ciebie uderzyć. O ile już nie próbował. A potem zrobi ci pranie mózgu. Tak właśnie działa.

Jeśli przyznam się do tego, że jesteśmy kochankami, to tylko potwierdzi przekonanie Simona, że kobiety same pchają się Edwardowi do łóżka. Mówię więc jedynie:

– A dlaczego myślisz, że bym mu uległa?

Simon kiwa głową.

– To dobrze. Jeśli opowiadając o śmierci Emmy, uratuję choć jedną osobę przed szponami tego łajdaka, to uznam, że było warto.

Kawiarnia wypełnia się klientami. Przy sąsiednim stoliku siada mężczyzna, ściskając w ręce tost z kiełbasą i cebulą. Dolatuje nas mocny odór taniego, stęchłego ciasta i przysmażonej cebulki.

– Boże, ale ta kanapka śmierdzi – rzucam.

Simon marszczy nos.

– Nic nie czuję. A więc co teraz zamierzasz?

– Czy twoim zdaniem istnieje taka możliwość, że Emma odrobinę przesadzała? Wciąż nie mogę zrozumieć, że opowiadała ci takie dziwaczne historie o Edwardzie Monkfordzie, a jednocześnie policji mówiła równie niewiarygodne rzeczy o tobie. – Waham się przez chwilę. – Ktoś, z kim rozmawiałam, opisywał ją jako osobę, która lubiła być w centrum zainteresowania. Niekiedy ludzie lubią czuć, że są w jakimś sensie ważni. Nawet jeśli oznacza to, że muszą zmyślać różne niestworzone rzeczy.

Simon kręci głową.

– To prawda, że Emma lubiła czuć się wyjątkowa. Ale ona naprawdę *była* wyjątkowa. Myślę, że właśnie dlatego spodobało jej się w Folgate Street 1. I chodziło nie tylko o bezpieczeństwo, ale też o to, że ten dom był tak bardzo inny. Jednak twierdzenie, że mieszkanie w nim uczyniło z niej jakąś mitomankę… Wykluczone. – Simon wydaje się zdenerwowany.

– No dobrze – odpowiadam szybko. – Nieważne.

– Czy mogę tutaj usiąść? – Kobieta trzymająca bagietkę z mięsem i serem wskazuje na puste krzesło obok nas.

Simon niechętnie kiwa głową. Odnoszę wrażenie, że chciałby opowiadać o Emmie przez cały dzień. Gdy kobieta siada, wyczuwam przyprawiający o mdłości zapach smażonych grzybów. Kanapka śmierdzi zmokłym psem i nieświeżą pościelą.

– Jedzenie tutaj jest naprawdę obrzydliwe – mówię ściszonym głosem. – Nie wiem, jak ludzie mogą tu jeść.

Simon rzuca mi poirytowane spojrzenie.

– Przypuszczam, że wolałabyś się spotkać w jakimś lepszym miejscu. To pewnie nie w twoim stylu.

– Nie o to chodzi. – Muszę zapamiętać, że Simon wydaje się lekko zakompleksiony. – Zazwyczaj lubię Costa Coffee. Akurat ta kawiarnia wydaje mi się wyjątkowo cuchnąca, to wszystko.

– Mnie ten zapach nie przeszkadza.

Mdli mnie. Podnoszę się więc, by jak najszybciej wyjść na świeże powietrze.

– Cóż, dziękuję za spotkanie, Simonie.

– Nie ma sprawy. – On też się podnosi. – Proszę, to moja wizytówka. Dasz mi znać, jeśli dowiesz się czegoś więcej? Mogę też dostać twój numer? Tak na wszelki wypadek.

– Na wypadek czego?

– Na wypadek gdybym w końcu zdobył dowód na to, że Edward Monkford rzeczywiście jest zabójcą – oznajmia spokojnym tonem. – Jeśli mi się to uda, będę chciał ci o tym powiedzieć.

Po powrocie do domu idę do łazienki i rozbieram się przed lustrem. Gdy dotykam piersi, wydają się pełne i obolałe. Sutki są wyraźnie ciemniejsze, a wokół każdej brodawki pojawiły się małe guzki przypominające gęsią skórkę.

Okres powinnam dostać dopiero za tydzień, więc test nie będzie zbyt miarodajny. Ale tak naprawdę wcale nie muszę go robić. Zwiększona wrażliwość na zapachy, mdłości, ciemniejsze sutki, małe sterczące guzki, które – jak powiedziała mi położna – nazywają się guzkami Montgomery'ego... Dokładnie takie same objawy wystąpiły też poprzednim razem, gdy zaszłam w ciążę.

9. *Irytuję się, gdy sprawy nie idą po mojej myśli.*

Zgadzam się ❍ ❍ ❍ ❍ ❍ *Nie zgadzam się*

PRZEDTEM: **EMMA**

– Dawno cię nie widziałam, Emmo – mówi Carol.

– Tak, byłam zajęta – przyznaję, siadając na kanapie i podciągając nogi pod siebie.

– Ostatnio opowiadałaś mi, że właśnie poprosiłaś Simona, by wyprowadził się z wynajmowanego przez was domu. Rozmawiałyśmy też o tym, że ofiary przestępstw seksualnych często rozważają wielkie zmiany w swoim życiu, które mają pomóc im wrócić do normalności. Czy te zmiany, na które ty się zdecydowałaś, dobrze ci służą?

Oczywiście chodzi jej o to, czy już zmieniłam zdanie co do rozstania z Simonem. Wprawdzie zarzeka się, że jej praca nie polega na wydawaniu sądów ani sugerowaniu jakichś konkretnych wniosków na podstawie naszych sesji, ale zaczynam odnosić wrażenie, że bardzo często właśnie to robi.

– No więc jestem w nowym związku – oznajmiam.

– Dobrze się w nim czujesz? – pyta po chwili milczenia.

– Spotykam się z mężczyzną, który zaprojektował dom przy Folgate Street. Szczerze mówiąc, po Simonie to jak łyk świeżego powietrza.

Carol unosi brwi.

– A dlaczego tak uważasz?

– Simon to chłopiec. Edward to mężczyzna.

– I nie miewasz żadnych problemów seksualnych, których doświadczałaś z Simonem?

– Absolutnie nie. – Uśmiecham się.

Po krótkiej chwili dodaję:

– Chciałabym jednak z tobą o czymś porozmawiać. To specyficzna sprawa.

– Oczywiście – przytakuje Carol.

Pewnie dostrzega moje wahanie, ponieważ zapewnia mnie:

– Na pewno nie powiesz mi nic, Emmo, czego już wielokrotnie wcześniej nie słyszałam.

– Zdarza mi się fantazjować na temat bycia zdominowaną – wyznaję.

– Rozumiem. I to cię podnieca?

– Tak, chyba tak.

– Ale zarazem niepokoi?

– Wydaje mi się to po prostu… dziwne. Po tym, co mi się przydarzyło. Czy nie powinno być na odwrót?

– No więc zacznijmy od tego, że nigdzie nie jest określone, jak powinnaś się zachowywać po takim doświadczeniu. Poza tym takie pragnienia wcale nie są aż tak niezwykłe. Około jednej trzeciej kobiet przyznaje się do tego, że regularnie fantazjuje na temat podporządkowania i uległości. No i dochodzi jeszcze wymiar fizyczny – dodaje. – Czasem nazywamy to transferem pobudzenia. Kiedy raz doświadczyło się przypływu adrenaliny podczas jakiegoś aktu seksualnego, nasz mózg podświadomie zaczyna szukać tego typu stymulacji. Rzecz w tym, że nie ma się czego wstydzić. Nie oznacza to też, że spodobałoby ci się to w prawdziwym życiu. Do tego daleka droga.

– Wcale się nie wstydzę – oświadczam. – I podoba mi się to w prawdziwym życiu.

Carol mruga zdziwiona.

– To znaczy, że urzeczywistniałaś te fantazje?

Przytakuję.

– Z Edwardem?

Znów kiwam głową.

– Chcesz mi o tym opowiedzieć?

Pomimo zapewnień, że nie zamierza mnie oceniać, Carol wygląda na tak zakłopotaną, że trochę ubarwiam tylko po to, by ją zszokować.

– Dziwna sprawa – kończę opowieść – ale doprowadzając go do wściekłości, czuję się przez to w pewnym sensie silniejsza.

– Bez wątpienia wydajesz się dziś bardziej asertywna. Pewniejsza swoich decyzji. Zastanawiam się tylko, czy wybory, które podjęłaś, na pewno są dla ciebie dobre.

Udaję, że się nad tym zastanawiam.

– Prawdopodobnie tak – stwierdzam.

Najwyraźniej nie takiej odpowiedzi oczekiwała Carol na swoje starannie sformułowane pytanie.

– Wybór odpowiedniego partnera jest bardzo ważny, gdy decydujesz się na tego rodzaju eksperymenty – zauważa.

– Właściwie nie nazwałabym tego eksperymentami. To raczej poszukiwania.

– Ale skoro wszystko tak wspaniale ci się układa, Emmo – mówi cicho Carol – to dlaczego tu przyszłaś?

„Dobre pytanie", myślę.

– Poprzednio rozmawiałyśmy o tym – ciągnie Carol – że ofiary gwałtu czasami niesłusznie obwiniają się o to, co się stało. Mają poczucie, że zasłużyły na to, co je spotkało, albo czują się gorsze od innych. Dlatego zastanawiam się, czy przypadkiem nie dzieje się tak też z tobą.

Mówi to tak szczerze, że przez moment mam wrażenie, że zaraz zupełnie się rozsypię.

– A jeśli w ogóle nie zostałam zgwałcona? – pytam. – Jeśli to była tylko taka fantazja?

– Nie bardzo rozumiem, Emmo. – Carol marszczy czoło.

– Nieważne. Załóżmy, że dowiedziałam się, że ktoś popełnił przestępstwo. Czy będziesz musiała powiadomić policję, jeśli ci to wyjawię?

– Jeśli przestępstwo nie zostało jeszcze zgłoszone na policję albo jeśli twoje zeznanie może wnieść coś nowego do śledztwa, sytuacja jest skomplikowana – oznajmia Carol. – Jak wiesz, terapeuci kierują się kodeksem etyki zawodowej, który obejmuje zachowanie tajemnicy na temat swoich pacjentów. Musimy jednak przestrzegać także prawa. W konflikcie tych dwóch racji prawo jest ważniejsze.

W milczeniu zastanawiam się nad konsekwencjami.

– Co cię gryzie, Emmo? – podpytuje łagodnie Carol.

– Nic, naprawdę – odpowiadam, posyłając jej promienny uśmiech.

TERAZ: **JANE**

Badanie krwi w gabinecie mojego lekarza przynosi ostateczne potwierdzenie. Nie mówię o tym nikomu oprócz Mii, Beth i Tessy.

– Planowałaś to? – brzmi oczywiście pierwsze pytanie Mii.

Kręcę przecząco głową.

– Edwarda odrobinę… poniosło jednej nocy.

– Poniosło Pana Opanowanego? Nie wiem, czy mam się martwić, czy czuć ulgę, że jednak okazał się człowiekiem.

– To był tylko jeden raz. Zresztą potem o tym rozmawialiśmy.

Mia pewnie myśli, że rozmawialiśmy o braku zabezpieczenia, ale nie wdaję się w szczegóły.

– Powiedziałaś mu?

– Jeszcze nie. – Szczerze mówiąc, nie mam pojęcia, jak Edward na to zareaguje.

– Popraw mnie, jeśli się mylę – wtrąca – ale czy brak dzieci nie był jednym z warunków?

– Tak, taki był jeden z warunków umowy. Ale to zupełnie co innego.

– Czyżby? – Mia unosi brew. – Wszystkie dobrze wiemy, jak bardzo mężczyźni uwielbiają nieplanowane ciąże.

Nic nie odpowiadam.

– A ty? – dopytuje. – Jak *ty* się czujesz, J?

– Wystraszona – przyznaję. – Przerażona.

Pomimo całej tej karuzeli emocji, które mnie ogarnęły – niedowierzania, radości, niepokoju, euforii, zdumienia, na nowo rozbudzonego żalu z powodu Isabel, szczęścia – gdy w końcu nieco ochłonęłam, pozostał mi tylko czysty, nagi strach.

– Nie dam rady znowu przez to przechodzić. Jeśli temu dziecku też coś się stanie. To... cierpienie. Po prostu nie mogę. To mnie zniszczy.

– Powiedziano ci przecież, że nie ma najmniejszego powodu, by twoje kolejne dziecko nie było zupełnie zdrowe – przypomina Mia.

– Poprzednim razem też nie było najmniejszego powodu. A jednak się wydarzyło.

– Ale chyba je zatrzymasz, prawda?

Istnieje niewiele osób na tym świecie, które mogłyby mi zadać takie pytanie, a jeszcze mniej takich, którym udzieliłabym na nie szczerej odpowiedzi. Jakiś wewnętrzny głos podpowiada mi, bym odparła „nie". Po tak długim czasie spędzonym w mroku i samotności w końcu wychynęłam na powierzchnię. Po co więc znów ryzykować? Rozglądam się po Folgate Street 1 i zadaję sobie pytanie: czemu mam się narażać na utratę tego wszystkiego?

Zarazem jednak wciąż nie potrafię zapomnieć, jak trzymałam w ramionach martwe dziecko, jak patrzyłam na jego idealną twarzyczkę i przepełniała mnie ekstatyczna radość macierzyństwa. I dlatego nie wyobrażam sobie, bym tylko ze względu na własne tchórzostwo miała kiedykolwiek usunąć zdrowy płód.

– Tak, zatrzymam je – odpowiadam. – Urodzę to dziecko. Dziecko Edwarda. Wiem, że z początku ten pomysł niezbyt mu się spodoba, ale mam nadzieję, że do niego przywyknie.

PRZEDTEM: **EMMA**

Po dwóch tygodniach bez choćby jednej wiadomości od Edwarda wysyłam mu selfie.

„Zrobiłam sobie tatuaż, tatuśku. Podoba ci się?"

Reakcja jest natychmiastowa: „COŚ TY NAROBIŁA?".

„Wiem, że powinnam najpierw poprosić Cię o zgodę. Ale chciałam się przekonać, co się stanie, jeśli będę naprawdę bardzo, bardzo niegrzeczna..."

Prawdę mówiąc, tatuaż jest niewielki, dość gustowny i normalnie zasłonięty ubraniem. Przedstawia skrzydła mewy i znajduje się tuż nad prawym pośladkiem.

„PS Dość bolało", dopisuję.

Odpowiedź przychodzi po kilku minutach:

„I będzie bolało jeszcze bardziej. Dziś. Wracam do Londynu. Jestem wściekły".

To najdłuższa wiadomość, jaką kiedykolwiek mi przysłał. Uśmiecham się i odpisuję: „W takim razie lepiej się przygotuję".

Biorę prysznic, starannie się wycieram, a potem skrapiam odrobiną perfum. Wkładam sukienkę i sznur pereł, ale zostaję boso. Czuję mrowienie na całym ciele. Wpadam w upajający nastrój radosnego podniecenia wymieszanego ze zdenerwowaniem. Czy tym razem jednak nie przesadziłam? Czy wytrzymam to, co Edward zamierza mi zrobić?

Układam się na kanapie. W końcu dobiega mnie cichy sygnał Gospodarza informujący o czyjejś obecności przy drzwiach, a potem delikatny brzęk, gdy wpuszcza tę osobę do środka. Edward zmierza prosto na mnie, minę ma jak chmura gradowa.

– Pokaż – rozkazuje.

Ledwo udaje mi się obrócić, gdy łapie mnie jedną ręką za nadgarstki i przechyla przez oparcie kanapy, a drugą podciąga mi sukienkę, niemal ją rozdzierając.

Nagle zamiera.

– Co, u licha…?

Wybucham niepohamowanym śmiechem.

– W co ty sobie, do cholery, pogrywasz? – Edward wściekle potrząsa moimi nadgarstkami.

– To była Amanda – udaje mi się wysapać. – Zrobiła sobie tatuaż, żeby uczcić rozstanie z mężem. Poszłam z nią tylko do salonu tatuażu.

– Wysłałaś mi zdjęcie tyłka jakiejś innej kobiety? – pyta wolno Edward.

Kiwam głową, wciąż nie mogąc opanować śmiechu.

– Odwołałem kolację z burmistrzem i regionalną komisją planowania, żeby tu dziś przyjechać – warczy Edward.

– A gdzie czeka cię lepsza zabawa, tam czy tu? – pytam, kręcąc zachęcająco pupą.

Edward nie puszcza moich nadgarstków.

– Jestem na ciebie wściekły – mówi z zachwytem. – Celowo mnie rozzłościłaś. W pełni zasługujesz na to, co cię zaraz spotka.

Próbuję się wyrwać z jego uścisku, ale mocno mnie trzyma.

– Witaj w domu, tatuśku – wzdycham radośnie.

Znacznie później, gdy Edward zbiera się do wyjścia, wręczam mu list.

– Nie otwieraj go teraz – proszę. – Przeczytaj go, gdy będziesz sam. I pomyśl o tym, co napisałam, gdy będziesz siedział na tych swoich nudnych zebraniach. Nie musisz na niego odpowiadać. Chciałam tylko wytłumaczyć się z czegoś przed tobą.

TERAZ: **JANE**

To moja pierwsza wizyta lekarska w czasie ciąży. Naprzeciwko mnie za ohydnym biurkiem siedzi doktor Gifford.

Kilka dni temu dostałam oficjalne pismo, w którym wyjaśniono, że choć nie ma powodów do niepokoju, to ze względu na wcześniejsze doświadczenia moja ciąża została automatycznie uznana za ciążę wysokiego ryzyka. Tym samym trafię pod opiekę specjalisty, czyli doktora Gifforda.

Najwyraźniej jednak ktoś zorientował się, że popełnił błąd, ponieważ jeszcze tego samego dnia odebrałam telefon ze szpitala i usłyszałam, że zrozumieją, jeśli zażyczę sobie innego lekarza. Poza tym powinnam wiedzieć, że doktor Gifford złożył rezygnację.

Mówią, że w ciąży nie myśli się jasno. Jak na razie uważam, że jest dokładnie na odwrót. A może po prostu podjęcie niektórych decyzji przychodzi znacznie łatwiej. W końcu wiem, jak należy postąpić.

– Rzecz w tym – zwracam się do Gifforda – że moim zdaniem nie powinien pan rezygnować z powodu czegoś, za co nie ponosi pan winy. A oboje dobrze wiemy, że pański następca będzie tak samo przepracowany jak pan.

Gifford niepewnie kiwa głową.

– Oto moja propozycja. Połączmy siły, żeby wywrzeć presję na władzach szpitala. Napiszę do nich, że nie chcę oficjalnego dochodzenia w sprawie śmierci Isabel, ale żądam od nich gwarancji, że zwiększą liczbę personelu i zaczną robić więcej USG dopplerowskich. Jeśli przekaże im pan, że od tych samych warunków uzależnia pan wycofanie swojej rezygnacji, może dostrzegą szansę na zawarcie kompromisu. Co pan na to?

Tessie niezbyt spodobał się ten pomysł, ponieważ wolałaby wszczęcie oficjalnego śledztwa i wprowadzenie systemowych rozwiązań. Ale uparłam się i w końcu dała za wygraną.

– Zawsze jest taka? – spytała Mię z żalem w głosie.

– Zawsze taka była przed Isabel – odparła Mia, uśmiechając się do mnie. – To najlepiej zorganizowana, najbardziej uparta i przewidująca osoba, jaką znam. Chyba wreszcie odzyskaliśmy naszą starą dobrą Jane.

Doktor Gifford z początku też nie jest przekonany do tego pomysłu.

– Jeśli chodzi o braki kadrowe... – zaczyna ostrożnie.

– Jeśli chodzi o braki kadrowe, powinien pan w końcu zacząć walczyć o swoje – przerywam mu. – Wie pan równie dobrze jak ja, że większa liczba lekarzy oraz USG ocali więcej ludzi niż jakiś nowy drogi lek na raka. A ja chcę tylko pomóc pańskiemu oddziałowi w tym, by te prośby wreszcie zostały usłyszane.

– Dziękuję. – Kiwa głową.

– A teraz proszę mnie przebadać. Jeśli mam już trafić pod pańską opiekę, zamierzam jak najlepiej to wykorzystać.

Badanie jest bardzo dokładne, o wiele dokładniejsze niż badania, które przechodziłam na tym samym etapie ciąży z Isabel. Zdaję sobie sprawę, że jestem traktowana na specjalnych warunkach ze względu na wcześniejsze przejścia z doktorem Giffordem, ale mi to nie przeszkadza. Nie uważam się już za zwykłą osobę, jedną z tłumu pacjentek.

Wielkość i położenie macicy są w porządku. Robią mi cytologię, by sprawdzić, czy nie mam raka szyjki macicy, i pobierają wycinek tkanki pod kątem badania na choroby przenoszone drogą płciową. Jestem spokojna o ich wyniki. Nie ma najmniejszej szansy, by obsesyjnie pedantyczny Edward mógł mieć jakąś niewyleczoną chorobę weneryczną. Mam dobre ciśnienie krwi. Wszystko jest w porządku. Doktor Gifford mówi, że jest zadowolony.

– Zawsze dobrze wypadałam na wszelkich egzaminach – żartuję.

Leżąc w gabinecie, opowiadam mu o planie, jaki miałam na poród Isabel, o rodzeniu w wodzie ze świecami i muzyką. Gifford odpowiada, że nie widzi żadnych przeciwwskazań, by tym razem nie miało to tak przebiegać. Potem omawiamy suplementy diety. Przede wszystkim kwas foliowy – Gifford sugeruje osiemset mikrogramów dziennie. Witamina D też jest wskazana. Powinnam unikać multiwitamin zawierających witaminę A, za to przyjmować witaminę C, wapń oraz żelazo.

Naturalnie wszystko to będę zażywać. Nie jestem osobą, która zlekceważyłaby czyjeś wskazówki lub zaniedbała nawet najdrobniejszą rzecz mogącą mi wyjść na dobre. Po drodze do domu kupuję wszystkie potrzebne tabletki i dwukrotnie czytam każdą ulotkę, upewniając się, że nie zakradła się gdzieś przez przypadek witamina A. Po odwieszeniu płaszcza natychmiast włączam laptopa, by sprawdzić, jakie jeszcze zmiany w diecie powinnam wprowadzić.

„Jane, proszę, oceń poniższe stwierdzenia w skali od 1 do 5, gdzie 1 oznacza »całkowicie się zgadzam«, a 5 – »zupełnie się nie zgadzam«.

Dostęp do niektórych funkcji domu zostanie ograniczony do czasu ukończenia ewaluacji".

Zastygam nieruchomo. Mam wrażenie, że od wyjazdu Edwarda te wszystkie testy powtarzają się znacznie częściej. Zupełnie jakby mnie sprawdzał. Upewniał się ze swego odległego biura, czy nadal jestem spokojna, pogodna i żyję zgodnie ze wszystkimi regułami.

O zgrozo, gdyby nie wyłączył mi internetu, bez zastanowienia wpisałabym do wyszukiwarki: „dieta zalecana podczas ciąży". Muszę pamiętać, by od teraz do wszystkiego używać Wi-Fi sąsiada. Przynajmniej do czasu, aż powiem Edwardowi.

A także dopóki nie dowiem się, co naprawdę stało się z Emmą. Ponieważ te dwie rzeczy – wyjawienie Edwardowi mojej tajemnicy oraz odkrycie jego tajemnic – są teraz ze sobą ściśle powiązane i wymagają jak najpilniejszego wyjaśnienia. Ze względu na dobro swojego dziecka muszę poznać prawdę.

PRZEDTEM: **EMMA**

Komisarz Clarke wzywa mnie na posterunek na kolejną rozmowę. Najwyraźniej sprawa nabrała tempa, ponieważ policjant zamiast do klitki, w której urzęduje, prowadzi mnie do dobrze oświetlonej sali konferencyjnej. Po jednej stronie stołu siedzi pięć osób. Jeden z mężczyzn jest w mundurze – zdaje się, że to ktoś wysoko postawiony. Obok niego znajduje się drobna kobieta w ciemnym kostiumie. Następnie siedzi John Broome, prokurator, którego znam z rozprawy w sprawie kaucji. Dalej sierżant Willan – zajęła miejsce w pewnej odległości od pozostałych, jakby chcąc podkreślić, że nie jest dostatecznie wysoka rangą, by mieć tu cokolwiek do powiedzenia.

Komisarz Clarke, który jak dotąd zachowywał się zazwyczaj dość wesoło, wskazuje mi miejsce naprzeciwko niskiej kobiety w kostiumie, a sam siada obok sierżant Willan. Przede mną stoją dzbanek z wodą i szklanka, ale nigdzie nie widzę żadnych herbatników ani kawy. Dziś nie będzie żadnych kubków z Garfieldem.

– Dziękujemy pani za przybycie, Emmo – odzywa się kobieta w kostiumie. – Nazywam się Patricia Shapton, jestem prokuratorem specjalnym, a to nadinspektor Peter Robertson.

Duże szychy.

– Witam – mówię, machając do nich. – Jestem Emma.

Patricia Shapton uśmiecha się uprzejmie i kontynuuje:

– Spotkaliśmy się, aby przedyskutować linię obrony Deona Nelsona wobec pani zarzutów dotyczących gwałtu oraz włamania z użyciem broni. Jak zapewne pani wie, istnieje wymóg wymiany informacji przed procesem pomiędzy oskarżeniem a obroną, by uniknąć niepotrzebnego kierowania niektórych spraw do rozpatrzenia sądu.

Nie wiedziałam o tym, ale kiwam potakująco głową.

– Deon Nelson twierdzi, że doszło do błędnej identyfikacji – ciągnie Patricia Shapton. Bierze do ręki kartkę z leżącej przed nią sterty dokumentów i zakłada okulary do czytania. Następnie rzuca mi znad nich spojrzenie, jakby czekała, aż coś odpowiem.

– Nie widziałam go podczas przesłuchania w sądzie – zapewniam szybko.

– Jest kilku świadków, którzy uważają inaczej. Ale nie dlatego chcieliśmy się z panią spotkać.

Z jakiegoś powodu te słowa wcale nie przynoszą mi ulgi. Zarówno ton Shapton, jak i nieme, baczne spojrzenia pozostałych osób wywołują we mnie niepokój. Atmosfera robi się poważna. Wręcz napastliwa.

– Deon Nelson dostarczył medyczny dowód, intymny dowód, na to, że nie może być mężczyzną z nagrania, z którym uprawiała pani seks oralny – oznajmia Shapton. – Dowód jest dość mocny. Rzekłabym nawet, że niepodważalny.

Czuję zawroty głowy, które płynnie przechodzą w mdłości.

– Nie rozumiem – mówię.

– Z prawnego punktu widzenia to w zasadzie wystarczy, by obrona uzyskała uniewinnienie – kontynuuje Shapton, jakby w ogóle nie usłyszała tego, co powiedziałam. Bierze do ręki kolejne dokumenty. – Jednak prawnicy Nelsona zrobili znacznie więcej. Oto złożone pod przysięgą zeznania kilku pani kolegów z Flow Water Supplies. Dla nas najistotniejsze jest zeznanie Saula Aksoya, w którym opisuje on wasze niedawne relacje seksualne. Podczas nich na pani prośbę nagraliście wideo pasujące opisem do filmu znalezionego przez komisarza Clarke'a w twoim telefonie.

Jest takie wyrażenie: pragnąć się zapaść pod ziemię. Ale nawet w drobnej części nie oddaje ono tego, jak się czujesz, gdy cały świat wali ci się na głowę, gdy wszystkie opowiadane przez ciebie kłamstwa nagle rozpadają się z hukiem. Zapada długa, przeraźliwa cisza. Do oczu napływają mi gryzące łzy. Próbuję je powstrzymać. Patricia Shapton pomyśli pewnie, że płacz to tylko podstęp, by wzbudzić ich litość.

– A co z pozostałymi telefonami, które znaleźliście? – udaje mi się wydusić z siebie. – Mówiliście, że Deon Nelson postępował tak już wcześniej. Na pewno nie jest niewinny.

Tym razem odpowiada mi nadinspektor Robertson.

– Kiedyś wydawało nam się, że istnieje związek między włamaniami a oglądaniem twardej pornografii – wyjaśnia – ponieważ u włamywaczy często znajdowaliśmy pokaźne kolekcje dość ostrych DVD. Wreszcie ktoś doszedł do wniosku, że włamywacze po prostu zatrzymują te filmy pornograficzne, które ukradli z domów swych ofiar. Nelson tak samo postępował z telefonami. Zatrzymywał te, na których znajdował erotyczne zdjęcia i nagrania. To wszystko.

Patricia Shapton zdejmuje i składa okulary.

– Czy Deon Nelson zmusił panią do uprawiania z nim seksu oralnego?

Następuje długie, długie milczenie.

– Nie – szepczę.

– Dlaczego więc powiedziała pani policji, że to zrobił?

– Zapytaliście mnie o to przy Simonie! – wybucham. Łzy płyną mi teraz po twarzy, łzy żalu i złości, ale próbuję im wytłumaczyć, że to jest w takim samym stopniu ich wina, jak moja. Wskazuję na sierżant Willan i komisarza Clarke'a. – Powiedzieli, że znaleźli nagranie, które wskazuje, że Nelson mógł mnie do tego zmusić. Powiedzieli, że nie widać na nim jego twarzy ani noża. Co więc miałam zrobić? Przyznać się Simonowi, że uprawiałam seks z kimś innym?

– Oskarżyła pani człowieka o gwałt i grożenie nożem. A także o szantaż: że wyśle to obsceniczne nagranie do wszystkich pani przyjaciół i bliskich. Podczas przesłuchania nie wycofała pani swojego kłamstwa. Wygłosiła pani nawet w sądzie oświadczenie pod przysięgą.

– Komisarz Clarke mnie zmusił – bronię się. – Próbowałam się z tego wycofać, ale mi nie pozwolił. Zresztą Nelson na to zasłużył. To złodziej. Okradł mnie.

Te żałosne i małostkowe słowa zawisają w powietrzu. Zerkam na komisarza Clarke'a. Na jego twarzy maluje się cały wachlarz emocji. Pogarda. Litość. I gniew. Gniew z powodu tego, że pozwolił mi się oszukać, że wykorzystałam jego chęć zapewnienia mi ochrony i karmiłam go jednym kłamstwem za drugim.

Znowu zapada okropna cisza. Patricia Shapton spogląda na nadinspektora Robertsona. Najwyraźniej to jakiś wcześniej umówiony sygnał, ponieważ Robertson pyta:

– Czy ma pani prawnika, Emmo?

Potrząsam głową. Jest wprawdzie facet, który przygotował aneks do umowy, gdy Simon się wyprowadzał, ale nie sądzę, by był z niego jakiś pożytek w mojej obecnej sytuacji.

– Emmo, muszę teraz panią aresztować. To znaczy, że będzie pani przysługiwał adwokat z urzędu, gdy poddamy panią formalnemu przesłuchaniu.

– Ale jak to? – Wpatruję się w niego.

– Sprawy gwałtów traktujemy bardzo poważnie. Zakładamy, że każda kobieta oskarżająca kogoś o gwałt mówi prawdę. Ale z jednakową powagą podchodzimy do fałszywych oskarżeń o popełnienie gwałtu. Na podstawie tego, co dzisiaj usłyszeliśmy, dysponujemy wystarczającymi dowodami, by aresztować panią pod zarzutem marnotrawienia czasu policji oraz utrudniania prawidłowego funkcjonowania wymiaru sprawiedliwości.

– Chcecie aresztować m n i e? – pytam z niedowierzaniem. – A co z Nelsonem? To on jest przestępcą.

– Musimy wycofać zarzuty przeciwko Deonowi Nelsonowi – oznajmia Patricia Shapton. – I to wszystkie. Pani zeznania są teraz kompletnie niewiarygodne.

– Ale on ukradł moje rzeczy. Tego chyba nikt nie kwestionuje, prawda?

– Otóż właśnie kwestionuje – wtrąca nadinspektor Robertson. – Deon Nelson twierdzi, że kupił telefon od jakiegoś człowieka w pubie. Niespecjalnie mu wierzymy, ale na podstawie dostępnych dowodów nie możemy znaleźć absolutnie żadnych powiązań między nim a panią.

– Ale nie myślicie chyba...

– Emmo Matthews, aresztuję panią pod zarzutem utrudniania prawidłowego funkcjonowania wymiaru sprawiedliwości oraz marnotrawienia czasu policji, a więc złamania punktu piątego paragrafu drugiego kodeksu karnego z 1967 roku. Ma pani prawo zachować milczenie, choć zatajenie jakichkolwiek informacji może zaszkodzić pani linii obrony podczas rozprawy sądowej. Wszystko, co pani powie, może zostać użyte przeciwko pani. Czy pani rozumie?

Nie mogę wydobyć z siebie słowa.

– Emmo, musi pani odpowiedzieć. Czy rozumie pani istotę stawianych jej zarzutów?

– Tak – szepczę.

Potem ogarnia mnie poczucie odrętwienia, jakbym przeszła na drugą stronę lustra. W jednej chwili przestałam być ofiarą, z którą należy się obchodzić jak z jajkiem, okazywać jej współczucie i częstować kawą. Nagle trafiam do zupełnie innej części posterunku, w której lampy są zabezpieczone metalowymi siatkami, a podłogi cuchną wymiocinami i wybielaczem. Strażnik spogląda na mnie z góry zza znajdującego się na podwyższeniu biurka i wyjaśnia mi moje prawa. Opróżniam kieszenie. Dostaję regulamin zachowania w areszcie śledczym i dowiaduję się, że zjem ciepły posiłek, jeśli wciąż będę tu przebywać w porze kolacji. Odbierają mi buty i zostaję odprowadzona do celi. Do jednej ze ścian jest przymocowana prycza, a na przeciwległej znajduje się krótka półka. Mury są białe, podłoga szara, blade światło sączy się spod sufitu. Przechodzi mi przez myśl, że Edward czułby się tu jak w domu, choć pewnie jednak nie – w końcu całe to miejsce jest brudne, śmierdzące, niewygodne i nędzne.

Przez trzy godziny czekam na obrońcę z urzędu. W pewnym momencie strażnik przynosi mi dokument z listą postawionych zarzutów. Na piśmie wygląda to jeszcze gorzej niż to, co słyszałam wcześniej na górze.

Staram się nie myśleć o wyrazie twarzy komisarza Clarke'a, gdy wychodziłam z sali konferencyjnej. Zniknął z niej gniew, pozostała tylko odraza. On mi uwierzył, a ja go zawiodłam.

W końcu pojawia się pulchny młody mężczyzna z nażelowanymi włosami i w krawacie ze zdecydowanie zbyt dużym węzłem windsorskim. Staje w drzwiach i ściska mi dłoń ponad naręczem dokumentów.

– Ehm, Graham Keating – przedstawia się. – Niestety wszystkie pomieszczenia dla prawników są zajęte. Będziemy musieli porozmawiać tutaj.

Siadamy obok siebie na twardej pryczy niczym dwójka nieśmiałych, skrępowanych sobą nastolatków, po czym adwokat prosi, bym własnymi słowami opisała, co się wydarzyło. Nawet mnie, gdy tego słucham, wydaje się to mało przekonujące.

– Co się ze mną stanie? – pytam po zakończeniu opowieści.

– Tak naprawdę zależy to od tego, czy postawią bardziej na zarzut marnotrawienia czasu policji czy też na utrudnianie prawidłowego funkcjonowania wymiaru sprawiedliwości. Jeśli na to pierwsze, a przyznasz się do winy, możesz się spodziewać skazania na prace społeczne albo na wyrok w zawieszeniu. Ale jeśli zdecydują się na tę drugą możliwość... Cóż, w tym wypadku nie ma ograniczeń, jeśli chodzi o surowość wyroku, jaki może wydać sędzia. Maksymalna kara to dożywocie. Ale oczywiście zasądzana jest tylko w wyjątkowo ekstremalnych przypadkach. Muszę cię jednak przestrzec, że sędziowie podchodzą do takich spraw bardzo poważnie.

Znów zaczynam płakać. Graham sięga do teczki i wyciąga z niej opakowanie chusteczek higienicznych. Ten gest przywodzi mi na myśl Carol, a to z kolei przypomina mi o jeszcze jednym problemie.

– Ale chyba nie będą mogli przesłuchać mojej terapeutki, prawda? – pytam.

– Jakiego rodzaju terapeutkę masz na myśli?

– Po włamaniu zaczęłam chodzić do psychoterapeutki. Policja mi ją poleciła.

– I wyznałaś tej terapeutce prawdę?

– Nie – odpowiadam pełnym żałości głosem.

– Rozumiem – mówi Graham, choć jest wyraźnie skonsternowany. – No cóż, jeśli nie będziemy się zasłaniać stanem twojego umysłu, wówczas nie będzie powodu, by ją w to mieszać.

Graham na chwilę milknie.

– To prowadzi nas z kolei do kwestii, jak będzie wyglądać nasza linia obrony. Lub raczej nasza argumentacja za złagodzeniem kary. Chodzi o to, że przyznałaś się już policji, co się naprawdę stało. Nie powiedziałaś jej jednak, dlaczego tak się stało.

– Co masz na myśli?

– W przypadku gwałtu i poważnych przestępstw seksualnych kontekst ma kapitalne znaczenie. A ponieważ zarzuty zostały postawione w związku z dochodzeniem w sprawie gwałtu, postępowanie będzie nadal prowadzone według tych samych przepisów. Zdarzało mi się reprezentować kobiety, które były na przykład zastraszane lub przymuszane do wniesienia oskarżenia bądź też jego wycofania. To wiele ułatwia.

– To nie było... – zaczynam, lecz zaraz urywam. – Chwileczkę, chodzi o to, czy nie bałam się, że ktoś mnie może załatwić?

– Niekoniecznie załatwić. Choć to może mieć wpływ na radykalne zmniejszenie wyroku.

– Ale ja się *bałam* – mówię. – Bałam się powiedzieć o tym Simonowi. Czasami bywa agresywny.

– Dobra – odpowiada Graham. Wprawdzie nie emanuje nadmiernym entuzjazmem, ale to, jakim gestem otwiera notes i w jaki sposób szykuje się do robienia notatek, dodaje mi otuchy. – To w jaki sposób objawia się jego agresja?

TERAZ: **JANE**

– Komisarz Clarke?

Mężczyzna w brązowej wiatrówce siedzący nad kuflem piwa podnosi wzrok.

– To ja. Ale nie jestem już komisarzem. Tylko zwykłym obywatelem. Możesz mi mówić James, jeśli wolisz. – Podnosi się, by uścisnąć mi dłoń. U jego stóp leży torba na zakupy pełna owoców i warzyw. Wskazuje na bar. – Postawić ci drinka?

– Sama coś sobie zamówię. Cieszę się, że zechciałeś się ze mną spotkać.

– Och, to żaden problem. W środy i tak zawsze przyjeżdżam do miasta na targ.

Zamawiam dla siebie przy barze napój imbirowy i wracam do stolika. Wciąż nie mogę wyjść ze zdumienia, jak łatwo w dzisiejszych czasach namierzyć poszukiwaną osobę. Dzięki telefonowi do Scotland Yardu ustaliłam, że komisarz Clarke przeszedł na emeryturę, po czym wystarczyło, że wpisałam do wyszukiwarki – oczywiście nie do wyszukiwarki Gospodarza – frazę „jak odnaleźć emerytowanego policjanta", a wśród wyników wyświetlił się odnośnik do strony Krajowego Stowarzyszenia Emerytowanych Oficerów Policji. Znajdował się na niej formularz kontaktowy, więc wysłałam zapytanie. Odpowiedź nadeszła jeszcze tego samego dnia. Stowarzyszenie nie mogło udostępnić mi danych kontaktowych swoich członków, ale przekazało moją prośbę bezpośrednio do zainteresowanego.

Siedzący naprzeciwko mnie mężczyzna wydaje się dość młody jak na emeryta. Najwyraźniej Clarke odgadł, o czym myślę, ponieważ niepytany wyjaśnia:

– Służyłem w policji przez dwadzieścia pięć lat. Dostatecznie długo, by móc przejść na emeryturę. Ale nie przestałem pracować. Razem z innym ekspolicjantem prowadzę małą firmę zajmującą się montażem systemów alarmowych. Nie jest to zbyt stresująca robota, a pieniądze są przyzwoite. Jak rozumiem, chciałaś porozmawiać o Emmie Matthews.

– Zgadza się. – Kiwam głową.

– Jesteś z nią spokrewniona?

Musiał dostrzec podobieństwo.

– Nie. Mieszkam obecnie w domu przy Folgate Street 1.

– Hmm.

Na pierwszy rzut oka James Clarke wydaje się zwyczajnym, porządnym facetem, typem gościa, który własną pracą mógł się dorobić na przykład małej willi w Portugalii tuż obok pola golfowego. Ale teraz dostrzegam, że z jego oczu bije mądrość i pewność siebie.

– Co konkretnie chcesz wiedzieć?

– Dowiedziałam się, że Emma wniosła oskarżenie przeciwko swojemu byłemu chłopakowi Simonowi. Niedługo po tym zginęła. Słyszałam sprzeczne wyjaśnienia na temat tego, co lub kto ponosi winę za jej śmierć: depresja, Simon, a może nawet mężczyzna, z którym była wówczas związana. – Celowo nie wymieniam imienia Edwarda, żeby nie wzbudzać podejrzeń Clarke'a. – Próbuję tylko rzucić trochę światła na to, co się z nią stało. Trudno nie interesować się śmiercią Emmy, gdy mieszka się w tym samym domu.

– Emma Matthews zupełnie zamydliła mi oczy – mówi ponurym tonem komisarz Clarke. – A to nie zdarzało mi się zbyt często w karierze detektywa. W zasadzie prawie nigdy. Ale oto miałem przed sobą wiarygodną młodą kobietę, która przekonywała mnie, że była zbyt przestraszona, by zgłosić na policję napaść seksualną, ponieważ napastnik nagrał wszystko jej telefonem i zagroził, że wyśle film do każdej osoby z jej listy kontaktów. Chciałem jej jakoś pomóc. Poza tym wywierano wtedy na nas naciski, żeby zwiększyć liczbę wyroków skazujących wśród oskarżonych o gwałt. Wydawało mi się, że dowody, którymi dysponowaliśmy, choć raz pozwolą mi zadowolić moich szefów, wymierzyć sprawiedliwość w imieniu ofiary, a przy okazji zapuszkować na długie lata wyjątkowo paskudnego śmiecia, Deona Nelsona. Potrójna wygrana. Okazało się, że myliłem się we wszystkich tych trzech sprawach. Emma od samego początku opowiadała nam same kłamstwa.

– A więc umiała dobrze kłamać?

– Albo po prostu natrafiła na głupca w średnim wieku. – Wzrusza z rozżaleniem ramionami. – Moja Sue zmarła rok wcześniej. A ta dziewczyna, choć mogłaby być moją córką... Może byłem zbyt ufny. Przynajmniej do takich wniosków doszli prowadzący wewnętrzne dochodzenie. Policjant zbliżający się do emerytury i młoda dziewczyna, która zupełnie zawróciła mu w głowie. Tkwiło w tym zresztą ziarno prawdy. W każdym razie wystarczyło, bym przeszedł na nieco wcześniejszą emeryturę, gdy tylko mi to zasugerowano.

Clarke upija duży łyk piwa. Ja sączę napój imbirowy. Jeśli młoda kobieta pije w pubie napój bezalkoholowy, to według mnie oczywisty znak, że jest w ciąży, ale komisarz Clarke, nawet jeśli zwrócił na to uwagę, nie komentuje tego ani słowem.

– Gdy teraz o tym myślę, dochodzę do wniosku, że powinienem był zauważyć pewne rzeczy. Podczas okazania Emma rozpoznała Nelsona z zaskakującą pewnością, choć w czasie napaści, jak zeznała, miał na głowie kominiarkę. A jeśli chodzi o oskarżenie, które wniosła przeciwko byłemu chłopakowi… – Clarke wzrusza ramionami.

– Z perspektywy czasu też wydaje się niewiarygodne?

– Nie wierzyliśmy w nie nawet wtedy. Taka była po prostu strategia jej adwokata, by uratować ją przed więzieniem. „Byłam tak bardzo przerażona, że nie mogę ponosić odpowiedzialności za to, co mówiłam". To zresztą poskutkowało. Poza tym prokuratura wcale nie paliła się do tego, by opowiadać w sądzie, jakich durniów Emma zrobiła z nas wszystkich. Emma musiała przyjąć oficjalne pouczenie w sprawie marnotrawienia czasu policji, ale nic więcej.

– Ale i tak aresztowaliście Simona Wakefielda po jej śmierci.

– No tak. Cóż, tak naprawdę próbowaliśmy kryć własne tyłki. Nagle bowiem okazało się, że może kompletnie się pomyliliśmy w ocenie całej sytuacji. Młoda kobieta twierdzi, że została zgwałcona, potem przyznaje się do kłamstwa, ale utrzymuje, że jej chłopak to rodzaj doktora Jekylla i pana Hyde'a, że zachowuje się wobec niej agresywnie. Wkrótce potem zostaje znaleziona martwa. Gdyby okazało się, że to on ją *zabił*, mielibyśmy przechlapane. Zresztą nawet jeśli byłoby to samobójstwo, to też nie świadczyłoby najlepiej o potraktowaniu Emmy przez policję, prawda? Tak czy owak, lepiej było kogoś aresztować.

– Czyli po prostu zachowywaliście pozory?

– Och, nie zrozum mnie źle. Wprawdzie taki był główny powód, dla którego góra naciskała na aresztowanie Wakefielda, ale moi ludzie porządnie go przemaglowali. Nie znaleźliśmy żadnego dowodu łączącego Simona Wakefielda ze śmiercią Emmy. Jego jedyny błąd polegał na tym, że w ogóle się z nią związał. A o to trudno mi go obwiniać. Jak już mówiłem, nawet znacznie starszy i mądrzejszy od niego mężczyzna uległ jej urokowi. – Clarke marszczy brwi. – W tej całej sprawie była jednak zastanawiająca rzecz. Większość ludzi przyłapanych przez policję na kłamstwie dość szybko się rozsypuje. Tymczasem Emma zareagowała na to kolejnym kłamstwem. Może ten pomysł podsunął jej adwokat, ale nawet jeśli tak było, jej reakcja nie należy do często spotykanych.

– Jak więc pańskim zdaniem zginęła?

– Są dwie możliwości. Pierwsza: sama się zabiła. Z powodu depresji? – Clarke kręci głową. – Nie sądzę. Bardziej prawdopodobne, że te wszystkie kłamstwa zaczęły ją w końcu przytłaczać.

– A druga?

– Najbardziej oczywista.

– Czyli jaka? – Marszczę czoło.

– Zdaje się, że nie brałaś pod uwagę możliwości, że zabił ją po prostu Deon Nelson.

To prawda, tak bardzo skupiłam się na Edwardzie i Simonie, że nawet przez myśl mi nie przeszło, że mógłby to zrobić ktoś inny.

– Nelson był, i z tego, co wiem, chyba nadal jest, dość nikczemną kreaturą. Skazywano go za stosowanie przemocy od dwunastego roku życia. Po tym, jak Emma niemal doprowadziła do jego skazania za pomocą zmyślonej historyjki, mógł zechcieć się na niej zemścić. – Clarke na chwilę milknie. – Zresztą Emma powiedziała nam, że Nelson zaczął jej grozić.

– Sprawdziliście to?

– Odnotowaliśmy.

– To jest to samo?

– Emma została aresztowana za marnowanie czasu policji. Myślisz, że badanie wszystkich jej zgłoszeń należało później do naszych priorytetów? Już samo oskarżenie Nelsona o gwałt wydawało nam się zbyt pochopne. Jego prawniczka stwierdziła, że jej klient jest prześladowany na tle rasowym, więc nie było szans, byśmy go dopadli bez dostatecznie mocnych dowodów.

Zastanawiam się przez chwilę.

– Proszę mi opowiedzieć o tym nagraniu w telefonie Emmy. Jak mogliście wziąć to za gwałt, skoro z gwałtem nie miało nic wspólnego?

– Ponieważ nagranie było brutalne – odpowiada stanowczo Clarke. – Może jestem nieco staroświecki, ale po prostu nie potrafię zrozumieć, jak ludzie mogą czerpać przyjemność z takich rzeczy. Ale jeśli czegoś nauczyłem się w ciągu dwudziestu pięciu lat pracy w policji, to tego, że nigdy nie można zrozumieć życia erotycznego innych ludzi. W dzisiejszych czasach młodzi oglądają w internecie to ohydne, brutalne porno i wydaje im się, że zabawnie będzie nagrać podobne wideo własną komórką. Mężczyźni traktują kobiety jak przedmioty, a one się na to zgadzają. Dlaczego? Naprawdę nie jestem w stanie tego pojąć. Ale właśnie taki był przypadek Emmy. W dodatku zrobiła to z najlepszym przyjacielem swojego chłopaka.

– Jak on się nazywał?

– Saul Aksoy. Pracował razem z Emmą w jednej firmie. Prawniczka Nelsona wynajęła prywatnego detektywa, który go wytropił i nakłonił do wydania oświadczenia. Oczywiście Aksoy nie popełnił żadnego przestępstwa, ale mimo to… Co za bajzel.

– Ale jeśli Emmę zabił Deon Nelson – mówię, wciąż rozważając teorię Clarke'a – to w jaki sposób dostał się do domu?

– Tego nie wiem. – Clarke odstawia pusty kufel. – Za dziesięć minut mam autobus. Muszę się zbierać.

– Dom przy Folgate Street 1 wyposażono w najdoskonalszy system antywłamaniowy. Między innymi dlatego tak bardzo spodobał się Emmie.

– Najdoskonalszy? – Clarke prycha. – Może dziesięć lat temu. Obecnie żaden system połączony z internetem nie jest uważany za szczególnie bezpieczny. Zbyt łatwo go zhakować.

Nagle słyszę w głowie głos Edwarda: „Kiedy ją znaleziono, był włączony prysznic. Musiała mieć mokre stopy i zbiegać po schodach na bosaka...".

– A dlaczego prysznic był włączony? – pytam.

Clarke patrzy na mnie zdziwiony.

– Słucham?

– Prysznic jest uruchamiany za pomocą bransolety. – Pokazuję nadgarstek z bransoletką. – Rozpoznaje użytkownika, kiedy wchodzi on do kabiny, i dostosowuje temperaturę wody do jego preferencji. Gdy wychodzi się spod prysznica, woda automatycznie przestaje się lać.

– Skoro tak mówisz. – Clarke wzrusza ramionami.

– A co z pozostałymi danymi? Z nagraniami z wideodomofonu i tak dalej? Sprawdzaliście je?

Clarke kręci głową.

– Emma została znaleziona czterdzieści osiem godzin od chwili zgonu. Twardy dysk systemu bezpieczeństwa był całkowicie wyczyszczony. Wiele systemów antywłamaniowych jest tak zaprogramowanych, by niepotrzebnie nie zajmować miejsca na dysku. Nic nie mogę na to poradzić.

– Coś musiało się stać z domem. To musiało mieć coś wspólnego ze śmiercią Emmy.

– Może. Zapewne nigdy nie uda się rozwiązać tej zagadki. – Clarke wstaje i sięga po torbę z zakupami.

Też się podnoszę. Już mam mu podać dłoń na pożegnanie, gdy on zupełnie nieoczekiwanie nachyla się i całuje mnie w policzek. Jego ubranie jest przesiąknięte lekkim zapachem piwa.

– Miło było cię poznać, Jane. I powodzenia. Szczerze mówiąc, wątpię, byś natrafiła na coś nowego, ale gdyby ci się udało, daj mi znać, dobrze? Wciąż nie daje mi spokoju, co mogło się stać z Emmą. Ta sprawa dręczy mnie jak mało która.

PRZEDTEM: **EMMA**

Dawniej dom przy Folgate Street 1 jawił mi się jako spokojne, bezpieczne schronienie. Już tak nie jest. Teraz wydaje mi się klaustrofobiczny i złośliwy. Zupełnie jakby się na mnie gniewał.

Ale to oczywiście ja sama przypisuję swoje uczucia jego pustym ścianom. To ludzie są na mnie źli, a nie sam dom.

Ta myśl przypomina mi o Edwardzie i wpadam w panikę z powodu listu, który mu dałam. Co też sobie wyobrażałam? Wysyłam do niego SMS-a: „Proszę, nie czytaj go. Po prostu go wyrzuć". Większość ludzi, otrzymawszy taką wiadomość, na pewno zaraz przeczytałaby list, ale Edward nie jest taki jak większość ludzi.

To jednak wcale nie rozwiązuje problemu z tym, że prędzej czy później będę musiała powiedzieć mu o Simonie i Saulu, Nelsonie i policji. A to oznacza, że będę musiała przyznać się do tego, że go okłamałam. Na samą myśl o tym chce mi się płakać.

Przypominają mi się słowa, które moja matka powtarzała za każdym razem, gdy przyłapała mnie w dzieciństwie na kłamstwie: „Jeśli kłamiesz, to się potem nie maż".

Recytowała mi też wierszyk o dziewczynce o imieniu Matylda, która tak często wzywała straż pożarną, że gdy wybuchł prawdziwy pożar, nikt jej nie uwierzył.

„Milcz, Kłamczucho!" –
Odpowiadali więc, nieczuli,
Wrzeszczącej „Pali się!" Smarkuli.
Ciocia, wróciwszy po *Hamlecie*,
W miejscu, gdzie Dom był, a w nim Dziecię
(Jęcz, Liro moja! Fletnio, piszcz!) –
Zastała jeno Garstkę Zgliszcz*.

Wyrównałam jednak rachunki ze swoją matką. Gdy miałam czternaście lat, przestałam jeść. Lekarze zdiagnozowali u mnie anoreksję, ale ja wiedziałam, że tak naprawdę wcale nie cierpię na zaburzenia odżywiania. Próbowałam tylko udowodnić, że mam większą siłę woli niż moja matka. Wkrótce wszyscy domownicy zamartwiali się m o j ą dietą, m o j ą wagą, m o i m spożyciem kalorii, tym, czy miałam dobry dzień czy zły, czy zaczął mi się okres, czy czuję się słabo i czy na policzkach oraz ramionach wyrastają mi jasne, puszyste włoski. Posiłki ciągnęły się w nieskończoność, a rodzice usiłowali skłonić mnie pochlebstwem, przekupstwem lub groźbą, żebym połknęła choć jeszcze jeden kęs. Zgodnie z teorią, że jeśli jakaś potrawa przypadnie mi do gustu, znacznie chętniej ją zjem, pozwalano mi wymyślać coraz to bardziej cudaczne diety. Przez tydzień więc żywiliśmy się wyłącznie zupą z awokado posypaną kawałkami smażonego jabłka. Kiedy indziej znów trzy razy dziennie jadaliśmy sałatkę z gruszek i rzeżuchy.

---

* H. Belloc, *Historia Matyldy, którą za ciągłe kłamstwa spotkała śmierć w płomieniach*, tłum. S. Barańczak [w:] „Zeszyty Literackie" 2015, nr 1(129), s. 59–61.

Mój ojciec był wcześniej zdystansowany i obojętny, ale od kiedy zachorowałam, stałam się jego oczkiem w głowie. Rodzice wysyłali mnie do rozmaitych prywatnych klinik, w których mówiono mi o niskim poczuciu własnej wartości oraz potrzebie odniesienia sukcesu w jakiejś dziedzinie. Ale przecież ja odnosiłam sukcesy: w dziedzinie niejedzenia. Nauczyłam się anielsko uśmiechać i z pewnym znużeniem mówiłam lekarzom, że na pewno mają rację i że od tej pory naprawdę postaram się myśleć o sobie znacznie bardziej pozytywnie.

Skończyłam z tym, gdy pewna odporna na moje wdzięki psycholożka spojrzała mi w oczy i oznajmiła, że doskonale wie, iż tylko manipuluję ludźmi, i że jeśli w najbliższym czasie nie zacznę jeść, może być dla mnie za późno. Jak się bowiem okazuje, anoreksja zmienia funkcjonowanie mózgu. Człowiek popada w pewne schematy myślenia, które uaktywniają się w najmniej spodziewanych momentach. Zbyt długie stosowanie tych schematów może sprawić, że już nigdy się od nich nie uwolnisz. Jak w tym porzekadle mówiącym, żeby nie wykrzywiać twarzy, bo zostanie nam taka na zawsze.

Przestałam więc być anorektyczką, ale pozostałam chuda. I odkryłam, że ludzie to u mnie lubią. Szczególnie mężczyźni odnosili się do mnie z tego powodu z wielką troskliwością. Uważali mnie za kruchą i delikatną, podczas gdy w rzeczywistości jestem osobą o żelaznej determinacji.

Ale czasami, kiedy sprawy wymykają mi się spod kontroli – jak teraz – przypominam sobie to cudowne, satysfakcjonujące doznanie, jakie dawało mi niejedzenie. Dzięki temu miałam poczucie, że jestem panią własnego losu.

Teraz jednak udaje mi się oprzeć tej pokusie. Choć gdy tylko pomyślę o tym, co się stało, w moim żołądku odzywa się mdląca pustka. „Oto złożone pod przysięgą zeznania kilku twoich kolegów". Ilu konkretnie? Z kim jeszcze rozmawiali poza Saulem? Przypuszczam, że to i tak nie ma już znaczenia. Wiadomość rozniesie się pewnie po całej firmie. I Amanda, jedna z moich najbliższych przyjaciółek, dowie się, że jej mąż uprawiał ze mną seks.

Wysyłam e-mail do kadr z informacją, że jestem chora. Nie mogę iść do pracy, dopóki nie wykombinuję, co mam teraz zrobić.

Aby się czymś zająć, biorę się do porządków, których dom bardzo pilnie się domaga. Zbieram śmieci i przez roztargnienie zostawiam otwarte drzwi wejściowe. Nagle słyszę za sobą jakiś dźwięk i odwracam się gwałtownie, a serce podchodzi mi do gardła.

Wpatrują się we mnie duże oczy, niczym u małej małpki, osadzone w drobnym, chudym pyszczku. To kociak, mały kot syjamski. Na mój widok siada wyczekująco na kamiennej podłodze, jakby chciał mi dać do zrozumienia, że teraz to moim zadaniem jest odnalezienie jego właściciela.

– Skąd się tu wziąłeś? – pytam.

Odpowiada mi tylko miauknięcie. Zupełnie spokojnie kot pozwala mi się podnieść. To sama skóra i kości, no i jeszcze delikatne futro przypominające w dotyku zamsz. Gdy tylko biorę go na ręce, zaczyna głośno mruczeć.

– I co ja teraz z tobą pocznę? – dodaję.

Chodzę z kotem od domu do domu. To taka okolica, w której oboje małżonków lub partnerów musi pracować, by stać ich było na czynsz bądź spłatę kredytu, dlatego w większości domów nikt mi nie otwiera. Ale pod numerem trzecim piegowata kobieta z kręconymi, rudymi włosami podchodzi do drzwi, wycierając w fartuch brudne od mąki dłonie. Za jej plecami widzę kuchnię oraz dwójkę rudowłosych dzieci, chłopca i dziewczynkę, również w fartuchach.

– Witam – mówi. Nagle zauważa kota, wciąż zmysłowo mruczącego w moich ramionach. – Och, aleś ty słodki – zwraca się do niego.

– Pewnie nie wie pani, do kogo może należeć? – pytam. – Właśnie przyszedł do mojego domu.

Potrząsa przecząco głową.

– Nie słyszałam, by ktoś tu w pobliżu miał kota. W którym domu pani mieszka?

– Pod jedynką. – Wskazuję na drzwi obok.

– W bunkrze Führera? – rzuca z dezaprobatą. – No cóż, ktoś przecież musi tam mieszkać. Tak w ogóle: jestem Maggie Evans. Wejdziesz do środka? Zadzwonię do pozostałych mam.

Dzieci już stoją przy mnie, chcąc pogłaskać kotka. Matka każe im najpierw umyć ręce. Czekam, podczas gdy ona obdzwania sąsiadów. Trzech robotników budowlanych w kaskach ochronnych wychodzi z piwnicy i przechodząc przez kuchnię, grzecznie odstawia puste kubki do zlewu.

– Witaj w domu wariatów – mówi Maggie Evans, odkładając telefon, choć prawdę mówiąc, dom wcale nie wydaje się zbytnio szalony. Zarówno dzieci, jak i budowlańcy są niesamowicie dobrze wychowani. – Obawiam się, że nikt więcej nie przychodzi mi do głowy – dodaje. – Chloe, Tim, chcecie zrobić plakaty z informacją o zaginionym kotku?

Dzieci zgadzają się ochoczo. Chloe dopytuje, czy mogą zatrzymać kotka, jeśli nikt się po niego nie zgłosi. Maggie odpowiada stanowczo, że kotek niebawem urośnie i zamieni się w tak wielkie zwierzę, że będzie mógł pożreć Hectora. Nigdy nie będzie mi dane dowiedzieć się, kim jest Hector. Podczas gdy dzieci rysują plakaty, Maggie robi dla nas herbatę i pyta mnie, jak długo mieszkam przy Folgate Street 1.

– Nie byliśmy zwolennikami wybudowania tego domu – wyznaje. – Po prostu zupełnie tu nie pasuje. Poza tym architekt okazał się wyjątkowo niegrzeczny. Na spotkaniu z mieszkańcami ulicy miał wysłuchać naszych uwag. Cały czas tylko stał i nie odezwał się ani słowem. A potem wyszedł i niczego nie zmienił w swoim projekcie. Ani jednej rzeczy! Założę się, że życie w tym domu to jakiś koszmar.

– Prawdę mówiąc, mieszka się w nim dość przyjemnie.

– Poznałam poprzednią lokatorkę, która wprost nie mogła go znieść. Wytrzymała tam tylko parę tygodni. Miała wrażenie, jakby dom zwrócił się przeciwko niej. Obowiązują w nim te wszystkie dziwne reguły, prawda?

– Kilka. Są nawet całkiem sensowne.

– Cóż, ja nie mogłabym tam mieszkać. Timmy! – woła. – Nie używaj porcelanowych talerzy do mieszania farby. A czym się zajmujesz? – zwraca się do mnie.

– Pracuję w marketingu. Ale w tym momencie jestem na zwolnieniu chorobowym.

– Aha. – Przygląda mi się z ukosa, bo ani trochę nie wyglądam na chorą. Potem z niepokojem zerka w kierunku dzieci.

– Nie martw się, to nic zaraźliwego. – Ściszam głos. – Po prostu wracam z chemioterapii. Zawsze czuję się po niej wykończona, to wszystko.

Oczy Maggie w jednej chwili wypełnia troska.

– O mój Boże, tak mi przykro…

– Niepotrzebnie. Wszystko w porządku, naprawdę. Niedługo będę zdrowa jak ryba – stwierdzam bohatersko.

Gdy wychodzę, niosąc w rękach kota oraz plik plakatów z jego podobizną, jesteśmy już z Maggie Evans serdecznymi przyjaciółkami.

Po powrocie do Folgate Street 1 kociak z coraz większą pewnością siebie wędruje po domu, małymi tygrysimi susami wskakuje po schodach do sypialni na piętrze. Po chwili znajduję go rozłożonego na grzbiecie na moim łóżku i śpiącego z jedną łapą wyciągniętą do góry.

Nagle dochodzę do wniosku, że już wiem, co powinnam zrobić w sprawie pracy. Biorę telefon i dzwonię na centralę.

– Flow Water Supplies. W czym mogę pomóc? – odzywa się głos recepcjonistki.

– Czy mogę prosić o przełączenie do Helen z działu kadr?

Zapada cisza, po czym rozlega się głos szefowej działu kadr:

– Halo?

– Helen, mówi Emma. Emma Matthews – przedstawiam się. – Chciałabym złożyć oficjalną skargę na Saula Aksoya.

TERAZ: **JANE**

O ile wytropienie komisarza Clarke'a nie było szczególnie trudne, o tyle zdobycie adresu e-mailowego Saula Aksoya w ogóle nie nastręcza mi kłopotu. Po wpisaniu w Google'a jego nazwiska i hasła „Flow Water Supplies" dowiaduję się, że odszedł z firmy przed trzema laty. Obecnie jest założycielem i dyrektorem generalnym Volcayneau, nowej marki wody mineralnej wydobywanej – jak informuje mnie elegancka strona internetowa – spod uśpionego wulkanu na Fidżi. Zdjęcie ukazuje przystojnego ciemnoskórego mężczyznę z ogoloną głową, lśniąco białymi zębami i diamentowym kolczykiem w jednym uchu. Wysyłam mu e-mail podobny do tego, jaki rozesłałam już do tylu osób: „Drogi Saulu, mam nadzieję, że nie przeszkadza Ci, że piszę do Ciebie tak niespodziewanie, ale szukam informacji na temat poprzedniej lokatorki domu, w którym mieszkam, przy Folgate Street 1...".

„Wszyscy jesteśmy teraz połączeni", myślę sobie, posyłając wiadomość w cyberprzestrzeń. Jednak po raz pierwszy, odkąd zaczęłam to śledztwo, spotyka mnie rozczarowanie. Wprawdzie odpowiedź nadchodzi szybko, ale jest odmowna:

„Dziękuję za wiadomość, ale nie rozmawiam o Emmie Matthews. Z nikim. Saul".

Próbuję ponownie: „Jutro wieczorem będę akurat w pobliżu Twojego biura. Może wyskoczylibyśmy na szybkiego drinka?".

Do e-maila dołączam swoje dane kontaktowe. Na podstawie tego, czego już zdążyłam się dowiedzieć o Saulu Aksoyu, zakładam, że na pewno sprawdził mój profil facebookowy. I – może nieskromnie – zakładam, że nie miałby nic przeciwko wyjściu ze mną na drinka.

Tym razem odpowiedź jest bardziej pozytywna: „Okej. Mogę poświęcić Ci pół godziny. Spotkajmy się o 20.00 w barze Zebra przy Dutton Street".

Przychodzę przed czasem i zamawiam lemoniadę. Moje piersi są teraz większe i muszę częściej chodzić sikać. Poza tym trudno się domyślić, że jestem w ciąży, a Mia twierdzi, że wyglądam wyjątkowo dobrze. Wręcz promienieję. Choć nie mam takiego wrażenia podczas porannych nudności.

Pierwsze, co rzuca się w oczy w wyglądzie Saula Aksoya, to biżuteria. Oprócz kolczyka w uchu nosi cienki złoty łańcuszek widoczny pod rozpiętym kołnierzykiem koszuli. Spod rękawów garnituru wystają spinki do mankietów, na palcu prawej ręki ma sygnet, a na lewej ręce drogi zegarek. Wydaje się zmartwiony, że już zamówiłam dla siebie drinka, w dodatku bezalkoholowego, i próbuje namówić mnie na szampana, aż w końcu daje za wygraną i zamawia kieliszek tylko dla siebie.

Saul tak bardzo różni się od Simona Wakefielda, jak to tylko możliwe. A Edward Monkford kompletnie różni się od nich obu. Trudno uwierzyć, że Emma mogła być związana z całą trójką. Simon wydaje się bardzo serdeczny, choć przy tym drażliwy i zakompleksiony, Edward jest spokojny i wyjątkowo pewny siebie, a Saul arogancki, bezczelny i hałaśliwy. Ma również zwyczaj napastliwego mówienia

„no nie?" na końcu zdania, jakby usiłował zmusić mnie, bym się z nim zgodziła.

– Dziękuję, że się ze mną spotkałeś – mówię po zwyczajowej wymianie uprzejmości. – Moja prośba musiała wydać ci się dziwna, zwłaszcza że nie znałam osobiście Emmy. Ale mam wrażenie, że chyba nikt tak naprawdę jej nie znał. Każdy, z kim rozmawiam, ma zupełnie inne wyobrażenie na jej temat.

Saul wzrusza ramionami.

– Tak naprawdę wiesz, że nie po to się z tobą spotkałem, no nie? Poza tym nie znoszę o niej rozmawiać.

– Dlaczego?

– Bo to kompletna świruska – odpowiada bez ogródek. – I straciłem przez nią pracę. Nie żebym jakoś szczególnie tęsknił za tą robotą, była gówniana, ale Emma skłamała na mój temat, a tego nie mogę darować nikomu.

– Co takiego zrobiła?

– Poskarżyła się na mnie w kadrach, że ją upiłem i zmusiłem do uprawiania seksu. Powiedziała też, że miałem jej obiecać pomoc w zdobyciu posady w naszym marketingu, jeśli się ze mną prześpi. Twierdziła, że odmówiła, a ja nie potrafiłem się z tym pogodzić. Tak się składa, że rzeczywiście szepnąłem słówko dyrektorowi marketingu, by wyświadczyć jej przysługę, ale wydarzyło się to przed tym, jak poszliśmy do łóżka, a nie potem. Jednak złożyła na mnie ten donos, zanim jeszcze wyszło na jaw, że została przyskrzyniona za fałszywe oskarżenie o gwałt, no nie? No i tak się złożyło, że kilka innych dziewczyn w firmie lekko się wkurzyło, gdy dowiedziały się o sobie nawzajem, a w dodatku moja żona, teraz już była żona, tylko szukała okazji, żeby mnie udupić, więc miałem przesrane. Jak się jednak okazało, była to najlepsza rzecz, jaka mogła mi się przytrafić, choć oczywiście Emma nie mogła wtedy tego wiedzieć.

– Więc co cię łączyło z Emmą? Przelotna fascynacja? Romans? – Na barze stoi miska solonych orzeszków i z trudem się opanowuję, by do niej nie sięgnąć. Odsuwam ją od siebie.

– Kilka razy uprawialiśmy seks, nic więcej. Wyjazd na szkolenie z noclegiem w hotelu. Do tego doszedł darmowy alkohol i sprawy nieco wymknęły się spod kontroli. – Saul się krzywi. – Słuchaj, nie jestem z tego dumny. Simon to mój przyjaciel, a przynajmniej był moim przyjacielem, zanim to wszystko się wydarzyło. Ale ja nigdy nie umiałem odmawiać, a poza tym to ona ciągle do mnie przychodziła, uwierz mi. Prawdę mówiąc, chciała to dalej ciągnąć nawet po tym, jak uznałem, że już się ze sobą zabawiliśmy i czas z tym skończyć. Wydaje mi się, że bardzo ważny w tym wszystkim był dla niej element ryzyka. Ogromnie podobało jej się, że robiliśmy to za plecami Simona. I za plecami Amandy. Jeśli chcesz wiedzieć, to ostatecznie wyświadczyłem Simonowi przysługę, choć on nigdy tak tego nie postrzegał.

– Utrzymujesz z nim dalej kontakty?

– Nie rozmawialiśmy od lat. – Saul kręci głową.

– Muszę cię o coś zapytać… Osoba, która widziała nagranie z telefonu Emmy, mówiła mi, że było dość ostre.

– Tak. – Saul nie sprawia wrażenia zakłopotanego. – No cóż, lubiła to, no nie? Większość kobiet to lubi, gdy przychodzi co do czego. – Rzuca mi niedwuznaczne spojrzenie. – A ja lubię kobiety, które wiedzą, czego chcą.

Przechodzi mnie dreszcz obrzydzenia, ale staram się nie pokazać tego po sobie.

– Ale po co w ogóle kręcić takie wideo?

– Dla zabawy. Wszyscy to robią, no nie? Później powiedziała mi, że je wykasowała, ale jak widać, musiała je zatrzymać. Cała Emma. Pewnie kręciła ją świadomość, że ma coś takiego, co, jeśli tylko wyjdzie na jaw, może do szczętu rozpierdolić całe jej i moje życie. Taka jej mała cząstka władzy. Powinienem był sprawdzić, czy usunęła to nagranie. Ale wtedy już dałem sobie z nią spokój.

– Czy zauważyłeś, by kłamała również w innych kwestiach? Bo ludzie opowiadają o niej, że nie zawsze mówiła prawdę.

– A kto mówi? – Saul odchyla się do tyłu, wydaje się bardziej zrelaksowany. – Ale rzeczywiście Emmie czasami zdarzało się pleść różne głupoty. Na przykład Simon opowiadał mi, że mało co nie została modelką, że podobno jakaś czołowa agencja chciała za wszelką cenę podpisać z nią kontrakt, ale Emma doszła do wniosku, że praca modelki jest nie dla niej. Tak, jasne, odmówiła, bo zawsze marzyła o karierze asystentki w biurze firmy zajmującej się dystrybucją wody. W każdym razie mnie powiedziała, że jakiś fotograf podszedł do niej na ulicy, ale wyglądał jej na zboczeńca, więc nie skorzystała z jego propozycji. Wtedy zacząłem się zastanawiać, która wersja jest prawdziwa. Czasami Emma nieco koloryzowała dla lepszego efektu, a czasami szła po prostu na całość i tworzyła dla siebie jakąś kompletnie wymyśloną rzeczywistość. Swoją drogą – dodaje – gdybyś słyszała, jak rozmawiam z klientami, mogłabyś pomyśleć, że moja firma ma wielomilionowe obroty. Niekiedy człowiek sam zaczyna wierzyć we własne kłamstwa, nie? – Dopija szampana. – Hej, ale nie rozmawiajmy już o niej. Zamówmy butelkę i pogadajmy o tobie. Czy ktoś ci już mówił, że masz bardzo piękne oczy?

– Dziękuję – odpowiadam, zsuwając się ze stołka. – Muszę już iść, ale jestem ci naprawdę wdzięczna, że się ze mną spotkałeś.

– Co? – Saul udaje zaskoczonego. – Już wychodzisz? Z kim jesteś umówiona? Ze swoim chłopakiem? Przecież dopiero co się poznaliśmy. Daj spokój, siadaj. Zamówimy jakieś drinki, co?

– Nie, ja naprawdę…

– Chociaż tyle możesz dla mnie zrobić. Poświęciłem ci swój czas, więc jesteś mi coś winna. Napijmy się czegoś mocniejszego. – Uśmiecha się, lecz w jego oczach widać surowość i desperację. Podstarzały casanova próbujący dowartościować swoje poobijane ego kolejnymi seksualnymi podbojami.

– Nie, naprawdę muszę iść – powtarzam stanowczo.

Gdy wychodzę z baru, Saul już rozgląda się wokół, do kogo by tu uderzyć.

PRZEDTEM: **EMMA**

Mówi się, że w życiu każdego alkoholika nadchodzi taki moment, kiedy spada on na samo dno. Nikt nie jest w stanie przekonać go, że czas z tym skończyć, nikt nie jest w stanie mu niczego wyperswadować. Trzeba dotrzeć do tego miejsca samemu, umieć je rozpoznać, i wtedy, tylko wtedy, człowiek ma szansę coś zmienić.

I ja właśnie dotarłam do takiego miejsca. Zrzucenie winy na Saula to co najwyżej tymczasowe rozwiązanie. Nie ulega wątpliwości, że na to zasłużył – od dawna za plecami Amandy ugania się za dziewczynami z biura, wszyscy dobrze wiedzą, co z niego za łajdak, i czas, by w końcu ktoś go powstrzymał – ale muszę zmierzyć się z tym, że to j a pozwoliłam, by mnie upił, i to j a zgodziłam się, by zrobił ze mną to, co zrobił. Egoistyczny, nieskomplikowany seks wydał mi się bardzo odświeżającym doświadczeniem po zaborczej uczuciowości Simona i jego nieustannym drażniącym uwielbieniu dla mnie. Jednak fakt pozostaje faktem, że to, co zrobiłam, było głupie.

Muszę się zmienić. Muszę zacząć trzeźwo patrzeć na świat. Przestać być ofiarą.

Carol powiedziała mi kiedyś, że większość ludzi wkłada całą swoją energię w próby odmienienia innych ludzi, podczas gdy tak naprawdę możemy odmienić tylko samych siebie, a nawet to jest niesłychanie trudne. Teraz rozumiem, co miała na myśli. Czuję, że chyba jestem już gotowa, by stać się kimś innym od tej Emmy, która ściągnęła sobie na głowę cały ten bajzel.

Szukam wizytówki Carol, ponieważ chcę do niej zadzwonić, ale nigdzie nie mogę jej znaleźć. To niepojęte, jak często w domu przy Folgate Street 1 giną rozmaite rzeczy, od prania do buteleczki perfum, która – mogłabym przysiąc – stała w łazience. Ale nie mam już sił, by ich szukać.

Kota jednak nie mogę zignorować. Pomimo plakatów, które narysowały dzieci, nikt nie telefonuje w jego sprawie, podczas gdy on sam – ustaliłam już, że to kocur – spaceruje sobie po całym Folgate Street 1, jakby dom należał do niego. Kot potrzebuje imienia. Oczywiście zastanawiam się, czy nie nazwać go po prostu Kot, na cześć bezpańskiego zwierzaka ze *Śniadania u Tiffany'ego*, ale potem przychodzi mi do głowy lepszy pomysł. „Jestem jak ten kot, bezimienny przybłęda. Nie należymy do nikogo i nikt nie należy do nas".

A więc niech będzie Przybłęda. Idę do sklepu na rogu i kupuję dla niego karmę i inne kocie rzeczy.

Gdy wracam, ktoś stoi pod domem. Dzieciak na rowerze. W pierwszej chwili myślę, że pewnie przyszedł po Przybłędę. A potem uświadamiam sobie, że to ten sam chłopak, który wyzywał mnie, gdy wracałam z rozprawy Nelsona.

Uśmiecha się szeroko i zdejmuje z kierownicy jakieś wiaderko. Nie, nie wiaderko, lecz otwartą puszkę farby. Stawia obie stopy na ziemi, rower trzyma między nogami i tuż obok mnie chlusta zawartością puszki na dom, na nieskazitelny jasny kamień ścian. Czerwona plama niczym krew z ogromnej rany spływa po froncie Folgate Street 1. Puszka ląduje z brzękiem na ziemi i toczy się, zostawiając za sobą czerwony ślad.

– Teraz wiem, gdzie mieszkasz, suko! – krzyczy mi prosto w twarz i odjeżdża.

Drżącymi rękami wyciągam telefon i odnajduję numer, który dał mi komisarz Clarke.

– To ja, Emma – wyrzucam z siebie. – Powiedziałeś, żebym zadzwoniła, jeśli coś takiego znów się stanie. Ten sam chłopak oblał farbą front mojego domu…

– Emma Matthews – mówi Clarke. Zupełnie jakby powtarzał moje nazwisko na użytek pozostałych osób znajdujących się obok niego. – Dlaczego dzwonisz pod ten numer?

– Sam mi go dałeś, pamiętasz? Miałam zatelefonować, gdyby powtórzyły się próby zastraszania…

– To mój prywatny numer. Jeśli chcesz złożyć powiadomienie, powinnaś zadzwonić na posterunek. Zaraz podam ci numer. Masz coś do pisania?

– Powiedziałeś, że będziesz mnie chronił – mówię powoli.

– Niestety, okoliczności się zmieniły. Wyślę ci SMS-em numer, pod który należy zadzwonić. – W słuchawce zapada cisza.

– Skurwiel – syczę przez zęby.

Znów zaczynam szlochać, z bezsilności oraz ze wstydu. Podchodzę do ściany i wpatruję się w ogromną czerwoną plamę. Nie mam najmniejszego pojęcia, jak ją usunąć. A to oznacza, że będę musiała porozmawiać z Edwardem.

10. *Nowo poznana przyjaciółka zwierza ci się, że kiedyś trafiła do więzienia za kradzież w sklepie. Było to już jakiś czas temu i po tamtym wydarzeniu zupełnie zmieniła swoje życie. Jak na to reagujesz?*

❍ *Uważasz, że to nieistotne – każdy zasługuje na drugą szansę*
❍ *Doceniasz jej szczerość i to, że się do tego przyznała*
❍ *Odwzajemniasz się, opowiadając o własnym błędzie z przeszłości*
❍ *Współczujesz jej, że znalazła się w takiej sytuacji*
❍ *Uznajesz, że nie możesz się przyjaźnić z taką osobą*

TERAZ: **JANE**

Ze spotkania z Saulem Aksoyem wracam metrem, żałując, że nie mogę sobie pozwolić na taksówkę – podróż brudnym, zatłoczonym wagonikiem, cuchnącym pod koniec dnia przepoconymi ciałami pasażerów, jest doprawdy trudna do zniesienia. Nikt nie ustępuje mi miejsca, choć też wcale na to nie liczę, ale na King's Cross wsiada kobieta z ośmiomiesięcznym brzuchem ciążowym oraz przypinką z napisem „Dziecko w drodze" i ktoś podrywa się na jej widok. Kobieta opada na siedzenie z wyraźnie słyszalnym westchnieniem. „Za kilka miesięcy to będę ja", myślę sobie.

Niemniej Folgate Street 1 jest moim schronieniem, moim azylem. Jednym z powodów, dla których zwlekam z powiedzeniem Edwardowi o ciąży, jest to, że boję się, iż Mia ma rację i on po prostu wyrzuci mnie na bruk. Wciąż powtarzam sobie, że zachowa się inaczej, bo przecież w końcu to jego dziecko, że łączące nas więzi są ważniejsze od jego ukochanych reguł i że w końcu polubi elektroniczne nianie, wózki spacerowe, tapety w dziecięce wzorki, maty do zabawy i cały ten bałagan, jaki wiąże się z rodzicielstwem. Sprawdziłam już nawet w sieci kamienie milowe w rozwoju dziecka. Jeśli oboje rodzice odznaczają się zdyscyplinowaną osobowością typu A, dziecko powinno przesypiać całe noce, począwszy od trzeciego miesiąca życia, w ciągu roku zacząć chodzić, a do osiemnastego miesiąca nauczyć się korzystać z toalety. Półtora roku to jeszcze nie tak długo, by nie móc wytrzymać odrobiny chaosu.

Jednak nie czuję się na tyle pewnie, by zadzwonić do Edwarda.

Poza tym pomimo spokoju, jaki zapewnia mi dom, muszę się zmierzyć z własnymi demonami. Isabel przyszła na świat niema i nieruchoma. To dziecko – modlę się do Boga – urodzi się inne. Wciąż na nowo wyobrażam sobie tę chwilę: oczekiwanie, pierwszy haust powietrza, a potem cudowne niemowlęce kwilenie. Co wtedy będę czuć? Triumf? Czy może coś znacznie bardziej złożonego? Czasami łapię się na tym, że przepraszam w myślach Isabel: „Obiecuję, że nigdy cię nie zapomnę. Obiecuję, że nikt nie może zająć twego miejsca w mym sercu. Już na zawsze będziesz moją pierworodną, ukochaną, najdroższą córeczką. Zawsze będę o tobie pamiętać". Ale teraz pojawi się nowe dziecko. Czy naprawdę zdołam odnaleźć w sobie takie niewyczerpane pokłady miłości, że moje uczucia do Isabel pozostaną nadal żywe?

Usiłuję się skupić na najpilniejszej kwestii, czyli Edwardzie. Im częściej powtarzam sobie, że muszę z nim porozmawiać, tym wyraźniej w swojej głowie słyszę głos przypominający mi, że tak naprawdę wcale nie znam tego człowieka i nie wiem, kim jest ojciec mojego dziecka. Wiem jedynie, że jest wyjątkowy, co w zasadzie stanowi inny sposób na powiedzenie tego, że jest dziwny i pełen rozmaitych obsesji. Wciąż tak naprawdę nie wiem, co wydarzyło się pomiędzy nim a Emmą, jaką odpowiedzialność – moralną lub innego rodzaju – może ponosić w związku z jej śmiercią, czy Carol i Simon, każde na swój sposób, mylą się co do niego.

Jak zwykle działam metodycznie i racjonalnie. Kupuję trzy opakowania odblaskowych karteczek samoprzylepnych w różnych kolorach i jedną ze ścian w sali jadalnej zamieniam w gigantyczną mapę myśli. Z jednej strony przyklejam karteczkę z napisem „WYPADEK", a potem w tym samym rzędzie kartki z napisami: „SAMOBÓJSTWO", „ZAMORDOWANA PRZEZ SIMONA WAKEFIELDA", „ZAMORDOWANA PRZEZ DEONA NELSONA" oraz „ZAMORDOWANA PRZEZ NIEZNANEGO SPRAWCĘ". W końcu dość niechętnie dołączam karteczkę z napisem „ZAMORDOWANA PRZEZ EDWARDA MONKFORDA". Pod każdą z karteczek umieszczam kolejne, na których notuję przemawiające za daną hipotezą motywy. Tam, gdzie nie mam żadnych motywów, stawiam znak zapytania.

Z zadowoleniem stwierdzam, że pod nazwiskiem Edwarda jest tylko parę karteczek. Simon też ma ich mniej niż pozostałe teorie, choć po rozmowie z Saulem muszę dodać kolejną karteczkę, na której piszę: „ZEMSTA ZA SEKS Z NAJLEPSZYM PRZYJACIELEM???".

Po dłuższym namyśle umieszczam w górnym rzędzie jeszcze jedną karteczkę z napisem „ZAMORDOWANA PRZEZ KOMISARZA CLARKE'A", ponieważ nawet policjant miał motyw, by zabić Emmę. Przez to, że dał się nabrać na jej bajeczki, stracił w końcu pracę. Choć oczywiście nie wierzę, że ją zabił, podobnie jak nie wierzę, że zrobił to Edward. Jednak Clarke był lekko zadurzony w Emmie, a ja na razie nie chcę wykluczać żadnej możliwości.

Myśląc o komisarzu Clarke'u, uświadamiam sobie, że zapomniałam go zapytać, czy policja wiedziała o prześladowcy Edwarda. Jorgenie jakimś tam. Dodaję kolejną karteczkę: „ZAMORDOWANA PRZEZ PRZEŚLADOWCĘ EDWARDA". W sumie mam osiem hipotez.

Gdy tak wpatruję się w ścianę, dociera do mnie, że ani trochę nie przybliża mnie to do rozwiązania zagadki śmierci Emmy. Jak powiedział komisarz Clarke, snucie teorii to jedno, a znalezienie dowodów to już całkiem coś innego. Jedyne, co mam, to lista domysłów. Nic dziwnego, że koroner stwierdził, iż zgon nastąpił z niewyjaśnionych przyczyn.

Jaskrawe kolory karteczek samoprzylepnych na tle nieskazitelnego kamienia Folgate Street 1 wyglądają jak jakaś krzykliwa sztuka nowoczesna. Z westchnieniem zdejmuję je ze ściany i wrzucam do kosza na śmieci.

Kosz jest już pełen, więc wynoszę go na zewnątrz. Duże kubły na śmieci do recyklingu znajdują się z boku domu, tuż przy granicy z Folgate Street 3. Gdy wysypuję zawartość kosza, na spodzie lądują najświeższe śmieci, a na wierzchu najstarsze. Widzę wczorajsze opakowania po jedzeniu, egzemplarz „Sunday Timesa" z zeszłego weekendu i pusty pojemnik po szamponie z poprzedniego tygodnia. Oraz rysunek.

Wyciągam go z kubła. To przedstawiający mnie szkic, który Edward wykonał tuż przed wyjazdem, ten, który jego zdaniem był w porządku, ale mimo to nie chciał go zatrzymać. Wygląda tak, jakby Edward narysował mnie nie raz, lecz dwa razy. Na głównym portrecie głowę mam zwróconą w prawo. Rysunek jest tak szczegółowy, że widać na nim nawet napięte mięśnie szyi oraz łuk obojczyka. Ale pod nim, bądź na nim, widnieje drugi rysunek, składający się w zasadzie z kilku nerwowych, ekspresyjnych kresek, wykonany z zaskakującą energią i gwałtownością: głowę mam na nim zwróconą w lewo, a usta otwarte i wykrzywione w jakimś grymasie. Obie głowy, zwrócone w przeciwnych kierunkach, nadają rysunkowi niepokojące złudzenie ruchu.

Który z tych szkiców to tylko *pentimento*, a który to rysunek właściwy? I dlaczego Edward powiedział, że rysunek jest w porządku? Czy z jakiegoś powodu nie chciał, żebym zobaczyła ten podwójny portret?

– Dzień dobry!

Podskakuję. Mniej więcej czterdziestoletnia kobieta z rudymi kręconymi włosami stoi na posesji obok i również wyrzuca śmieci.

– Przepraszam, wystraszyłam się – odpowiadam. – Dzień dobry.

– Jesteś nową lokatorką, prawda? – Kobieta wskazuje na mój dom. – Maggie.

– Jane Cavendish.

Podajemy sobie dłonie ponad ogrodzeniem.

– Prawdę powiedziawszy – mówi poufałym tonem – ty też nieco mnie wystraszyłaś. W pierwszej chwili myślałam, że to ta poprzednia dziewczyna. Biedactwo.

Dreszcz przechodzi mi po plecach.

– Znałaś Emmę?

– Tylko z nią rozmawiałam, nic więcej. Ale była urocza. Strasznie miła. Przyszła raz z zabłąkanym kotkiem, którego znalazła, i ucięłyśmy sobie pogawędkę.

– Kiedy to było?

– Zaledwie kilka tygodni przed tym, jak... no wiesz... – Maggie się krzywi.

Maggie Evans... Teraz ją sobie przypominam: jej wypowiedź znalazła się w lokalnej gazecie po śmierci Emmy, mówiła o tym, jak bardzo sąsiedzi nienawidzą Folgate Street 1.

– Tak mi jej było szkoda – opowiada Maggie. – Powiedziała mi, że jest na zwolnieniu lekarskim z powodu chemioterapii. Gdy ją znaleziono, zaczęłam się zastanawiać, czy jej śmierć miała z tym coś wspólnego. Może chemia nie poskutkowała i Emma postanowiła sama odebrać sobie życie. Oczywiście zwierzyła mi się na temat raka w zaufaniu, ale czułam, że powinnam powiedzieć o tym policji. Później policjanci przekazali mi, że przeprowadzono sekcję zwłok i nie wykryto u niej raka. To straszne, gdy udaje ci się pokonać tak okropną chorobę, a potem giniesz w tak bezsensowny sposób.

– To prawda – odpowiadam, ale sprawa z rakiem wydaje mi się dziwna. Jestem niemal pewna, że było to kolejne kłamstwo Emmy. Tylko czemu miało ono służyć?

– Poza tym – dodaje Maggie – powiedziałam jej, by dobrze schowała tego znalezionego kota przed właścicielem domu. Jeśli ktoś buduje coś takiego, to wiesz… – Zawiesza dramatycznie głos, ale najwyraźniej nie jest w stanie wytrzymać więcej niż kilku sekund milczenia, ponieważ zaraz wraca do swojego ulubionego tematu, czyli Folgate Street 1. Pomimo tego, co opowiada, jest wyraźnie zachwycona, że mieszka w sąsiedztwie tak sławnego budynku. – No nic, muszę lecieć – oznajmia w końcu. – Trzeba przygotować dzieciakom podwieczorek.

Ciekawe, jak poradzę sobie z tą częścią matczynych obowiązków? Czy zdołam podporządkować swoje życie robieniu dzieciom posiłków urozmaicanemu jedynie plotkami z sąsiadkami? Ale są chyba gorsze rzeczy na tym świecie.

Spoglądam w dół na rysunek trzymany w dłoni. Do głowy przychodzi mi pewne skojarzenie z czasów, gdy studiowałam historię sztuki. Janus, bóg o dwóch twarzach. Bóg oszustwa.

Czy ten drugi rysunek w ogóle przedstawia mnie? Czy też – przemyka mi nagle przez myśl – to Emma Matthews? A jeśli tak, to dlaczego Edward był na nią wściekły?

Czekam, aż Maggie odejdzie, po czym dyskretnie wygrzebuję spod warstw śmieci karteczki samoprzylepne. Wszystkie są teraz ze sobą posklejane i wyglądają jak żółto-czerwono-jasnozielony przekładaniec. Zabieram je z powrotem do domu. To jeszcze nie koniec śledztwa.

PRZEDTEM: **EMMA**

Odkładam powrót do pracy tak długo, jak tylko mogę. Ale w piątek wiem, że muszę wreszcie stawić temu czoła. Zostawiam Przybłędzie trochę karmy oraz kuwetę ze żwirkiem i wychodzę.

Gdy idę do swojego biurka, czuję na sobie wzrok niemal wszystkich. Jedyną osobą, która się do mnie odzywa, jest Brian.

– O, Emma. Lepiej się czujesz? – zagaduje. – To dobrze. W takim razie możesz dołączyć do nas o dziesiątej na comiesięczne zebranie.

Z jego zachowania domyślam się, że nikt mu jeszcze nie powiedział, ale kobiety to inna sprawa. Wszystkie unikają mojego wzroku. Gdy tylko rozglądam się wokół, każda pochyla głowę nad komputerem.

Nagle dostrzegam, że Amanda zmierza w moim kierunku zamaszystym krokiem. Czym prędzej wstaję i idę do ubikacji. Wiem, że czeka mnie konfrontacja, ale lepiej, żeby doszło do niej w jakimś ustronnym miejscu niż na oczach całego biura. Udaje mi się dopaść toalety, ale drzwi nawet nie zdążyły się za mną zamknąć, gdy Amanda otwiera je z taką siłą, że odbijają się od małego gumowego ogranicznika w podłodze.

– Co, do kurwy!? – krzyczy.

– Amanda, poczekaj.

– Nawet, kurwa, nie próbuj! – wrzeszczy. – Nie mów mi, że ci przykro, ani nie wciskaj mi tego typu kitu. Byłaś moją przyjaciółką i rżnęłaś się z moim mężem. Trzymałaś nawet na telefonie nagranie, na którym robisz mu loda. A teraz masz jeszcze pieprzoną czelność składać *na niego* skargę. Ty podła, kłamliwa suko.

Wymachuje rękami przed moją twarzą i przez chwilę wydaje mi się, że zaraz mnie uderzy.

– I jeszcze Simon – ciągnie. – Okłamałaś jego, okłamałaś mnie, okłamałaś policję…

– Nie skłamałam na temat Saula – mówię.

– Och, wiem, że nie jest aniołkiem, ale kiedy takie kobiety jak ty rzucają się na niego…

– To Saul mnie zgwałcił.

Amanda milknie na chwilę.

– Jak to? – pyta zdziwiona.

– Wiem, że to brzmi strasznie dziwnie – mówię pełnym napięcia głosem – ale przyrzekam, że tym razem to prawda. I wiem, że częściowo ponoszę za to winę. Saul mnie upił, i to do tego stopnia, że ledwo mogłam stać na nogach. Nie powinnam była mu na to pozwolić. Wiedziałam, do czego zmierza, ale nie sądziłam, że posunie się tak daleko. Podejrzewam nawet, że mógł mi dosypać coś do drinka. Potem zaproponował, że odprowadzi mnie do mojego pokoju. Następne, co pamiętam, to jak się do mnie dobierał. Próbowałam protestować, ale on nie słuchał…

Amanda wpatruje się we mnie.

– Kłamiesz – odzywa się wreszcie.

– Nie kłamię. Przyznaję, naopowiadałam mnóstwo kłamstw. Ale przysięgam, że w tej sprawie nie kłamię.

– Nie zrobiłby tego – stwierdza Amanda. – Zgadza się, Saul mnie zdradzał, ale nie ma mowy, żeby był gwałcicielem.

Nie wydaje się już jednak tego taka pewna.

– On chyba nawet nie uważał tego za gwałt – mówię. – Po wszystkim wciąż powtarzał mi, jak było cudownie. A ja miałam taki mętlik w głowie, że zaczęłam się zastanawiać, czy czasem źle tego wszystkiego nie zapamiętałam. A potem Saul przysłał mi to wideo. Nie zdawałam sobie nawet sprawy, że to nagrywał, do tego stopnia byłam zalana. Powiedział mi, że bardzo lubi sobie to oglądać. Chciał mi w ten sposób przypomnieć, że w każdej chwili może się wygadać Simonowi. Nie wiedziałam, co robić. Wpadłam w panikę.

– Dlaczego nikomu o tym nie powiedziałaś? – pyta podejrzliwie Amanda.

– Komu miałabym powiedzieć? Wydawałaś się wtedy taka szczęśliwa, nie chciałam rozbijać waszego małżeństwa. A wiesz, jak bardzo Simon podziwia Saula. Nie miałam pewności, czy mi uwierzy, nie mówiąc o tym, jak zareaguje na to, że jego najlepszy przyjaciel zrobił mi coś takiego.

– Ale zatrzymałaś nagranie. Dlaczego?

– Jako d o w ó d – odpowiadam. – Próbowałam się zdobyć na odwagę, by pójść z tym na policję. Albo przynajmniej do działu kadr. Ale im dłużej zwlekałam, tym trudniejsze to było. Po obejrzeniu nagrania nawet ja musiałam przyznać, że wcale nie wyglądało to tak jednoznacznie. Poza tym wstydziłam się komukolwiek je pokazywać. Zastanawiałam się, czy czasem nie jest to moja wina. A potem policja znalazła nagranie na moim telefonie, w obecności Simona zasugerowała, że znajduje się na nim Deon Nelson, i wszystko się skomplikowało.

– Jezu – mówi z niedowierzaniem Amanda. – Jezu, zmyśliłaś to.

– Nie. Przysięgam, niczego nie zmyśliłam. Saul to świnia, Amando. W głębi duszy sama dobrze o tym wiesz. Podobnie jak o tym, że były też inne dziewczyny: w biurze, w klubach. Dobierał się do każdej, która tylko wpadła mu w łapy. Jeśli mnie wesprzesz, Saul dostanie to, na co zasługuje. No, może nie do końca to, na co zasługuje, ale przynajmniej straci pracę.

– A co z policją? – pyta Amanda, a ja wyczuwam, że powoli zaczyna mi wierzyć.

– Policja nie będzie się do tego mieszać, chyba że pojawią się mocne dowody na popełnienie przestępstwa. Chodzi tylko o to, żeby Saul wyleciał z pracy, a nie o to, żeby trafił do więzienia. Nie sądzisz, że to sprawiedliwe po tym, co ci zrobił?

Po dłuższej chwili Amanda przytakuje.

– Wiem co najmniej o dwóch dziewczynach z firmy, z którymi spał – mówi. – Michelle z księgowości i Leona z marketingu. Przekażę kadrom ich nazwiska.

– Dziękuję – odpowiadam.

– Powiedziałaś już o tym Simonowi?

Zaprzeczyłam ruchem głowy.

– Powinnaś.

Na myśl o Simonie – dobrym, kochającym, ufnym Simonie – dzieje się ze mną coś dziwnego. Nie czuję już dla niego pogardy. Dawniej nienawidziłam go za to, że był przyjacielem Saula i ciągle ględził o tym, jakim to wspaniałym facetem jest Sauly, gdy tymczasem Sauly był wyłącznie egoistycznym, agresywnym kutasem. Ale już nie darzę go nienawiścią. Do głosu dochodzi ta część mojej osobowości, która pamięta o tym, jak przyjemnie zyskać czyjeś przebaczenie.

Ku własnemu zaskoczeniu zaczynam płakać. Ścieram łzy papierowym ręcznikiem.

– Nie mogę do niego wrócić – mówię. – Z Simonem to koniec. Gdy coś tak dokumentnie się schrzani, nie da się tego potem naprawić.

TERAZ: **JANE**

– Możesz poczuć lekkie zimno, ale to tylko odrobina żelu – mówi łagodnie lekarka przeprowadzająca USG.

Słyszę ciche chlupnięcie żelu nawilżającego, po czym lekarka rozsmarowuje go po całym moim brzuchu specjalną głowicą. To uczucie przypomina mi pierwsze badanie USG, gdy byłam w ciąży z Isabel: przez cały dzień chodziłam z lepką skórą na brzuchu niczym z sekretem skrytym pod ubraniem, a w torbie nosiłam zwinięty w rulon wydruk, na którym było widać widmowe, przypominające paproć kontury płodu.

Biorę głęboki oddech zaskoczona tym nagłym przypływem emocji.

– Spokojnie – szepcze lekarka, nie zdając sobie sprawy z prawdziwych powodów mojego zdenerwowania. Przyciska mocno głowicę do brzucha i ustawia ją pod rozmaitymi kątami. – Jest.

Spoglądam na monitor. Z mroku wyłania się jakiś kształt i głośno wzdycham. Moja reakcja wywołuje uśmiech lekarki.

– Ile masz dzieci? – zagaduje swobodnie.

Najwyraźniej nieco dłużej niż większość ludzi zwlekam z odpowiedzią, ponieważ kobieta zerka do mojej kartoteki.

– Przepraszam – mówi cicho. – Widzę, że urodziłaś martwe dziecko.

Kiwam głową. Nic więcej nie można dodać.

– Chcesz poznać płeć dziecka? – pyta.

– Tak, proszę.

– Będziesz mieć chłopca.

„Będziesz mieć chłopca". Przekonanie zawarte w tym zdaniu, przeświadczenie, że tym razem wszystko będzie w porządku, sprawia, iż zalewa mnie fala emocji, radość i żal zderzają się ze sobą i wybucham płaczem.

– Proszę, weź jedną. – Lekarka podaje mi pudełko chusteczek higienicznych, których zwykle używa do wycierania żelu.

Wysiąkuję nos, gdy tymczasem ona kontynuuje badanie. Po kilku minutach oznajmia:

– Poproszę twojego lekarza prowadzącego, by zajrzał na chwilę.

– Dlaczego? Coś jest nie tak?

– Chcę tylko, żeby omówił z tobą wyniki badania – odpowiada uspokajająco, po czym wychodzi.

Nie denerwuję się zbytnio. Muszą tak postępować, ponieważ zasadniczo jestem pacjentką podwyższonego ryzyka. Biorąc pod uwagę, że problemy z Isabel zaczęły się dopiero w ostatnim tygodniu ciąży, nie widzę powodów, by martwić się, że już teraz coś jest nie w porządku.

Wydaje mi się, że mija cała wieczność, gdy w końcu do gabinetu wchodzi doktor Gifford.

– Witaj, Jane.

– Cześć. – Witam się z nim jak z dobrym znajomym.

– Jane, chcę ci wyjaśnić, jaki jest jeden z głównych powodów, dla którego przeprowadzamy to badanie w okolicy dwunastego tygodnia. Chodzi o to, byśmy mogli zawczasu wykryć najbardziej powszechne nieprawidłowości w rozwoju płodu.

„O nie – myślę – to niemożliwe…"

– USG nie daje nam całkowitej pewności, ale pokazuje miejsca, w których może występować zwiększone ryzyko. W twoim przypadku szczególną uwagę zwracamy oczywiście na łożysko oraz pępowinę i z radością mogę ci przekazać, że w tym zakresie wszystko zdaje się funkcjonować normalnie.

Te słowa napełniają mnie ulgą. „Dzięki Bogu. Dzięki Bogu…"

– Dokonujemy również pomiaru przezierności fałdu karkowego. To ilość płynu znajdującego się z tyłu szyi dziecka. W twoim przypadku pomiar wskazuje na lekko podwyższone ryzyko wystąpienia zespołu Downa. Odnotowujemy wszystkie wyniki powyżej poziomu ryzyka wynoszącego jeden do stu pięćdziesięciu. U ciebie ten poziom ryzyka wynosi obecnie jeden do stu. To oznacza, że na sto matek obarczonych takim ryzykiem jedna urodzi dziecko z zespołem Downa. Czy to dla ciebie jasne?

– Tak – odpowiadam. Naprawdę to rozumiem, to znaczy mój umysł podąża za jego słowami. Nie mam problemu z przyswojeniem liczb. Nie potrafię się tylko uporać z nadmiarem emocji. Są tak przytłaczające, że mam wrażenie, iż od ich naporu zaraz popadnę w kompletne otępienie.

„Właśnie rozpadają się wszystkie moje starannie przygotowywane plany…"

– Jedyną pewną metodą, by to ustalić, jest badanie, które wymaga wbicia igły do twojej macicy i pobrania próbki płynu – wyjaśnia doktor Gifford. – Niestety badanie to niesie ze sobą niewielkie ryzyko poronienia.

– Jak niewielkie?

– Jeden do stu. – Gifford uśmiecha się przepraszająco, jakby chciał powiedzieć, że na pewno sama dostrzegam kryjącą się w tym ironię: ryzyko poronienia w wyniku badania jest dokładnie takie samo jak ryzyko, że urodzę dziecko z zespołem Downa, jeśli nie poddam się temu badaniu. – Istnieje jednak pewna nowa nieinwazyjna metoda, która daje dość dokładne wyniki – dodaje lekarz. – Bada ona maleńkie fragmenty DNA dziecka zawarte w twojej krwi. Niestety to badanie nie jest refundowane.

– To znaczy, że mogę je zrobić prywatnie? – Chwytam się z nadzieją jego słów.

Gifford kiwa głową.

– Kosztuje około czterystu funtów.

– Chcę je zrobić – mówię natychmiast. Znajdę jakiś sposób, by za nie zapłacić.

– Zaraz wypiszę ci skierowanie. Dostaniesz też trochę broszur informacyjnych do poczytania. W obecnych czasach wiele osób z zespołem Downa wiedzie dość długie i stosunkowo normalne życie. Ale nie ma żadnej gwarancji. To decyzja, którą każdy rodzic musi podjąć samodzielnie.

Mówiąc o „decyzji", ma na myśli to, czy powinnam się poddać aborcji.

Wychodząc ze szpitala, wciąż czuję się odrętwiała. Będę mieć dziecko. Chłopca. To kolejna szansa na macierzyństwo.

Albo i nie.

Czy naprawdę dam sobie radę z niepełnosprawnym dzieckiem? Nie mam bowiem złudzeń, że tak właśnie trzeba myśleć o dziecku z zespołem Downa. Zgadza się, perspektywy takich dzieci są o wiele lepsze niż dawniej, ale fakt pozostaje faktem, że wymagają one więcej opieki, więcej troski, poświęcenia, miłości i wsparcia. Gdy widywałam na ulicy matki z niepełnosprawnymi dziećmi – pomimo wyraźnego zmęczenia miały niewyczerpane pokłady cierpliwości – zawsze myślałam o tym, jakie są dzielne. Czy potrafiłabym być taka jak one?

Dopiero po powrocie do Folgate Street 1 uświadamiam sobie, że nie mogę już dłużej odkładać rozmowy z Edwardem. Wybór odpowiedniego momentu, by powiedzieć mu, że będzie ojcem, to jedno, ale ukrywanie, że jego dziecko może się urodzić z zespołem Downa, to zupełnie inna sprawa. Zresztą wszystkie broszury zwracają uwagę na to, że należy przedyskutować swoją sytuację z partnerem.

Jednak w pierwszej kolejności – jak można się było spodziewać – wyszukuję w internecie informacje na temat zespołu Downa. Po kilku minutach robi mi się niedobrze.

„Trisomia chromosomu 21, jak właściwie nazywa się zespół Downa, wiąże się z problemami z tarczycą, zaburzeniami snu, powikłaniami żołądkowo-jelitowymi, kłopotami ze wzrokiem, wadami serca, niestabilnością kręgosłupa oraz bioder, wiotkością mięśni i trudnościami w nauce...

Jakie środki bezpieczeństwa możesz przedsięwziąć, aby ograniczyć wędrówki swojego dziecka? Zamontuj porządne zamki we wszystkich drzwiach wewnętrznych, umieść znaki »STOP« na drzwiach zewnętrznych i zastanów się nad całkowitym ogrodzeniem swojego podwórka...

Nauka korzystania z nocnika przez dziecko z obniżonym napięciem mięśni to z pewnością nie lada wyzwanie! Męczyliśmy się przez trzy lata, ale z radością mogę powiedzieć, że w końcu zaczynamy widzieć jakieś rezultaty...

Jedliśmy jogurt przed lustrem, żeby nasza córka mogła zobaczyć, dlaczego jogurt ciągle spada jej z łyżeczki – ta metoda świetnie się sprawdziła! Ale koordynacja ręka–oko to wciąż trudna sztuka..."

Potem z jeszcze większym poczuciem winy wpisuję: „Down + aborcja".

„Dziewięćdziesiąt dwa procent spośród par w Wielkiej Brytanii, u których dziecka zdiagnozowano podczas badań prenatalnych zespół Downa, zdecydowało się na aborcję. Według ustawy o aborcji usunięcie dziecka z zespołem Downa jest legalne aż do samego porodu...

Doszliśmy z moim partnerem do wniosku, że lepiej, byśmy to my cierpieli z powodu żalu i wyrzutów sumienia związanych z aborcją, niż żeby nasza córka cierpiała przez całe swoje życie..."

O Boże. O Boże, o Boże.

Isabel, gdyby żyła, przesypiałaby już całe noce. Siadałaby, chwytałaby różne przedmioty i wkładałaby je sobie do buzi. Raczkowałaby, a może nawet sama już by chodziła. Byłaby mądra, sprawna i ambitna, tak samo jak jej matka. Zamiast tego muszę zdecydować, czy wziąć na swoje barki...

Nie. Nie powinnam o tym myśleć w ten sposób. Doktor Gifford umówił mnie jutro z samego rana na badanie w centrum diagnostycznym. Obiecał, że w ciągu kilku dni poznam wyniki. Tymczasem nie mogę się tym zanadto przejmować. Istnieją przecież spore szanse, że wszystko będzie w porządku. Tysiące kobiet w ciąży prześladuje taki sam strach, a później okazuje się, że wyłącznie na strachu się skończyło.

Dzwonię do Mii i wypłakuję się jej przez telefon.

PRZEDTEM: **EMMA**

Siedzę w pociągu i zastanawiam się, co powiem Edwardowi. Za oknami migają pola i fabryki. Pociąg zatrzymuje się na podmiejskich i wiejskich stacjach.

Każda przemowa, którą przygotowuję sobie w myślach, brzmi fatalnie. I wiem, że im dłużej każdą z nich powtarzam, tym większy słychać w niej fałsz. Lepiej mówić prosto z serca i mieć nadzieję, że Edward mnie wysłucha.

Dopiero gdy wysiadam z pociągu i czekam na taksówkę, wysyłam mu SMS-a: „Przyjechałam się z tobą zobaczyć. Musimy porozmawiać".

Taksówkarz nie chce uwierzyć, że miejsce, do którego każę mu jechać, w ogóle istnieje – „Nic tam nie ma, kochaniutka, najbliższy dom będzie w Tregerry, to jakieś osiem kilometrów stamtąd" – dopóki nie skręcamy w wiejską drogę, a naszym oczom ukazuje się obozowisko baraków robotniczych i przenośnych toalet zewsząd otoczone błotem. Wokół ciągną się pola i lasy, ale drogą po drugiej stronie doliny jedzie ciężarówka i teraz widzę, że pewnego dnia w tym miejscu rzeczywiście może powstać całkiem nowe miasto.

Edward wychodzi z jednego z baraków, maszeruje z pochmurną, pełną niepokoju twarzą.

– Emmo, co się stało? Co tutaj robisz?

Biorę głęboki wdech.

– Muszę ci coś wyjaśnić. To naprawdę skomplikowane. Chcę powiedzieć ci o tym osobiście.

W barakach jest pełno rzeczoznawców, mierniczych, planistów, więc idziemy przejść się wzdłuż lasu. Opowiadam mu to samo, co powiedziałam Amandzie: że zostałam odurzona i zmuszona do seksu przez jednego z kolegów Simona, że potem przysłał mi wideo, które miało być rodzajem groźby, a policja założyła, że znajduje się na nim Deon Nelson, i że musiałam się zgodzić na przyjęcie formalnego pouczenia w związku z marnowaniem czasu policji, ale że nic z tego tak naprawdę nie jest moją winą. Edward słucha uważnie, ale nie daje niczego po sobie poznać.

A potem bardzo spokojnym tonem oznajmia mi, że między nami skończone.

Bez względu na to, czy mówię teraz prawdę czy nie, okłamałam go w przeszłości.

Przypomina mi, że oboje przystaliśmy na taki układ tylko dopóty, dopóki będzie on idealnie funkcjonował.

Mówi, że taka relacja jest niczym budynek i powinna mieć solidne fundamenty, bo inaczej się zawali. Wydawało mu się, że nasz związek został zbudowany na prawdzie, tymczasem okazuje się, że opiera się na kłamstwie.

Mówi, że wszystko to – tu pokazuje na otaczające nas pola – wzięło się tylko z tego, że powiedziałam mu, iż zostałam napadnięta przez Deona Nelsona we własnym domu. A w takim razie całe to miasto również jest budowane na kłamstwie. Chciał zaprojektować miejsce, w którym ludzie czuliby się bezpieczni, szanowani i pomagaliby sobie nawzajem. Ale taka wspólnota może funkcjonować wyłącznie wówczas, gdy opiera się na zaufaniu, tymczasem właśnie zostało ono zniszczone.

Pozbawionym emocji głosem Edward żegna się ze mną.

Ale ja wiem, że mnie kocha. Wiem, że potrzebuje tych naszych gierek, że są odpowiedzią na głęboko zakorzenione w nim pragnienie.

– Popełniłam błąd – przyznaję z desperacją w głosie. – Ale pomyśl o tym, co ty zrobiłeś. O ile to było gorsze?

Edward marszczy czoło.

– O czym ty mówisz?

– Zabiłeś swoją żonę – odpowiadam. – I syna. Zabiłeś ich, ponieważ nie chciałeś iść na kompromis i zmieniać projektu domu.

Edward wpatruje się we mnie. Zaprzecza.

– Rozmawiałam z Tomem Ellisem – upieram się.

Edward lekceważąco macha ręką.

– To przegrany, zgorzkniały, zazdrosny człowiek.

– Czy ty tego nie rozumiesz? – pytam. – Nie obchodzi mnie to, co zrobiłeś ani jakiego zła się dopuściłeś. Edwardzie, należymy do siebie. Oboje to wiemy. Teraz znam twój najstraszliwszy sekret, a ty znasz mój. Czy nie tego zawsze pragnąłeś? Żebyśmy byli wobec siebie absolutnie szczerzy?

Czuję, że jest rozdarty, że waży w myślach swoją decyzję. Że nie chce utracić tego, co nas łączy.

– Jesteś zupełnie szalona – odzywa się w końcu. – To jakieś urojenia. Nic z tego, co mówisz, się nie wydarzyło. Powinnaś wracać do Londynu.

TERAZ: **JANE**

Na kolejną wizytę z Carol Younson umawiam się z trzech powodów.

– Po pierwsze – mówię jej – ty i Simon jesteście jedynymi osobami, z którymi Emma podzieliła się swoimi obawami na temat Edwarda Monkforda. Mam jednak dowód na to, że przynajmniej w jednym przypadku naopowiadała ci kłamstw. Po drugie jako jedyna spośród osób, które z nią rozmawiały, masz psychologiczne wykształcenie. Wierzę, że zdołasz rzucić odrobinę światła na jej osobowość.

Na razie nie zdradzam jej trzeciego powodu.

– O jakich kłamstwach mówisz? – Carol marszczy brwi.

Opowiadam jej, czego się dowiedziałam na temat tego, jak pijana Emma uprawiała seks oralny z Saulem.

– Jeśli zgodzisz się, że okłamała cię w sprawie zgwałcenia przez Deona Nelsona, czy zgodzisz się, że tak samo mogła cię okłamać w sprawie Edwarda? – pytam.

Carol namyśla się chwilę.

– Ludzie czasami okłamują swoich terapeutów. To się zdarza, czasami wynika to z mechanizmu wyparcia, czasami ze zwykłego zawstydzenia. Ale jeśli to, co mówisz, jest prawdą, Emma nie tylko powiedziała jedno kłamstwo, lecz skonstruowała cały świat urojeń, kompletną alternatywną rzeczywistość.

– Co to znaczy?

– Cóż, nie jest to do końca moja działka, ale fachowe określenie tego typu patologicznej skłonności do kłamania to *pseudologia fantastica*. Jest ona związana z niskim poczuciem własnej wartości, chęcią zwrócenia na siebie uwagi oraz głęboko zakorzenionym pragnieniem przedstawiania samego siebie w jak najkorzystniejszym świetle.

– Bycie ofiarą gwałtu nie jest raczej powodem do dumy.

– Nie, ale to czyni cię kimś wyjątkowym. Mężczyźni mitomani twierdzą zwykle, że należą do rodziny królewskiej albo służyli kiedyś w siłach specjalnych. Z kolei kobiety wolą raczej udawać, że przeżyły jakąś straszliwą chorobę lub katastrofę. Przed paroma laty był taki głośny przypadek kobiety, która utrzymywała, że ocalała z ataków z 11 września. I była na tyle przekonująca, że kierowała nawet grupą wsparcia dla ocalałych z zamachów. Jak się w końcu okazało, tamtego dnia nie było jej w ogóle w Nowym Jorku. – Carol zastanawia się przez chwilę. – Dziwne, ale teraz przypominam sobie, że Emma powiedziała pewnego razu coś w stylu: „Jak byś zareagowała, gdybym stwierdziła, że tylko to sobie wymyśliłam?". Zupełnie jakby bawiła się pomysłem przyznania się do wszystkiego.

– Czy mogła się zabić dlatego, że jej kłamstwa zaczęły wychodzić na jaw?

– Przypuszczam, że to możliwe. Jeśli nie była w stanie zbudować nowej opowieści, dzięki której przedstawiłaby się jako ofiara, przynajmniej we własnych oczach, mogła doświadczyć czegoś, co nazywamy narcystycznym zawstydzeniem. Mówiąc zwykłym językiem, mógł ją ogarnąć taki wstyd, że wolała się zabić, niż stawić mu czoła.

– W takim razie Edward jest czysty – stwierdzam.

– Cóż, może – odpowiada ostrożnie Carol.

– Czemu tylko „może"?

– Nie mogę zdiagnozować pośmiertnie mitomanii u Emmy tylko po to, by dopasować fakty do wygodnej dla ciebie teorii. Równie prawdopodobne wydaje się, że powiedziała jedno całkowicie logiczne kłamstwo, później kolejne, żeby zamaskować to pierwsze, a potem kolejne. To samo tyczy się Edwarda Monkforda. Na podstawie tego, co od ciebie usłyszałam, mogę wnioskować, że to Emma była osobowością narcystyczną, a nie on. Ale Monkford bez wątpienia jest despotą, który wszystko kontroluje. Co się stanie, jeśli człowiek ogarnięty obsesją kontrolowania zetknie się z kimś, kogo nie da się kontrolować? Może się okazać, że to mieszanka wybuchowa.

– Ale inni ludzie mieli o wiele lepsze powody niż Edward, by czuć złość do Emmy – zauważam. – Deon Nelson ledwo uniknął więzienia. Saul Aksoy stracił przez nią pracę. A komisarz Clarke został zmuszony do odejścia na wcześniejszą emeryturę.

– Może – odpowiada Carol, ale nadal nie wydaje się całkowicie przekonana. – Gdy teraz o tym myślę, przychodzi mi do głowy jeszcze jeden powód, dla którego Emma mogła mnie okłamać.

– Jaki?

– Mogła wypróbowywać na mnie swoje pomysły. To był rodzaj próby generalnej przed opowiedzeniem tej historyjki komuś innemu.

– Komu? – W tej samej chwili jednak zdaję sobie sprawę, o kogo mogło chodzić. – Poza tobą jedyną osobą, z którą podzieliła się swoimi wątpliwościami na temat Edwarda, był Simon.

– Ale czemu miałaby to robić, skoro tak naprawdę chciała być z Edwardem?

– Ponieważ Edward ją odrzucił. – Czuję przypływ satysfakcji nie tylko dlatego, że w końcu udało mi się rozszyfrować, co kryło się za dziwnymi oskarżeniami Emmy pod adresem Edwarda, ale dlatego, że wreszcie nadążam za jej tokiem myślenia i nie daję się nabrać na mylne tropy ani zmiany kierunków. – To jedyne logiczne wyjaśnienie. Simon był jedyną osobą, która pozostała Emmie. Więc to oczywiste, że powiedziała mu, iż to ona zerwała z Edwardem, podczas gdy w rzeczywistości było na odwrót. Czy mogę skorzystać z ubikacji?

Carol wygląda na zaskoczoną, ale wskazuje mi drogę do toalety.

– Jest jeszcze jeden powód, dla którego przyszłam tu dzisiaj – oznajmiam po powrocie. – Najważniejszy. Jestem w ciąży. To dziecko Edwarda.

Carol wpatruje się we mnie wyraźnie zszokowana moim wyznaniem.

– Istnieje ryzyko, choć bardzo niewielkie, że dziecko może się urodzić z zespołem Downa – dodaję. – Czekam na wyniki badania.

– I jak się w związku z tym czujesz, Jane? – Carol szybko odzyskuje rezon.

– Zdezorientowana – przyznaję. – Z jednej strony cieszę się, że jestem w ciąży. A z drugiej jestem przerażona. W dodatku nie mam pojęcia, co i kiedy powinnam powiedzieć Edwardowi.

– Dobra, uporządkujmy to jakoś. Czy ciąża sprawiła, że się ucieszyłaś? Czy też może ożywiła twój żal po utracie Isabel?

– Jedno i drugie. Urodzenie kolejnego dziecka wydaje mi się takie... nieodwołalne. Jakbym porzucała Isabel.

– Obawiasz się, że nowe dziecko zajmie jej miejsce w twoich myślach – mówi łagodnie Carol. – A skoro twoje myśli są jedynym miejscem, w którym Isabel teraz żyje, masz poczucie, jakbyś na nowo ją uśmiercała.

Wpatruję się w nią.

– Tak. Dokładnie tak.

Carol Younson rzeczywiście jest dobrą psychoterapeutką.

– Podczas naszego poprzedniego spotkania rozmawiałyśmy o przymusie powtarzania, o tym, że ludzie czasami stają się zakładnikami przeszłości i wciąż na nowo odtwarzają tę samą traumę. Ale trafiają nam się również rozmaite okazje, aby przerwać ten cykl i zacząć żyć na nowo. – Carol się uśmiecha. – Ludzie lubią mówić o rozpoczynaniu czegoś z czystym kontem. Jedyne prawdziwie czyste konto to zupełnie nowe konto. Na starym zawsze pozostają ślady przeszłości. Może to dziecko będzie dla ciebie szansą na rozpoczęcie wszystkiego od nowa z całkiem czystym kontem.

– Boję się, że nie będę go kochać tak mocno jak Isabel – wyznaję.

– To zrozumiałe. Zmarli wydają się w porównaniu z nami absolutnie doskonali, stanowią ideał, z którym żadna żyjąca osoba nie jest w stanie się równać. Uporanie się z takim przekonaniem nie jest łatwe. Ale da się to zrobić.

Zastanawiam się nad jej słowami. Nagle uświadamiam sobie, że można je zastosować w odniesieniu nie tylko do mnie, ale także do Edwarda. Elizabeth to jego Isabel: idealna, lecz utracona pierwsza miłość, od której nie potrafi się uwolnić.

Rozmawiamy z Carol jeszcze przez godzinę: o ciąży, o zespole Downa, o okropnym, bolesnym temacie aborcji. I pod koniec tej rozmowy wreszcie staje się dla mnie jasne, co zrobię.

Jeśli wynik badania okaże się pozytywny, poddam się aborcji. Nie jest to łatwa decyzja, a z poczuciem winy będę się pewnie zmagać do końca życia, ale tak muszę postąpić.

A jeśli to zrobię, o niczym nie powiem Edwardowi. Nigdy się nie dowie, że byłam w ciąży. Niektórzy mogą to uznać za rodzaj tchórzostwa, ale po prostu nie widzę sensu, by mówić mu o dziecku, skoro żadnego dziecka już nie będzie.

Ale jeśli wynik badania okaże się negatywny i z dzieckiem będzie wszystko w porządku – co, jak usilnie przekonują mnie doktor Gifford oraz Carol, wydaje się o wiele bardziej prawdopodobne – natychmiast pojadę do Kornwalii i osobiście powiem Edwardowi, że zostanie ojcem.

Właśnie żegnam się z Carol, gdy dzwoni moja komórka.

– Czy pani Jane Cavendish?

– Tak, słucham.

– Tu Karen Powers z Centrum Badań Prenatalnych.

Udaje mi się coś wydukać w odpowiedzi, choć kręci mi się w głowie.

– Mam wyniki pani badań cfDNA. Czy to dobry moment, by o nich porozmawiać?

Dopiero co wstałam, ale znów siadam.

– Tak, oczywiście. Proszę mówić.

– Czy może mi pani podać swój adres?

Z niecierpliwością odpowiadam na wszystkie pytania identyfikacyjne. Carol już zorientowała się, kto dzwoni, i także usiadła.

– Z radością zawiadamiam, że... – zaczyna Karen Powers, a mnie serce podskakuje w piersi. „Dobre wieści, to dobre wieści".

Zaczynam płakać i kobieta musi mi powtórzyć wyniki. Są negatywne. Choć jedynie amniopunkcja daje całkowitą gwarancję, test cfDNA jest dokładny w ponad dziewięćdziesięciu dziewięciu procentach. Nie ma powodów, by uważać, że moje dziecko nie będzie zdrowe. Wracam na właściwe tory. Teraz muszę jeszcze tylko powiedzieć o wszystkim Edwardowi.

PRZEDTEM: **EMMA**

To, co następuje później, przypomina żałobę po śmierci kogoś bliskiego. Czuję się oszołomiona i odrętwiała. Chodzi nie tylko o utratę Edwarda, lecz także o zimny, wręcz bezduszny sposób, w jaki się ze mną obszedł. W jednym tygodniu uznawał mnie za swój ideał kobiety, a w następnym było już po wszystkim. W mgnieniu oka przeszedł od uwielbienia do pogardy. Po cichu łudzę się, że Edward po prostu nie chce przyznać, jak bardzo mu na mnie zależy, że lada chwila zadzwoni i powie, że popełnił okropny błąd. Ale po chwili przypominam sobie, że Edward to nie Simon. Patrzę na czyste, nieskazitelne ściany, na bezkompromisowe wnętrze Folgate Street 1 i w każdym centymetrze kwadratowym dostrzegam siłę jego woli i nieugiętą determinację.

Przestaję jeść. Dzięki temu czuję się lepiej, witam głód niczym starego, dobrego przyjaciela, uczucie zamroczenia ma przyćmić ból spowodowany rozstaniem.

Tulę się do Przybłędy i szlocham mu w futro. Zaniepokojony moim zachowaniem kot wyrywa się i ucieka na górę, ale odnajduję go w swoim łóżku i znów przytulam się do jego ciepłego, miękkiego futerka.

Gdy nagle znika, z niepokoju odchodzę od zmysłów. Zauważam jednak, że drzwi do schowka z miotłami są uchylone. Oczywiście znajduję go w środku, siedzi w ciemności zwinięty na puszce pasty do podłóg, chowa się przede mną.

Tego wieczoru, gdy biorę prysznic, światła nagle gasną, a woda robi się zimna. Trwa to zaledwie kilka sekund, ale wystarczy, bym zaczęła krzyczeć z przerażenia. Moja pierwsza myśl jest taka, że może Przybłęda odłączył jakiś kabel w schowku. Moja druga myśl: to sprawka samego budynku. Dom przy Folgate Street 1 zwrócił się przeciwko mnie, zupełnie jak Edward, i teraz chce mi okazać niezadowolenie swego pana.

Potem znów zaczyna płynąć ciepła woda. To tylko krótka przerwa w dostawie, chwilowa usterka. Nic, czym należałoby się denerwować.

Opieram głowę o gładką ścianę pod prysznicem, a moje łzy ściekają wraz z wodą do odpływu.

TERAZ: **JANE**

Z wizyty u Carol wracam szczęśliwa i pobudzona. W końcu wyszłam na prostą. Przyszłość nie zapowiada się łatwo, ale przynajmniej jest jasna.

Wchodzę do domu i zamieram. Przy schodach leży skórzana torba podróżna Swaine Adeney.

– Edward? – odzywam się niepewnie.

Jest w sali jadalnej, wpatruje się w moją mapę myśli, czyli gąszcz karteczek samoprzylepnych przyklejonych do ściany. Pośrodku umieściłam podwójny portret mnie i Emmy, który wydobyłam z pojemnika na śmieci.

Edward odwraca do mnie głowę i aż się wzdrygam na widok lodowatego gniewu w jego oczach.

– Mogę to wyjaśnić – mówię szybko. – Musiałam poukładać sobie kilka spraw…

– „Zamordowana przez Edwarda Monkforda" – czyta łagodnie. – Miło wiedzieć, że jestem tylko jednym z podejrzanych.

– Wiem, że tego nie zrobiłeś. Właśnie wracam od terapeutki Emmy. Emma ją okłamała i chyba już rozumiem dlaczego. Wydaje mi się też, że wiem, dlaczego Emma się zabiła. – Milknę na chwilę. – Zrobiła to, żeby cię ukarać. To był z jej strony ostateczny, dramatyczny gest, który miał sprawić, byś pożałował zerwania z nią. A biorąc pod uwagę to, przez co potem przeszedłeś, mam wrażenie, że osiągnęła swój cel.

– Kochałem Emmę. – Te powiedziane kategorycznym i ostatecznym tonem słowa nagle eksplodują w ciszy. – A ona mnie okłamała. Liczyłem na to, że może zdołam znaleźć miłość bez kłamstw. Mam na myśli ciebie. Pamiętasz swoje podanie? Jak pisałaś w nim o uczciwości, szczerości i zaufaniu? Dlatego właśnie wydawało mi się, że tym razem może się udać, że tym razem będzie inaczej. Ale nigdy nie kochałem cię tak jak Emmę.

Przyglądam mu się zszokowana.

– Co tutaj robisz? – udaje mi się z siebie wydusić. Wiem, że to i tak ma niewielkie znaczenie, ale potrzebuję chwili, aby oswoić się z tym, co właśnie od niego usłyszałam.

– Musiałem przyjechać do Londynu, by spotkać się z prawnikami. Do New Austell wprowadzili się pierwsi mieszkańcy, ale sprawiają kłopoty. Wydaje im się, że jeśli będą ze sobą współdziałać, zmuszą mnie, żebym zmienił zasady. Zamierzam im wręczyć nakazy eksmisji. Wszystkim. – Wzrusza ramionami. – No i przywiozłem dla nas coś na kolację.

Na ladzie leży sześć papierowych toreb z małych sklepów, w których Edward lubi robić zakupy.

– Prawdę mówiąc, dobrze się składa, że przyjechałeś – mówię otępiała. – Musimy porozmawiać.

– Najwyraźniej. – Jego wzrok znów pada na ścianę z karteczkami.

– Edwardzie, jestem w ciąży – oznajmiam beznamiętnym tonem mężczyźnie, który właśnie powiedział, że mnie nie kocha. Nawet w najgorszych snach nie wyobrażałam sobie, że tak to będzie wyglądać. – Masz prawo wiedzieć.

– Tak – odzywa się w końcu. – Od jak dawna ukrywasz to przede mną?

Kusi mnie, żeby skłamać, jednak nie pozwalam sobie na żaden wykręt.

– To już dwunasty tydzień.

– Zamierzasz je zatrzymać?

– Lekarze podejrzewali, że może mieć zespół Downa.

Słysząc to, Edward przesuwa dłonią po twarzy.

– W każdym razie okazało się, że wszystko jest w porządku. Tak, zamierzam je zatrzymać. Jego. Zamierzam go zatrzymać. Wiem, że nie na to się pisałeś, ale tak wyszło.

Edward na chwilę przymyka oczy, jakby z bólu.

– Biorąc pod uwagę to, co właśnie powiedziałeś, zakładam, że nie zamierzasz być dla niego ojcem – ciągnę. – W porządku. Niczego od ciebie nie chcę. Gdybyś mi tylko powiedział, że wciąż kochasz Emmę…

– Nie rozumiesz – przerywa mi. – To było niczym choroba. Będąc z nią, bez przerwy odczuwałem do siebie nienawiść.

Nie mam pojęcia, jak na to odpowiedzieć.

– Terapeutka, z którą się dziś widziałam… Mówiła mi o tym, że czasami zostajemy uwięzieni w pewnej opowieści i próbujemy odtworzyć nasze poprzednie związki. Odnoszę wrażenie, że w pewnym sensie nadal tkwisz w opowieści o związku z Emmą. Nie potrafię pomóc ci się z niej uwolnić. Ale nie zamierzam też tkwić w niej razem z tobą.

Edward patrzy na ściany, na stworzone przez siebie idealne, sterylne wnętrza. Wygląda, jakby usiłował teraz czerpać z nich siłę. W końcu wstaje.

– Żegnaj, Jane – mówi.

Bierze swoją torbę i wychodzi.

11. Jakich problemów w związku boisz się najbardziej?

- ❍ *Rutyny i znużenia*
- ❍ *Świadomości, że stać cię na kogoś lepszego*
- ❍ *Oddalania się od siebie*
- ❍ *Tego, że twój partner stanie się od ciebie zależny*
- ❍ *Oszukiwania przez partnera*

PRZEDTEM: **EMMA**

Czasami zupełnie kurczę się w sobie. Czasami czuję się czysta i doskonała niczym duch. Głód, bóle i zawroty głowy – to jedyne, co jest realne.

Umiejętność odmawiania sobie jedzenia to dowód na to, że wciąż jestem silna. Niekiedy ogarnia mnie słabość i pożeram cały bochenek chleba albo kubełek sałatki coleslaw, ale zaraz potem wpycham sobie palce do gardła i wszystko zwracam. Mogę wyzerować licznik zjedzonych kalorii i zacząć z czystym kontem.

Kiepsko sypiam. To samo zdarzyło mi się poprzednim razem, gdy pojawiły się u mnie zaburzenia odżywiania. Ale teraz jest znacznie gorzej. Budzę się nagle w nocy przekonana, że światła w domu zaczęły migotać albo że usłyszałam czyjeś kroki. Po czymś takim zaśnięcie na nowo jest niemożliwe.

Idę na wizytę do Carol i opowiadam jej, że Edward jest bezwzględnym, brutalnym egocentrykiem. Mówię jej, że mnie tyranizował, że ma obsesję na punkcie kontrolowania wszystkiego, dlatego od niego odeszłam. Ale choć sama pragnę uwierzyć w to, co jej wmawiam, tęsknota za nim przenika każdą komórkę mego ciała.

Po powrocie od Carol zauważam w ogrodzie coś przypominającego tłumok albo porzuconą przytulankę. Mija kilka sekund, nim do mojego mózgu dociera w końcu, co to takiego, a wtedy wypadam na zewnątrz i rzucam się biegiem przez wysypaną żwirem idealnie równą alejkę.

Przybłęda. Przód ciała oparł na łapach, ale tył leży całkiem na boku. Przybłęda nie żyje. Jego lewy bok jest zupełnie zmasakrowany, to w zasadzie zakrwawiony strzęp futra. Wygląda, jakby przywlókł się tutaj, jak najdalej od domu, po czym padł bez życia. Rozglądam się wokół. Nie widzę niczego, co wyjaśniałoby jego śmierć. Potrącił go samochód? Ktoś go skopał i przerzucił przez ogrodzenie? A może dopadł go przy ścianie domu i skatował kawałkiem cegły?

– Biedactwo – mówię na głos i kucam przy nim, by pogłaskać go po tej części, która nie została uszkodzona. Moje łzy padają na jego jedwabiste futro, na jego nieruchome i obojętne ciało. – Moje biedactwo – mówię do niego raz jeszcze, choć tak naprawdę mam na myśli siebie.

I nagle uświadamiam sobie, że – podobnie jak puszka farby rzucona o ścianę – śmierć Przybłędy to wiadomość. „Będziesz następna". Ktokolwiek to robi, pragnie mnie przerazić, a może nawet zabić. A teraz zostałam całkiem sama i nie mam jak się obronić.

Chyba że Simon… Mogę jeszcze poprosić o pomoc Simona. Poza nim nikt mi już nie pozostał.

TERAZ: **JANE**

A więc zatoczyłam pełne koło. Znowu jestem w ciąży i nie mam faceta. Wprawdzie Mia nie komentuje tego tym swoim „a nie mówiłam", ale wiem, że tak właśnie myśli.

Muszę załatwić jeszcze jedną rzecz. Może Edward nie był zainteresowany tym, czego dowiedziałam się na temat Emmy, ale uważam, że Simon ma prawo poznać prawdę. Proszę Mię, aby była przy tym obecna, na wypadek gdyby miał to źle znieść.

Simon zjawia się punktualnie, przynosi ze sobą wino i grubą niebieską teczkę.

– Nie byłem tutaj od czasu, gdy to się wydarzyło – mówi, rozglądając się chmurnym wzrokiem po wnętrzu Folgate Street 1. – Nigdy nie lubiłem tego miejsca. Powiedziałem Emmie, że mi się tu podoba, ale tak naprawdę to ona chciała tu mieszkać. Nawet te wszystkie technologiczne gadżety okazały się mniej imponujące, niż wydawało się na początku. Bez przerwy coś się psuło.

– Serio? – Jestem zdziwiona. – Ja nie miałam żadnych problemów.

Simon kładzie teczkę na blat.

– Przyniosłem ci to. To kopie wszystkich materiałów, jakie udało mi się znaleźć na temat Edwarda Monkforda.

– Dziękuję. Ale już tego nie potrzebuję.

– Wydawało mi się, że chcesz się dowiedzieć, jak zginęła Emma. – Marszczy brwi.

– Simonie… – Wymieniam spojrzenie z Mią, która taktownie odchodzi z butelką wina, żeby ją otworzyć. – Emma kłamała na temat Edwarda. Nie jestem pewna dlaczego, podobnie jak nie znam dokładnych okoliczności jej śmierci. Ale jestem pewna, że to, co ci opowiadała o Edwardzie, nie jest prawdą… – Zawieszam głos. – Przyłapano ją również na innym, znacznie poważniejszym kłamstwie. Na nagraniu, które policja odkryła w jej telefonie, wcale nie znajdował się włamywacz. To był Saul Aksoy.

– Wiem o tym – odpowiada gniewnie Simon. – To nie ma nic do rzeczy.

Przez chwilę zastanawiam się, od kogo mógł się tego dowiedzieć.

– Och, Amanda ci powiedziała?

Potrząsa przecząco głową.

– Nie, Emma. Po tym, jak rozstała się z Edwardem, wyznała mi wszystko.

– Powiedziała ci również, jak do tego doszło?

– Tak. Saul ją odurzył i zmusił do seksu. – Simon widzi wyraz niedowierzania na mojej twarzy. – Co? Bawiłaś się w detektywa i nie odkryłaś tego?

– Rozmawiałam z Saulem – odpowiadam powoli. – Powiedział mi, że inicjatywa wyszła od Emmy.

Simon prycha drwiąco.

– To chyba jasne, że tak powiedział, prawda? Dawniej lubiłem Saula, ale jeszcze zanim Emma opowiedziała mi, co jej zrobił, wiedziałem, że istnieje również inna strona jego osobowości. Po rozstaniu z Em czasem wychodziłem razem z nim na drinka. Mówił Amandzie, że potrzebuję towarzystwa, ale prawda była taka, że chciał mieć tylko pretekst, by podrywać kobiety. Zawsze stosował tę samą metodę. „Trzeba tak je upić, by nie mogły stać o własnych siłach”, mawiał. „Do tego, co chcesz z nimi robić, nie jest wymagana pozycja pionowa”.

Na mojej twarzy musi się malować wyraz oburzenia, ponieważ Simon kiwa głową.

– Niezła kwestia, co? Ale nawet wtedy wydawało mi się dziwne, że niektóre dziewczyny stają się tak bardzo pijane po wypiciu ledwie kilku kieliszków. Saul zawsze miał gest i zamawiał im szampana. Sprawiał przez to wrażenie hojnego faceta, ale gdzieś wyczytałem, że bąbelki w szampanie po prostu maskują smak tabletki gwałtu.

Wpatruję się w Simona. Pamiętam, jak Saul Aksoy próbował wmusić we mnie kieliszek szampana. Uważałam go za mendę, ale nawet pomimo to wierzyłam we wszystko, co mi opowiadał.

I kiedy wydawało mi się, że już wszystko wyjaśniłam, cała sprawa znów wymyka mi się z rąk. Bo jeśli Saul zmusił Emmę do seksu, to wcale nie była mitomanką. Na pewno skłamała, może nawet nie raz, ale sedno jej historii było prawdziwe. Poprzestawiała jedynie – z przyczyn, których tylko się domyślam – nazwiska występujących w niej postaci.

– Próbowała mnie chronić – oznajmia Simon, jakby czytał mi w myślach. – Wydawało jej się, że nie zniosę świadomości, że mój najlepszy kumpel zrobił coś takiego. Ale jeszcze przed włamaniem podejrzewałem, że coś jest nie tak: zaczęła się na mnie wściekać bez powodu, wybuchała, gdy tylko starałem się być dla niej miły. No i wróciły jej problemy z odżywianiem. I nigdy potem tak naprawdę nie ustały, choć nie lubiła o tym mówić.

– Rozmawialiście tutaj?

Simon kiwa głową.

– Zdała sobie sprawę, jak okropny błąd popełniła, i chciała wszystko naprawić. Była już wtedy w naprawdę kiepskim stanie. Miała kotka, jakiegoś przybłędę, którego przygarnęła. Ktoś go zabił.

– Trzymała kota? – pytam. – Tutaj? W Folgate Street 1? – Maggie Evans wspominała coś o zabłąkanym kotku, ale nie o tym, że Emma go zatrzymała.

– Zgadza się. Czemu pytasz?

„Ponieważ to wbrew regułom", myślę. Żadnych zwierząt. Żadnych dzieci.

Simon otwiera teczkę i wyjmuje z niej dokument.

– Emma dostała to od swojego adwokata. Według tych planów Monkford pogrzebał żonę i syna tutaj, pod samym domem. Popatrz. – Pokazuje mi miejsce zaznaczone krzyżykiem i odręczną notatkę: „Miejsce wiecznego spoczynku Elizabeth Domeniki Monkford oraz Maximiliana Monkforda". – Co za świr tak postępuje?

– Cudem uszłaś z tego cało, J – wtrąca Mia, która tymczasem zdążyła do nas wrócić i przysłuchuje się rozmowie.

Simon rzuca mi zaciekawione spojrzenie, ale pozostawiam to bez komentarza.

– Emma miała teorię, że pochowanie ich tutaj stanowiło część jakiegoś rytuału – wyjaśnia Simon. – To było coś na kształt złożenia ofiary. Wtedy nie poświęciłem temu większej uwagi, ale po śmierci Emmy zacząłem się przyglądać innym budynkom Monkforda. Okazuje się, że miała rację. Za każdym razem gdy budynek wznoszony przez Monkford Partnership był już na ukończeniu, ktoś w pobliżu ginął w podejrzanych okolicznościach.

Kładzie przede mną na stole wycinki z gazet. Każdemu towarzyszy mapka wskazująca miejsce budowy oraz miejsce śmierci. W Szkocji młoda kobieta została potrącona przez samochód półtora kilometra od domu budowanego przez Monkford Partnership niedaleko Inverness. Sprawca zbiegł z miejsca wypadku. Na Minorce uprowadzono dziecko trzy kilometry od domku na plaży zaprojektowanego przez Edwarda. W Brugii kobieta rzuciła się z wiaduktu kolejowego kilkaset metrów od budowanej przez niego kaplicy. Podczas prac wykończeniowych w Ulu na klatce schodowej znaleziono martwego pomocnika elektryka.

– Ale nie ma żadnych dowodów na to, że Edward był odpowiedzialny za śmierć tych ludzi – mówię spokojnym tonem. – Każdego roku dochodzi do tysięcy śmiertelnych wypadków oraz zaginięć. To, że kilka takich sytuacji wydarzyło się w bliskiej odległości tych konkretnych budynków, jeszcze nic nie oznacza. Dostrzegasz powiązania i analogie tam, gdzie ich nie ma.

– Albo są, tylko że ty nie chcesz ich dostrzec. – Twarz Simona robi się posępna.

– Simon, te poszukiwania dowodzą tylko tego, jak bardzo kochałeś Emmę. To godne podziwu, ale przeszkadza ci w trzeźwej ocenie sytuacji...

– Emma została mi odebrana dwukrotnie – przerywa. – Po raz pierwszy, gdy Edward Monkford wmieszał się do naszego związku w chwili, kiedy Emma była najbardziej bezbronna. Po raz drugi, gdy została zamordowana. Jestem pewien, że zginęła dlatego, że chciała do mnie wrócić. Chcę sprawiedliwości dla Emmy. I nie spocznę, póki tego nie osiągnę.

Wkrótce potem Simon wychodzi, tymczasem Mia wciąż sączy przyniesione przez niego wino.

– Wydaje się miły – stwierdza.

– A do tego ma niezłą obsesję.

– Kochał ją. Nie zapomni o niej, dopóki nie wyjaśni, co się z nią stało. Mnie się to wydaje niemal heroiczne.

Wszyscy ci faceci zakochani w Emmie. Pomimo jej problemów mieli bzika na jej punkcie. Czy ktokolwiek czuł kiedyś coś podobnego do mnie?

– Choć ostatecznie bycie kochaną wcale nie wyszło jej na dobre – dodaje Mia. – Ale moim zdaniem o wiele lepiej byłoby ci z kimś takim jak on niż z tym twoim szurniętym architektem.

– Ja z Simonem? – Prycham. – Wątpię.

– To porządny, godny zaufania, wierny facet. Powinnaś spróbować, zanim go skreślisz.

Nic nie odpowiadam. Moje uczucia wobec Edwarda są tak pogmatwane, że nie mam siły, by zwierzać się z nich Mii. Na widok lodowatego gniewu w jego oczach nieco się zawstydziłam, że za jego plecami drążyłam sprawę Emmy. Gdyby jednak udało mu się jakoś od niej uwolnić, może wreszcie ujrzałby nasz związek w całkiem nowym świetle.

Potrząsam głową, próbując odegnać takie myśli. To nic więcej jak pobożne życzenia.

PRZEDTEM: **EMMA**

– To na razie, Em.

– Do zobaczenia, Si.

Jednak Simon nadal stoi w drzwiach Folgate Street 1.

– Cieszę się, że porozmawialiśmy – dodaje.

– Ja też. – Naprawdę tak uważam. O zbyt wielu rzeczach nigdy mu nie mówiłam, zbyt wiele rzeczy dusiłam w sobie. Gdybyśmy częściej rozmawiali, kiedy byliśmy parą, może w ogóle byśmy się nie rozstali. W pewnym sensie zawsze usiłowałam odepchnąć od siebie Simona, ale już tego nie czuję. Teraz jestem po prostu wdzięczna, że mam kogoś, kto mnie nie osądza.

– Zostanę, jeśli chcesz – proponuje Simon nieśmiało. – Jeśli dzięki temu poczujesz się bezpieczniej. Gdyby zjawił się ten sukinsyn Deon lub ktokolwiek inny, mógłbym się nim zająć.

– Wiem, że byś mógł – odpowiadam. – Ale naprawdę nie musisz. Ten dom jest jak forteca. Poza tym na wszystko przyjdzie czas, pamiętasz?

– No dobra. – Simon nachyla się i całuje mnie, nieco oficjalnie, w policzek. Potem mnie przytula. To bardzo przyjemne uczucie.

Po jego wyjściu w domu znów zapada kompletna cisza. Obiecałam mu, że coś zjem. Nalewam do rondla wodę, żeby ugotować jajko, i macham ręką nad kuchenką.

Nic się nie dzieje.

Macham jeszcze raz. Znów bez rezultatu. Zaglądam pod blat, żeby sprawdzić, czy nie ma tam jakiegoś przełącznika na ręczne sterowanie. Niczego takiego nie widzę.

Simon na pewno wiedziałby, jak to naprawić, więc sięgam po telefon, żeby do niego zadzwonić. Nagle zastygam w miejscu. To właśnie odgrywanie słabej kobiety, za którą mężczyźni rozwiązują wszystkie problemy, wpakowało mnie po części w cały ten bałagan.

W lodówce mam kilka jabłek, więc zjem jedno zamiast jajka. Gdy odgryzam pierwszy kęs, wyczuwam w powietrzu gaz. Choć palnik w kuchence się nie zapalił, najwyraźniej uruchomiłam przepływ gazu i teraz wnętrze domu wypełnia się jego trującymi oparami. Szukam jakiegoś sposobu, żeby go wyłączyć, i rozpaczliwie macham rękami nad blatem. Nagle rozlega się klik i w powietrze wystrzeliwuje niebieskożółta kula ognia, który obejmuje moją rękę. Upuszczam jabłko. Jestem w szoku – jeszcze nie czuję bólu, ale wiem, że zaraz nadejdzie. Szybko wkładam rękę pod kran z zimną wodą. Ale nic z niego nie leci. Biegnę do łazienki na górze. Dzięki Bogu tutaj woda działa. Polewam zimnym strumieniem palącą skórę. Trzymam tak rękę przez kilka minut, a potem dokładnie ją oglądam. Jest poparzona i czerwona, ale skóra nie pokryła się pęcherzami.

To wcale nie jest moja wyobraźnia. Nie ma mowy. Mam wrażenie, jakby dom nie chciał, żeby Simon tutaj przychodził, i w ten sposób mnie za to karał.

„Ten dom to forteca", powiedziałam Simonowi. A jeśli dom przestanie mnie chronić? Czy naprawdę jestem tu bezpieczna?

Nagle ogarnia mnie strach.

Wchodzę do schowka na rzeczy do sprzątania i zamykam za sobą drzwi. W razie czego mogę się tu zabarykadować: mopami i miotłami zablokuję drzwi, nikt się nie domyśli, że tu jestem. Dość tu ciasno, pełno puszek i różnych sprzętów, ale potrzebuję bezpiecznej kryjówki, a to miejsce nadaje się na nią wprost idealnie.

12. *W sprawnie funkcjonującym społeczeństwie osoby, które łamią prawo, muszą ponieść tego konsekwencje.*

Zgadzam się ❍ ❍ ❍ ❍ ❍ *Nie zgadzam się*

TERAZ: **JANE**

Po raz pierwszy czuję je, gdy leżę, na wpół śpiąc, w łóżku. Są tak delikatne i niepewne jak nieśmiałe pukanie do drzwi – to w zasadzie lekki trzepot w moim brzuchu. Pamiętam je z ciąży z Isabel. Pierwsze ruchy dziecka.

Leżę szczęśliwa i czekam na kolejne kopnięcia. Pojawia się jeszcze kilka, a potem jakiś ruch mogący być fikołkiem. Zalewa mnie fala matczynej miłości i ogarnia mnie taki zachwyt, że zaczynam płakać. Jak w ogóle mogłam się zastanawiać nad usunięciem tego dziecka? Patrząc na to z dzisiejszej perspektywy, nie mogę zrozumieć, jak narodził się w mojej głowie taki pomysł. Przez łzy uśmiecham się z powodu niezamierzonej gry słów.

Teraz już całkiem rozbudzona przerzucam nogi przez skraj łóżka i spoglądam w dół na swoje zmieniające się ciało. Jeszcze nie znajduję się na tym etapie, by brzuch był widoczny – według wykresu, który znalazłam w pracy, moje dziecko jest teraz mniej więcej rozmiaru awokado – ale gdy stoję naga, widzę, że nie ma wątpliwości, że jestem w ciąży. Pełne piersi zwisają mi nisko, a brzuch nabrał przyjemnych krągłych kształtów.

Idę do łazienki i z rozbawieniem stwierdzam, że choć wcale nie jest to jeszcze konieczne, chodzę odrobinę jak kaczka: to pamięć mięśniowa macierzyństwa, znajome odruchy odżywające na powrót w moim ciele. Coś jest nie w porządku z prysznicem – woda z ciepłej staje się nagle lodowata – ale taka kąpiel działa na mnie orzeźwiająco. Czyżby system sterujący domem miał problemy z rozpoznawaniem mnie, skoro noszę teraz w sobie inną osobę? Nie wydaje mi się, by technologia działała w ten sposób, choć tak naprawdę niewiele wiem na ten temat.

Wycieram się ręcznikiem, gdy nagle dopada mnie atak mdłości. Siadam na desce sedesowej i biorę głęboki oddech, ale po chwili mdłości wracają ze zdwojoną siłą. Nie mam czasu zrobić nic więcej, jak tylko rzucić się do przodu i pochylić nad odpływem prysznica. Po chwili odkręcam kurek, by spłukać wymiociny.

Szklana kabina prysznicowa jest teraz pokryta kropelkami wody, więc klękam, by ją wytrzeć. Schylam się, aby wyczyścić również rowek biegnący wzdłuż podstawy ściany, twarz mam niemal na równi z podłogą, gdy nagle widzę jakiś błyszczący przedmiot. Nie mogę dosięgnąć go palcami, więc ostrożnie wyciągam go patyczkiem kosmetycznym.

W pierwszej chwili wydaje mi się, że to może kawałek żwiru albo kulka z łożyska. Dostrzegam w niej jednak maleńką dziurkę. To perła, dość mała, o niezwykłej, jasnokremowej barwie. Musiała odpaść od mojego naszyjnika.

Idę do sypialni i wyjmuję naszyjnik z kasetki. Znaleziona perła wygląda identycznie jak wszystkie pozostałe. Ale naszyjnik nie jest uszkodzony.

Nie rozumiem, jak perła mogła się zsunąć, skoro sznurek nie został zerwany. To przecież niemożliwe. Zagadkowa sprawa.

Naprzeciwko biura Still Hope znajduje się jubiler. Pójdę tam i zapytam.

PRZEDTEM: **EMMA**

Wysyłam do Monkford Partnership e-mail, w którym skarżę się na problemy z domem. Nie dostaję żadnej odpowiedzi. Dzwonię do Marka, agenta nieruchomości, ale słyszę od niego, że wszelkie problemy techniczne powinnam zgłaszać bezpośrednio do Monkford Partnership. Pod koniec rozmowy właściwie krzyczę na niego przez telefon, co zapewne tylko pogarsza sprawę. Wysyłam nawet SMS-a do Edwarda. Oczywiście nie odpisuje.

Jakby tego było mało, jestem przekonana, że ustawienie oświetlenia zostało zmienione. Gdy się wprowadziliśmy, Mark powiedział, że dom automatycznie zwiększa natężenie światła, aby przeciwdziałać objawom zimowej depresji. Czy w takim razie może również postępować na odwrót? Nie tylko źle sypiam, ale też budzę się wyczerpana, z suchymi, swędzącymi oczami.

Simon dzwoni i ponawia swoją propozycję nocowania u mnie. Kusi mnie, żeby się zgodzić. Mówię mu jednak, że się zastanowię. Czuję euforię w jego głosie, choć próbuje ją ukryć. Dobry, porządny, poczciwy Simon. Moja ostoja w czasie burzy.

A potem Edward Monkford odpowiada mi na SMS-a.

TERAZ: **JANE**

– Niezwykła – stwierdza jubiler, obracając perłę między kciukiem a palcem wskazującym i przyglądając się jej przez okular. – Jeśli to jest to, co myślę, to naprawdę bardzo rzadki okaz.

– Czy może pochodzić z tego naszyjnika? – Kładę przed nim kasetkę ze sznurem pereł.

Jubiler bierze ją do ręki i z aprobatą kiwa głową na widok japońskich znaków.

– Kōkichi Mikimoto. Nie widuje się takich zbyt często. – Podnosi naszyjnik do światła i porównuje go ze znalezioną perłą. – Zdecydowanie pasuje do reszty. Tak jak sądziłem, to perły keshi.

– Perły keshi? Co to znaczy?

– Słonowodne keshi to najrzadsze perły na świecie, zwłaszcza gdy są niemal okrągłe tak jak te tutaj. Pochodzą z ostryg, które miały więcej niż jedną perłę. Innymi słowy, to bliźniaki. Ponieważ nie mają jądra, nabierają tego niezwykłego różowego blasku. I jak już wspominałem, są niesamowicie rzadkie. Przypuszczam, że naszyjnik musiał się zerwać i perły się rozsypały. Właściciel pewnie je pozbierał i oddał do naprawy, ale o jednej zapomniał.

– No tak. – W końcu rozumiem, co ten facet mówi. Trudno mi się jednak pogodzić z myślą, że Edward mógł mi dać naszyjnik, który wcześniej podarował komuś innemu.

Po wyjściu od jubilera wyciągam komórkę.

– Cześć – mówię, gdy Simon odbiera. – Nie wiesz przypadkiem, czy Edward podarował Emmie naszyjnik? A jeśli tak, to czy kiedyś ten naszyjnik jej się zerwał?

PRZEDTEM: **EMMA**

„Muszę się z Tobą zobaczyć. Edward".

Zastanawiam się chwilę nad odpowiedzią: „Dalej jesteś na mnie zły, tatuśku?".

Odpisuje błyskawicznie: „Nie bardziej, niż na to zasługujesz".

„Dobrze. To znaczy, że chcesz mnie z powrotem?"

„Zobaczymy po dzisiejszym wieczorze".

„W takim razie muszę jak najlepiej się sprawować". Czuję, że miękną mi kolana.

„O 19.00. Załóż perły. Nic więcej".

„Oczywiście".

Mam dwie godziny na przygotowanie. Dwie godziny nieznośnego czekania. Zdejmuję ubranie i zabieram się do pracy.

TERAZ: **JANE**

– Nie rozumiesz? – pyta natarczywie Simon. – To dowodzi, że Edward tam był, kiedy Emma zginęła.

Siedzimy w kawiarni niedaleko biura Still Hope, w której Edward po raz pierwszy zaczął mnie podrywać. „Dwoje ludzi spotyka się ze sobą bez żadnych planów wybiegających poza tu i teraz". Co za monstrualne kłamstwo. Choć bez wątpienia wtedy w nie wierzył: wydawało mu się, że zdoła odtworzyć tylko te aspekty związku z Emmą, które mu się podobały, inne zaś pominie. Ale jak trafnie zauważyła Carol, nie można opowiedzieć drugi raz tej samej historii i spodziewać się innego zakończenia.

Simon wciąż mówi.

– Przepraszam – przerywam mu. – Co powiedziałeś?

– Że Emma zakładała ten naszyjnik tylko dla niego. Wiedziała, że go nie znoszę. Tego dnia miała się ze mną spotkać. Umówiliśmy się wstępnie. Ale potem to odwołała. Powiedziała, że nie czuje się najlepiej. Nawet wtedy zastanawiałem się, czy czasem nadal nie widuje się z Monkfordem.

– Nie chcesz mi chyba wmówić, że wysnułeś takie wnioski na podstawie jednej perły. – Marszczę brwi. – To przecież niczego nie dowodzi.

– Zastanów się tylko – tłumaczy cierpliwie. – W jaki sposób Monkford odzyskał ten naszyjnik? Musiał tu być, gdy sznur został zerwany. Wiedział jednak, że jeśli zostawi rozsypane na podłodze perły, będzie to świadczyło o tym, że doszło do szarpaniny. A to wykluczyłoby samobójstwo czy wypadek. Zanim więc wyszedł, pozbierał wszystkie perły z wyjątkiem tej jednej, którą znalazłaś.

– Ale przecież Emma nie zginęła w łazience – protestuję. – Znaleziono ją u podnóża schodów.

– Z łazienki na schody jest tylko kilka kroków. Monkford z łatwością mógł ją tam zaciągnąć, a potem zepchnąć w dół.

Ani przez chwilę nie wierzę w przekombinowaną teorię Simona, jednak muszę przyznać, że perła mogłaby zostać uznana za ważny dowód w śledztwie.

– W porządku. Skontaktuję się z Clarkiem. Wiem, że w środy przyjeżdża do miasta. Też mógłbyś się z nim spotkać. Wtedy na własne uszy przekonałbyś się, jak obala twoje teorie.

– Jane... chcesz, żebym został z tobą na kilka dni w Folgate Street 1?

Muszę mieć bardzo zaskoczoną minę, ponieważ zaraz dodaje:

– Zaproponowałem Emmie, że z nią zostanę. Odmówiła, a ja nie chciałem zanadto naciskać. Teraz żałuję, że nie byłem bardziej stanowczy. Gdybym tylko tam był... – Zawiesza głos.

– Dziękuję ci. Ale przecież nawet nie mamy pewności, że Emma została zamordowana.

– Każdy najdrobniejszy dowód wskazuje na to, że to Monkford ją zabił. A ty nie chcesz tego przyznać, i chyba oboje dobrze wiemy dlaczego. – Wzrok Simona pada na mój brzuch, a ja oblewam się rumieńcem.

– To ty z oczywistych względów uczuciowych chcesz widzieć w Edwardzie winnego. A gwoli ścisłości, łączył mnie z nim tylko przelotny romans, nic więcej. Nie jesteśmy już ze sobą.

Simon uśmiecha się z niejakim smutkiem.

– To oczywiste. W końcu złamałaś najważniejszą z reguł. Pamiętaj, jak skończył kot Emmy.

PRZEDTEM: **EMMA**

Wyskubałam brwi, wydepilowałam się i odpicowałam. W końcu zakładam sznur pereł, który ciasno obejmuje moją szyję niczym ręka kochanka. Serce wali mi jak szalone. Ogarnia mnie fala ekscytacji.

Do przyjścia Edwarda została jeszcze godzina. Nalewam sobie spory kieliszek wina i wypijam go niemal w całości. Następnie, cały czas w naszyjniku, idę na górę pod prysznic.

Z dołu dobiega mnie jakiś odgłos. Trudno określić, co to takiego, choć odrobinę przypomina skrzypnięcie buta. Zamieram.

– Halo! Jest tam kto!?

Żadnej odpowiedzi. Owijam się ręcznikiem i idę w kierunku schodów.

– Edward?

Odpowiada mi jedynie gęsta i dojmująca cisza. Czuję, jak włosy jeżą mi się na karku.

– Halo! – wołam znów.

Schodzę na palcach do połowy schodów. Stamtąd widzę każdy kąt domu. Nikogo tu nie ma.

Chyba że znajduje się dokładnie pode mną, ukryty pod kamiennymi schodami. Odwracam się i wolno stawiając kroki, zaglądam przez szpary między stopniami.

Nikogo.

Wtedy słyszę kolejny odgłos, coś jakby parsknięcie. Ale tym razem zdaje się ono dobiegać gdzieś z góry. Kiedy jednak odwracam się w jego kierunku, rozlega się przenikliwy wizg o częstotliwości na granicy ludzkiego słuchu. Z każdą sekundą staje się głośniejszy, niczym brzęczenie komara. Zasłaniam dłońmi uszy, ale ten dźwięk wwierca mi się prosto w czaszkę.

Pod sufitem pęka żarówka, szkło spada z brzękiem na podłogę. I nagle hałas ustaje. Pewnie jakaś awaria systemu sterującego. Stojący w salonie laptop uruchamia się ponownie. Na jego ekranie wyświetla się strona domowa Gospodarza. Zupełnie jakby cały dom się zresetował.

W każdym razie awaria już minęła. Nikogo tu nie ma. Wracam więc na górę pod prysznic.

TERAZ: **JANE**

– Cóż, to fascynujące – stwierdza James Clarke, zerkając raz po raz to na naszyjnik, to na perłę. – Fascynujące.

– Nie możemy się zdecydować, co to oznacza – mówię. Simon rzuca mi wymowne spojrzenie, więc dodaję: – Znaczy się... jesteśmy podzieleni. Simon uważa, że to może być dowód na to, że Edward zabił Emmę. Ale ja nie uważam, by znalezienie jednej perły cokolwiek zmieniało.

– Już wam mówię, co to zmienia – odpowiada z namysłem emerytowany policjant. – Sprawę przeciwko Deonowi Nelsonowi. Gdyby na podłodze mieszkania leżał naszyjnik, nawet rozerwany, Nelson by go tam nie zostawił. Ukradłby go, a w takim razie Edward Monkford nie mógłby go naprawić i wręczyć ci go w prezencie. Tak więc m o j a ulubiona teoria właśnie wylądowała w koszu.

– Gdy widzieliśmy się ostatni raz – odzywa się Simon – tuż po zakończeniu dochodzenia, wspomniał pan, że Monkford miał alibi.

– Tak. Miał alibi, w pewnym sensie. Szczerze mówiąc, wyglądałeś tak, jakbyś nie do końca chciał się pogodzić z losem. A po zamknięciu sześciomiesięcznego śledztwa ostatnie, czego byśmy sobie życzyli, to zrozpaczony chłopak ofiary próbujący podważyć orzeczenie koronera. Mogłem więc sprawiać wrażenie znacznie bardziej przekonanego o niewinności Monkforda, niż byłem w rzeczywistości. Monkford zeznał, że w dniu śmierci Emmy przebywał na terenie budowy w Kornwalii. Widziano go w hotelu rano i ponownie wczesnym wieczorem. Nic nie wskazywało na to, by wrócił do Londynu w ciągu dnia, więc nie mieliśmy powodów, żeby mu nie wierzyć.

Simon wpatruje się w Clarke'a.

– Ale twierdzi pan, że jednak mógł to zrobić.

– Miliony ludzi mogły to zrobić – mówi łagodnie Clarke. – To tak nie działa. Szukamy dowodów na to, że ktoś to rzeczywiście zrobił.

– Monkford jest szalony – przekonuje coraz bardziej natarczywie Simon. – Chryste, spójrzcie tylko na jego budynki. To obłąkany perfekcjonista. Jeśli uważa, że coś idzie nie po jego myśli, nie zostawia tego tak po prostu, tylko burzy i zaczyna wszystko od zera. Sam kiedyś oznajmił to wprost Emmie: „Nasz związek będzie trwał tylko tak długo, jak długo będzie absolutnie perfekcyjny". Co za czub mówi takie rzeczy?

Clarke cierpliwie wyjaśnia Simonowi, że praca policyjna i domorosłe psychologizowanie to dwie bardzo różne rzeczy. Ale ja ich wcale nie słucham.

Przypominam sobie, że Edward powiedział mi dokładnie to samo. „To, co nas teraz łączy, jest doskonałe [...]. Moje najbardziej udane związki trwały niekiedy nie dłużej niż tydzień [...] Wiedząc, że to nie potrwa zbyt długo, zaczynasz bardziej doceniać drugą osobę [...]".

Dziecko wyciąga nogę i kopie mnie tuż poniżej pępka. Przechodzi mnie dreszcz. „Czy grozi nam niebezpieczeństwo?"

– Jane?

Obaj mężczyźni przyglądają mi się z zaciekawieniem. Orientuję się, że zadali mi jakieś pytanie.

– Słucham?

– Czy mogłabyś to dla nas założyć? – James Clarke unosi naszyjnik.

Mam problem, by zapiąć na karku maleńką klamerkę, więc Simon podrywa się, żeby mi pomóc. Odgarniam włosy, by ułatwić mu zadanie. Palce Simona niezdarnie manipulują przy zapięciu i ku własnemu zaskoczeniu odkrywam, że powodem może być to, iż mu się podobam.

Gdy naszyjnik jest już zapięty, Clarke przygląda mu się uważnie.

– Czy mogę? – pyta uprzejmie.

Przytakuję, a on próbuje wsunąć palec pomiędzy perły a moją szyję. Nie ma dość miejsca.

– Hmm – mruczy, opadając na krzesło. – Cóż, nie chciałbym dolewać oliwy do ognia, że się tak wyrażę, ale jest pewna rzecz, która może być istotna.

– Jaka? – pyta z niecierpliwością Simon.

– Gdy Emma została znaleziona, pierwszy policjant, który zjawił się na miejscu, miał wrażenie, że dostrzegł jakiś niewyraźny ślad wokół jej szyi. Odnotował to w swoim raporcie, ale kiedy przybyli patolodzy, ślad już zniknął. Widać było tylko kilka drobnych zadrapań, o, tutaj. – Wskazuje na miejsce, w którym próbował wsunąć palec pod naszyjnik. – To był drobiazg, naprawdę, a już z pewnością nie mogło to być przyczyną jej śmierci. Biorąc pod uwagę stopień innych obrażeń, doszliśmy do wniosku, że te zadrapania musiały powstać, gdy spadając ze schodów, zaczęła wymachiwać rękami.

– Ale tak naprawdę zrobił je ktoś, kto próbował zerwać naszyjnik – wtrąca natychmiast Simon.

– Cóż, to tylko domysły – stwierdza Clarke.

– Mógł być jeszcze inny powód. – Zdziwiona słyszę własny głos.

– Tak? – pyta Clarke.

– Edward... – Czuję, że się rumienię. – Mam podstawy przypuszczać, że Edward i Emma lubili uprawiać ostry seks.

Simon wpatruje się we mnie.

– Istotnie. – Clarke kiwa głową.

– A więc jeśli Edward był z nią tego dnia, w co niespecjalnie chce mi się wierzyć, to zerwanie naszyjnika mogło być tylko zwykłym wypadkiem.

– Może. Pewnie nigdy się tego nie dowiemy – mówi Clarke.

Coś jeszcze przychodzi mi na myśl.

– Podczas naszej ostatniej rozmowy wspominał pan, że nie da się ustalić, kto wchodził do domu tuż przed śmiercią Emmy.

– Zgadza się. Czemu się nad tym zastanawiasz?

– Wydaje mi się to po prostu dziwne. System sterujący domem jest zaprogramowany tak, by zapisywać wszystkie dane, właśnie na tym to polega.

– Można by przeprowadzić rewizję w firmie Monkforda – rzuca Simon. – Zabrać im komputery i sprawdzić, co znajduje się na ich dyskach.

Clarke unosi rękę w ostrzegawczym geście.

– Hola, hola. Ja przecież nic nie mogę zrobić. Jestem na emeryturze. A operacja, którą proponujesz, kosztowałaby dziesiątki tysięcy funtów. Poza tym bardzo mało prawdopodobne, by po tak długim czasie udało się uzyskać nakaz rewizji. Zwłaszcza bez dostatecznie mocnych dowodów na potwierdzenie tej teorii.

– To beznadziejne! – Simon uderza pięścią w stół.

– Radzę ci, żebyś postarał się o tym wszystkim zapomnieć – zwraca się łagodnie do Simona Clarke. Następnie patrzy na mnie. – A tobie radzę szybko znaleźć jakieś nowe mieszkanie. Z solidnymi zamkami i dobrym systemem antywłamaniowym. Tak na wszelki wypadek.

PRZEDTEM: **EMMA**

Wchodzę pod prysznic. Przez chwilę nic się nie dzieje. Potem woda spada na mnie rwącym strumieniem niczym podczas gwałtownej ulewy. Z błogością unoszę do niej twarz.

Wszystko będzie dobrze.

Myję się starannie dla Edwarda, namydlam wszystkie intymne zakamarki ciała, które może pragnąć spenetrować. Nagle, bez żadnego ostrzeżenia, prysznic zaczyna się krztusić i woda staje się lodowata. Odskakuję z wrzaskiem.

– Emmo! – Słyszę głos za swoimi plecami.

Odwracam się gwałtownie.

– Co ty tu robisz? – Chwytam ręcznik z wieszaka i owijam się nim. – I jak dostałeś się do środka?

TERAZ: **JANE**

– To twój cały budżet? – Camilla wprawdzie się nie śmieje, ale najwyraźniej uważa, że jestem naiwna. – Od czasu, gdy wprowadziłaś się do Folgate Street 1, rynek nieruchomości kompletnie zwariował. Brakuje mieszkań, a poza tym zagraniczni inwestorzy pakują pieniądze w londyńskie nieruchomości jako zabezpieczenie dla swojego kapitału. Musiałabyś mieć dwa razy tyle, żeby było cię stać na dwupokojowe mieszkanie. – Wskazuje na ogłoszenia w witrynie agencji. – Sama zobacz.

W drodze do Folgate Street postanowiłam jednak skorzystać z rady Jamesa Clarke'a i rozejrzeć się za nowym lokum. Teraz żałuję, że to zrobiłam.

– Wystarczy mi mieszkanie z jedną dużą sypialnią. Przynajmniej na razie.

– Ale nie stać cię nawet na to. Chyba że bierzesz pod uwagę mieszkanie na łodzi?

– Spodziewam się dziecka. Za kilka miesięcy zacznie raczkować. Więc mieszkanie na łodzi to chyba nie jest najlepszy pomysł. – Waham się. – Czy są jacyś inni właściciele, którzy postępują tak samo jak Edward? Wynajmują mieszkania po zaniżonych cenach w zamian za to, że ludzie będą o nie dbać?

Camilla potrząsa przecząco głową.

– Umowa z Edwardem jest jedyna w swoim rodzaju.

– Przecież nie może mnie eksmitować, jeśli wciąż płacę czynsz. A ja nie zamierzam się wynieść, dopóki nie znajdę czegoś nowego.

Wyraz twarzy Camilli sprawia, że nagle milknę.

– Co takiego?

– W umowie, którą z nim podpisałaś, jest ponad dwieście różnych warunków – przypomina mi. – Mam tylko nadzieję, że żadnego nie złamałaś. W przeciwnym razie Edward może to uznać za naruszenie umowy.

Ogarnia mnie bezsilny gniew.

– Chrzanić Edwarda Monkforda i wszystkie te jego reguły. – Jestem tak wściekła, że zaczynam tupać nogą. Moje szalejące hormony znów się odezwały.

Ale pomimo tych wszystkich buńczucznych słów wiem, że nie będę walczyć o to z Edwardem. Od rozmowy z Simonem i Jamesem Clarkiem zaczynam czuć do Folgate Street 1 coś, czego nigdy dotąd nie czułam. Zaczynam się bać tego domu.

PRZEDTEM: **EMMA**

– Zachowałem aplikację do otwierania drzwi – oznajmia.

Robi krok w moją stronę. Ma zaczerwienione od płaczu oczy i lekko obłąkany wzrok.

– Powiedziałem Markowi, że ją usunąłem, gdy się wyprowadziłem – mówi. – Ale nie zrobiłem tego. A potem użyłem jej, żeby włamać się do systemu sterującego domem. Łatwizna. Dziecko byłoby w stanie to zrobić.

– Aha – bąkam. Nie wiem, co innego mogłabym powiedzieć.

– Byłem na górze – ciągnie. – Na strychu. Przychodzę tu czasem, gdy już śpisz, i sam też tam zasypiam. Żeby być bliżej ciebie.

Nagle wskazuje na moje gardło. Cofam się wystraszona.

– To naszyjnik, który dostałaś od n i e g o, prawda? Od Edwarda?

– Tak. Simon, musisz już iść. Czekam na kogoś.

– Wiem. – Wyciąga obco wyglądający telefon. – Na Edwarda Monkforda. Ale on nie przyjdzie. To ja wysyłałem te wiadomości.

– Co takiego? – pytam zdumiona.

– Jednej nocy w zeszłym tygodniu wziąłem twoją komórkę i wpisałem ten numer pod nazwiskiem Monkforda – oświadcza nieomalże z dumą. – Kiedy więc wysłałem do ciebie SMS-a, wyglądało, jakbyś dostała go od niego. Oczywiście wykasowałem już te wszystkie wiadomości. A to jest telefon na kartę. Nie da się go namierzyć.

– Ale... d l a c z e g o?

– Dlaczego? – powtarza. – Dlaczego? Sam wciąż zadaję sobie to pytanie, Em. Dlaczego Monkford? Dlaczego Saul? Dlaczego którykolwiek z nich? I dlaczego żaden nie kochał cię tak mocno jak ja? Ty zresztą też mnie kochałaś. Wiem o tym. Byliśmy ze sobą s z c z ę ś l i w i.

– Nie. Nie, Simonie – mówię tak stanowczym tonem, na jaki tylko potrafię się zdobyć. – Na dłuższą metę nie bylibyśmy ze sobą szczęśliwi. Nie jestem dla ciebie odpowiednią osobą. Potrzebujesz kogoś miłego i dobrego. Nie kogoś takiego jak ja.

– Nie mów tak, Em. – Łzy płyną mu po policzkach. – Nie mów tak – powtarza. – Nie pozwalam ci.

Próbuję odzyskać panowanie nad sytuacją.

– Musisz już iść, Simonie. W tej chwili. Albo wzywam policję.

– Nie mogę tego zrobić, Em. – Simon kręci głową. – Nie mogę.

– Czego nie możesz zrobić?

– Nie mogę na to pozwolić – szepcze. – Nie mogę pozwolić na to, żebyś stała się osobą, która woli ich zamiast mnie.

Simon przygląda mi się z dziwnym, pełnym desperacji wyrazem twarzy i nagle uświadamiam sobie, że właśnie szykuje się do zrobienia czegoś okropnego. Błyskawicznie rzucam się do ucieczki i próbuję prześlizgnąć się obok niego. Simon łapie mnie za nadgarstek, ale zaciska dłoń na bransoletce, która ześlizguje mi się z ręki i uwalnia mnie z jego uścisku. On jednak natychmiast zastawia mi drogę swoim ciałem, jego palce błądzą po mojej szyi, chwytają naszyjnik. Rozlega się trzask i perły odbijają się od podłogi łazienki niczym kulki gradu. Simon zaciska mi ramię wokół szyi, mocnym szarpnięciem przysuwa mnie do siebie i zaczyna ciągnąć do tyłu niczym ratownik holujący tonącą osobę. Jestem zesztywniała z przerażenia i nie mam innego wyjścia, jak pozwolić mu się wlec po podłodze.

– Simonie... – Próbuję się odezwać, ale jego ramię zbyt mocno zaciska mi się wokół gardła.

W końcu docieramy do szczytu schodów i Simon obraca mnie tak, że stoję z twarzą zwróconą w dół.

– Kocham cię, Em – szepcze mi do ucha. – Kocham cię. – Mówi to jednak z taką furią, jakby tak naprawdę chciał powiedzieć, że mnie n i e n a w i d z i. Potem całuje mnie i jednocześnie popycha, a ja wiem, że właśnie tego chciał, że pragnął mojej śmierci.

Lecę w dół, moja głowa uderza o kamienne schody, staczam się stopień po stopniu, a gdy moje ciało nabiera rozpędu, każdą jego cząstkę przenika ból i strach. W połowie drogi wypadam z boku niczym niezabezpieczonych schodów i następuje krótka chwila błogosławionej ulgi wymieszanej z przerażeniem, a potem ostatecznie ląduję na podłodze, a moja głowa roztrzaskuje się na kawałki.

TERAZ: **JANE**

Dzwonię do Simona.

– Nie mam w zwyczaju zapraszać na kolację mężczyzn, których ledwie znam – oznajmiam mu – ale jeśli mówiłeś serio, to byłabym ci wdzięczna za dotrzymanie towarzystwa.

– No jasne. Mam coś przynieść?

– Cóż, na pewno nie mam w domu wina. Ja i tak nie piję, ale ty możesz śmiało. Mam za to steki. I to nie żadne odpady z supermarketu, tylko porządne steki ze sklepu rzeźniczego przy High Street. Jednak ostrzegam cię, że jeśli się spóźnisz, zjem i swoją, i twoją porcję. Ostatnio mam wilczy apetyt.

– W porządku – mówi Simon rozbawiony. – Przyjdę o 19.00. I tym razem obiecuję nie zanudzać cię teoriami o tym, że Monkford zamordował moją dziewczynę, dobra?

– Dzięki. – Sama miałam zaproponować, żebyśmy nie rozmawiali dzisiaj o Emmie i Edwardzie, jestem już wystarczająco wystraszona, ale nie wiedziałam, jak to zrobić, by nie poczuł się urażony.

Simon rzeczywiście jest bardzo taktownym i delikatnym facetem. Przypominam sobie, co powiedziała o nim Mia. „O wiele lepiej byłoby ci z kimś takim jak on niż z tym twoim szurniętym architektem".

Wyrzucam tę myśl z głowy. Nawet gdybym nie była gruba i w ciąży z innym mężczyzną, i tak do niczego by między nami nie doszło.

Gdy kilka godzin później otwieram drzwi, widzę, że Simon przyniósł butelkę wina oraz kwiaty.

– To dla ciebie. – Wręcza mi bukiet róż. – Miałem wyrzuty sumienia, że byłem wobec ciebie taki nieuprzejmy, gdy spotkaliśmy się po raz pierwszy. To przecież nie twoja wina, że nie wiedziałaś, dla kogo zostawiam te wiązanki. – Całuje mnie w policzek, zatrzymując na nim usta nieco dłużej, niż to konieczne.

A więc jednak mu się podobam, jestem tego prawie pewna. Nie wydaje mi się jednak, żebym kiedykolwiek poczuła do niego to samo. Bez względu na to, co wygaduje Mia.

– Są cudowne – mówię, niosąc róże do zlewu. – Wstawię je do wody.

– A ja otworzę wino. To pinot grigio, ulubione wino Emmy. Na pewno nie napijesz się odrobinę? Sprawdzałem w internecie. Większość ludzi uważa, że w okolicy piętnastego tygodnia można sobie pozwolić na niewielką ilość alkoholu.

– Może później. Ale ty się nie krępuj. – Układam róże w wazonie i stawiam go na stole.

– Em, gdzie odłożyłaś korkociąg!? – woła Simon.

– Jest w szafce. Tej po prawej. – Przyglądam mu się zdziwiona. – Czy ty właśnie nazwałeś mnie „Em"?

– Naprawdę? – Śmieje się. – Przepraszam. To po prostu takie znajome uczucie być tu z tobą i otwierać wino. To znaczy nie z t o b ą oczywiście. Z nią. Przyrzekam, że to już się nie powtórzy. Gdzie trzymasz kieliszki?

PRZEDTEM: **EMMA**

TERAZ: **JANE**

Czuję się dziwnie, gotując dla mężczyzny, jakiegokolwiek mężczyzny, w domu przy Folgate Street 1. Edward nigdy by mi na to nie pozwolił, tylko sam wziąłby sprawy w swoje ręce: przywdziałby fartuch, znalazł wszystkie odpowiednie garnki, oleje i składniki, nie przestając przy tym tłumaczyć mi, w jaki sposób przyrządza się steki w Toskanii, a jak w Tokio. Tymczasem Simon zadowala się tylko obserwowaniem mnie i pogawędką o rynku nieruchomości, o tym, gdzie szukać tanich mieszkań i o miejscu, które obecnie wynajmuje.

– Jedną z najlepszych rzeczy w wyprowadzce stąd było to, że nie musiałem się dłużej przejmować tymi durnymi regułami – mówi, podczas gdy ja odruchowo wycieram garnek, żeby odstawić go na miejsce, zanim zjemy. – Po pewnym czasie trudno w ogóle uwierzyć, że kiedykolwiek mieszkało się w czymś takim.

– Hmm – mruczę pod nosem. Wiem, że wkrótce otoczą mnie przeróżne dziecięce klamoty, ale w pewnym stopniu zawsze będę tęsknić za surowym, pełnym dyscypliny pięknem Folgate Street 1.

Upijam kilka łyków wina, ale odkrywam, że kompletnie przestało mi smakować.

– A jak przebiega twoja ciąża? – pyta Simon.

Zaczynam opowiadać mu o swoim strachu przed zespołem Downa, co z kolei prowadzi do opowieści o Isabel, aż w końcu zaczynam płakać i nie jestem już w stanie dokończyć steku.

– Współczuję – mówi cicho Simon. – Masz za sobą okropny okres.

Wzruszam ramionami i wycieram łzy.

– Każdy ma jakieś problemy, prawda? To wina hormonów, płaczę teraz z byle powodu.

– Chciałem założyć z Emmą rodzinę. – Simon milczy przez chwilę. – Miałem się jej oświadczyć. Nigdy nikomu o tym nie mówiłem. Zabawne, ale to właśnie przeprowadzka tutaj skłoniła mnie do podjęcia takiej decyzji, bo w końcu się ustatkowaliśmy. Wiedziałem, że Emma przechodzi ciężkie chwile, ale przypisywałem to tej całej sprawie z włamaniem.

– Czemu więc się nie oświadczyłeś?

– Och... – Wzrusza ramionami. – Chciałem, żeby moje oświadczyny były niezwykłe. Wiesz, jak na tych filmach w sieci, kiedy facet organizuje flash mob i śpiewa dziewczynie jej ulubioną piosenkę albo za pomocą sztucznych ogni układa na niebie napis: „Wyjdziesz za mnie?", albo coś w tym stylu. Próbowałem wymyślić coś, co zrobi na Emmie wrażenie. A potem ni z tego, ni z owego ona ze mną zerwała.

Osobiście zawsze uważałam te wszystkie wideo z odjechanymi oświadczynami za nieco dziwne, a nawet przerażające, ale dochodzę do wniosku, że to nie najlepsza pora, by o tym wspominać.

– Znajdziesz kogoś innego, Simonie. Jestem tego pewna.

– Czyżby? – Rzuca mi wymowne spojrzenie. – Nie za często zdarza mi się spotkać kogoś, z kim połączyłaby mnie prawdziwa więź.

Czuję, że muszę to w końcu powiedzieć.

– Simonie… Mam nadzieję, że nie uznasz tego za bezczelność z mojej strony, ale skoro już rozmawiamy tak otwarcie, to chciałabym coś wyjaśnić. Lubię cię, ale w żadnym razie nie szukam w tym momencie stałego związku. Mam wystarczająco dużo problemów na głowie.

– Oczywiście – odpowiada błyskawicznie. – Nigdy nie myślałem, że… Ale poza tym wszystko między nami gra, prawda?

– Tak. – Uśmiecham się, by pokazać mu, że doceniam jego taktowne zachowanie.

– Choć pewnie wystarczy, że Monkford pstryknie palcami, a zaraz zmienisz zdanie co do stałych związków – dodaje Simon.

– Ani trochę – mówię, marszcząc brwi.

– Tylko żartowałem. Prawdę mówiąc, spotykam się z pewną dziewczyną. Mieszka w Paryżu. Zastanawiam się nad przeprowadzką, żebyśmy mogli częściej się widywać.

Rozmowa schodzi na inne, przyjemniejsze i łatwiejsze tematy. Brakowało mi tego: wzajemnej uprzejmości, cywilizowanej umiejętności szukania kompromisów, tak odmiennej od apodyktycznego sposobu bycia Edwarda.

– Chcesz, żebym został na noc, Jane? – pyta później Simon. – Oczywiście będę spał na kanapie. Ale jeśli dzięki temu poczujesz się bezpieczniej…

– To miłe. Ale damy sobie radę. – Głaszczę się po brzuchu. – Ja i mój maluch.

– Jasne. Może innym razem.

13. Zauważam dużą rozbieżność między stawianymi sobie celami a osiąganymi rezultatami.

Zgadzam się ❍ ❍ ❍ ❍ ❍ *Nie zgadzam się*

TERAZ: **JANE**

Budzę się zmęczona i ospała. Pewnie to wina tej odrobiny wina – chyba odzwyczaiłam się od alkoholu. Poranne mdłości szarpią mi żołądkiem i wymiotuję do klozetu. A potem, kiedy desperacko pragnę wziąć prysznic, Gospodarz nagle postanawia wszystko wyłączyć.

„Jane, proszę, oceń poniższe stwierdzenia w skali od 1 do 5, gdzie 1 oznacza »całkowicie się zgadzam«, a 5 – »zupełnie się nie zgadzam«.

Dostęp do niektórych funkcji domu zostanie ograniczony do czasu ukończenia ewaluacji".

– Niech to szlag – rzucam ze znużeniem. Naprawdę nie mam na to sił. Ale muszę wziąć prysznic.

Patrzę na pierwsze zdanie na liście.

„Gdyby moje dzieci nie odnosiły sukcesów w szkole, zostałabym słusznie uznana za złego rodzica.

Zgadzam się ❍ ❍ ❍ ❍ ❍ Nie zgadzam się"

Wybieram „częściowo się zgadzam", po czym nieruchomieję. Jestem całkiem pewna, że pytania związane z rodzicielstwem nigdy dotąd się nie pojawiały.

Czy te pytania są wybierane przypadkowo? A może chodzi o coś więcej? Może to jakiś subtelny, zakamuflowany przytyk ze strony Gospodarza?

Wypełniając kwestionariusz, zauważam coś jeszcze. Czuję się inaczej. Już samo odpowiadanie na te pytania przypomina mi, że mieszkanie tutaj to przywilej dostępny nielicznym, a wyprowadzka stąd będzie niemal równie bolesna jak utrata Isabel…

Nagle ogarnia mnie wstyd. Jak taka myśl mogła w ogóle przyjść mi do głowy?

Przypominam sobie, co mówił przewodnik, gdy oprowadzał po domu grupę studentów. „Zapewne nie zdajecie sobie z tego sprawy, ale właśnie poruszacie się w skomplikowanym konglomeracie ultradźwięków, czyli fal wpływających na nasze samopoczucie".

Czy zadawane przez Gospodarza pytania są częścią systemu sterującego Folgate Street 1?

Łączę się z Wi-Fi sąsiada i wpisuję w Google'a kilka pytań, na które przed chwilą odpowiedziałam. Natychmiast udaje mi się namierzyć źródło. Pochodzą z artykułu naukowego z mało znanego pisma medycznego „Journal of Clinical Psychology":

„Pytania zawarte w kwestionariuszu badającym perfekcjonizm oceniają rozmaite typy neurotycznego perfekcjonizmu obejmujące: perfekcjonizm osobisty, wyznaczanie wysokich standardów innym, potrzebę akceptacji, obsesyjną staranność i organizację, paraliż myślowy, zachowania kompulsywne, moralną nieelastyczność…"

Przeglądam artykuł, próbując się przebić przez fachowe słownictwo. Wygląda na to, że pytania zostały wymyślone przez psychologów w celu zdiagnozowania niezdrowego, patologicznego perfekcjonizmu, aby następnie poddać go leczeniu. Przez chwilę zastanawiam się, czy nie odbywa się tu coś podobnego: może dom monitoruje mój stan psychiczny, podobnie jak sprawdza moją wagę czy czas, jaki poświęcam na sen.

Ale nagle do głowy przychodzi mi całkiem inne wytłumaczenie.

Edward wcale nie wykorzystuje kwestionariusza, aby leczyć swych lokatorów z niezdrowego perfekcjonizmu, tylko żeby go w nich wzmacniać. Usiłuje kontrolować nie tylko sam dom czy tryb życia jego mieszkańców, lecz także ich najskrytsze myśli i uczucia.

„Nasz związek będzie trwał tylko tak długo, jak długo będzie absolutnie perfekcyjny".

Przechodzi mnie zimny dreszcz. Czyżby to właśnie słaby wynik w teście psychometrycznym przypieczętował los Emmy?

Uzupełniam kwestionariusz, zaznaczając wszystkie odpowiedzi, które moim zdaniem Gospodarz powinien ocenić najwyżej. Kiedy kończę, mój laptop uruchamia się ponownie. Światła włączają się na nowo.

Wstaję z ulgą, że wreszcie będę mogła wejść pod prysznic. Ale gdy idę na górę, znów dochodzi do jakiegoś zwarcia. Światła zaczynają migać. Mój laptop wiesza się w połowie restartu. Wszystko na moment gaśnie. A potem...

Spoglądam w dół i zauważam, że coś pojawiło się na ekranie laptopa. Coś jak film, choć to nie jest film.

Zaintrygowana schodzę na parter, by przyjrzeć się temu bliżej. To mój obraz, transmitowany na żywo, stąd, z tego pomieszczenia. Gdy zbliżam się do laptopa, postać na ekranie zaczyna się oddalać.

Czyli kamera znajduje się z a m n ą.

Podnoszę laptopa i obracam się z nim. Teraz na ekranie zamiast tyłu głowy widać moją twarz. Przyglądam się ścianie przed sobą, aż w końcu obraz na ekranie podpowiada mi, że patrzę prosto w obiektyw.

Tyle że tam niczego nie ma. Może jedynie maleńki punkcik w jasnym kamieniu, nic więcej.

Odkładam laptopa i zamykam okno z obrazem z kamery. Ale pod nim widnieje kolejne okno. I kolejne, i kolejne. Każde z nich pokazuje inną część Folgate Street 1. Zamykam wszystkie okna po kolei, ale najpierw sprawdzam, gdzie mogą być umieszczone kamery, z których pochodzą obrazy. Jedna z nich pokazuje pod dziwnym kątem kamienny stół. Inna jest skierowana na drzwi frontowe. Jeszcze inna pokazuje łazienkę...

Łazienka. Pełny plan, prysznic widoczny w całej okazałości. Jeśli obraz pochodzi z zamontowanych w domu czujników, to kto jeszcze ma do nich dostęp?

Klikam ponownie. Ostatnia kamera jest umieszczona bezpośrednio nad łóżkiem.

Robi mi się niedobrze. Przypominam sobie wszystkie te sytuacje, kiedy czułam się obserwowana... Nic dziwnego, rzeczywiście ktoś mnie obserwował.

Zresztą nie tylko w łóżku. Kiedy Edward wziął mnie na ladzie w kuchni, byliśmy przecież doskonale widoczni dla kamer.

Przechodzi mnie dreszcz obrzydzenia. Lecz po chwili nagłe uderzenie hormonów sprawia, że mój wstręt zamienia się w gniew.

To sprawka Edwarda. To on wbudował te kamery w ściany Folgate Street 1. Ale po co? Czy to jakiś rodzaj voyeurystycznego hobby? A może po prostu kolejny sposób na to, by kontrolować każdy aspekt mojego życia? Jestem pewna, że to sprzeczne z prawem – czy ostatnio nie posłano kogoś do więzienia za coś podobnego?

Uświadamiam sobie jednak, że Edward nie pozostawiłby takiego szczegółu bez odpowiedniej regulacji. Przeszukuję stare e-maile, aż w końcu znajduję wiadomość od Camilli z warunkami najmu Folgate Street 1 w załączniku. Wreszcie udaje mi się namierzyć zapisaną drobnym drukiem klauzulę:

„... nie wyłączając obrazów fotograficznych oraz nagrań...".

Przychodzi mi do głowy jeszcze jedna rzecz. Wprawdzie to Edward wybudował dom, ale osobą, która zaprojektowała całą stronę technologiczną, był jego wspólnik David Thiel. Trudno mi sobie wyobrazić Edwarda jako podglądacza, ale Thiel to już całkiem inna sprawa.

Nie czekam, aż przejdzie mi cały gniew, lecz od razu wkładam płaszcz i wychodzę.

TERAZ: **JANE**

Nie zawracam sobie nawet głowy umawianiem się na wizytę. Po prostu czekam na parterze, aż grupa pracowników Monkford Partnership z latte i kanapkami w rękach zbierze się pod jedną z wind, i idę za nimi. Na czternastym piętrze wysiadam razem ze wszystkimi.

– Edwarda nie ma w biurze – oznajmia mi nienagannie wyglądająca brunetka w recepcji, gdy w końcu udaje jej się opanować zaskoczenie.

– Ale ja chcę rozmawiać z Davidem Thielem.

Teraz recepcjonistka wygląda na jeszcze bardziej zdziwioną.

– Zobaczę, czy nie jest zajęty. – Musi sprawdzić na iPadzie jego numer wewnętrzny.

Odnoszę wrażenie, że wspólnik Edwarda nie przyjmuje zbyt wielu gości.

Kazanie, które wygłaszam Davidowi Thielowi, jest długie, głośne i hojnie okraszone rozmaitymi bluzgami. Z trudem łapię oddech, lecz on tylko czeka spokojnie, aż skończę. Przypominam sobie, jak przyszłam tu po raz pierwszy, a Edward wysłuchiwał niewzruszony klienta, czekając, aż facetowi przejdzie złość.

– To niedorzeczne – stwierdza w końcu Thiel. – Ta wyjątkowo emocjonalna reakcja musi być zapewne skutkiem twojego stanu fizycznego.

Chyba nie mógłby powiedzieć nic, co wkurzyłoby mnie bardziej.

– Po pierwsze nie jestem c h o r a, ty kretynie. A po drugie nie traktuj mnie jak idiotki. Dobrze wiem, co widziałam. Szpiegowaliście mnie i nie możesz temu zaprzeczyć. Taka klauzula znajduje się nawet w pieprzonych warunkach najmu.

Thiel kręci głową.

– Poprosiliśmy cię o podpisanie zrzeczenia się części praw, ale to była tylko forma zabezpieczenia na wypadek jakichkolwiek roszczeń. Nikt nie miał dostępu do obrazu rejestrowanego przez te kamery oprócz programu do automatycznego rozpoznawania twarzy. Chodziło jedynie o to, żeby dom mógł śledzić twoje ruchy, to wszystko.

– A prysznic? – pytam. – Puszczanie na zmianę gorącej i zimnej wody miało mnie wystraszyć? Chyba nie chcesz mi powiedzieć, że w tym przypadku też chodziło o rozpoznawanie twarzy?

– Nie miałem pojęcia o problemach z prysznicem. – Thiel marszczy czoło.

– I jeszcze jedno. Co robiły te wszystkie kamery, kiedy została zabita Emma? Musiały chyba zarejestrować, co się wtedy wydarzyło.

Thiel się waha.

– Niestety tego dnia były wyłączone. Mieliśmy problemy techniczne. Nieszczęśliwy zbieg okoliczności, nic więcej.

– Chyba nie oczekujesz, że… – zaczynam mówić, gdy drzwi gwałtownie się otwierają i do środka wpada Edward.

– Co ty tu robisz? – zwraca się do mnie. Jeszcze nigdy nie widziałam go tak wściekłego.

– Domaga się dostępu do danych z Folgate Street 1 z dnia śmierci Matthews – odpowiada mu Thiel.

Edward czerwienieje z gniewu.

– To już posunęło się za daleko. Masz się wynieść, słyszysz?

Przez chwilę zastanawiam się, czy ma na myśli biuro Thiela czy Folgate Street 1, ale Edward dodaje:

– Przygotowujemy pismo z wypowiedzeniem najmu. Masz pięć dni na opuszczenie domu.

– Nie możecie tego zrobić.

– Złamałaś co najmniej kilkanaście warunków umowy. Niebawem przekonasz się, że możemy.

– Edwardzie... czego ty się tak boisz? Co próbujesz ukryć?

– Niczego się nie boję. Jestem wkurzony, że nieustannie ignorujesz moje prośby. Szczerze mówiąc, to nawet zabawne, że oskarżasz mnie o obsesję na punkcie Emmy Matthews, podczas gdy tak naprawdę to ty cierpisz na jakąś paranoję. Czemu po prostu nie zostawisz tej sprawy w spokoju? Dlaczego tak bardzo się tym interesujesz?

– Dałeś mi jej naszyjnik – mówię wściekła. – Jeśli jesteś niewinny, to dlaczego oddałeś jej naszyjnik do naprawy, a potem mi go podarowałeś?

Edward patrzy na mnie jak na wariatkę.

– Obydwu wam podarowałem podobne naszyjniki, ponieważ tak się składa, że bardzo lubię kolor tych pereł, to wszystko.

– Zabiłeś ją, Edwardzie? – Zdziwiona słyszę własny głos. – Wygląda to tak, jakbyś to zrobił.

– Skąd w ogóle taki pomysł? – pyta z niedowierzaniem Edward. – Kto ci nakładł do głowy takich bzdur?

– Żądam odpowiedzi. – Staram się zachować spokój, ale głos mi drży.

– Cóż, ode mnie na pewno żadnej nie otrzymasz. A teraz wynoś się stąd.

Thiel nie mówi nic. Gdy podnoszę się, by wyjść, Edward wpatruje się tylko z furią w mój brzuch.

TERAZ: **JANE**

Poza Folgate Street 1 nie mam dokąd iść. Ale teraz wchodzę tam z lękiem, niczym zakrwawiony pięściarz wracający na ring na kolejną rundę.

Poczucie, że jestem obserwowana, towarzyszy mi na każdym kroku. Mam też wrażenie, że ktoś bawi się moim kosztem. Co chwila zdarzają się małe awarie. Gniazdka elektryczne nagle odmawiają posłuszeństwa. Światła rozbłyskują i gasną. Gdy wpisuję do wyszukiwarki „mieszkanie z jedną sypialnią", Gospodarz przerzuca mnie na stronę o kobietach, które okłamywały swoich partnerów. Gdy włączam muzykę, system automatycznie wybiera *Marsz żałobny* Chopina. Alarm przeciwwłamaniowy włącza się samoczynnie, wprawiając mnie w przerażenie.

– Przestań być tak kurewsko dziecinny! – krzyczę w kierunku sufitu.

Puste pomieszczenia odpowiadają mi jedynie szyderczym milczeniem.

Sięgam po telefon.

– Simonie – mówię, gdy w końcu odbiera. – Jeśli twoja propozycja jest wciąż aktualna, chciałabym, żebyś jednak przyszedł dzisiaj do mnie.

– Coś się stało, Jane? – pyta z nagłym niepokojem. – Twój głos brzmi tak, jakbyś była nieźle wystraszona.

– Może nie do końca wystraszona – kłamię. – To miejsce przyprawia mnie po prostu o lekkie ciarki. Na pewno nie ma się czym martwić. Ale i tak miło byłoby cię zobaczyć.

TERAZ: **JANE**

– Przyjechałem tak szybko, jak tylko mogłem – mówi Simon, rzucając torbę przy drzwiach. – Jak widać, są jednak jakieś korzyści z bycia freelancerem. Równie dobrze mogę pracować stąd i ze Starbucksa. – Na widok mojej twarzy milknie. – Jane, na pewno wszystko w porządku? Wyglądasz okropnie.

– Simonie… Jestem ci winna przeprosiny. Przez cały czas powtarzałeś mi, że to Edward zabił Emmę, a ja w to nie wierzyłam. Ale teraz zaczynam myśleć… – Urywam, bojąc się nawet wypowiedzieć te słowa na głos. – Zaczynam myśleć, że możesz mieć rację.

– Nie ma potrzeby przepraszać, Jane. Zdradzisz mi, dlaczego zmieniłaś zdanie?

Opowiadam mu o kamerach i konfrontacji z Thielem.

– A potem wprost oskarżyłam Edwarda o to, że podarował mi naszyjnik należący przedtem do Emmy – dodaję.

Simon wpatruje się we mnie, nagle dziwnie spięty.

– I jak na to zareagował?

– Powiedział, że to dwa różne naszyjniki.

– Potrafił to udowodnić?

– Nawet nie próbował. Po prostu mnie wyrzucił. – Wzruszam z rezygnacją ramionami. – Mam pięć dni na znalezienie nowego mieszkania.

– Jeśli chcesz, możesz przez jakiś czas mieszkać u mnie.

– Dzięki, już wystarczająco mi pomagasz.

– Ale chyba w dalszym ciągu pozostaniemy przyjaciółmi, prawda, Jane? Mam nadzieję, że wyprowadzka stąd nie oznacza, że całkiem o mnie zapomnisz?

– Oczywiście, że nie – odpowiadam, lekko zażenowana jego proszącym tonem. – W każdym razie teraz mam dylemat. – Wskazuję na stół, na którym leży kasetka z naszyjnikiem. – Przez całą tę sprawę postanowiłam sprawdzić, ile ten naszyjnik naprawdę jest wart. Okazuje się, że około trzech tysięcy funtów.

– To stanowiłoby całkiem pokaźną zaliczkę na mieszkanie. – Simon unosi brwi.

– Właśnie. Uważam jednak, że powinnam go zwrócić Edwardowi.

– Dlaczego? Skoro sam postanowił ci podarować coś tak cennego, to jego problem.

– Tak, ale... – Zastanawiam się, jak to wyjaśnić. – Nie chcę, by pomyślał, że zależy mi wyłącznie na pieniądzach. Problem jednak w tym, że bardzo tych pieniędzy potrzebuję.

„Nie chcę też, by Edward gardził mną bardziej niż teraz", myślę, ale nie mówię tego na głos.

– To, że w ogóle masz jakikolwiek dylemat, wiele o tobie mówi, Jane. Większość ludzi na twoim miejscu nie wahałaby się ani chwili. – Simon się uśmiecha.

Po jego zdenerwowaniu sprzed kilku minut, gdy mówiłam o Edwardzie i perłach, nie ma już śladu. Dlaczego był taki spięty? Czy czegoś się obawiał?

Nagle do głowy przychodzi mi zupełnie oczywista myśl.

Jeśli Simon ma rację i Edward podarował mi naszyjnik należący wcześniej do Emmy, w jednym z trzech sznurów powinno być o jedną perłę mniej niż w pozostałych. Ale gdy patrzę na naszyjnik, odnoszę wrażenie, że każdy sznur liczy dokładnie tyle samo pereł.

Przesuwam palcami po górnym i szybko liczę perły w myślach. Dwadzieścia cztery.

Drugi sznur też tworzą dwadzieścia cztery perły.

Trzeci również.

Edward mówił prawdę. Naszyjnik, który mi podarował, nie jest tym samym naszyjnikiem, który wcześniej wręczył Emmie. Opowiedziana mi przez Simona historia, jak to Edward zabił Emmę, po czym pozbierał wszystkie rozsypane perły oprócz jednej, nigdy się nie wydarzyła.

„Może to Simon ją zabił".

Ta myśl nabiera w mojej głowie coraz wyraźniejszych kształtów. A jeśli to wszystko rozegrało się dokładnie tak, jak opisał to Simon… tylko że to on znajdował się na miejscu Edwarda?

„Nie masz żadnego dowodu", mówię sobie.

Ale nagle perspektywa, że ten człowiek zostanie tutaj na noc, przestaje mi się tak bardzo podobać.

Jeszcze jedno wydaje mi się dziwne. Kiedy Simon przebywa na Folgate Street 1, wszystko w domu działa bez zarzutu. Woda płynie z kranów, kuchenka uruchamia się bez problemów, a Gospodarz nie blokuje dostępu do żadnej funkcji domu. Czemu tak się dzieje?

A może to Simon wywołuje te wszystkie zakłócenia?

Thiel miał wyraźnie zakłopotaną minę, gdy powiedziałam mu o awariach. Wyglądał też na zaskoczonego.

Czy było mu głupio dlatego, że wiedział, iż ktoś inny musiał uzyskać dostęp do systemu Folgate Street 1?

Czy nie popełniłam czasem straszliwej pomyłki?

14. Staram się ukrywać przed ludźmi, co naprawdę myślę.

Zgadzam się ❍ ❍ ❍ ❍ ❍ *Nie zgadzam się*

TERAZ: **JANE**

– Jane? Dobrze się czujesz? – Simon przygląda mi się uważnie.

– Tak. – Kiwam głową i uśmiecham się do niego blado. – Bardzo miło z twojej strony, że wpadłeś. Choć nie musiałeś przynosić ze sobą torby. Właśnie napisała do mnie Mia. Zostanie ze mną na noc.

– Czy Mia czasem nie ma dzieci? I męża? – mówi z troską w głosie Simon.

– Tak, ale...

– No właśnie. Oni jej potrzebują. A ja już jestem na miejscu. Poza tym będzie jak za dawnych czasów.

– Za dawnych czasów? W jakim sensie? – pytam zdezorientowana.

– Ty i ja. Tutaj, razem.

– To wcale nie jest jak za dawnych czasów, Simonie.

– Ale prawie. W każdym razie dla mnie. – Uśmiech nie znika z jego twarzy.

– Simonie... – Nie wiem, jak to powiedzieć. – Nie jestem Emmą. Ani trochę nie jestem do niej podobna.

– No jasne. Jesteś od niej o wiele lepszą osobą.

Podnoszę telefon ze stołu.

– Co robisz? – pyta Simon.

– Powinnam odnieść naszyjnik na górę – kłamię.

– Ja się tym zajmę. – Wyciąga do mnie rękę. – Jesteś w ciąży. Nie wolno ci się przemęczać.

– Bez przesady. – Nagle coś sobie przypominam. „Większość ludzi uważa, że w okolicy piętnastego tygodnia można sobie pozwolić na niewielką ilość alkoholu". Skąd wiedział, w którym tygodniu ciąży jestem?

Przechodzę obok niego. Simon nadal trzyma wyciągniętą rękę, ale go ignoruję.

– Tylko uważaj na schodach! – woła, obserwując mnie.

Zmuszam się, żeby zwolnić, i ręką daję mu znać, że przyjęłam do wiadomości jego ostrzeżenie.

Poza holem jedynym pomieszczeniem w domu przy Folgate Street 1 mającym drzwi jest schowek na rzeczy do sprzątania. Zamykam się w środku i podpieram drzwi miotłami i mopami.

Próbuję dodzwonić się do Mii. „Połączenie nie może zostać zrealizowane".

– Cholera – klnę na głos. – Jasna cholera.

Dzwonię do Edwarda. „Połączenie nie może zostać zrealizowane".

Na policję.

„Połączenie nie może zostać zrealizowane".

Patrzę na ekran: brak sygnału. Z pewnym trudem wdrapuję się na strych i trzymam telefon tak wysoko, jak tylko potrafię. Tu też nie ma zasięgu.

– Jane!? – Z dołu dobiega mnie wołanie Simona. – Jane, wszystko w porządku!?

– Powinieneś już iść, Simonie! – odkrzykuję. – Nie czuję się zbyt dobrze!

– Przykro mi to słyszeć. Zadzwonię po lekarza.

– Nie trzeba. Muszę tylko trochę odpocząć.

Słyszę, że jego głos staje się głośniejszy, w miarę jak wchodzi po schodach.

– Jane? Gdzie jesteś? W łazience?

Nie odpowiadam.

– Puk, puk... Nie, nie w łazience. Bawimy się w chowanego?

Drzwi do schowka trzeszczą, gdy napiera na nie z zewnątrz.

– Znalazłem cię – oświadcza radośnie. – Wyjdź już, kochanie.

TERAZ: **JANE**

– Nie wyjdę – mówię przez drzwi.

– To głupie. Nie mogę z tobą rozmawiać, gdy siedzisz tam, w środku.

– Simonie, masz opuścić ten dom. Albo wezwę policję.

– Ale jak? Mam taki gadżet, który blokuje sygnał telefonów komórkowych. I Wi-Fi.

Nie odzywam się. Powoli zaczynam zdawać sobie sprawę, że jest znacznie gorzej, niż przypuszczałam. On to zaplanował.

– Wszystko, czego pragnąłem, to być z tobą – ciągnie Simon. – Ale ty i tak wolisz ode mnie Monkforda, mam rację?

– Co Monkford ma z tym wspólnego?

– On na ciebie nie zasługuje. Podobnie jak nie zasługiwał na n i ą. Ale sympatyczni faceci nigdy nie mają szans u miłych dziewczyn, prawda? Tracą je na rzecz takich gnojków jak on.

– Simonie, złapałam sygnał. Dzwonię na policję. – Podnoszę telefon i mówię pełnym niepokoju tonem: – Halo, policja? Mój adres to Folgate Street 1 w Hendon. W moim domu jest człowiek, który mi grozi.

– To nie do końca prawda, maleńka. Nikomu nie zacząłem jeszcze grozić.

– Tak, za pięć minut, w porządku. Ale proszę, pośpieszcie się.

– Bardzo przekonujące. Potrafisz dobrze kłamać, Jane. Tak samo jak każda pierdolona kobieta, którą kiedykolwiek znałem.

Podskakuję przerażona, gdy na drzwi spada nagle grad kopniaków. Kije od mioteł i mopów uginają się, ale trzymają mocno. Ze strachu kręci mi się w głowie.

– Nie ma sprawy, Jane – mówi Simon, dysząc. – Mam mnóstwo czasu.

Słyszę, jak schodzi na parter. Mijają długie minuty. W końcu dolatuje mnie zapach smażonego bekonu. Choć to idiotyczne, czuję, że ślina napływa mi do ust.

Rozglądam się po schowku w poszukiwaniu czegoś, czego mogłabym użyć. Mój wzrok przykuwają biegnące wzdłuż ścian przewody – arterie Folgate Street 1. Zaczynam wyrywać je na chybił trafił. Chyba poskutkowało, ponieważ po chwili słyszę Simona wchodzącego na górę.

– Bardzo sprytnie, Jane. Ale trochę to irytujące. Wyjdź już. Zrobiłem ci coś do jedzenia.

– Odejdź, Simonie. Nie rozumiesz? Musisz wyjść. Mówię serio.

– Gdy jesteś zła, mówisz zupełnie jak Emma. – Słyszę zgrzyt sztućców o talerz.

Wyobrażam sobie, jak Simon siedzi ze skrzyżowanymi nogami po drugiej stronie drzwi i je to, co przygotował.

– Powinienem częściej się jej sprzeciwiać. Powinienem być bardziej stanowczy. Zawsze miałem z tym problem. Byłem zbyt rozsądny. Zbyt miły.

Dobiega mnie dźwięk odkorkowywania butelki.

– Wydawało mi się, że ty też jesteś miła i że tym razem będzie inaczej. Pomyliłem się jednak.

– DAVID THIEL! – wzywam pomocy. – EDWARD!

Krzyczę, aż zaczyna mnie boleć gardło, a głos staje się ochrypły.

– Nie słyszą cię – odzywa się w końcu Simon.

– Słyszą – upieram się. – Wszystko obserwują.

– Tak myślałaś? Obawiam się, że nie. To byłem ja. Tak bardzo mi ją przypominasz, wiesz? Od dawna byłem w tobie zakochany.

– To nie jest miłość – mówię przerażona. – Miłość nie może być całkowicie jednostronna.

– Miłość zawsze jest jednostronna, Jane – stwierdza Simon ze smutkiem.

Staram się zachować spokój.

– Gdybyś naprawdę mnie kochał, pragnąłbyś, żebym była szczęśliwa. A nie siedziała tu zamknięta i przestraszona.

– Przecież ja chcę, żebyś była szczęśliwa. Ze mną. Ale jeśli nie mogę cię mieć, na pewno nie pozwolę, żebyś została z tym skurwielem.

– Już ci mówiłam: zerwałam z nim.

– Emma też tak twierdziła – rzuca Simon znużonym tonem. – Więc poddałem ją próbie. To był prosty test. I okazało się, że chce do niego wrócić. Nie do mnie. Do niego. Nie chciałem, żeby tym razem było podobnie, Jane. Pragnąłem tylko, żebyś się we mnie zakochała. Ale jak się nie ma, co się lubi…

Słyszę dźwięk rozsuwanego zamka, jakby otwierał torbę. Potem rozlega się chluśnięcie. Przez szparę pod drzwiami wpełza do schowka ciemna kałuża. Pachnie jak benzyna do zapalniczek.

– Simonie! – wrzeszczę. – Do kurwy nędzy!

– Nie mogę, Em. – Simon ma drżący, niewyraźny głos, jakby znajdował się na skraju płaczu. – Nie mogę na to pozwolić.

– Proszę, Simonie. Pomyśl o dziecku. Nawet jeśli czujesz nienawiść do *mnie*, pomyśl o dziecku.

– Och, pomyślałem o nim. Mały bękart tego gnojka Monkforda. Jego fiut w twojej cipie. *Jego* dziecko. Nie ma, kurwa, mowy. – Kolejne chluśnięcie. – Spalę tę budę. Monkford nie będzie tym zachwycony, prawda? A jeśli stamtąd nie wyjdziesz, będę musiał spalić również ciebie i dziecko. Nie zmuszaj mnie do tego, Jane.

Wszystkie te płyny i środki czyszczące są łatwopalne. Po kolei wrzucam je na strych. Potem wspinam się tam sama i raz jeszcze sprawdzam sygnał w komórce. Dalej nic.

– Jane! – woła Simon przez drzwi. – Masz ostatnią szansę! Wychodź i bądź dla mnie miła! Udawaj, że mnie kochasz, choć przez chwilę! Tylko trochę poudawaj, o nic więcej nie proszę!

Pełznę powoli ciasnym korytarzem, używając telefonu jako latarki. Zewsząd otaczają mnie drewniane krokwie i wiązary. Kiedy ogień tu dotrze, nic go nie powstrzyma. Choć, jeśli dobrze pamiętam, w przypadku pożarów ludzie umierają zazwyczaj w wyniku uduszenia dymem.

Natrafiam nogą na coś miękkiego. To stary śpiwór. Nagle uświadamiam sobie, że to wcale nie Emma tu sypiała, lecz Simon. Miał przy sobie kilka należących do Emmy rzeczy oraz wizytówkę Carol Younson. Może nawet zastanawiał się, czy samemu nie zwrócić się do niej o pomoc. Szkoda, że tego nie zrobił.

– Jane!? – woła znowu. – Jane!?

I wtedy dostrzegam swoją walizkę – tę, którą ukryłam tu, żeby nie musieć na nią patrzeć. Kucając, wyjmuję ze środka pudełko z pamiątkami po Isabel. Drżącymi dłońmi dotykam szatki, którą była owinięta, oraz gipsowych odlewów jej maleńkich rączek i stópek.

To wszystko, co mi po niej zostało.

„Zawiodłam cię. Zawiodłam was oboje”.

Padam na kolana, obejmuję rękami brzuch i zalewam się łzami.

15. *Twoja córka zaczyna tonąć podczas kąpieli w morzu. Gdy ruszasz jej na ratunek, zauważasz, że w podobnej sytuacji znajduje się również dziesięcioro innych dzieci. Możesz albo natychmiast uratować swoją córkę, albo sprowadzić pomoc dla całej grupy, choć to zajmie więcej czasu. Co robisz?*

❍ *Ratujesz swoją córkę*
❍ *Ratujesz pozostałe dziesięcioro dzieci*

TERAZ: **JANE**

Nie wiem, jak długo płaczę. Ale gdy wreszcie przestaję, nadal nie czuję swędu dymu. Tylko gryzący smród benzyny.

Myślę o Simonie, który gdzieś tam niżej użala się nad sobą. To jego pochlipywanie jest żałosne.

W końcu mówię sobie: „Dość tego".

Nie jestem bezradną i zdaną na czyjąś łaskę dziewczyną taką jak Emma Matthews. Tylko matką, która pochowała już jedno dziecko, a drugie nosi w sobie.

Najłatwiej byłoby pozostać tu, na strychu, i poddać się bezczynnej, słodkiej rozpaczy. Po prostu położyć się i czekać, aż dym zacznie sączyć się między belkami, spowijać mnie gęstymi kłębami i stopniowo uśmiercać.

Ale nie zrobię tego.

Kierowana jakimś pierwotnym instynktem wstaję na nogi. Następnie, niemal półświadomie, opuszczam się na dół przez właz. Bezszelestnie odsuwam podpierające drzwi miotły i kije od mopów.

Wyciągam z kieszeni naszyjnik i rozrywam go, pozwalając perłom zsunąć się do mojej dłoni.

Cicho, delikatnie uchylam drzwi.

Wnętrze domu jest nie do poznania. Ściany pokrywa graffiti. Na podłodze leżą rozdarte poduszki i potłuczone naczynia. Na oknach widnieją smugi przypominające rozmazaną krew. Oprócz zapachu benzyny wyczuwam również ulatniający się z kuchenki gaz.

Simon wyrasta nagle jak spod ziemi u podnóża schodów.

– Jane. Tak się cieszę.

– Mogę być nią dla ciebie. – Nie zaplanowałam tego, a przynajmniej nie w szczegółach, ale nagle wydaje mi się oczywiste, co muszę powiedzieć. Słowa po prostu wychodzą z moich ust. Mój głos nie drży. – Dobrą Emmą, tą Emmą, którą kochałeś. Będę dla ciebie Emmą, a potem puścisz mnie wolno. Zgoda?

Simon wpatruje się we mnie bez słowa.

Usiłuję wyobrazić sobie, jak mogła mówić Emma, jaki był rytm jej głosu.

– Wow – rzucam, rozglądając się wokół. – Urządziłeś tu niezłą demolkę, prawda, skarbie? Musisz mnie naprawdę bardzo mocno kochać, Si, skoro zrobiłeś to wszystko. Nigdy nie sądziłam, że potrafisz być taki porywczy.

W jego spojrzeniu podejrzliwość miesza się z czymś jeszcze. Ze szczęściem? A może z miłością? Kładę dłoń na brzuchu.

– Simonie, jest coś, o czym powinieneś wiedzieć. Zostaniesz tatą. Czy to nie wspaniałe?

Na te słowa Simon się wzdryga. „Mały bękart tego gnojka Monkforda".

– Chodźmy się położyć, Si – dodaję szybko, czując, że posunęłam się za daleko. – Chociaż na parę minut. Wymasuję ci plecy, a ty możesz wymasować moje. Będzie miło, prawda? Przyjemnie będzie trochę się poprzytulać.

– Jasne – mówi Simon, wchodząc po schodach. Jego głos jest ochrypły z podniecenia. – Chętnie.

– Weźmiesz prysznic?

Kiwa głową, lecz zaraz jego wzrok staje się surowy.

– Ale ty też.

– Pójdę tylko po szlafrok.

Idę do sypialni, cały czas czując na sobie jego spojrzenie. Otwieram ukrytą za kamiennym panelem szafę i zsuwam szlafrok z wieszaka.

Dobiega mnie dźwięk płynącej wody. Simon musiał włączyć prysznic. Ale kiedy się obracam, znów stoi w tym samym miejscu i wciąż mnie obserwuje.

– Nie mogę, Em – mówi niespodziewanie.

Przez chwilę wydaje mi się, że chodzi mu o dalsze odgrywanie tej komedii.

– Czego nie możesz, kochanie?

– Nie mogę cię stracić. Nie mogę pozwolić, byś stała się osobą, która woli ich zamiast mnie. – Wypowiada to w dziwny, śpiewny sposób, jakby to był tekst piosenki, która już tak długo krąży mu po głowie, że jej słowa straciły jakiekolwiek znaczenie.

– Ale ja pragnę c i e b i e, kochanie. Nikogo innego. No chodź, zaraz ci pokażę.

Simon zanosi się nagłym szlochem i chowa twarz w dłoniach, a ja, korzystając z okazji, wymijam go i biegnę w kierunku zdradliwych schodów, na których zginęła Emma. Nieomal przewracam się na górnym stopniu, gdy chwieję się pod ciężarem wielkiego brzucha, ale udaje mi się oprzeć ręką o ścianę i stanąć pewnie bosymi stopami na dobrze mi znanych kamiennych płytach. Simon rusza za mną z wściekłym rykiem. Jakimś cudem chwyta mnie ręką za włosy i przyciąga do siebie. Rzucam w jego twarz garść pereł, lecz on nawet nie drgnie. Gdy jednak stawia kolejny krok, perły lądują pod jego stopami, zdradliwe jak kulki do łożysk, a on rozpaczliwie wymachuje rękami w powietrzu i rozjeżdżają mu się nogi. Na twarzy Simona maluje się zaskoczenie i niedowierzanie, a chwilę później zaczyna lecieć w dół. Najpierw o podłogę uderza jego tułów, a potem – z obrzydliwym chrupnięciem – głowa. Perły spadają kaskadą po schodach i ze stukotem odbijają się wokół rozciągniętego na podłodze ciała. Przez krótką chwilę widzę, że Simon wciąż żyje i patrzy na mnie przepełnionymi bólem oczami, kurczowo trzymając się tego świata, ale potem z tyłu głowy wypływa mu strużka krwi, a jego spojrzenie staje się kompletnie martwe.

TERAZ: **JANE**

Znowu próbuję wybrać numer, ale zagłuszacz Simona najwyraźniej nadal działa. Żeby wezwać karetkę, będę musiała pójść do sąsiadów. Nie ma jednak pośpiechu. Oczy Simona wciąż są otwarte, lecz nieruchome, a wokół jego głowy utworzyła się aureola ciemnoczerwonej krwi.

Ostrożnie idę po schodach, a potem wokół salonu, omijając rozsypane na podłodze perły. Jedną ręką osłaniam brzuch. Podchodzę do wielkiej tafli okna. Niemal podświadomie zatrzymuję się i ścieram rękawem krwawą smugę. Schodzi dość łatwo, odsłaniając tonące w mroku odbicie mojej twarzy.

„Wszystko to się wyczyści – myślę sobie. – Cały ten bałagan, ten chwilowy nieporządek". Plamy krwi i ciało Simona wkrótce stąd znikną. Dom na powrót stanie się nieskazitelnie czysty. Zupełnie jak żywy organizm usuwający z siebie maleńką drzazgę Folgate Street 1 niejako sam się uleczył.

Wypełnia mnie wszechogarniające poczucie spokoju i ulgi. Wpatruję się w swoje odbicie w ciemnym szkle i odnoszę wrażenie, że dom w końcu zaakceptował moją obecność i teraz przed każdym z nas otwierają się nowe, choć zupełnie różne możliwości.

16. *Pracownik kolei jest odpowiedzialny za zmianę zwrotnic na odległym węźle kolejowym. Wbrew przepisom zabiera ze sobą do pracy swego syna, ale surowo zakazuje mu zbliżania się do torów. W pewnym momencie zauważa nadjeżdżający pociąg, a także syna bawiącego się na torach. Chłopiec znajduje się jednak zbyt daleko, by mógł usłyszeć wołanie ojca. Jeśli kolejarz nie przesunie zwrotnicy, pociąg niemal na pewno się wykolei, a w wyniku katastrofy zginie wiele osób. Ale jeśli przesunie zwrotnicę, pociąg niemal na pewno zabije jego syna. Co twoim zdaniem powinien zrobić?*

❍ *Przesunąć zwrotnicę*

❍ *Nie przesuwać zwrotnicy*

TERAZ: **JANE**

Poród w wodzie, przy świecach zapachowych i muzyce Jacka Johnsona z iPoda nie jest mi jednak dany. Rutynowe USG wykazuje małą niedrożność w brzuchu dziecka. Dzięki Bogu nie jest to nic, czego nie można by naprawić przeprowadzoną zaraz po porodzie operacją, ale odkrycie to sprawia, że zamiast porodu naturalnego czeka mnie cesarskie cięcie.

Doktor Gifford skrupulatnie wyjaśnia mi wiążące się z tym konsekwencje, a ja, zanim wszystko zostanie ostatecznie ustalone, przechodzę jeszcze dodatkowe badania. Po porodzie trzymam Toby'ego w ramionach przez kilka słodko-gorzkich cudownych minut. Położna przystawiła mi go do piersi i czuję jego twarde dziąsła zaciskające się wokół mojego sutka – to przenikające doznanie, które sięga aż do sedna mojej istoty, aż do samej macicy – a delikatne mrowienie towarzyszące ssaniu przepełnia mnie euforią. Czuję, jak przepływa między nami strumień miłości, gdy patrzę w jego ogromne, ukryte za fałdzistymi powiekami szczęśliwe oczy. Co za roześmiane dziecko. Położna twierdzi, że to nie może być prawdziwy uśmiech, bo jeszcze na to za wcześnie, że to raczej reakcja na puszczanie gazów albo jakiś przypadkowy grymas warg. Ale ja wiem, że się myli.

Na drugi dzień przychodzi w odwiedziny Edward. Dość często widywaliśmy się w trakcie ostatniego trymestru ciąży, po części ze względu na wszystkie formalności po śmierci Simona, a po części dlatego, że Edward miał na tyle przyzwoitości, by przyznać, że nie zdawał sobie sprawy, jak niebezpieczny jest Simon. Jako rodzice będziemy się spotykać jeszcze częściej, a jeśli w końcu okaże się, że możemy być dla siebie kimś więcej, to tym lepiej – w każdym razie czasami odnoszę wrażenie, że Edward nie wyklucza już tak definitywnie tej możliwości.

Kiedy przychodzi, wciąż jestem zmęczona, więc pielęgniarka najpierw upewnia się, czy ma go wpuścić. Zgadzam się. Chcę mu pokazać naszego syna.

– Oto i on. Nasz Toby. – Nie mogę przestać się uśmiechać. Choć jestem też pełna obaw. Przyzwyczajenie do ciągłego bycia ocenianą przez Edwarda, nieustannego zabiegania o jego akceptację wciąż jest we mnie dość mocno zakorzenione.

Edward unosi Toby'ego wysoko w ramionach i przygląda się jego okrągłej, wesołej buzi.

– Kiedy się dowiedziałaś? – pyta cicho.

– O tym, że ma zespół Downa? Gdy wykryli niedrożność w brzuchu. Zespół Downa występuje u prawie jednej trzeciej dzieci z atrezją dwunastnicy.

Test cfDNA, choć dokładny w przeszło dziewięćdziesięciu dziewięciu procentach przypadków, nie okazał się całkowicie niezawodny. Ale po początkowym szoku i przerażeniu w pewnym sensie ucieszyłam się, że wynik badania był fałszywy. Gdybym wiedziała wtedy o zespole Downa, niemal na pewno zdecydowałabym się na aborcję, a patrząc teraz na Toby'ego, na jego migdałowe oczy, zadarty nosek i zachwycające, wygięte w łuk usta, nie wyobrażam sobie, by mógł się nie urodzić.

To wcale nie znaczy, że nie martwię się przyszłością. Trzeba jednak pamiętać, że każde dziecko z zespołem Downa jest inne, a wygląda na to, że my akurat mieliśmy szczęście. Toby wykazuje sprawność ruchową nie gorszą od innych dzieci. Dość dobrze chwyta ustami mój sutek. Nie ma trudności z przełykaniem, żadnych wad serca ani problemów z nerkami. Jego nosek, choć nieco perkaty, bez wątpienia przypomina nos Edwarda, a migdałowe oczy są odrobinę podobne do moich.

Jednym słowem, jest piękny.

– Jane – odzywa się Edward rzeczowym tonem – może to nie najlepszy moment na powiedzenie tego, ale musisz go oddać. Są ludzie, którzy adoptują takie dzieci. Którzy w przeciwieństwie do ciebie sami wybrali takie życie.

– Nie mogę – odpowiadam. – Po prostu nie mogę, Edwardzie.

Przez sekundę dostrzegam ukryty głęboko w jego oczach błysk gniewu. I jeszcze coś: jakby drobne mgnienie lęku.

– Możemy znów spróbować – kontynuuje, jakby w ogóle nie słyszał tego, co powiedziałam. – Ty i ja, z czystym kontem. Możemy się postarać, żeby tym razem nam wyszło. Wiem, że nas na to stać.

– Gdybyś był ze mną szczery w sprawie Emmy, udałoby się nam już za pierwszym razem.

Edward spogląda na mnie surowo. Widzę, że zastanawia się, czy to macierzyństwo tak mnie odmieniło, sprawiło, że stałam się bardziej asertywna.

– Jak mogłem z tobą o niej rozmawiać, skoro sam dobrze tego wszystkiego nie rozumiałem? – odzywa się wreszcie. – Jestem perfekcjonistą. A Emma uwielbiała mnie prowokować. Podniecało ją, gdy udawało jej się pozbawić mnie panowania nad samym sobą, za co zresztą później czułem do siebie nienawiść. W końcu z nią zerwałem, choć przyszło mi to bardzo, bardzo trudno. – Milknie na chwilę. – Pewnego razu wręczyła mi list. Powiedziała, że chce się w nim wytłumaczyć. A potem poprosiła mnie, żebym go nie czytał. Ale było już za późno.

– Zatrzymałeś go?

– Tak. Chcesz zobaczyć?

– Nie – odpowiadam. Patrzę na twarzyczkę pogrążonego we śnie Toby'ego. – Powinniśmy się skoncentrować na przyszłości.

Edward chwyta się z nadzieją tego zdania.

– To jak, *zastanowisz się*? Pomyślisz o oddaniu go do adopcji? Wydaje mi się, że znów mogę być ojcem, Jane. Chyba jestem już na to gotowy. Ale miejmy dziecko, którego oboje chcemy. Dziecko, które było *planowane*.

I wtedy wreszcie wyjawiam mu prawdę.

PRZEDTEM: **EMMA**

Wiedziałam to, zanim Cię poznałam – kiedy agent nieruchomości zaczął opowiadać o tych Twoich regułach. Część kobiet, może nawet większość, pragnie być hołubiona i szanowana. Szukają mężczyzny, który będzie dla nich dobry i miły, który będzie im szeptał do ucha słowa pełne czułości i uwielbienia. Próbowałam być taką kobietą i kochać właśnie takiego mężczyznę, ale nie umiałam.

A gdy tylko rozlałam kawę na Twoje plany, byłam już pewna. Wydarzyło się coś, czego nawet nie jestem w stanie ująć w słowa. Byłeś surowy i władczy, ale mi wybaczyłeś. Simon też mi przebaczał, ale wynikało to raczej z jego słabości niż siły. W tamtym momencie poczułam, że jestem Twoja.

Nie chciałam, by mnie hołubiono. Chciałam, by mi rozkazywano. Pragnęłam mieć budzącego strach mężczyznę, którego inni mężczyźni będą nienawidzić i któremu będą zazdrościć, a on niczym nie będzie się przejmował. Pragnęłam mężczyzny z kamienia.

Raz czy dwa wydawało mi się, że znalazłam kogoś takiego. A potem nigdy nie potrafiłam z nim zerwać. Gdy oni wykorzystywali mnie i porzucali, przyjmowałam to spokojnie jako dowód na to, że byli dokładnie tacy, za jakich ich uważałam.

Jednym z tych mężczyzn był Saul. Z początku wydawał mi się odrażający. Arogancka, obmierzła kreatura. Myślałam, że skoro jest żonaty z Amandą, flirtowanie ze mną nic nie znaczy. Podjęłam więc z nim tę grę i to był mój błąd. Saul mnie upił. Wiedziałam, co robi, ale łudziłam się, że w pewnym momencie się zatrzyma. Nie zrobił tego. Zresztą ja też go nie powstrzymałam. Miałam wrażenie, jakby to wszystko odbywało się bez mojego udziału, jakby na moim miejscu znajdował się ktoś inny. Wiem, że to zabrzmi dziwnie, ale czułam się, jakbym była Audrey Hepburn tańczącą z Fredem Astaire'em. A nie pijaną asystentką robiącą laskę starszemu kierownikowi podczas wyjazdu służbowego. Gdy w końcu doszłam do wniosku, że to, co robi ze mną Saul – a także sposób, w jaki to robi – wcale mi się nie podoba, było już za późno. Im bardziej się opierałam, tym brutalniejszy stawał się Saul.

Później znienawidziłam samą siebie. Myślałam, że to moja wina, że pozwoliłam na to Saulowi. I znienawidziłam też Simona za to, że zawsze widział we mnie wszystko, co najlepsze, podczas gdy w rzeczywistości byłam zupełnie inna, niż sądził. O wiele łatwiej było mi wszystkich okłamywać, niż wyznać prawdę.

Myślałam więc, że w Tobie znalazłam w końcu kogoś, kto jest jednocześnie dobry i silny, Simona i Saula w jednej osobie. A kiedy dowiedziałam się, że też masz swoje tajemnice, naprawdę się ucieszyłam. Wydawało mi się, że możemy być wobec siebie szczerzy. Że wreszcie pozbędziemy się całej tej rupieciarni z naszej przeszłości. Nie naszych rzeczy, ale tego, co oboje nosimy w głowach. Ponieważ właśnie na tym, jak zrozumiałam, polega życie w domu przy Folgate Street 1. Możesz uczynić swój dom tak pustym i wymuskanym, jak tylko chcesz. Ale to i tak nie będzie miało żadnego znaczenia, jeśli w Twoim wnętrzu panuje kompletny chaos. Bo przecież właśnie tego wszyscy tak naprawdę szukamy, prawda? Kogoś, kto uporządkuje bałagan w naszych głowach.

17. *Lepiej skłamać i zachować kontrolę nad sytuacją, niż powiedzieć prawdę, która może mieć nieprzewidziane konsekwencje.*

Zgadzam się ❍ ❍ ❍ ❍ ❍ *Nie zgadzam się*

TERAZ: **JANE**

– Toby był planowany – mówię.

– To jakiś żart? – Edward marszczy brwi.

– Może w dziesięciu procentach.

Słysząc to, Edward odrobinę się rozluźnia, a wtedy dodaję:

– Chcę powiedzieć, że był planowany, ale przeze mnie.

Otulam szczelniej Toby'ego, trzymając go w zgięciu łokcia.

– Gdy poznaliśmy się tamtego dnia w twoim biurze, już wiedziałam. Wiedziałam, że możesz być ojcem mojego dziecka. Przystojny, inteligentny, twórczy, energiczny... Z pewnością byłeś najlepszym kandydatem, jakiego mogłam znaleźć.

– Okłamałaś mnie? – pyta Edward z niedowierzaniem.

– Nie do końca. Po prostu nie wyjaśniłam ci kilku rzeczy, to wszystko.

Zwłaszcza kiedy odpowiadałam na pierwsze pytanie w podaniu, to dotyczące listy wszystkich niezbędnych dla mnie rzeczy. Bo kiedy człowiekowi rozpada się świat, zrobi wszystko, aby go na powrót scalić.

Nie mogłabym dokonać tego nigdzie indziej poza Folgate Street 1. W zwyczajnym świecie wszystkie wątpliwości, obiekcje, moralne skrupuły wpływałyby na mnie paraliżująco. Ale w tym surowym, bezkompromisowym wnętrzu moja determinacja jedynie rosła. Dom przy Folgate Street 1 stanowił część mojego planu, a wszystkie decyzje były podyktowane tylko i wyłącznie cierpieniem po stracie Isabel.

– Czułem, że coś jest nie w porządku. – Edward nagle całkiem blednie. – W systemie... pojawiały się jakieś anomalie, dane, które zupełnie nie miały sensu. Przypisywałem to twojej obsesji na punkcie śmierci Emmy, temu idiotycznemu śledztwu, które próbowałaś trzymać w tajemnicy...

– Tak naprawdę los Emmy niewiele mnie obchodził. Musiałam jednak wiedzieć, czy naszemu dziecku może coś grozić z twojej strony.

Jak na ironię, to śmierć Simona pomogła mi w końcu odpowiedzieć na to pytanie. W jego niebieskiej teczce natrafiłam na nazwisko Johna Wattsa, kierownika budowy domu przy Folgate Street 1. Emma dostała je od Toma Ellisa, byłego wspólnika Edwarda, ale ponieważ miała w zwyczaju działać w sposób chaotyczny, nigdy nie sprawdziła tego tropu. Watts w rozmowie ze mną potwierdził to, czego sama byłam już prawie pewna: śmierć żony i syna Edwarda była wyłącznie tragicznym wypadkiem.

– Nie myśl, że jest mi cię żal – zwracam się do Edwarda. – Dostałeś dokładnie to, czego chciałeś: przelotny, namiętny, idealny romans. Każdy mężczyzna, który na tych warunkach idzie z kobietą do łóżka, powinien mieć świadomość, że takie mogą być konsekwencje.

Czy to, co zrobiłam, było dopuszczalne? Albo chociaż zrozumiałe?

Czy jakakolwiek kobieta może kategorycznie stwierdzić, że na moim miejscu nie zachowałaby się tak samo?

Nie mam też wyrzutów sumienia w związku z Simonem. Gdy tylko zamknęłam pudełko z pamiątkami po

Isabel, wiedziałam, że go zabiję, jeśli tylko zajdzie taka konieczność. Jednak przed przybyciem policji pozbierałam wszystkie rozsypane perły, dzięki czemu usunęłam wszelkie ślady, które sugerowałyby, że w jakikolwiek sposób przyczyniłam się do jego smutnej, nieszczęśliwej śmierci.

– Och, Jane. – Edward potrząsa głową. – Jane. Ale to… wspaniałe. Przez cały czas wydawało mi się, że cię kontroluję, podczas gdy było dokładnie na odwrót. Powinienem był się domyślić, że masz jakiś własny plan.

– Wybaczysz mi?

Nie odpowiada od razu, trzymając mnie przez chwilę w niepewności. A potem, ku mojemu zaskoczeniu, kiwa potakująco głową.

– Kto lepiej ode mnie wie, jakie to uczucie stracić dziecko? – mówi cicho. – Zrobisz wtedy wszystko, bez względu na to, jak bardzo byłoby to złe i destrukcyjne, byleby tylko zagłuszyć dręczący cię ból. Może jesteśmy do siebie bardziej podobni, niż oboje przypuszczaliśmy.

Przez dłuższą chwilę Edward milczy zatopiony w myślach.

– Po śmierci Maksa i Elizabeth przez pewien czas byłem na wpół obłąkany – odzywa się wreszcie. – Oszalały z bólu, poczucia winy i nienawiści do siebie. Wyjechałem do Japonii, próbowałem uciec od samego siebie, ale nic nie pomagało. Po powrocie odkryłem, że Tom Ellis zamierza dokończyć budowę domu przy Folgate Street 1 i przypisać sobie jego autorstwo. Nie mogłem znieść myśli o tym, że dom, który projektowaliśmy wspólnie z Elizabeth, nasz dom rodzinny, ma powstać w takich okolicznościach. Podarłem więc plany i zacząłem wszystko od nowa. Szczerze mówiąc, nie bardzo mnie obchodziło, co zastąpi dawny projekt. Ostatecznie zbudowałem miejsce tak sterylne i puste jak mauzoleum, ponieważ wówczas czułem się jak w mauzoleum. Potem jednak uświadomiłem sobie, że w swoim szaleństwie niezamierzenie stworzyłem coś niezwykłego. Dom, który wymaga skrajnego poświęcenia od każdego, kto w nim zamieszka, lecz w zamian odpłaci za to poświęcenie po tysiąckroć. Niektórych ludzi, takich jak Emma, ten dom zniszczył. Ale innych, na przykład ciebie, uczynił silniejszymi.

Edward wpatruje się we mnie z uwagą.

– Nie rozumiesz tego, Jane? Udowodniłaś, że zasługujesz na to, by w nim mieszkać. Że jesteś na tyle zdyscyplinowana i niezłomna, by być panią domu przy Folgate Street 1. Mam więc dla ciebie propozycję. – Ani na chwilę nie spuszcza ze mnie wzroku. – Jeśli zdecydujesz się oddać to dziecko do adopcji… podaruję ci dom. To będzie t w ó j dom i będziesz z nim mogła zrobić, co tylko zechcesz. Ale im dłużej będziesz zwlekać z decyzją, tym trudniej będzie ci ją podjąć. Czego więc tak naprawdę pragniesz? Szansy na idealne życie? Czy też długich lat użerania się z tym… tym… – Wskazuje na Toby'ego. – Przyszłości, o której zawsze marzyłaś? Czy tego?

18.

❍ *Oddać dziecko*
❍ *Zatrzymać dziecko*

TERAZ: **JANE**

– A jeśli się zgodzę, czy będziemy mieć kolejne dziecko?

– Masz moje słowo. Tak będzie lepiej nie tylko dla nas dwojga, Jane. Tak będzie też lepiej dla Toby'ego. Lepiej, żeby takie dziecko od razu trafiło do adopcji, niż dorastało bez ojca.

– Przecież ono m a ojca.

– Wiesz, o co mi chodzi. Potrzebuje rodziców, którzy zaakceptują go takiego, jaki jest. A nie takich, którzy na jego widok będą czuli tylko żal za dzieckiem, jakiego w rzeczywistości pragnęli.

– Masz rację – przyznaję półgłosem.

Myślę o Folgate Street 1, o tym, jak dobrze i spokojnie się tam czuję. A potem patrzę na Toby'ego i zastanawiam się, co nas czeka. Samotna matka wychowująca niepełnosprawne dziecko, walcząca o to, by zapewniono mu wszelką pomoc lekarską, która będzie mu potrzebna. Życie pełne znoju, bałaganu i bolesnych kompromisów.

Czy też szansa na nowy początek, na coś lepszego i piękniejszego.

Na nową Isabel.

Toby ma na ramieniu resztkę zwróconego mleka. Starannie ją wycieram.

I już. Po wszystkim.

Podjęłam decyzję.

Wezmę od Edwarda tyle, ile się da. A potem pozwolę, by zniknął w odmętach historii razem z innymi postaciami tego dramatu. Razem z Emmą Matthews i mężczyzną, który ją kochał. Oni nie są już teraz dla nas ważni. Ale pewnego dnia, gdy Toby będzie dostatecznie duży, zdejmę z półki pudełko po butach i opowiem mu historię pewnej dziewczyny z przeszłości – jego siostry Isabel Margaret Cavendish.

TERAZ: **ASTRID**

– Jest nadzwyczajny – mówię, rozglądając się z niedowierzaniem po ścianach z jasnego kamienia i przestronnym wnętrzu wypełnionym światłem. – Nigdy nie widziałam tak niezwykłego domu. Nawet w Danii.

– To prawda, jest wyjątkowy – wtóruje mi Camilla. – Zresztą architekt, który go zaprojektował, cieszy się sporą sławą. Pamiętasz zamieszanie w zeszłym roku wokół tego ekomiasta w Kornwalii?

– Chodziło o to, że mieszkańcy nie zgadzali się na warunki najmu, prawda? Zdaje się, że wszystkich wyrzucił.

– Tutaj umowa też jest dość skomplikowana – mówi Camilla. – Jeśli jesteś zainteresowana, powinnyśmy ją szczegółowo omówić.

Rozglądam się dookoła po wysokich ścianach, niemal wiszących w powietrzu schodach i ogarnia mnie wręcz niewiarygodny spokój. W takim miejscu jak to mogę na nowo odzyskać równowagę, zostawić za sobą całą wściekłość i gorycz rozwodu.

– Oczywiście, że jestem zainteresowana. – Słyszę własny głos.

– Dobrze. Och, a tak przy okazji... – Camilla unosi wzrok w kierunku rozległej pustki sięgającej aż do dachu, jakby starała się unikać mojego spojrzenia. – Na pewno sama wyszukasz w internecie ten adres, więc nie widzę powodu, żeby od razu o tym nie wspomnieć. Otóż ten dom ma dość dramatyczną historię związaną z dwójką młodych ludzi, którzy tu mieszkali. Najpierw ona zabiła się, spadając ze schodów, a trzy lata później on zginął dokładnie w ten sam sposób. Podejrzewano, że musiał się rzucić ze schodów, żeby dołączyć do ukochanej.

– Cóż, to bardzo tragiczne – stwierdzam. – Ale jak to z tragediami bywa, ma też w sobie odrobinę romantyzmu. Jeśli pytasz, czy to mnie odstrasza… W żadnym razie. Czy coś jeszcze powinnam wiedzieć?

– Tylko tyle, że właściciel potrafi być niezłym tyranem. Przez ostatnie kilka tygodni przedstawiłam mu kilkunastu kandydatów na lokatorów i żadnego z nich nie zaakceptował.

– Wierz mi, wiem, jak sobie radzić z tyranami. Żyłam z jednym przez sześć lat.

I tak oto wieczorem zabieram się do przeglądania wielostronicowego podania. Ile tam różnych regulacji! Ile pytań! Kusi mnie, by wspomóc się przy wypełnianiu tego wszystkiego jakimś drinkiem, ale nie piję już od blisko trzech tygodni i wolę, żeby tak pozostało.

„Zrób listę wszystkich rzeczy, które uważasz w swoim życiu za niezbędne".

Robię głęboki wdech i biorę do ręki długopis.

PODZIĘKOWANIA

Bardzo wiele osób wspierało mnie przez ponad dziesięć lat, które zajęło mi wymyślenie klucza do opowiedzenia tej historii. W szczególności pragnę podziękować producentce Jill Green za początkowe słowa zachęty, Laurze Palmer za wnikliwe jak zawsze uwagi dotyczące jeszcze nieukończonego tekstu, Tinie Sederholm za spojrzenie z perspektywy poetki oraz doktor Emmie Fergusson za porady w kwestiach medycznych i nie tylko.

Głębokie wyrazy wdzięczności składam Kate Miciak z Penguin Random House – nie tylko za kupienie książki i błyskawiczne wysłanie pięćdziesięciostronicowej próbki do swojej koleżanki Denise Cronin i jej wspaniałego zespołu na Targach Książki we Frankfurcie, lecz także za wielomiesięczne inspirujące dyskusje, znakomity warsztat i prawdziwą pasję redaktorską.

Jednak największe podziękowania należą się Caradocowi Kingowi i jego ekipie z United Agents: Mildred Yuan, Millie Hoskins, Yasmin McDonald i Amy Mitchell, którzy przeczytali pierwszych kilka stron, kiedy książka znajdowała się jeszcze w fazie wstępnego szkicu. Wątpię, by bez ich wiary i entuzjazmu stała się czymś więcej.

Książkę tę dedykuję mojemu niezłomnemu i niezmiennie radosnemu synowi Olliemu, jednemu z niewielu ludzi, którzy urodzili się z zespołem Joubert typu B, a także pamięci jego starszego brata Nicholasa, naszego chłopaka z przeszłości.

Lokatorka to pierwszy thriller psychologiczny autorstwa JP Delaneya. Pisarz ten ma już na swoim koncie kilka bestsellerowych powieści wydanych pod innym nazwiskiem. Książka ukaże się w 38 krajach, a wkrótce w kinach będzie można zobaczyć jej ekranizację w reżyserii Rona Howarda.

KRÓTKO PO ŚWIATOWEJ PREMIERZE
KSIĄŻKA WESZŁA NA CZOŁOWE MIEJSCA
LIST BESTSELLERÓW

#1 na liście bestsellerów Barnes & Noble
#3 na liście bestsellerów „New York Timesa"
#5 na liście bestsellerów „Publishers Weekly"
#1 na liście bestsellerów iTunes
#5 na liście bestsellerów Nielsen UK
#4 na liście bestsellerów Nielsen Ireland
#5 na liście bestsellerów Amazon UK

Wydawnictwo Otwarte sp. z o.o.,
ul. Smolki 5/302, 30-513 Kraków. Wydanie I, 2017, dodruk.
Druk: Abedik, Poznań